**HAYMON** taschenbuch 286

MIX
Papier aus verantwor-
tungsvollen Quellen
FSC® C083411

Auflage:
4     3
2023  2022  2021  2020

**HAYMON** tb **286**

Originalausgabe
© Haymon Taschenbuch, Innsbruck-Wien 2020
www.haymonverlag.at

Alle Rechte vorbehalten. Kein Teil des Werkes darf in
irgendeiner Form (Druck, Fotokopie, Mikrofilm oder in einem
anderen Verfahren) ohne schriftliche Genehmigung des Verlages
reproduziert oder unter Verwendung elektronischer Systeme
verarbeitet, vervielfältigt oder verbreitet werden.

**ISBN 978-3-7099-7915-0**

Umschlag- und Buchgestaltung: himmel. Studio für Design und
Kommunikation, Innsbruck / Scheffau – www.himmel.co.at
Satz: Da-TeX Gerd Blumenstein, Leipzig
Coverfotos: Holzstoß: Ulyana Vyugina/Shutterstock.com; Almhütte im
Hintergrund: FelixMittermeier/pixabay.com; Harmonika: Karl Schwarz
(https://www.kaerntnerland.at/) – Wikimedia Commons, lizensiert unter
https://creativecommons.org/licenses/by-sa/3.0/deed.de
Autorenfoto: Julian Dutzler

Gedruckt auf umweltfreundlichem,
chlor- und säurefrei gebleichtem Papier.

# Herbert Dutzler
# Letzter Jodler

Ein Altaussee-Krimi

Herbert Dutzler
**Letzter Jodler**

# 1

So hatte Gasperlmaier sich das nicht vorgestellt. Vorgestellt hatte er sich, dass er mit der Christine gemütlich auf die Weißenbachalm wandern und dort beim alljährlichen Pfeifertag den Schwegelpfeifern lauschen würde. Stattdessen saß er nun mit dem Kahlß Friedrich mutterseelenallein auf einem Baumstumpf mitten im Wald und kaute an einer Scheibe von der Hirschwurst, die ihm sonst so gut schmeckte. Heute aber fand er sie langweilig und zäh. „Weißt", sagte der Friedrich, sein langjähriger Freund und ehemaliger Postenkommandant, „du hättest halt mitfahren sollen. Du hättest die Christine nicht allein ..." Er zuckte mit den Schultern und schob sich ein zentimeterdickes Stück Wurst in den Mund. Gasperlmaier schüttelte den Kopf. „Du weißt ja, das Reisen. Und schon gar das Fliegen, das ist nichts für mich."

Zwei Wochen und einen Tag war es her, da hatte die Christine ihm reinen Wein eingeschenkt. Natürlich hatte er gewusst, dass sie ein Jahr lang von der Schule daheimbleiben würde, weil sie ein sogenanntes „Sabbatical" beantragt hatte. Das, so hatte Gasperlmaier sich ausgemalt, würde fein werden. In der Früh würde die Christine Zeit haben, ihm ein Frühstück zuzubereiten, das sie gemeinsam gemütlich genießen könnten. Und wenn er dann heimkam, würde auf ihn ein köstliches Abendessen warten, und er würde schon von der Straße aus am Duft erraten, was es heute zu essen gab. Natürlich hatte sie einmal vorsichtig angefragt, ob er denn nicht auch ein Jahr freinehmen könne, jetzt, wo die Kinder sie nicht mehr so dringend brauchten. Und auch von Reisen hatte sie gelegentlich gemurmelt. Dass sie es aber so ernst gemeint hatte, war ihm gar nicht in den Sinn gekommen.

Am Samstag vor zwei Wochen hatte er seine Träume nämlich schlagartig begraben müssen. Es war auf der Terrasse, am Samstagabend, und sie hatten gerade ein Kotelett vom Grill samt Erdäpfeln und Salat verspeist. „Ich muss mit dir reden, Franz!" Die Christine machte ein Gesicht, als sei eine mittlere Katastrophe passiert. Alles, nicht nur die Mundwinkel, schien zu hängen. Er zuckte zusammen. Hatte sie einen anderen Mann? War sie krank? „Es ist nämlich so, Franz, dass ich dieses Sabbatjahr nicht dazu verwenden möchte, hier herumzusitzen und Hausfrau zu spielen!" Sie atmete hörbar aus und sah zu Boden. War das jetzt schon alles? Er verstand noch nicht ganz, worum es ging. Wenn sie ein paar Kurse machen wollte oder einmal ein Wellnesswochenende mit einer Freundin, das war ja jetzt kein so dramatisches Problem.

„Weißt, Franz, du musst jetzt tapfer sein. Ich werde nämlich den Großteil des nächsten Schuljahres nicht zu Hause sein. Ich mach eine Weltreise." Gasperlmaier verstand nicht. Eine Weltreise? Wozu? Und das konnte ja nicht länger als vielleicht, großzügig gerechnet, sechs Wochen dauern? Bevor er noch ans Ende seiner Überlegungen gekommen war, sprach die Christine schon weiter. „Genau genommen werde ich acht Monate unterwegs sein. Und am Mittwoch geht's los!" Die Christine, so stellte Gasperlmaier fest, hatte feuchte Augen bekommen und griff nach seiner Hand. Gasperlmaier durchzuckte etwas, von dem er sich nicht sicher war, ob es ein Schlaganfall sein konnte. „Das sagst du mir jetzt?", platzte es aus ihm heraus. Die Christine nickte und fing an zu schluchzen. „Ich hab mich früher nicht getraut, aber es muss sein!" Gasperlmaier riss sich von ihrer Hand los, stand auf und trat ins Wohnzimmer, um sich noch ein Bier zu holen. Sonst hätte er am Ende noch drauflosgeschimpft und alles nur noch schlimmer gemacht.

Er ging zum Kühlschrank, öffnete die Tür und stellte fest, dass kein Bier mehr eingekühlt war. Heftiger als nötig knallte er die Kühlschranktür zu, öffnete dafür eine der Vitrinen in der Küche und holte die Obstlerflasche heraus. Dann musste es halt ein Schnaps sein. Es gab Dinge, die ließen sich nüchtern einfach nicht verdauen. Er goss sich ein Stamperl randvoll ein und stürzte es in einem Zug hinunter. Ohne die Christine eines Blickes zu würdigen, sank er wieder auf die Terrassenbank und verschränkte trotzig seine Arme. Er hatte keine Ahnung, was er jetzt sagen sollte. Anscheinend waren alle Entscheidungen schon gefallen, und es hatte keinen Sinn mehr, zu diskutieren. Das war ja ohnehin nicht seine Stärke, gerade in Krisensituationen, wenn der Stress am größten war, fiel ihm in der Regel nichts ein, was er sagen hätte können. Momentan fuhrwerkten die Gedanken in seinem Hirn so wild herum, dass er gar nicht in der Lage gewesen wäre, einen sinnvollen Satz von sich zu geben.

Die Christine griff vorsichtig wieder nach seiner Hand, und er ließ sie gewähren. Die letzten Sonnenstrahlen, die auf die Terrasse fielen, blendeten ihn, sodass er die Augen schloss. Vorsichtig streichelte die Christine seine geballte Faust. „Weißt", sagte sie, „wir fahren praktisch nie fort. Und wenn, dann ein paar Tage nach Kroatien. Denk an das Wochenende in Venedig, das hab ich mir viermal zum Geburtstag wünschen müssen, bis wir endlich gefahren sind. Und du bist die ganzen drei Tage mit einem missmutigen Gesicht herumgeschlichen und hast darüber gejammert, dass das Bier so teuer ist und nach nichts schmeckt. Und bei jeder Mahlzeit hast du mir erklärt, dass das Schnitzel beim Schneiderwirt zehnmal so gut ist wie das, was du auf dem Teller hast, und noch dazu billiger." Die Christine seufzte.

Irgendwie, dämmerte es ihm, hatte sie ja recht. Er hatte wenig Lust, fortzufahren, und wenn er weg von zu Hause war, fühlte er sich nicht wohl. Und er wusste genau, dass die Christine gerne die Welt gesehen hätte. Aber er hatte eben gedacht, dass sie sich mit den Träumen von der großen, weiten Welt zufriedengeben würde. Und jetzt ... eine Weltreise? Mit wem wohl?

„Fährst du da ganz allein?", fragte er. Die Christine schüttelte den Kopf. „Nur teilweise." „Was soll denn das heißen?" Die Christine wich seinen Blicken aus. „Zuerst fahr ich nach Kanada, zur Richelle und zum Christoph." Der Christoph, das war der Sohn der beiden, der vor einiger Zeit eine Kanadierin kennengelernt hatte und mit ihr nach Vancouver gezogen war, nachdem er sein Studium abgeschlossen hatte. Nur vorübergehend, hatte er Gasperlmaier beruhigt, doch dem war das Herz eng geworden, als er begriffen hatte, dass sein Sohn womöglich für immer auf der anderen Seite der Weltkugel leben und er ihn nur mehr ganz selten zu Gesicht bekommen würde. Vor allem, wo er selbst sich weigerte, ein Flugzeug zu besteigen. Gasperlmaier seufzte. Es würde ihm wohl nichts anderes übrigbleiben, als sich in sein Schicksal zu ergeben.

„Und dann begleitet mich die Brigitte nach Australien und Japan." „Australien?", fuhr Gasperlmaier hoch. „Muss denn das sein, das ist ja, das ist noch ... weiter weg!" Die Christine wischte sich ein paar Tränen aus den Augenwinkeln. „Versteh doch!", flehte sie. „Ich hab eine solche Sehnsucht in mir, die Welt kennenzulernen, und sie geht einfach nicht von selber weg. Früher hab ich ja geglaubt, wenn ich älter werde, dann lässt das nach, aber ..." Sie schlang ihre Arme um ihn und drückte ihr nasses Gesicht an seinen Hals. „Und wenn ich diese Sehnsucht, wenn ich die gestillt habe, dann wird es mir hier, zu Hause, auch wieder viel besser gefallen, und du wirst wieder viel interessanter für mich werden ..." Gasperlmaier versteifte unwillkürlich. Hieß das, dass er im Moment nicht interessant für die Christine war? Hieß das, dass sie sich auf der Reise mit einem anderen, mit einem interessanteren Mann vergnügen würde? Und außerdem – hatte sie nicht eine Brigitte erwähnt? In Gasperlmaier keimte ein Verdacht. „Diese Brigitte ... ist das nicht eine aus deiner WG, mit der du im Studium zusammen ..." Dass die Christine nickte, spürte er nur an seinem Hals. Gasperlmaier ahnte Schlimmes. Diese Brigitte, die war vor Jahren einmal bei ihnen gewesen. Eine Dunkelhaarige, die viel zu stark geschminkt war und ihre Haare oben auf dem Kopf zu einem Knödel zusammengesteckt trug. Zudem hatte sie ständig geraucht und nach Prosecco verlangt. Dann war in der WG natürlich auch noch ein Mann gewesen, ein gewisser Beda, der auch einmal bei ihnen aufgetaucht war und bei Gasperlmaier den denkbar schlechtesten Eindruck hinterlassen hatte. Er seufzte. Worauf hatte sich die Christine da bloß eingelassen?

„Du wirst sehen, die acht Monate, die gehen rasend schnell vorbei", gurrte sie und kraulte ihn am Kinn. „Und du kannst dich ja auch ein bisschen mehr mit deiner Mama ..." „Hör mir auf mit meiner Mutter!", maulte Gasperlmaier. Das fehlte ja gerade noch, dass er jetzt zu seiner Mutter abgeschoben wurde, weil sich die Gnädige auf Weltreise zu begeben wünschte. „Die Mama, die ist selber schon ein bisschen ... ich hab sogar schon überlegt, ob ich ihr das Essen auf Rädern bestellen soll, weil sie immer wieder vergisst, dass sie den Herd abschaltet!" „Ich hab ja nur gemeint ... musst ja nicht!" Die Christine kraulte weiter und schmiegte sich ganz eng an ihn. Er hatte schon einen Verdacht, worauf dieses Gekuschel hinauslaufen sollte, aber jetzt war er wirklich nicht in Stimmung. „Und nächste Woche kommt ja auch die Katharina nach Hause, die ..." „Die wird mir eine ganze Woche lang ihren veganen Fraß aufdrängen!" Gasperlmaier riss sich los und richtete sich auf. „Es ist ja nicht so, dass das Essen schlecht schmeckt, für eine Woche täte ich das schon aushalten ... es ist ja hauptsächlich wegen ihrer Vorträge, die ich mir dazu anhören muss!" Er kratzte sich am Kopf. „Ja", versuchte ihn die Christine zu beschwichtigen, „sie neigt schon ein bisschen zum Missionieren, aber sie meint's halt gut!" Gasperlmaier stand auf. Am besten war es, wenn er sich jetzt noch ein wenig vor den Fernseher legte, bevor er schlafen ging. An den nächsten Mittwoch wollte er lieber gar nicht denken. Die Christine aber folgte ihm und umarmte ihn neuerlich. Acht Monate, fiel ihm ein, musste er jetzt nicht nur im ganz normalen Alltag ohne die Christine auskommen. Auch die sonstigen Freuden des Ehelebens würden ihm versagt bleiben. Vielleicht war es doch keine so schlechte Idee, den Verlockungen seiner Frau nachzugeben.

Die folgenden Tage waren wie im Flug vergangen. Die Christine hatte gepackt, geplant, Reiseführer gewälzt und vor dem Computer allerhand Bürokram erledigt, der vor einer solchen Reise getätigt werden wollte. Trotzdem bekam Gasperlmaier zu seiner eigenen Überraschung alle seine Lieblingsgerichte aufgetischt, obwohl die Katharina bereits am Sonntag eingetroffen war und ein wenig schmollte, weil hauptsächlich Fleischgerichte auf dem Speiseplan standen. Sogar eine

Rehkeule hatte die Christine organisiert, obwohl dafür gar nicht die Saison war.

Und urplötzlich war er am Mittwochmorgen dagestanden, mit einem Arm zum Winken erhoben, und hatte vor lauter Tränen, die er mühsam zu unterdrücken versuchte, nur verschwommen sehen können, als die Christine mit Rucksack und Rollkoffer zu ihrer Cousine Traudi in das Auto stieg, das sie zum Flughafen in München bringen sollte.

„Komm, Papa!" Die Katharina zog ihn energisch am Arm. „Und jetzt bringe ich dir bei, wie man skypt. Dass du immer mit der Mama reden kannst und sie auch siehst. Das lenkt dich ab."

Seither waren genau elf Tage vergangen, aber Gasperlmaier hatte kaum Zeit gefunden, sich in seiner neuen Einsamkeit einzurichten. Und nun saß er bei trübem, windigem Wetter auf einem Baumstumpf oberhalb des Weißenbachs und jausnete mit dem Friedrich, der ihm zwar Freund, aber nicht Trost genug war. „Gehen wir weiter!" Der Friedrich stand auf und schnallte seinen blitzblauen Rucksack um. „Sonst wird es uns zu spät, und wir kommen womöglich erst nach zwölf an. Du weißt ja, ab dann dürfen alle spielen. Nicht mehr nur die Seitelpfeifer." Gasperlmaier nickte und folgte dem Friedrich. Ein Blick zum Himmel ließ ihn erahnen, dass das Wetter heute wohl nicht trocken bleiben würde. Dunkle Wolken schoben sich von Westen her übereinander, und der Wetterbericht hatte ebenfalls ab vierzehn Uhr mit leichtem Regen gedroht.

„Es ist ja", meinte der Friedrich, „eigentlich eine Sauerei, dass sie da die Leute busweise hinaufkarren! Die sollten lieber zu Fuß gehen, da würden sie sich und der ganzen Veranstaltung nur Gutes tun!" Gasperlmaier nickte wieder. Sie waren zuerst auf der Forststraße unterwegs gewesen und hatten mehrere Male stinkenden Autobussen ausweichen müssen, die das Publikum völlig mühelos zur Weißenbachalm hinaufbrachten. Früher hatte es das nicht gegeben, beim Pfeifertag waren die Fußgänger unter sich gewesen. Außer, dass vielleicht auf dem einen oder anderen Traktoranhänger ein Musiker mit seinem Kontrabass hinaufgetuckert war, wenn es denn eine Forststraße zum Veranstaltungsort gab. „Schau!", sagte der Friedrich und deutete in den Wald hinein. „Dort sind schon ein paar Steinpilze! Die nehmen wir beim Heruntergehen mit!" „Wenn sie noch da sind!", entgegnete Gasperlmaier. „Du musst", schnaufte der Friedrich während des Steigens, „auch daran glauben, immer an das Gute glauben, ans Glück, positiv denken!" „Du hast leicht reden!", antwortete Gasperlmaier. „Was soll daran positiv sein, dass ich jetzt acht Monate allein bin?" Der Friedrich hielt inne, drehte sich zu Gasperlmaier um und flüsterte: „Neue Erfahrungen, Gasperlmaier. Neue Erfahrungen, Freiheit! Tun und lassen, was du willst!" Er zwinkerte ihm zu, doch Gasperlmaier hatte momentan auf keinerlei neue Erfahrungen Lust.

Wenig später gelangten sie vom Wanderweg wieder auf die Forststraße. Gasperlmaier sah auf seine Uhr. Sie waren schon weit mehr als eine Stunde unterwegs. War er nicht früher in einer Stunde bis zur Weißenbachalm gekommen? Er war anscheinend auch nicht mehr so fit, wie er einmal gewesen war. Nun hatte er sogar Mühe, mit dem Friedrich mitzuhalten, der einen flotten Trab vorlegte. „Gleich sind wir oben!", meinte er, als er merkte, dass Gasperlmaier ein wenig zurückgefallen war. „Was schnaufst denn so?", fragte er. „Ja, ich muss auch ein wenig schauen. Was da so wächst. Sonst hat man ja nichts von der Natur", flüchtete Gasperlmaier sich in eine wenig glaubwürdige Ausrede, denn selbst der Friedrich wusste, dass er sonst wenig für das übrighatte, was so am Wegesrand wuchs. Der Friedrich selber war vor wenigen Jahren noch so fett gewesen, dass ihm sogar eine Tatortbesichtigung im zweiten Stock zu schaffen gemacht hatte. Die Folge waren ein Herzinfarkt und Frühpension gewesen, aber wie durch ein Wunder hatte er kurz nach diesen Ereignissen die Liebe seines Lebens kennengelernt, die ihn nicht nur die Freuden des Ehelebens, sondern auch die Geheimnisse gesunder Ernährung und ausreichender Bewegung an frischer Luft gelehrt hatte. Nun war er mindestens zwanzig Kilo leichter als noch vor ein paar Jahren.

Hinter ihnen ertönte das Horn eines Autobusses so laut, dass Gasperlmaier instinktiv zur Seite sprang. „Schon wieder eine Ladung", maulte er. „Wer weiß, ob wir oben überhaupt noch einen Sitzplatz kriegen. Und was zum Trinken." „Wird schon!", beruhigte ihn der Friedrich. Wenig später erreichten sie tatsächlich die Abzweigung, an der sich der Wald öffnete und den Blick auf die Weißenbachalm freigab, die sich an den Abhang des Weißenbachkogels schmiegte. Gerade, als sie abbiegen wollten, überholte sie ein Auto mit Wiener Kennzeichen. Fast hätte der Wagen Gasperlmaier überfahren. Ungerührt hielt der Fahrer am rechten Straßenrand an, und alsbald quoll aus dem Auto eine Familie, deren sämtliche Mitglieder in nagelneue, teuer aussehende Ausseer Tracht gestopft waren. „Schon eine tolle Sache, dass mir der Herr Kommerzialrat den Schlüssel für die Forststraße überlassen hat!", hörte Gasperlmaier. Eine Frau mit blonden Korkenzieherlocken quittierte den Satz mit einem glockenhellen Lachen. Gasperlmaier übersah nicht, dass sie an den

Füßen Stöckelschuhe trug, die selbst für die kurzen Wege zwischen den Almhütten völlig ungeeignet waren. Kopfschüttelnd wandte er sich ab.

„Eine Sauerei!", sagte er. „Dass jeder hier herauffahren kann, wenn er nur jemanden kennt, der ihm einen Schlüssel besorgt. Am liebsten käme ich noch einmal herauf, mit Streifenwagen und Uniform, und würde sie alle strafen, dass ihnen Hören und Sehen vergeht!" Der Friedrich winkte ab. „Reg dich nicht auf, es macht ja keinen Sinn. Und ein hübscher Anblick ist sie schon, die Wienerin! Da kannst nichts sagen!" Gasperlmaier verzichtete auf eine Erwiderung, denn schon hörte er den Klang der Trommeln und den hellen Ton der Schwegelpfeifen. „Gehen wir gleich ganz hinauf, zur Weißenbachalmhütte, oder schauen wir einmal?", fragte der Friedrich. „Wir schauen!", antwortete Gasperlmaier, der sich eigentlich schon zu müde fühlte, um die paar hundert Meter zur obersten Almhütte gleich in Angriff zu nehmen.

„Türkenkogel 2 Stunden", stand auf einem Wegweiser, an dem sie vorbeikamen. Gasperlmaier erinnerte sich, dass er den zusammen mit der Christine bestiegen hatte, kurz nachdem er sie kennengelernt hatte. Der Gedanke an sie versetzte ihm einen Stich ins Herz. Er sah auf die Uhr. Wahrscheinlich schlief sie noch. Er konnte sich jedenfalls nicht daran erinnern, dass ihm die Tour damals anstrengend vorgekommen war. Man wurde halt nicht jünger, es half nichts.

An der ersten Hütte, wo gerade eine Pfeiferin und zwei Trommler spielten, waren alle Bänke bereits voll. Der Friedrich ging voran und entdeckte eine Bank, auf der eine Trommel abgestellt war. Gegenüber war auch noch ein ganz kurzes Stück Bank frei. „Dürfen wir uns zu euch hersetzen?", sprach der Friedrich die jungen Leute am Tisch an und deutete auf die Trommel. „Hockt's eng her!", meinte ein junger, bärtiger Mann mit Goiserer Hut und stellte die Trommel auf den Boden. Das blonde Mädchen gegenüber rückte ein Stück zur Seite. Gasperlmaier war sich sicher, dass die Musiker für Wiener oder andere Touristen nicht so bereitwillig Platz gemacht hätten. „Soll ich uns ein Bier holen?", fragte er. Der Friedrich nickte. Zu seinem Glück stellten sich nicht viele Leute beim Ausschank an, und er kehrte schnell mit zwei Flaschen zurück. „Wo kemmt's denn her?", fragte der Bärtige. „Altaussee", antwortete der Friedrich. „Hört man's nicht?" „Schon!", nickte der Bärtige. „Spielt ihr auch?", fragte er. Der Friedrich schüttelte den Kopf. „Ich spiel zwar die Steirische, aber die ist mir zu schwer zum Herauftragen." Gasperlmaier prostete dem Friedrich zu und nahm einen kräftigen Schluck Bier. Das tat gut. Er knöpfte seinen Janker zu und zog sich den Hut tiefer ins Gesicht, denn die dunklen Wolken hatten auch einen kräftigen Westwind mit sich gebracht, der ihm ein wenig unangenehm in die Knochen fuhr. Vielleicht hätte er lieber einen Tee trinken sollen.

„Prost!" Die Musiker stießen mit ihren Bierflaschen an, als sie fertig gespielt hatten. „Was war denn das, was ihr gerade gespielt habt?", fragte Gasperlmaier. „Das kennst nicht?", fragte ihn der Bärtige. „Kennen tu ich's schon!", entgegnete Gasperlmaier. „Ich weiß nur nicht, wie's heißt!" „Der Goiserer Pfeifermarsch war das!" Die Antwort klang etwas vorwurfsvoll, so, als ob es eine Bildungslücke für einen Altausseer wäre, dieses Stück nicht namentlich zu kennen. „Ob es da auch was zu essen gibt?", fragte Gasperlmaier den Friedrich. Der zuckte mit den Schultern. „Ich weiß es nicht, aber was ich weiß, ist, dass da oben die Feuerwehr mit einer

Gulaschkanone steht!" Der Friedrich deutete hangaufwärts, und tatsächlich war da in einer Kehre ein Feuerwehrauto abgestellt, hinter dem es dampfte. Gasperlmaier dachte daran, dass die Katharina zwar zu Hause war und auch versprochen hatte, für das Abendessen zu sorgen, aber das würde auf jeden Fall vegan ausfallen, und da galt es, vorzusorgen. „Ich hätt' schon Lust auf ein Gulasch!" Der Friedrich nickte, setzte seine Bierflasche an und leerte sie in einem Zug. „Gehen wir halt! Dank euch schön!"

Das Gulasch war zwar sehr schmackhaft, die Portion aber nicht allzu groß. Gasperlmaier nahm sich vor, später eventuell auf eine zweite vorbeizuschauen. Konzentriert aufs Essen saß er auf einer Bierbank und ließ vor Überraschung den Löffel fallen, als er kurz aufsah.

Den Berg herauf kam ein Pärchen, das er nicht auf einem Pfeifertag erwartet hätte. Beide waren dunkelhäutig und trugen Trommeln unter dem Arm, die denen nicht unähnlich waren, die die Salzkammergutler Trommler bei sich trugen. Sie waren nämlich auch an den Seitenwangen rot und weiß gemustert, jedoch viel schmäler und außerdem sanduhrförmig. Viel auffälliger als die Trommeln waren aber die zwei an sich – der Mann weniger, der trug Jeans, ein rotes T-Shirt und Turnschuhe. Die Frau hingegen war üppig geschminkt, trug ein bodenlanges, hellbraun und rot gemustertes Kleid mit zahlreichen Blumen drauf und ein pinkfarbenes Kopftuch. Gasperlmaier staunte. Wie kamen denn die beiden hier herauf? Er vergaß völlig auf sein Gulasch und sah den beiden zu, wie sie näher kamen.

„Good morning!", sagte der Mann, die Frau nickte, Gasperlmaier ebenso. „Good morning, my friend!", grüßte der Friedrich, der sich anscheinend mehr aus dem Englischunterricht in der Hauptschule gemerkt hatte als Gasperlmaier. „I hear, you are playing the drums today? Is it true?", fragte der Mann. Gasperlmaier sah hilfesuchend um sich. „Yes, yes!", beeilte sich der Friedrich, sprang auf und schüttelte den beiden die Hände. „Drums, yes!" Er wandte sich zu den beiden Feuerwehrleuten um, die an der Gulaschkanone standen. „Sagt's einmal, kann einer von euch zwei gescheit Englisch?" Der ältere der beiden deutete mit seinem riesigen Schöpflöffel auf den jungen. „Der Martin! Zumindest hat er gerade die Matura gemacht, das müsst schon reichen, dass er mit denen ..." „Hello!", sagte der Martin, trat auf die beiden zu und schien bald in ein Gespräch vertieft. Vor allem mit dem Mann, Gasperlmaier entgingen jedoch die Blicke nicht, die er der Frau zuwarf, die ein Stück größer war als der Martin und auch als ihr Partner.

„Die wollen wissen, ob sie hier spielen dürfen. Sie sind aus Somalia, sagt er." Der Martin deutete auf den Mann. Der grinste und entblößte dabei ein blendendweißes Gebiss mit einer ansehnlichen Lücke zwischen den Schneidezähnen. „Somalia, yes!" Er klemmte sich die Trommel zwischen die Oberschenkel und trommelte ein paar kurze, heftige Rhythmen. „Sag ihm, dass ab zwölf jeder hier spielen darf. Jeder, der mag. Wenn's Volksmusik ist, aber nur", erklärte der Friedrich. Der Martin übersetzte. Der Schwarze grinste weiter und nickte mehrmals. „Folk music from Somalia, yes!" Gasperlmaier fragte sich, wie man so heftig geschminkt wie die Somalierin auf eine Alm gehen konnte. Plötzlich warf sie ihm aus ihren riesengroß erscheinenden schwarzen Augen einen Blick zu und schürzte leicht ihre tiefrot geschminkten Lippen. Gasperlmaier wandte sich ab. Womöglich war es ihrem Begleiter nicht recht, wenn man die Dame musterte. Er sah auf seine Uhr. „Es ist schon zwölf!", sagte er. "Dann sollen sie uns gleich etwas vorspielen!" Der Friedrich deutete dem Somalier. "Play! Please!" Der nickte.

Beide hockten sich ins Gras und begannen zu trommeln. Es dauerte nicht lang, bis sich eine recht ansehnliche Zuseherschaft angesammelt hatte. Gasperlmaier sah um sich und war ein wenig besorgt – was, wenn jemandem die Musik der beiden Afrikaner nicht passte? Er musterte die Zuschauer. Die meisten lachten, klopften sich im Rhythmus auf die Schenkel oder klatschten mit. Ein paar Kopfschüttler mit finsteren Gesichtern waren allerdings auch dabei. Na, hoffentlich kam es nicht zu einer Rauferei, wo er am Ende sein Inkognito lüften und als Polizist einschreiten musste. Das hätte ihm noch gefehlt. Bald schon standen die Zuschauer so dicht, dass er die beiden Trommler gar nicht mehr sehen konnte. Er löffelte sein Gulasch zu Ende, als plötzlich rhythmischer Applaus aufbrandete. Gasperlmaier stand auf und versuchte, zwischen den Zuschauern durchzuspähen. Der Somalier hatte aufgehört zu trommeln und sprang nun zur Begleitung seiner Partnerin wild herum. Seine Sprünge waren gelenkig, fast artistisch, und es schien Gasperlmaier, als ahme er die Flucht eines Tiers vor den Jägern nach. Es mochte auch eine Art Balzritual darstellen, auf jeden Fall schienen die Zuschauer gebannt. Nach kurzer Zeit setzte sich der Somalier wieder und begann erneut zu trommeln. Die junge blonde Frau, die Gasperlmaier schon bei der ersten Hütte hatte pfeifen hören, stellte sich plötzlich neben die beiden Afrikaner und versuchte, mit ihrer Seitelpfeife deren Rhythmus aufzunehmen. Gleich tauchte auch ein barfüßiger Mann in der Lederhose auf, der seine Geige ans Kinn setzte und in den Rhythmus einfiel.

„Na, das schaut ja aus, als würde das wunderbar funktionieren mit der Völkerverständigung!" Der Friedrich schlug Gasperlmaier auf die Schulter, so heftig, dass er fürchtete, aus dem Gleichgewicht zu geraten. Gasperlmaier drehte sich zu ihm um. „Wenn das nur keinen Ärger gibt", flüsterte er dem Friedrich zu. „Ich glaub nicht, dass das allen gefällt. Und woher wissen die zwei überhaupt, dass da heroben heute was los ist?" „Na, wahrscheinlich haben sie's genau so erfahren wie früher unsere Musiker. Mundpropaganda. Schauen wir ein Stück weiter?" Der Friedrich deutete weiter den Berg hinauf, wo es noch mehrere Hütten gab, vor denen Bänke aufgestellt waren, auf denen Musikgruppen Platz genommen hatten.

„Servus, Gasperlmaier!" Die beiden waren noch nicht weit gekommen, als ihnen von einer Bank vor der nächsten Hütte ein bekanntes Gesicht entgegengrinste. Es war der Helmut Schwingenschlögel, der in den verschiedensten Gruppen landauf, landab die Steirische spielte und im Zivilberuf eine Autowerkstatt betrieb, in der Gasperlmaier seinem Gefühl nach schon ein ganzes Vermögen liegen gelassen hatte. Dabei war der Helmut ein durch und durch sympathischer Mensch, dem man nicht böse sein konnte, und Autos reparieren, das konnte er genauso gut wie die Ziehharmonika spielen. Gasperlmaier und der Friedrich näherten sich der Hütte und die Musiker rückten ein wenig zusammen, um ihnen Platz zu machen. „Na sowas!", rief der Friedrich aus. „Da ist ja die Kerstin!" „Grüß dich, Onkel!", winkte die. „Hast auch deine Steirische mitgebracht? Kannst gleich mitspielen!" Der Friedrich schüttelte den Kopf. „Zu schwer zum Tragen!" „Ah geh, eine billige Ausrede!" Die Kerstin schüttelte ihren Kopf, sodass die rote Mähne nur so flog.

Natürlich kannte auch Gasperlmaier die Kerstin Kahlß, sie war ein liebes, sommersprossiges Mädchen, aber ein ungestümes, und dadurch auch so etwas wie ein Sorgenkind. Schon vor Jahren war sie wild mit dem Moped in Altaussee herumgebraust, wie ein Bub, und mehr als einmal hatte ihr Gasperlmaier die Nummerntafeln abnehmen müssen, weil ihr fahrbarer Untersatz viel zu laut oder viel zu schnell oder gleich beides gewesen war. Dennoch war sie ihm nie böse, grüßte ihn stets freundlich und hatte immer ein Lächeln für ihn übrig. Nebenbei spielte sie noch Geige, und zwar, ohne jemals Notenlesen gelernt zu haben. „Das spürt man eh, wie's geht!", hatte sie Gasperlmaier einmal erklärt, der aber leider, wenn man ihm ein Instrument in die Hand drückte, gar nichts spürte.

Der Helmut zog ihn zu sich heran. „Gasperlmaier, kennst den schon?" Das Einzige, was Gasperlmaier am Helmut manchmal auf die Nerven ging, waren seine Witze. Leider waren es oft Polizistenwitze. „Sag, Gasperlmaier, was sind die schwersten Jahre im Leben eines Polizisten?" Der zuckte die Schultern. Er wusste, wenn man es erst gar nicht mit einer schlauen Antwort versuchte, dann ging es schneller vorbei. „Die erste Klasse!" Der Helmut schlug sich krachend auf die Schenkel seiner Lederhose. Er war der Einzige, der lachte, was ihn aber nicht zu stören schien. „Der hat schon so einen Bart!", maulte die Kerstin. Gasperlmaier verstand den Witz nicht ganz. Warum Jahre?

„Weißt was", sagte der Friedrich, „spielt's uns lieber was vor, da haben wir alle was davon!" „Einen Schleunigen!", rief der Carsten und setzte seine Violine ans Kinn. Der Carsten Peschke konnte nichts dafür, dass sein Vater aus Deutschland eingewandert war und ihm neben einem eindeutigen Familiennamen auch noch einen ebensolchen Vornamen verpasst hatte. Sonst war er aber ein ganz patenter Bursch, und wenn es nach dem Dialekt ging, und vor allem danach, wie er seine Geige spielte, war er ein echter Ausseer. Als die Musiker zu spielen begannen, wurde Gasperlmaier wohler, als es ihm bisher an diesem Tag gewesen war. Das, was er hier hörte, war halt seine Musik, die irgendwas in ihm zum Klingen brachte, obwohl er sich gar nicht für einen musikalischen Menschen hielt. Er beobachtete die Kerstin, deren rotblonde Haare beim Fiedeln nur so flogen, und die Emma Thaler, die kaum hinter ihrem riesigen Kontrabass hervorschauen konnte, und plötzlich hatte die eine große Ähnlichkeit mit der Christine, als sie in dem Alter gewesen war. Gasperlmaier spürte ein Brennen in der Kehle und musste die aufsteigenden Tränen mühsam hinunterwürgen. Wenn sie nur wiederkam, seine Christine, er würde alles für sie tun. Alles.

Gasperlmaier stand auf, um für sich und den Friedrich eine weitere Runde Bier zu holen, vielleicht half das ja gegen seinen Schmerz. Als er mit zwei Flaschen zurückkam, hatten die Musiker geendet, und man hörte von weitem wieder die Trommeln der beiden Afrikaner.

„Glaubst, dass da jemand was dagegen hat?", fragte Gasperlmaier vorsichtig den Helmut und wies mit dem Kinn hinunter zu den beiden Afrikanern. Der zuckte nur mit den Schultern. „Wenn s' nur Musik machen, dann ist alles in Ordnung. Wenn's eine g'scheite Musik ist." „Ist es denn eine g'scheite Musik?", bohrte Gasperlmaier weiter. Die Kerstin hatte ihre Unterhaltung mitgehört. „Ich find's super! Noch schöner wär's, wenn sie uns zu sich einladen würden und wenn wir dort drunten in Afrika spielen dürften!" Der Friedrich schüttelte den Kopf. „Dort ist Krieg, Jahrzehnte schon. Glaub mir's, die wollen selber nicht zurück."

„Aber eine Negermusik ist es schon, dass es der Sau graust! Die gehören gleich auf einen Anhänger verladen, und hinunter mit ihnen!" Ein dicker, rotgesichtiger Mann, der am nächsten Tisch saß, drehte sich zu ihnen um. Er trug einen Hut mit einem überdimensionalen Gamsbart, wie sie im Salzkammergut gar nicht üblich waren. Seinen Dialekt vermochte Gasperlmaier im Moment nicht einzuordnen. „Besser eine fesche Negermusik als eine geschissene einheimische!", giftete die Kerstin zurück. „Was sagst?" Der Mann erhob sich und schob seine Hemdsärmel nach oben. Der Friedrich stand ebenfalls auf und drückte ihn wieder auf die Bank. „Eine Ruh ist! Hier wird nicht gestritten und gerauft, sondern musiziert! Und wenn's auf das Mädel losgehen willst, dann kriegst du's mit mir zu tun! Und mit der Polizei!" Der Friedrich zeigte auf Gasperlmaier, der den Kopf senkte, um sein Gesicht durch die Hutkrempe zu verbergen. Das brauchte er auf seinen Kummer nicht noch obendrauf, dass er hier eine Auseinandersetzung zwischen verschiedenen Musikgeschmäckern schlichten musste. „Spielt's noch einen! Schnell!" Der Friedrich trieb die Musiker mit Gesten an. „Einen Schottischen?", fragte der Helmut. „Passt schon!" Der Friedrich setzte sich wieder hin, und als die Musik erklang, schien auch der leicht erregbare Herr vom Nachbartisch beruhigt. Gasperlmaier tat einen kräftigen Zug aus seiner Bierflasche. Für heute war das schon wieder Aufregung genug gewesen. Und jetzt würde er noch ein paar Bier, vielleicht sogar einen Schnaps trinken, rein aus Trotz, weil ihn die Christine alleingelassen hatte.

Der Friedrich hatte eine Runde Schnaps für die Musiker geholt, und die Männer stürzten den Obstler hinunter, während die Kerstin das Stamperl von sich wegschob. „Noch zu früh!" Der Friedrich zuckte mit den Schultern, nahm ihr Stamperl und prostete Gasperlmaier zu. „Auf deine Frau, Gasperlmaier! Auf die Christine! Auf dass sie die Welt sieht, zurückkommt und einsieht, dass es nichts Besseres gibt als das Ausseerland!" Gasperlmaier hob sein Stamperl und stürzte den Schnaps hinunter, ohne abzusetzen. Nicht nur der scharfe Alkohol trieb ihm die Tränen in die Augen. Plötzlich fühlte er sich unendlich müde und wollte sich nur noch ins Gras legen, egal wo. Dafür aber war es wohl ein wenig zu kühl und windig. „Hoffentlich fängt's nicht zu regnen an!", meinte er mit einem Blick zum Himmel. „Wenn, dann bin ich die Erste, die in die Hütte darf!", lachte die Emma. „Der Kontrabass verträgt keine Feuchtigkeit!"

„Ich glaub", sagte der Friedrich, „wir gehen noch weiter hinauf. Aber wenn ihr noch ein bisschen dableibt, kommen wir sicher wieder!" „Schauen wir einmal!", sagte der Helmut. „Ich brauch jetzt auch einmal etwas zu essen." „Das Gulasch ist gut!" Gasperlmaier deutete auf das Feuerwehrauto mit der Gulaschkanone.

## 2

„Was brummt denn da so?", fragte Gasperlmaier, als sie sich bergauf der nächsten Almhütte näherten. „Mir scheint", antwortete der Friedrich, „dass die da hinter der Hütte ein Dieselaggregat stehen haben." Auf der Weißenbachalm gab es natürlich keinen Strom, und wer welchen wollte, musste sich den selber erzeugen. Die meisten Almhütten kamen aber mit einem Solarpaneel über der Hüttentür aus, man brauchte ja nur ein wenig Energie für das Licht. „Ja, was machen denn die da?" Vor der Hütte spielte sich Ungewöhnliches ab. Einige Männer waren damit beschäftigt, Kabel zu verlegen und an eine Verstärkeranlage anzuschließen. „Weißt du, wem die Hütte da gehört?", fragte Gasperlmaier. Der Friedrich schnaufte. „Dem Taferner Lois gehört die. Und das, was ich da sehe, gefällt mir gar nicht! Wozu brauchen die da Stromkabel und einen Generator?" Mittlerweile waren sie nahe an die Terrasse der Hütte herangekommen, aus deren Tür der Lois trat und ihnen entgegenkam.

„Sag einmal, Lois, was ist denn da bei dir heute los? Was hat denn das da mit dem Pfeifertag zu tun?" Der Friedrich deutete auf die auf dem Boden herumliegenden Kabel. Der Lois zuckte mit den Schultern. „Die jungen Leut' haben mich gefragt, ob sie bei mir aufspielen dürfen. Und die sind halt ein bisschen moderner, da hab ich nichts dagegen. Wollt's ein Bier?" Gasperlmaier nickte, eingedenk seines Vorsatzes, sich heute keine Zurückhaltung aufzuerlegen. Der Lois verschwand wieder in der Hütte, und Gasperlmaier nahm einen Ständer wahr, auf dem CDs mit farbenprächtigen Coverfotos gestapelt lagen. Interessiert nahm er eine davon in die Hand. „Die Original Kainischer Hasenjäger" stand darauf. Im Vordergrund sah man eine junge Frau, die ein Dirndl trug, wie man es vielleicht bei Fernsehübertragungen vom Oktoberfest in München sehen konnte. Hierher aber, fand Gasperlmaier, passte das nicht. „Featuring Gitti aus Goisern" stand in kleiner Schrift unter dem Namen der Band, von der Gasperlmaier noch nie etwas gehört hatte. Kainisch, ein kleiner Ort östlich von Bad Aussee, war ihm zwar bekannt, aber Hasenjäger hatte er dort noch nie angetroffen. Er drehte die CD um. „Du bist a wunderschönes Madl" war das erste Lied auf der Trackliste.

„Gefällt's dir? Magst eine haben?" Gasperlmaier schrak hoch und drehte sich um. Wer da vor ihm stand, das konnte nur die Gitti aus Goisern sein, wenn sie auch etwas anders adjustiert war als auf dem Cover der CD. Sie trug ein Dirndl mit hellblauem Leib, das vorne mit Bändern geschnürt war, die kreuzweise übereinanderliefen. Darunter eine rosa Bluse, die tiefe Einblicke gewährte. Der Rock des Dirndls war sehr kurz und ebenfalls rosa, die Gitti trug blonde Zöpfe und war viel zu stark geschminkt. Gasperlmaier musterte sie überrascht. Was hatte die bloß hier heroben verloren? „Mit einer klassischen Tracht ...", begann er und kratzte sich unter dem Hut. Die Gitti zuckte mit den nackten Schultern. „Ist doch egal, oder? Hauptsache, es schaut hip aus!" „Hip!", wiederholte Gasperlmaier. „Ja, wenn du meinst ..." „Wir fangen gleich an zu spielen. Setzt's euch halt her!" „Eine Gitti aus Goisern bei den Kainischer Hasenjägern? Was soll das denn?" Gasperlmaier hatte gar nicht bemerkt, dass der Friedrich von hinten an ihn herangetreten war. „Jetzt seid's doch nicht so! Ich heiß' ja gar nicht Gitti. Ich bin die Nicole. Und weil es die Antonia aus Tirol und den Hubert von Goisern schon gibt, da hab ich mir halt gedacht, dass ... ja, dass so ein Name eben zieht!" „Hubert wär auch ganz schlecht gegangen!", meinte der Friedrich kopfschüttelnd, während er ebenso wie Gasperlmaier zuvor die Gitti von oben bis unten musterte. Seufzend setzte er sich. Gasperlmaier nahm ihm gegenüber Platz, der Lois tauchte mit zwei Flaschen Bier auf, und zu ihrer Überraschung setzte sich die Gitti zu ihnen und rieb sich die nackten Schultern. „Kalt ist es!", jammerte sie. „Kein Wunder", ätzte der Friedrich, „wenn man sich halbnackert vor eine Almhütte stellt. Was ist euch denn da eingefallen, hier heroben mit so einem Gewand anzutanzen?" Die Gitti zog einen Schmollmund, während Gasperlmaier überlegte, ihr seinen Janker anzubieten. Womöglich aber hätte er den Friedrich damit verärgert.

„Ihr seid's", sagte der Lois, „alle miteinander viel zu konservativ! Die jungen Leut' heute wollen halt eine andere Musik! Die kannst du mit dem Geigengeraunze nicht hinter dem Ofen hervorlocken!" „Dafür", konterte der Friedrich, „gibt's ohnehin die Zeltfeste und die ganzen Musikantenstadeln überall! Das passt einfach nicht daher! Und deinen brummenden und stinkenden Generator, den braucht hier auch keiner!" „Prost!", sagte der Lois und hob seine Bierflasche. „Jetzt hört's euch das doch einfach einmal an! Dann könnt's ja immer noch schimpfen!" Da gab Gasperlmaier ihm recht. Die seltsame Verkleidung der Gitti war das eine, aber vielleicht war die Musik ja ganz brauchbar. Man hatte schließlich noch nichts davon gehört.

„Grüß euch! Ich bin der Christian! Der Frontmann!" Darunter konnte Gasperlmaier sich nichts Rechtes vorstellen, aber der Christian redete ohnehin gleich weiter. „Ich hab sie gegründet, die Original Kainischer Hasenjäger! Super Name, oder?" Der Friedrich setzte seine Bierflasche an die Lippen und wandte sich wortlos ab. Gasperlmaier, der wie immer versuchte, jedwede Konfrontation zu vermeiden, nickte vorsichtig. „Eh!", sagte er so leise, dass er hoffte, der Friedrich würde es nicht hören. Aber der fuhr hoch. „Was heißt denn da ‚eh', Gasperlmaier? Ich hab selten so einen blöden Namen gehört! Jedes einzelne Wort ist ausgeborgt, nachgemacht, und saudumm noch dazu! Was soll denn das sein, ein Hasenjäger? Ha?" So aufgeregt hatte Gasperlmaier den Friedrich überhaupt noch nie gesehen. Der nahm doch sonst alles so gelassen.

„Jetzt reg dich doch nicht so auf, du alter Depp! Du bist es uns doch nur neidig, dass wir mehr draufhaben als ihr alten Säcke!" Den Friedrich hielt es jetzt nicht mehr auf seiner Bank, und im gleichen Moment stand auch der Christian auf. Wie zwei Kampfhähne standen sie einander gegenüber. Doch ebenso plötzlich, wie sie gekommen war, schien die Wut des Friedrich verraucht. Er winkte resigniert ab. „Was reg ich mich auf!", sagte er und setzte sich wieder hin. „Die werden euch sowieso mit dem nassen Fetzen verjagen, die Seitelpfeifer und die anderen Volksmusiker." Gasperlmaier befürchtete Schlimmes. Er würde heute sicher nicht in einen Einsatz gehen, schon gar nicht nach drei Bier und einem großen Schnaps. Wenn es hier heute noch zu einer gröberen Auseinandersetzung kam, dann sollten sie sich prügeln, bis die Polizei aus dem Tal eingetroffen war. Und das konnte dauern.

„Spielt's jetzt endlich was, oder net?" Einige Zuschauer schienen bereits ungeduldig auf den Auftritt der Hasenjäger zu warten. „Komm, Gasperlmaier!" Der Friedrich stand neuerlich auf. „Da horchen wir uns lieber die Trommler aus Afrika an. Das ist wenigstens keine solche Plastikmusik wie euer Gejammer da!" Gasperlmaier war hin- und hergerissen. Natürlich hatte der Friedrich recht, aber andererseits wollte er jetzt schon hören, wie die Hasenjäger wirklich klangen. Außerdem musste er aufs Klo. „Ich komm gleich!", beschied er dem Friedrich, verzog sich in einen Latschenstrauch noch weit hinter dem brummenden Dieselaggregat und verrichtete sein Geschäft.

Als er zurückkam, war der Friedrich verschwunden und die Hasenjäger hatten zu spielen begonnen. Eine hübsche, etwas grelle Stimme hatte sie, die Gitti, und durch ihre Verstärkeranlage waren die Hasenjäger natürlich bei weitem lauter als die anderen Musiker. Der Text des Liedes allerdings ließ allerdings auch Gasperlmaier erschauern. Noch ein Stück des Weges hinauf verfolgte ihn der Refrain: *„Du bist a wunderschönes Madl, mit tätowierten Wadln. Komm, heb dein Dirndl in die Höh! Denn wenn i a dein Hintern seh, bist no amol so sche!"* Das, so dachte er bei sich, war wirklich des Guten zu viel und völlig unpassend. Die Christine hätte bestimmt auch allerhand zu diesem Text zu sagen gehabt.

Gerade näherten sich der Friedrich und Gasperlmaier der Weißenbachalmhütte, die ganz oben am Abhang lag und einen wunderbaren Blick über den gesamten Almboden bot, als die Musik aus den Lautsprechern der Hasenjäger plötzlich erstarb. Es schien Gasperlmaier, als habe sich von einem Moment auf den anderen völlige Ruhe auf die Alm herniedergesenkt, doch da und dort klangen leise schon wieder Gesang und Geigenspiel auf. Gasperlmaier drehte sich um. Vor und hinter der Taferner-Hütte spielten sich tumultartige Szenen ab. Man konnte von ihrem Standpunkt sowohl die Terrasse vor der Hütte als auch den Platz sehen, an dem der Generator aufgestellt war. Dort rangelten zwei Männer miteinander. Erst jetzt fiel Gasperlmaier auf, dass auch das sonore Brummen des Generators plötzlich aufgehört hatte. Wahrscheinlich war es das gewesen, was dieses Gefühl tiefer Stille hervorgerufen hatte. Auch auf der Terrasse vor der Hütte ging es jetzt zur Sache. Die befürchtete Rauferei war anscheinend tatsächlich losgebrochen. „Auf, Gasperlmaier! Einsatz!" Der Friedrich gab ihm einen Schubs, dass er fast wieder über die Almwiese hinuntergestolpert wäre, doch er schüttelte den Kopf und setzte sich trotzig ins Gras. „Für mich heute nicht. Erstens hab ich schon zu viel getrunken, zweitens hab ich frei. Morgen gerne wieder!"

„Aber zumindest nachschauen gehen wir! Wer weiß, vielleicht raufen wir sogar mit! Ist ja schon lang her, dass wir einem eine kräftige Tracht Prügel verabreicht haben!" Gasperlmaier hatte zwar keine Lust auf eine Prügelei, aber interessieren tat es ihn doch, wer da vor der Taferner-Hütte aneinandergeraten war. Als sie schließlich unten ankamen, hatte sich die Situation offenbar schon wieder ein wenig beruhigt.

Der Bösch Hias, der Pfeifervater, hatte sich zwischen die streitenden Parteien gedrängt und anscheinend eine Art Waffenstillstand herbeigeführt. Der Hias, der als Pfeifervater bei jedem Pfeifertag von Hütte zu Hütte zog und ein Gedicht vortrug, das in der Ankündigung des nächsten Pfeifertages endete, war die unangefochtene Autorität, die über Ablauf und Regeln des Pfeifertages bestimmte. „Und du, Lois", hörte er den Hias rufen, „wenn du nicht an Ort und Stelle schwörst, dass du niemals mehr einem erlaubst, hier elektrische Musik zu machen, und wenn du mir nicht versprichst, dass dein Dieselungeheuer von jetzt ab im Tal bleibt, dann haben wir heute zum letzten Mal einen Pfeifertag auf der Weißenbachalm gehabt!" Der Hias, so stellte Gasperlmaier fest, war puterrot im Gesicht, wahrscheinlich vor Aufregung und vom lauten Schreien.

Niemand widersprach ihm. Auf der Terrasse waren ein paar Bänke umgefallen, und nach wie vor standen sich der Christian und seine Gitti aus Goisern und die Ausseer Musiker kampfbereit gegenüber. Der Schwingenschlögel stand vornübergebeugt, die Fäuste auf einen Tisch gestützt, und atmete schwer. Der Hut war ihm tief ins Gesicht gerutscht.

Die Frau des Taferner Lois wischte gerade einem Burschen Blut aus dem Gesicht. Gasperlmaier erkannte den Goiserer Trommler, mit dem sie gleich nach ihrer Ankunft auf der Alm ein paar Worte gewechselt hatten. „Was ist denn passiert?", erkundigte sich Gasperlmaier und ließ sich neben dem Burschen auf die Bank fallen. Er hatte eine blutende Wunde an der Augenbraue, ein paar Kratzer an der Wange und ein Auge, das sich gerade blau zu verfärben schien. Die Taferner Fanny seufzte. „Tausendmal hab ich's dem Lois gesagt, dass das nicht geht mit seinen Hasenjägern. Fast hätten wir eine Ehekrise gehabt wegen denen. Aber red einmal mit einem Mannsbild!" Sie träufelte ein wenig Flüssigkeit auf ein Papiertaschentuch und drückte es dem Burschen gegen die aufgeplatzte Augenbraue. Der stöhnte auf. „Jetzt nicht wehleidig sein! Da darf man halt gar nicht erst anfangen mit dem Raufen. Da neben mir steht eh schon die Polizei!" Gasperlmaier winkte ab. „Ich bin heute außer Dienst. Und außerdem in Zivil. Aber sag einmal, wie ist denn das passiert?" Er deutete auf das übel zugerichtete Gesicht des Goiserers. „Ich hab halt getan, was getan werden hat müssen! Au!", antwortete der. Die Fanny hatte ihm seine Kratzer ebenfalls desinfiziert. Das brannte anscheinend.

„Ich bin herauf, damit diese ‚Musik' endlich aufhört!" Er sprach das Wort „Musik" so aus, dass man deutlich hören konnte, was er von der Darbietung der

Original Kainischer Hasenjäger hielt. „Und da hab ich gleich gesehen, dass die ihren Strom aus dem Generator hinter der Hütte haben. Und den hab ich ihnen abgestellt." „Wer hat dich so zugerichtet? Und wie heißt denn?" Gasperlmaier deutete auf die Wunden im Gesicht des jungen Musikers. „Michel heiß ich. Und er da war's!" Er deutete auf einen baumlangen, mageren Kerl, dessen dünne Beine in einer viel zu weiten Lederhose steckten. „Sebastian heißt er, und er ist mich gleich angegangen, wie der Strom aus war. Wie ein Wahnsinniger hat er sich auf mich gestürzt!" Zwar hatte Gasperlmaier nach wie vor keine Lust auf irgendwas, das auch nur entfernt mit Dienst zu tun hatte, aber den Burschen musste er sich dennoch vorknöpfen. Das ging natürlich nicht, dass man hier aus nichtigen Anlässen aufeinander eindrosch. Der Bursch, auf den der Michel gezeigt hatte, saß auf einer Bank dem Christian und der Gitti aus Goisern gegenüber. Die drei steckten die Köpfe zusammen.

Gasperlmaier sah nach dem Friedrich, stellte fest, dass der gerade in ein Gespräch mit dem Hias vertieft war, wobei der Letztere wild gestikulierte. So setzte sich Gasperlmaier allein zu den dreien, in deren Nähe sonst anscheinend niemand verweilen wollte. „Was ist denn passiert?", fragte er. Die drei fuhren hoch. „Der Arsch hat uns den Strom ausgeschaltet! So was gibt's ja nicht! Wir haben auch ein Recht ..." Gasperlmaier winkte ab. „Ja, ja. Darüber müssen wir jetzt nicht streiten. Ich will nur wissen, was ..." „Jetzt pass einmal auf!", zischte der Christian. „Wir haben das gleiche Recht wie alle, hier zu spielen. Wer sagt denn, dass unsere Musik keine Volksmusik ist? Wir gehören zum Volk, und wir spielen unsere Musik! Bloß, weil ein paar Deppen nichts von moderner Musik verstehen, da lassen wir uns doch nicht einfach den Strom abschalten! Wir doch nicht!" Der Christian war ihm so nahe gerückt und war so heftig geworden, dass sein Speichel in Gasperlmaiers Gesicht sprühte. Er wischte sich mit dem Ärmel ab. „Wer hat jetzt angefangen mit der Schlägerei? Weißt schon, wenn er", er deutete auf den Michel, „zu einem Doktor geht, oder ins Krankenhaus, dann gibt's eine Anzeige wegen Körperverletzung. Und ich möchte jetzt wissen, wer angefangen hat!"

„Was geht dich denn das an?", fauchte die Gitti. Jetzt wurde es Gasperlmaier zu bunt. „Ich bin der Kommandant vom Polizeiposten in Altaussee, und deswegen geht mich das was an, wenn es hier zu ...", er war unentschlossen, wie er das Delikt nennen sollte, „... Tätlichkeiten kommt!", sagte er schließlich. Die Gitti, so schien ihm, sank ein wenig kleinlaut auf ihre Bank zurück. „Ich hab dem ja überhaupt nichts getan, außer ein paar Watschen! Und er hat ja auch ..." Der Sebastian drehte sich um, sodass Gasperlmaier seinen Rücken sehen konnte. Der Ärmel seines Hemdes war fast abgerissen. „Dann kommt er wegen Sachbeschädigung dran!" Mit ein paar Gesten versuchte Gasperlmaier, den Burschen zu beruhigen. „Was hast denn überhaupt mit den Hasenjägern zu tun? Und wie heißt?", fragte Gasperlmaier. „Sebastian. Und ich spiel die Drums. Ich hab das gelernt, ordentlich, in der Musikschule, und ich kann's! Gut sogar! Soll ich dir sagen, wo ich schon überall gespielt habe?" Er hielt den Zeigefinger der rechten Hand gegen seinen Daumen, um eine Aufzählung zu beginnen. „Da waren einmal die Ennstaler Burschen, die ..." Wieder winkte Gasperlmaier ab. „Das glaub ich dir ja. Alles. Nur ..." Der Christian unterbrach ihn und zeigte auf die beiden Afrikaner, die sich gerade der Hütte näherten. „Und die zwei, gegen die macht niemand was! Die Neger können machen, was sie wollen! Wir sind Einheimische, wir sind aus dem Salzkammergut, und uns dreht man den Strom ab! Bloß, weil ein paar alte Trotteln hier das Sagen haben! Aber damit ist eh bald Schluss!" Die beiden letzten Sätze hatte er in Richtung des Pfeifervaters hinübergeschrien. „Was?", schrie der zurück. Ob er noch immer oder schon wieder krebsrot im Gesicht war, das konnte Gasperlmaier nicht beurteilen. In einer Geschwindigkeit, die er dem sonst eher behäbigen Hias niemals zugetraut hätte, stürzte er sich auf den Christian und nahm ihn in den Schwitzkasten. „Hör auf!", jammerte der, konnte sich aber schnell befreien, weil er doch jünger und kräftiger war als der Hias. Schon polterten Bänke zu Boden, Gläser und Bierflaschen klirrten. Die Gitti floh kreischend von der Terrasse, während die beiden Afrikaner staunend Halt machten und dem Getümmel aus sicherer Entfernung zusahen.

Innerhalb weniger Sekunden war die Situation völlig unübersichtlich geworden, der soeben erst verarztete Michel zerrte den Christian vom Hias herunter, der schon ein paar kräftige Faustschläge abbekommen hatte. Plötzlich tauchten auch der Helmut Schwingenschlögel und der Carsten auf und rissen den Taferner Lois zurück, der sich anscheinend gerade auf Seiten der Kainischer Hasenjäger in den Raufhandel einmischen wollte. Gasperlmaier gelang es gerade noch, dem Sebastian eine Bierflasche zu entreißen, die der gerade auf den Schädel des Michel niedersausen lassen wollte, als ein sehr lautes „Aufhören!" über die Terrasse schallte, das dem Treiben tatsächlich Einhalt gebot. Der Friedrich war es gewesen, dessen Machtwort die Kontrahenten offenbar zur Besinnung gebracht hatte.

So, wie Gasperlmaier die Lage sah, hatten die Hasenjäger, die zu zweit einer Übermacht gegenübergestanden waren, sowieso den Kürzeren gezogen. Der Michel hatte, obwohl ihm Blut über das Gesicht strömte, den Christian in sicherem Polizeigriff, während der Helmut und der Carsten den Sebastian fixiert hatten, der aber immer noch versuchte, die beiden abzuschütteln. Der Lois war anscheinend in seiner Hütte verschwunden, um sich aus der Schlägerei herauszuhalten. Die Gitti stand in sicherer Entfernung in der Nähe der beiden Afrikaner, die über das Geschehen sichtlich schockiert waren. „Müssen wir jetzt einen Polizeieinsatz auslösen, oder können wir uns wieder friedlich zusammensetzen und Meinungsverschiedenheiten zivilisiert lösen?", brüllte der Friedrich. „Das ist ja nicht zum Aushalten mit euch! Dass ihr euch nicht schämt! Vor den ganzen Leuten!" Er deutete in einer weitausholenden Geste auf die zahlreichen Zuschauer, die herbeigeeilt waren, um sich das Spektakel nicht entgehen zu lassen.

Gasperlmaier konnte ihm nur recht geben, ärgerte sich aber hauptsächlich darüber, dass der Friedrich die Rauferei beendet hatte, was eigentlich seine Aufgabe als Postenkommandant gewesen wäre. Anscheinend, so dachte er bei sich, war er für Führungsaufgaben doch nicht besonders gut geeignet.

„Jessas, Jessas! Da weiß ich gar nicht, ob ich genug Verbandszeug bei der Hand hab! Ihr Mannsbilder!" Die Fanny Taferner trat kopfschüttelnd wieder auf die Terrasse. „Setz dich dahin!", sagte sie zu Michel, der wieder auf der gleichen Bank Platz nahm, auf der er zuvor schon verarztet worden war. „Jetzt gebt's euch die Hand!", forderte der Friedrich den Christian und den Hias auf. „Und dann sagt's, was zu sagen ist!" „Trinken wir ein Bier miteinander! Und dabei reden wir über alles!", reagierte der Hias als Erster. Dem Christian blieb nicht viel anderes übrig, als zu nicken und sich dem Hias gegenüber hinzusetzen.

„Komm, Gasperlmaier!", forderte ihn der Friedrich auf. „Ich glaub, sie werden jetzt eine Ruhe geben! Gehen wir noch einmal hinauf zur Weißenbachalmhütte, dort setzen wir uns gemütlich zusammen und trinken noch eine Halbe, und dann lassen wir es gut sein!" Gasperlmaier nickte, und langsam entfernten sie sich vom Schauplatz der Auseinandersetzung. „Das war aber auch wirklich scheußlich, was die da gesungen hat, in ihrem komischen Fetzen!", äußerte Gasperlmaier nun doch eine Meinung zu den Darbietungen der Kainischer Hasenjäger featuring Gitti aus Goisern. „Am liebsten hätt ich ihnen ja selber den Stecker gezogen!" Der Friedrich seufzte. „Manche begreifen es halt nicht, dass sie nicht bei jeder Veranstaltung und überall dabei sein dürfen. Denen geht's doch nur ums Geld, die wollen CDs verkaufen und wahrscheinlich auch die ganzen Klicks im Internet haben. Der Teufel weiß, wie sie damit was verdienen."

„Ich mein", pflichtete Gasperlmaier bei, „ich hab ja auch schon dann und wann in einem Bierzelt ... ich mein, natürlich nicht in unserem, aber ... also, da war schon so ... Schlagermusik, wo ich auch ein bisschen mitgeklatscht habe, aber ..." Es fiel ihm schwer zu erklären, was er genau meinte, dennoch nickte der Friedrich. „Alles dorthin, wo es hingehört. Hier kommen die Leute her, um selber zu spielen, und die Zuschauer kommen, damit sie traditionelle Musik hören können. Und nicht diesen dümmlichen Schund. Aber mit dem ist ja jetzt endlich Schluss!" Der Friedrich öffnete das Gatter, das die Terrasse der Weißenbachalmhütte von der Weidefläche trennte. Zwei Kühe standen wie Wachtposten links und rechts des Gatters und beäugten die beiden. „Euch gefällt sicher die echte Volksmusik auch besser, was?" Der Friedrich tätschelte eine der beiden Kühe zwischen den Augen, bevor er die Terrasse betrat.

„Geh, rückt's ein bisserl!" Zwei schmale Plätze auf einer der langen Bänke wurden für die beiden freigemacht, und endlich kehrte Ruhe ein, nur unterbrochen von zwei Sängerinnen, die zur Gitarrenbegleitung Volksweisen sangen. Recht gefühlvolle, wie Gasperlmaier fand. Vom Herbst war die Rede, vom Ende des Almsommers und von Abschieden. Ihm wurde wehmütig zumute, denn wieder musste er an die Christine denken, und an die riesige Weltkugel, auf deren anderer Seite sie sich nun befand. Weit, weit weg. So wie die beiden Frauen sangen. „Du bist so weit, weit weg von mir." Seine Augen wollten sich schon mit Tränen füllen, und er versuchte, dem Einhalt zu gebieten, indem er einen kräftigen Schluck aus der Bierflasche nahm.

Nach etwa einer halben Stunde wurde es kühl. „Wann meinst denn, dass wir wieder hinuntergehen?", fragte er den Friedrich. Der nickte. „Bald. Mir wird schön langsam kalt. Und besser wird das Wetter auch nicht mehr!" Er deutete nach oben zu den Wolken, die auch Gasperlmaier noch dunkler schienen als zuvor. „Pfüat euch!" Die beiden standen auf, drängten sich durch die nun zahlreicher vor der Terrasse grasenden Kühe und traten auf den Schotterweg, der zur Hütte heraufführte. Nur wenige Meter weiter allerdings wehte ihnen ein verführerischer Duft in die Nase. Ein Stück weiter unten war am Wegesrand ein Wagen aufgestellt, in dem Bauernkrapfen gebacken wurden, man konnte es ganz deutlich riechen.

„Ja, grüß dich, Maresi!" Gasperlmaier war erstaunt, seine Nachbarin hier heroben anzutreffen. „Dass du da

Bauernkrapfen machst?" Die Maresi grinste. „Geh, tu nicht so verlogen, Gasperlmaier! Du stehst doch eh jedes Mal beim Zaun, wenn ich welche backe!" „Ist ja gar nicht wahr!", verteidigte sich Gasperlmaier. Allerdings stimmte es, dass die Maresi schon gelegentlich ein paar ihrer köstlichen Germteigkrapfen über den Zaun reichte, wenn sie zu viel gebacken hatte.

„Was war denn da unten los, vorher?" Geduldig erläuterte der Friedrich, wer warum auf wen losgegangen war, während Gasperlmaier sich seinen Krapfen schmecken ließ. „Aber einen Schnaps müsst's schon noch trinken, als Stärkung, bevor ihr euch wieder auf den Weg macht's!" Die Maresi schenkte beiden ein großes Stamperl Obstler ein. Gasperlmaier zögerte. Auf der einen Seite hatte er sich geschworen, sich heute zu betrinken, um der untreuen Christine eins auszuwischen. Auf der anderen Seite – es wartete der Abstieg von der Alm auf ihn, danach die Katharina, die ihm was gekocht hatte, und morgen schließlich der Dienst, in aller Frühe. Aber sollte er die Maresi deswegen beleidigen? Der Fußmarsch würde ihn schon ausnüchtern. „Prost!", sagte er also, und der Friedrich stieß mit ihm an. Gut war er, der Obstler von der Maresi. „Wie viele Krapfen hast denn heute schon verkauft?", fragte der Friedrich. „Leut sind ja ein paar heroben!" Die Maresi lachte und drehte sich zu ihrer Schmalzpfanne um, um drei Krapfen, die darin schwammen, zu wenden. „Genug! Ich komm ja eh kaum nach mit dem Backen!" Gasperlmaier gewahrte, dass sich hinter ihm bereits zwei, drei Leute angestellt hatten. Rasch trank er seinen Schnaps aus, stellte das Stamperl auf den Tresen und trat zur Seite. „Pfüat di, Maresi!", winkte er ihr noch zu.

„Dass es jetzt aber auch tatsächlich zu regnen anfangen muss!", ärgerte sich der Friedrich, als aus dem feinen Nieseln, das sie schon zu spüren begonnen hatten, ein zwar leichter, aber dennoch unangenehmer Regen wurde. Er fischte aus seinem blitzblauen Rucksack eine ebenso blitzblaue, feinsäuberlich zusammengelegte Regenjacke hervor und zog sie über seinen Janker. Gasperlmaier drückte seinen Hut fester ins Gesicht. „Der muss reichen. Ich hab ja niemanden, der mir Regenzeug einpackt!", murmelte er verdrossen. „Geh, Gasperlmaier! Du musst schon ein bissl selbständiger werden! Das Zeug pack ich mir natürlich selber ein! Ich geh beinah jeden Tag Steckenwandern, da hab ich die Jacke immer dabei! In einem ganz kleinen Packerl, das ich mir an den Gürtel hängen kann!" Gasperlmaier zuckte mit den Schultern und wandte sich der Forststraße zu, die bergab führte.

„Grüß euch!", schallte es ihnen von der Gulaschkanone entgegen. „Schon heim? Wollt's noch ein Gulasch?" Der Martin, der zuvor übersetzt hatte, was die beiden Afrikaner gesagt hatten, winkte ihnen zu. „Was meinst, Gasperlmaier? Ein Gulasch und ein Krapfen, für vier Stunden Wandern, ist das genug für ein g'standenes Mannsbild?" Der Friedrich stieß ihn in die Rippen. Nach dem süßen Krapfen, fand Gasperlmaier, konnte man ganz gut noch ein wenig handfeste Wegzehrung brauchen. Er nickte. „Muss aber keine große Portion sein!" „Ein Bier auch dazu?" Gasperlmaier wehrte ab. „Nein, ich glaub ..." Der Friedrich nickte zustimmend. „Genug ist genug!" Wenig später waren die beiden mit vollen Bäuchen wieder auf dem Weg.

Gerade, als sie den Fuß der Weißenbachalm erreicht hatten, kam ein großer Reisebus vom Wendeplatz hergefahren. Der Fahrer hielt an und ließ zischend die Tür aufspringen. „Wollt's noch mit?" Gasperlmaier zögerte, der Friedrich jedoch schüttelte den Kopf und bedeutete dem Fahrer, weiterzufahren. „Das brauchen wir doch nicht, Gasperlmaier, was? Die Luft wird doch durch den Regen nur noch frischer!" Gasperlmaier spürte nun doch deutlich die zahlreichen Biere und den Schnaps, und die Beine wurden ihm schwer. Er hätte sich schon zum Mitfahren überreden lassen, doch der Bus war schon in einer Staubwolke verschwunden. Komisch, dachte Gasperlmaier. Jetzt regnete es schon ein paar Minuten lang, und die Straße staubte noch immer. Wie war das nur möglich?

Die Alm war gerade ihren Blicken entschwunden, als Gasperlmaier sich einbildete, einen Schrei gehört zu haben. „Still!", sagte er zum Friedrich. „Hast du das auch gehört? Da hat wer geschrien!" „Nix hab ich gehört!", antwortete der Friedrich, doch kaum hatte er geendet, konnte man noch einmal deutlich das Kreischen einer Frau vernehmen. „Was meinst, Friedrich? Ob was passiert ist? Ob wir noch einmal umdrehen sollen?" Diesmal war es der Friedrich, der unentschlossen wirkte. „Wahrscheinlich ist eine Spinne am Klo gesessen, oder irgend so was. Da brauchen wir doch nicht extra umdrehen, um sie zu trösten!" Der Friedrich wandte sich ab und tat ein paar Schritte talwärts. Die Schreie aber wurden mehr, auch Männerstimmen mischten sich darunter. „Komm!", entschied Gasperlmaier. „Wir schauen, was da los ist!"

Er wartete gar keine Antwort ab, sondern hastete zu der Stelle zurück, wo der Wald zurückwich und die Alm von der Straße aus sichtbar wurde. Schreie gellten über den ganzen Almboden und wurden von den Felswänden vielfach zurückgeworfen. Die Menschen waren in Bewegung, viele kamen über die Wiesen herabgelaufen, andere drängten nach oben. Gasperlmaier sprach eine Frau an, die zwei Kinder an der Hand hielt.

„Was ist denn passiert?" Die Frau war blass im Gesicht. „Bitte lassen S' mich mit den Kindern nach unten! Wir müssen weg da!" Sie rannte an Gasperlmaier vorbei, im Vorbeilaufen aber drehte sie sich noch einmal zu ihm um: „Derschlagen haben s' einen! Derschlagen!", flüsterte sie atemlos. Mittlerweile hatte der Friedrich aufgeholt. „Ich hab's schon gehört, Gasperlmaier! Einsatz!"

Der Tumult war oberhalb der Weißenbachalmhütte am größten. Gasperlmaier war schweißgebadet und bekam kaum noch Luft, als er dort ankam. Er sah die Gitti aus Goisern auf einer Bank kauern, sie hatte die Ellbogen auf die Knie gestützt, das Gesicht in den Händen geborgen und wurde offenbar von Weinkrämpfen geschüttelt. Bei ihr konnte sich Gasperlmaier nicht aufhalten, denn die Schreie kamen von weiter oben. Da musste es sein! Eine riesige Fichte stand einsam, in einigem Abstand vom Waldrand, auf dem Almboden, ein großer Felsblock davor. Dort hatten sich die Leute angesammelt und kreischten durcheinander. Gasperlmaier hastete an den beiden Afrikanern vorbei, die konsterniert aus einiger Entfernung die Aufregung verfolgten. „What's the matter?", sprach ihn der Mann an, doch Gasperlmaier hatte keine Luft übrig, um ihm zu antworten.

„Geht's auf die Seite, Polizei!", krächzte er, als er an der Menschenmauer ankam, die irgendetwas umgab, was sich dort ereignet hatte. Niemand hörte ihn. Er musste nur ein wenig verschnaufen. „Platz da! Polizei!", brüllte daraufhin der Friedrich, der ihm schneller gefolgt war, als er das für möglich gehalten hatte. Tatsächlich öffnete sich eine Gasse für die beiden, und der Friedrich scheute auch nicht davor zurück, Menschen zur Seite zu stoßen, wenn sie ihm nicht auswichen. Gasperlmaier folgte in seinem Schatten. Es dauerte nur Sekunden, bis er sah, was passiert war. Ein

Mann lag auf dem Boden, der Schädel blutverschmiert. Der Helmut Schwingenschlögel machte Herzmassage. Es bedurfte keiner großen Phantasie, um sich auszumalen, was hier geschehen war. Entweder hatte ein Steinschlag oben von der Felswand den Mann getroffen, oder jemand hatte nachgeholfen und ihm einen Stein auf den Schädel geschlagen.

„Geht's aus dem Weg!", schrie nun Gasperlmaier, dem bewusst war, dass hier wahrscheinlich ein Tatort von zahlreichen Schaulustigen zertrampelt und umgepflügt wurde. „Geht's alle weg! Hier gibt's nichts zu sehen! Polizei!" Der Friedrich unterstützte ihn nach Kräften, und plötzlich tauchten auch die beiden Feuerwehrleute von der Gulaschkanone neben ihnen auf. „Weitergehen! Platz machen!" Nur zögerlich wichen die Leute zurück. „Wer sagt denn, dass ihr wirklich von der Polizei seid?", rief einer. „Ich kenn den!", antwortete ein anderer. „Weißt nicht, dass mir der schon einmal den Führerschein genommen hat?" Ein fast kahlgeschorener Bursche tauchte vor Gasperlmaier auf, sein Handy hoch erhoben, sodass er über Gasperlmaiers Kopf hinweg filmen konnte. „Verschwind!", herrschte Gasperlmaier ihn an. „Hier gibt's nichts zu filmen! Gar nichts!" „Scheiß dich nicht an, Alter!" Der Bub grinste ihm provokant ins Gesicht. Gasperlmaier fackelte nicht lange und verabreichte ihm eine kräftige Ohrfeige. Der Bursch war so überrascht, dass er nach hinten trat, über eine Wurzel stolperte und der Länge nach hinschlug. Das Handy landete ein, zwei Meter weiter auf einem Stein. Es gab ein unangenehmes Geräusch, als das Display zersplitterte. „Das zahlst du mir, du Arsch!" Gasperlmaier war über sich selbst erstaunt. So war er doch sonst nicht. Aber es war wohl das viele Bier, das ihn jetzt etwas aggressiv gemacht hatte. Als Polizist verfügte er ja über jede Menge leidvolle Erfahrung darüber, was Alkohol mit Menschen machen konnte. Nun hatte es ihn ausnahmsweise einmal selbst getroffen. Er klaubte das zersprungene Handy auf und betrachtete es verblüfft.

Der Bursch kam auf ihn zu und wollte ihn am Kragen packen, da wurde er unsanft zurückgerissen. „Jetzt schleichst dich! Und dein Handy, das kannst dir morgen vom Polizeiposten holen! Beweismittel!" Der Friedrich war ihm wieder einmal rettend beigesprungen. Der Bursch verzog sich, Schimpfwörter vor sich hinmurmelnd. Gasperlmaier glaubte, irgend so was wie „Scheißbulle" gehört zu haben. Jetzt, so dachte er bei sich, wussten nicht einmal mehr die jungen Einheimischen, dass ein Polizist in Österreich, wenn überhaupt, als Kieberer beschimpft wurde. Was hatten die deutschen Fernsehserien bloß angerichtet?

Endlich konnte sich Gasperlmaier dem auf dem Boden liegenden Opfer zuwenden. Der Helmut hatte sich aufgerichtet und stand kopfschüttelnd neben dem Mann, der nach wie vor reglos im Moos lag. „Nichts zu machen. Er hat keinen Puls mehr gehabt, als ich begonnen hab. Den hat's am Schädel erwischt." Gasperlmaier besah sich das Opfer genauer. Es lag auf der Seite, das Gesicht von ihm abgewandt. Der Hinterkopf war blutig verklebt, einiges Blut war auch auf den Waldboden getropft und hatte ihn rot gefärbt. „Der Christian ist es", sagte der Helmut. „Welcher Christian?", fragte Gasperlmaier, der im Angesicht blutiger Leichname selten klar denken konnte. „Der Pönitzer. Der mit den Kainischer Hasenjägern. Du weißt schon ..." Gasperlmaier nickte. Und ihm wurde auch klar, dass der Schwingenschlögel natürlich nicht nur als Ersthelfer hier gewesen sein konnte, sondern ganz gut auch als Täter. Noch vor einer Stunde waren die beiden einander ja bei der Rauferei auf der Alm als Kontrahenten gegenübergestanden. „Hat irgendwer einen Empfang?", fragte der Friedrich und hielt sein Handy in die Höhe. „Wir brauchen ja die Spurensicherung und alles!" Nach einer kurzen Überprüfung und allgemeinem Kopfschütteln meldete sich einer der Feuerwehrler. „Aber wir haben ja Funk im Auto! Ich probier's mal!" „Und ich", sagte der Martin, der Zivildiener, „ich schau, dass ich euch die Leute vom Hals halt." Er schritt auf die Forststraße zu und stellte sich vor den großen Baum, hinter dem der Angriff geschehen war.

„Dich muss ich leider auch wegschicken, vorerst!", sagte Gasperlmaier zum Helmut Schwingenschlögel. „Aber bereithalten, wir werden noch eine Aussage brauchen!" Der Helmut nickte, hob seinen Hut auf, der unweit des Toten im Moos lag, und machte sich auf den Weg. Gasperlmaier und der Friedrich waren nun allein mit der Leiche. „Es kann ja nur einer gewesen sein, der hier heroben war!", fiel Gasperlmaier ein. Der Friedrich lachte auf. „Sechshundert Leute? Achthundert? Von denen die meisten jetzt schon auf und davon sind?" Der Friedrich deutete nach oben. Die große Fichte hatte sie bis jetzt vor dem Gröbsten geschützt, aber jetzt, wo es still geworden war, konnte man deutlich hören, wie der Regen auf die Nadeln herunterrauschte. Von Gasperlmaiers Hutkrempe begann es zu tropfen. „Oder es war ein Steinschlag", gab er zu bedenken und zeigte auf die aufragende Felswand über ihnen. Der Friedrich schüttelte den Kopf. „Da hätte man was hören müssen, da wär ja mehr heruntergekommen. Und irgendjemand hätte das auch bemerkt."

„Scheint übrigens ein beliebter Platz gewesen zu sein", sagte der Friedrich und deutete auf die Reste von Klopapier und Papiertaschentüchern, die überall herumlagen. Natürlich waren auch jene Reste nicht weit, die die Verwendung von Klopapier überhaupt erst nötig gemacht hatten. „Bei den vielen Leuten", seufzte Gasperlmaier, „da sind halt nicht genug Klos ..." Der Friedrich nickte. „Pass auf, dass du nirgends hineintrittst!" Gasperlmaier sah sich um. Hier waren bereits mehr als genug Leute überall hineingetreten. Spuren, so fürchtete er, würde die Tatortgruppe hier nicht mehr viele finden. Oder zu viele, je nachdem. Womöglich musste man von all den Resten DNA-Proben anfertigen lassen. Insgeheim wünschte er der Tatortgruppe dabei viel Glück und war froh, nicht dabei zu sein.

„Sollen wir jetzt was tun, oder warten wir einfach?", fragte Gasperlmaier. Der Friedrich setzte seinen Rucksack auf den Boden und holte einen Schirm daraus hervor. Der war ebenso blau wie Rucksack und Regenjacke, und als er ihn aufspannte, entfaltete er ein erstaunlich großes Dach, unter dem sich die beiden nahe am Stamm der Fichte so zusammen hinsetzten, dass sie fast nicht nass wurden. „Wir warten", entschied der Friedrich.

# 3

„Hörst es?" Gasperlmaier sprang auf. „Sie kommen!" Der Friedrich nickte. „Jetzt hör ich's auch!" Es waren die Sirenen von Polizeiautos. „Ich geh einmal nachschauen!", sagte Gasperlmaier. „Du passt da auf?" Der Friedrich nickte wiederum. Gasperlmaier trat hinter der großen Fichte hervor. Die Alm war nun nahezu menschenleer, nur vor den einzelnen Hütten waren noch ein paar Tische spärlich besetzt. Von den Menschen sah man fast nur die aufgespannten Schirme. Musik gab es keine mehr, dafür regnete es kräftig. Drei Fahrzeuge quälten sich die Forststraße herauf, ganz vorne ein Streifenwagen, dahinter das weiße Cabrio der Frau Doktor Kohlross, und beendet wurde die Kolonne vom Bus der Tatortgruppe. Kaum hatten sie die erste Kehre genommen, tauchte hinter ihnen auch noch ein Leichenwagen auf. „Hierher!", rief Gasperlmaier und winkte. Es dauerte nicht lange, bis die Fahrzeuge direkt vor ihm hielten.

Aus dem ersten stieg neben zwei Uniformierten auch die Frau Doktor Wurm, die Gerichtsmedizinerin. Ganz entgegen ihrer sonstigen Laune schien sie heute fast aufgeräumt. „Schönen Sonntag, Gasperlmaier. Hätt ich gar nicht gedacht, dass ich heute noch zu einem Ausflug auf die Alm komm!" „Tja!" Gasperlmaier zuckte mit den Schultern. „Wenn halt der Anlass nicht wäre!" Die Frau Doktor Wurm winkte ab. „Mir war eh fad. Was sollst du an einem solchen Sonntag schon tun?" Sie deutete nach oben, holte einen Schirm aus ihrer Handtasche und spannte ihn auf. „Wo ist denn eure Leiche?" „Hinter dem Baum da!", wies ihr Gasperlmaier den Weg.

„Grüß dich, Gasperlmaier!" Die Frau Doktor Kohlross umarmte ihn und drückte ihm zwei Küsse auf die Wangen. Sie roch, so fand Gasperlmaier, ganz vorzüglich, durch den Regen am Ende sogar noch frischer als sonst. Sie trug Jeans, schwarze Sportschuhe und eine orange Regenjacke. Gasperlmaier sah ein wenig konsterniert auf eine winzige Ausgabe der Frau Doktor neben ihr, die schüchtern unter der orangen Kapuze hervorlugte. Die Sophie, die etwa vierjährige Tochter der Frau Doktor, trug ebenfalls Jeans und eine orange Jacke. „Ja, Sophie?", fragte Gasperlmaier ein wenig überrascht. „Was machst du denn da?" Die Begehung eines Tatorts samt blutverschmiertem Opfer, so fand er, war wohl kaum die richtige Feiertagsbeschäftigung für ein so kleines Mädchen.

„Tja, Gasperlmaier!" Die Frau Doktor zuckte mit den Schultern und zog ebenfalls eine Kapuze über ihr dunkles Haar, das Gasperlmaier diesmal tiefrot oder kupferfarben zu schimmern schien. „Oma krank, Opa auf Kur, keine Freundin zu erreichen. Was sollte ich tun? Ich übergeb sie jetzt einmal dir, du hast ja den Tatort schon ausreichend besichtigt, nehme ich an?" Gasperlmaier nahm seinen Hut ab, schüttelte ihn aus und setzte ihn wieder auf. Er war schon um einiges schwerer geworden, seit der Regen eingesetzt hatte, aber einstweilen hielt er dicht. „Tschüss, Sophie, ich bin gleich wieder da! Den Gasperlmaier, den kennst du ja schon!" Kennen, fand Gasperlmaier, war ein wenig übertrieben. Er hatte die Sophie zuletzt vor etwas mehr als einem Jahr gesehen, bei seiner Geburtstagsfeier. Damals aber, so erinnerte er sich, war sie erst zwei oder vielleicht drei gewesen, hatte sich meist an die Schulter ihrer Mutter gedrückt und ihn keines Blickes gewürdigt. Er hockte sich hin, um der Sophie ins Gesicht sehen zu können. „Na?", fragte er. Sonst fiel ihm auf die Schnelle nichts ein. Die Sophie betrachtete ihn skeptisch und sah kurz ihrer Mutter nach, wie sie hinter dem Felsen verschwand, der breit und schwer vor der Fichte lag, hinter der sich das Drama abgespielt hatte. „Liegt da ein Toter?" Die Sophie zeigte mit ausgestrecktem Finger zum Baum. „Nein, nein!", beeilte sich Gasperlmaier auszuweichen. „Der ... der schläft nur!" „Warum muss dann die Mama kommen, wenn einer schläft? Die kommt sonst nur, wenn einer ermordet wird!" Das Kind, fand Gasperlmaier, war ein wenig zu aufgeweckt für sein Alter. Er musste sich etwas einfallen lassen, um sie abzulenken, sonst würde sie noch verlangen, zur Leiche geführt zu werden. Gasperlmaiers Blick fiel auf den Krapfenwagen der Maresi, dessen vordere Klappe immer noch geöffnet war. Vielleicht ... „Magst du einen Krapfen, Sophie? Mit viel Marmelade?" Die Sophie nickte. „Marillenmarmelade?" Gasperlmaier richtete sich auf und nahm sie an der Hand. „Marillenmarmelade. Viel Marmelade!", bestätigte er.

„Servus, Maresi!", grüßte er seine Nachbarin. Die war offenbar gerade am Zusammenräumen, denn die Ölwanne, so stellte Gasperlmaier fest, war bereits abgeschaltet. „Hast noch ein paar Krapfen?" „Freilich!", nickte sie. „Warm sind s' aber nicht mehr. Ich bin ja nur noch da, weil ich warten muss, bis das Öl abgekühlt ist. Und dann muss ich auch noch auf den Werner warten. Ich hab ja kein Auto da, er hat mir den Anhänger heraufgezogen und ist dann wieder hinuntergefahren." Der Werner, das war der Mann der Maresi, zu dem Gasperlmaier keinen rechten Zugang fand, obwohl er ein Nachbar war. Er redete nicht viel, war meist mürrisch und trug ein finsteres Gesicht mit sich herum. Warum ihn die Maresi geheiratet hatte, das stand, so fand Gasperlmaier, in den Sternen. Und zwar in solchen, die Lichtjahre entfernt waren.

„Wer bist denn du?", fragte die Maresi, während sie mit einem Löffel Marmelade in die Vertiefung des Krapfens kleckste. Gasperlmaier antwortete, da die Sophie keine Anstalten dazu machte. „Das ist die Sophie, die Tochter von der Frau Chefinspektor Kohlross, die da oben ..." Er mochte nicht näher darauf eingehen, was die Frau Doktor dort oben machte. „Da hast deinen Krapfen!" Die Maresi reichte ihn aus dem Fenster ihres Wagens. Gleich sah Gasperlmaier, dass die Sophie mit dem riesigen Ding überfordert sein würde, und versuchte, ihn entzweizureißen. Als die Sophie das sah, begann sie zu schlucken, und Sekunden später kullerten ihr schon Tränen über die Wangen. „Magst du den ganzen?", fragte Gasperlmaier erschrocken, worauf die Sophie nickte und den Krapfen in die Hand bekam. Es schien sie nicht zu stören, dass Regentropfen in die Marillenmarmelade platschten.

„Hast ein paar Servietten?", fragte Gasperlmaier. Die Maresi nickte. Mit den Marmeladeflecken auf Jacke und Hose musste dann wohl die Frau Doktor zurechtkommen. „Servus, Gasperlmaier. Hätt ich nicht gedacht, dass du auch so schnell hier heroben bist! Warum bist denn in Zivil?" Der Aschauer Otto hatte sich neben ihn an den Krapfenwagen gestellt. Er war Angestellter der örtlichen Bestattung und kam Gasperlmaier immer wieder einmal unter, wenn das Opfer einer Bluttat abzutransportieren war. „Ich bin ja schon heroben gewesen, wie ... ich hab halt einmal einen Ausflug zum Pfeifertag gemacht!" „Ja, ja!", nickte der Otto und zündete sich eine Zigarette an. „Jetzt bist am Ende selber noch verdächtig, was?" Er inhalierte tief und stieß den Rauch unter Husten wieder aus. „Hast einen Obstler, Maresi?" „Freilich!", nickte die. Die Sophie war inzwischen ganz in ihren Krapfen vertieft, und die Marmelade hatte sich, wie erwartet, nicht nur über ihr ganzes Gesicht, sondern auch über ihre Kleider verteilt. Darum konnte sich Gasperlmaier aber jetzt nicht auch noch kümmern.

„Sag, Maresi, könntest du noch ein paar Minuten auf die Kleine aufpassen? Ich müsste …" Er deutete den Berg hinauf. Die Maresi nickte. „Wir kommen schon miteinander aus, was, Sophie? Und ich hab ja nicht nur Krapfen da …" „Wir kriegen das schon hin!", sagte der Otto und prostete ihm mit seinem Stamperl zu. Bevor die Sophie erneut zu heulen beginnen konnte, machte sich Gasperlmaier aus dem Staub. Die Frau Doktor blickte ihm allerdings entsetzt entgegen, als er am Tatort ankam. „Nein, nein!", beruhigte er sie. „Ich hab sie nicht verloren. Sie ist bei meiner Nachbarin im Krapfenwagen."

„So!" Die Frau Doktor Wurm, die Gerichtsmedizinerin, kam auf sie zu. Trotz der nassen Fundstelle und der langen Anreise an einem Feiertag schien sie immer noch ungewöhnlich gut gelaunt. Sonst hatte sie immer wegen ihrer Bandscheiben gejammert. „Da staunt ihr, was? Die Bandscheibenschmerzen sind weg! Und das ohne Operation! Ich sag euch, nachdem ich alle Behandlungsversuche abgebrochen habe, inklusive der esoterischen …" Sie strahlte förmlich. „Aber das", unterbrach sie sich selbst, „gehört nicht hierher. Kommt einmal mit!"

Die Leiche lag inzwischen auf einer Plane, und darüber hatte die Tatortgruppe eine Art Baldachin errichtet, sodass man den Tatort untersuchen konnte, ohne dass einem ständig der Regen beim Kragen hineinrann. „Die Identität haben wir ja schon geklärt, Christian Pönitzer, 34 Jahre alt, keine Besonderheiten erkennbar, außer ein paar Narben, die nichts mit unserem Fall zu tun haben." Sie beugte sich zum Kopf des Opfers hinunter und deutete auf eine blutverkrustete Stelle. „Hier haben wir nicht nur eine oberflächliche Wunde, sondern einen massiven Schädelbruch. Was genau gebrochen ist, weiß ich erst, wenn ich ihn auf dem Tisch habe." „Abwehrverletzungen?", fragte die Frau Doktor Kohlross. Die Medizinerin schüttelte den Kopf. „Nix gefunden. Zwar hat er Dreck unter den Fingernägeln, aber so wie im Film ist es ja nicht oft, dass wir da Faserspuren finden, die eindeutig einem Verdächtigen zuzuordnen sind." „Aber es muss doch einen Kampf, eine Auseinandersetzung gegeben haben?", mischte sich Gasperlmaier ein. Die Frau Doktor Wurm schüttelte den Kopf. „Für mich sieht das eher so aus, als hätte ihm jemand einen Stein nachgeschleudert. Der ihn dann direkt hier getroffen hat!" Sie zeigte nochmals auf die Wunde. „Schädelbruch, Bewusstlosigkeit, Hirnblutung, Exitus. So war das wohl." Gasperlmaier überlegte, ob es nicht doch ein Steinschlag gewesen sein könnte, der den Christian Pönitzer getötet hatte, hielt aber den Mund. Das musste ja, so dachte er bei sich, ein sehr kräftiger Mann gewesen sein, der einen Stein so schleudern konnte, dass das Opfer daran unmittelbar verstarb. Die Frau Doktor war offenbar den gleichen Gedankengängen gefolgt. „Ein Mann? Ein kräftiger Mann?" Die Frau Doktor Wurm aber schüttelte den Kopf. „So ein Stein, der braucht nicht einmal zwei Kilo zu haben. Und wenn man den von hinten direkt auf den Kopf bekommt, so etwa!" Sie stellte sich hinter Gasperlmaier, klaubte einen Stein vom Boden auf und deutete an, ihn auf seinen Hinterkopf niedersausen zu lassen. Unwillkürlich zuckte er zusammen. „Dann könnte das auch eine Frau gemacht haben. Eine gewisse Größe natürlich vorausgesetzt. Alles unter einem Meter fünfzig, würde ich einmal sagen, scheidet aus. Sofern ..." „Ja?", fragte die Frau Doktor. Die Medizinerin legte ihre rechte Hand ans Kinn. „Sofern der Stein nicht aus einer gewissen Entfernung geschleudert wurde. Auch das halte ich für möglich." Frauen, fand Gasperlmaier, taten so etwas nicht. Das musste ein Mann gewesen sein. Und Verdächtige, so dachte er bei sich, gab es hier heroben genug, wenn man an die Auseinandersetzungen dachte, die es während des Nachmittags gegeben hatte.

„Danke!", sagte die Frau Doktor Kohlross. „Das war's ja wohl für heute?" Die Frau Doktor Wurm nickte. „Können mich die zwei Leute wieder heimfahren?" „Sicher", sagte die Frau Doktor Kohlross. „Die brauchen wir wohl auch nicht mehr. Gasperlmaier, hast du keinen Schirm? Mir rinnt schon das Wasser die Hose hinunter." Der schüttelte den Kopf. „Wie kann man an so einem Tag nur ohne Schirm außer Haus gehen?" Er verzichtete auf eine Erwiderung, weil er sich nicht auf eine Debatte darüber einlassen wollte, wer heute womöglich unpassend ausgerüstet aufgebrochen war.

„Wer hat denn die Leiche eigentlich gefunden?", fragte die Frau Doktor. Gasperlmaier zuckte mit den Schultern. „Was heißt das? Du hast nicht danach gefragt?" Gasperlmaier erklärte die Situation, so gut er konnte. „Und als wir hier angekommen sind, hat der Helmut Schwingenschlögel, das ist auch ein Musiker, gerade Herzmassage gemacht, und es sind ein Haufen Leute herumgestanden." Die Frau Doktor schüttelte missbilligend den Kopf. „Das hättet ihr schon gleich erledigen können! Was hat denn das Opfer heute hier heroben gemacht? War er alleine unterwegs?" Gasperlmaier schüttelte den Kopf und erklärte der Frau Doktor, dass der Verstorbene der Chef der Original Kainischer Hasenjäger gewesen war, der sich heute mit dem Versuch, hier mit elektrischer Unterstützung aufzutreten, keine Freunde gemacht hatte. „Also jede Menge Konfliktpotential?", fragte die Frau Doktor. „Aber worum ging es eigentlich?" Plötzlich tauchte der Friedrich wieder neben ihnen auf. Anstatt Gasperlmaiers antwortete er. „Die originale Volksmusik, Frau Doktor", erklärte er, „die wird auf traditionellen Instrumenten gespielt, und zwar hauptsächlich zur Freude der Musiker selber. Es geht um das gemeinsame Musizieren für uns und unsere Leute, und da haben wir es nicht so gern, wenn da einer kommt, der das kommerziell ausschlachten möchte. Mit Generator, Lautsprecher und Phantasiekostümen. So in Bierzeltmanier." Die Frau Doktor nickte. „Also, mit sowas wie einem Volks-Rock-and-Roller, da habt ihr dann nicht so viel Freude?" Der Friedrich schüttelte den Kopf. „Genau so ist das. Macht ihr heute noch ein paar Vernehmungen? Ich glaub, die wesentlichen Leute sind noch in der Hütte beim Taferner Lois versammelt!" Die Frau Doktor nickte. „Wird mir wohl nichts anderes übrigbleiben. Erzählt mir noch ein bisschen über das Opfer, bevor wir da hinuntergehen."

Hauptsächlich übernahm der Friedrich diese Aufgabe und stellte der Frau Doktor die Ereignisse des vergangenen Nachmittages so anschaulich wie möglich dar. Er machte das, fand Gasperlmaier, sehr gut, vergaß auch nicht auf kleinste Details und wurde von der Frau Doktor nicht ein einziges Mal unterbrochen, bis sie wieder beim Krapfenwagen anlangten. Ein Geländewagen stand daneben, dem gerade der Werner, der Mann der Maresi, entstieg. „Mama, Mama, schau!" Die Sophie rannte auf die Frau Doktor zu und hielt ihr den Rest ihres Krapfens entgegen. Wie befürchtet hatte sich ein Großteil der Marillenmarmelade im Gesicht der Sophie und auf ihrer Regenjacke ausgebreitet. „Ja, wie schaust denn du aus, Sophie? Was mach ich denn jetzt mit dir?" Die Frau Doktor nahm sie hoch, versuchte aber gleichzeitig, ihre Tochter ein wenig von sich wegzuhalten. Gasperlmaier überlegte. Wenn er jetzt keine Lösung für die Sophie fand, dann war er es, der während der Vernehmungen auf die Kleine aufpassen musste. Und viel mehr als im Auto herumsitzen konnte man jetzt, bei diesem Regen, nicht, zumal es auch deutlich abgekühlt hatte. „Ich hätte da eine Idee", sagte er, wobei er die Frau Doktor sanft am Oberarm anfasste. „Die Maresi, das ist meine Nachbarin." Er deutete auf die Frau, die gerade damit beschäftigt war, ihren Anhänger zu verschließen. „Und die fährt jetzt hinunter, geradewegs zu uns nach Hause. Und bei mir, da ist die Katharina. Die kocht heute noch was. Und die kann gut mit Kindern. Vielleicht ...?" Skeptisch sah ihn die Frau Doktor an. „Da ist mir gar nicht wohl dabei, sie Fremden mitzugeben. Und ob die Sophie überhaupt ...?" „Sophie", versuchte Gasperlmaier es, „möchtest du mit der Frau, die die Krapfen gebacken hat, hinunterfahren zu meiner Tochter? Die hat noch ganz viele Spielsachen in ihrem Zimmer!" Die Sophie steckte den Daumen in den Mund, und nach kurzem Überlegen nickte sie. Gasperlmaier atmete auf. Hoffentlich konnte die Katharina tatsächlich noch irgendwelches Spielzeug aus ihrer Kindheit auftreiben, sonst hatte er zu viel versprochen. Die Frau Doktor setzte die Sophie ab. „Es dauert auch gar nicht lange, versprochen?" Die Sophie nickte, während die Frau Doktor sich seufzend abwandte. „Kannst du deine Tochter nicht schnell anrufen? Damit wir wissen, ob sie überhaupt zu Hause ist? Und Zeit hat?" Gasperlmaier schüttelte den Kopf. „Kein Netz! Aber sie ist sicher zu Hause. Mach dir keine Sorgen!" „Weißt du, Gasperlmaier, es ist nicht immer leicht, bei diesem Beruf, allein mit einem Kind. So dicht kann dein Netzwerk gar nicht sein, dass es nicht einmal reißt, zum Beispiel an einem Sonntagnachmittag. Wo sind denn jetzt deine Verdächtigen?"

Gasperlmaier zeigte auf eine Hütte etwas weiter unten. Die Terrasse war nun leer, die Hüttentür geschlossen, drinnen aber brannte Licht und man konnte im Schein der Lampen Menschen erkennen, die sich drinnen aufhielten. „Ich bin jetzt auch alleine", sagte er. „Die Christine ist weg." „Was?" Die Frau Doktor packte ihn am Arm. „Hat sie dich verlassen? Ja, warum denn? Hat sie einen anderen?" „Nein, nein!", beruhigte Gasperlmaier sie. „Auf Weltreise. Sie hat sich ein Sabbatjahr genommen." Die Frau Doktor atmete auf. „Na, dann!" Gasperlmaier wandte sich um. „Ich weiß gar nicht, wo der Friedrich ..." „Na, den brauchen wir jetzt nicht unbedingt. Komm!" Energisch schritt sie auf die Tür der Hütte zu und stieß sie auf. Schlagartig kehrte drinnen Ruhe ein. „Chefinspektorin Kohlross, Bezirkspolizeikommando Liezen!", stellte sie sich vor. „Wie Sie sich sicher vorstellen können, habe ich an viele von Ihnen ein paar Fragen. Ich möchte gern mit den Bandmitgliedern beginnen, die zusammen mit dem Opfer hier aufgetreten sind. Bitte!"

„Wo ist denn die Gitti? Ich meine, die Nicole?", fragte Gasperlmaier in einen Haufen eher feindseliger Gesichter hinein. „Auf'm Klo!" Gelächter wurde laut. „Das ist draußen", sagte Gasperlmaier. Die drei machten kehrt und fanden auf der Hinterseite der Hütte eine Tür, hinter der man deutlich jemanden schniefen und schluchzen hörte. „Wie heißt die?", fragte die Frau Doktor. „Sie nennt sich Gitti aus Goisern. Aber heißen tut sie eigentlich Nicole", erklärte Gasperlmaier. „Nicole!", rief die Frau Doktor. „Machen Sie bitte auf! Polizei! Wir möchten Ihre Aussage aufnehmen." Das Schluchzen wurde lauter, doch kurz darauf wurde der hölzerne Riegel der Tür zurückgeschoben und sie öffnete sich knarrend. Die Nicole trug eine viel zu große neongelbe Regenjacke über ihrem Bühnenoutfit und wischte sich die letzten Reste ihres Make-ups aus dem Gesicht.

„Guten Tag, Frau ... darf ich Sie fragen, wie Sie heißen?" Die Nicole wischte weiter in ihrem Gesicht herum. Ein Ärmel ihrer Jacke war schon ganz schwarz von Wimperntusche. „Nicole. Nicole Hinterstoisser. Ich ..." Sie begann wieder zu schluchzen. „Sag, Gasperlmaier, wo können wir denn hier ... drinnen ist es voller Leute, und hier heraußen werden wir pudelnass!" „Der Stall!", mischte sich der Friedrich ein und zeigte auf eine weitere Tür hinter der zur Toilette. „Sind eh keine Kühe drin!" Tatsächlich war der Stall trocken, einigermaßen sauber und roch nach Heu. Zum Hinsetzen gab es leider keine Möglichkeit. „Erzählen Sie einfach einmal!", sagte die Frau Doktor. Die Nicole lehnte sich an einen Pfosten. „Was soll ich denn erzählen? Ich weiß ja nichts!" „Na, fangen wir einmal damit an: Den Tatzeitpunkt können wir ziemlich genau zwischen fünfzehn und sechzehn Uhr eingrenzen. Wo waren Sie denn während dieser Zeit?" „Glauben Sie vielleicht, dass ich ...?" Die Nicole fuhr sich wieder mit einem Ärmel über die Augen. Die Frau Doktor reichte ihr ein Taschentuch. „Nein. Wir glauben gar nichts. Wir ermitteln. Das heißt, wir halten alle Tatsachen fest, die uns zugänglich gemacht werden. Weiter nichts. Also?" Gasperlmaier seufzte, allerdings nur innerlich. Das hätte die Nicole, so dachte er bei sich, wenigstens aus den Fernsehkrimis wissen müssen, dass man allen Menschen, die einen Bezug zu Opfern hatten, diese Frage stellte. „Ich war bei der Hütte, da vorne, auf der Terrasse. Und nach der Rauferei, da bin ich dann einmal weiter hinaufgegangen, damit ich meine Ruhe habe. Und eine rauchen." „Uhrzeiten?", fragte die Frau Doktor. Die Nicole zuckte mit den Schultern. „Ich schau doch nicht dauernd aufs Handy. Und eine Uhr trag ich nicht!" Sie hielt ihnen ihr Handgelenk vor die Nase, das anstatt einer Armbanduhr eine Stacheldraht-Tätowierung zierte.

„Haben Sie den Toten gefunden? Meine Kollegen", sie deutete auf den Friedrich und Gasperlmaier, „haben jedenfalls zuerst eine Frau schreien gehört und sind deswegen umgekehrt." Die Nicole schüttelte den Kopf. „Nein, ich ... ich hab den Schrei auch gehört. Dann bin ich einfach den Leuten nach. Und da ... und da ... ich hab nicht gleich gemerkt, wer es ist, der da am Boden gelegen ist. Und dann haben schon ein paar geschrien, ‚der Christian, der Christian!' Dann bin ich wieder ... ich weiß es nicht mehr!" Sie begann erneut zu schluchzen.

„In welcher Beziehung standen Sie denn zum Opfer? Wie lang kannten Sie den Christian Pönitzer?" Wieder zuckte die Nicole mit den Schultern. „Schon lang. Jahrelang. Wir haben ... wir sind oft miteinander aufgetreten. Schon, wie ich noch in der Schule war. Er hat ... er war ja Gitarrenlehrer, bei uns in Goisern. Ein oder zwei Jahre hab ich bei ihm Gitarre gelernt." „Befreundet?", fragte die Frau Doktor. „Oder mehr?" „Was heißt *mehr*?" Die Nicole wurde plötzlich laut. „Kann ich eine rauchen?" Sie fingerte eine Packung irgendwo unter der Regenjacke hervor. „Hier herinnen besser nicht!", meinte der Friedrich, der sich bisher still im Hintergrund gehalten hatte. „Stellen Sie sich nicht dumm!", fragte die Frau Doktor plötzlich etwas schärfer. „Ich möchte wissen, ob Sie beide ein Paar waren, früher oder jetzt, oder zumindest zeitweise – alles eben, was Ihnen zu Ihrer Beziehung einfällt!"

„Der Christian, der war doch verheiratet!", stieß die Nicole hervor. Es klang, so fand Gasperlmaier, ein wenig aggressiv, ein wenig beleidigt auch, fast so, als sei die Nicole nicht einverstanden mit der Tatsache, dass der Christian vergeben war. „Hat Sie das gestört – dass er verheiratet war?" Die Frau Doktor hatte offenbar die gleichen Gedanken wie er gehabt. „Was heißt, gestört – ich kenn ja seine Frau nicht einmal. Was geht mich das an?" „Wie lange gibt's denn diese Gruppe schon, diese Schürzenjäger?" „Hasenjäger!", widersprach die Nicole. „Original Kainischer Hasenjäger. Der Christian wollte uns ganz groß herausbringen. Wir waren ja erst am Anfang. Zwei, drei Gigs haben wir schon gespielt. Und einen Vertrag in Aussicht, mit einer Produktionsfirma. Und der Titelsong, der hat schon mehr als zehntausend Klicks!"

„Titelsong? Klicks?" Die Frau Doktor sah sich ratsuchend zu Gasperlmaier um. „Ja", sagte der. „Da gibt's eine CD." „Die hat der Christian selber produziert!", mischte sich die Nicole ein. Gasperlmaier nickte. „Das ist ... ein Madl mit tätowierten Wadln, glaub ich ..." „Was?", fragte die Frau Doktor. Die Nicole hob ihre Beine und zeigte auf die Tätowierungen an ihren Unterschenkeln. Gasperlmaier konnte nicht genau erkennen, was sie darstellten, dazu war es zu dunkel. „Wunderschönes Madl, so heißt das Lied. Und er hat es für mich geschrieben! Und wenn ich mein Dirndl heb, dann ist was los, das können Sie mir glauben!" Die Frau Doktor schüttelte den Kopf, und Gasperlmaier hoffte, dass ihnen die Nicole nicht auch das noch hier im Kuhstall vorführen wollte.

„Hat er mit irgendjemandem heute Streit gehabt?", fragte die Frau Doktor noch. Die Nicole prustete. „Da können Sie Gift nehmen drauf! Die sind doch alle über ihn hergefallen! Da draußen vor der Hütte! Einer hat uns den Strom abgedreht, und dann wollten sie den Christian und den Sebastian verdreschen, weil ihnen unsere Musik nicht gefallen hat! Solche sind das, da vorne!" Sie deutete in Richtung der Stube, wo alle anderen Musiker zusammensaßen. „Das garantiere ich Ihnen, dass einer von denen den Christian erschlagen hat! Das hätten sie ja am liebsten schon früher getan! Da brauchen Sie nicht lange suchen!" Die Nicole war wütend geworden, hatte heftig gestikuliert und so laut geschrien, dass Gasperlmaier befürchtete, dass man sie auch vorne in der Hütte hören konnte.

„Jetzt beruhigen Sie sich einmal! Wo hat denn der früher gespielt, der Christian? Das war doch sicher nicht seine erste Band." Der Friedrich öffnete die Stalltür, um etwas Licht hereinzulassen. „Es hat zu regnen aufgehört." Die Frau Doktor reichte der Nicole ein Taschentuch, damit sie ihre feuchten Augen trocknen konnte. Sie traten ins Freie. Tatsächlich war es viel heller geworden, das Gras glänzte nass, und als Gasperlmaier nach oben sah, meinte er sogar, ein paar hellblaue Lücken in der Wolkendecke zu erspähen. „Der Christian war Gitarrist bei einer ganz bekannten Formation, die Ödenseer. Die kennen Sie sicher, sind ja seit zwanzig Jahren ständig im Fernsehen. Und jedes Jahr gibt es ein riesiges Open Air bei der Skiflugschanze in Mitterndorf." Gasperlmaier erinnerte sich, dass die Kinder vor ein paar Jahren, als sie so zwölf oder dreizehn gewesen waren, unbedingt zu diesem Open Air gewollt hatten. Und sie hatten so lang gejammert, bis die Christine versprochen hatte, sie dorthin zu begleiten. Sie waren alle ziemlich euphorisiert wieder nach Hause gekommen, und die Kinder hatten noch wochenlang geschwärmt.

„Warum hat er denn dort aufgehört?", fragte Gasperlmaier. „Da muss er ja gut verdient haben, so bekannt, wie die sind!" Die Nicole fingerte wieder nach ihren Zigaretten. „Jetzt kann ich ja, oder?" Die Frau Doktor nickte, die Nicole zündete sich eine Zigarette an und blies den Rauch in die vom Regen klare Luft. „Streit. Streit ums Geld, Streit um die Musikrichtung, Streit um die Urheberrechte an den Kompositionen, Streit um alles. Der Christian war kein einfacher Mensch. Und der Mario, der Chef von den Ödenseern, erst recht nicht. Dem ist der Erfolg zu Kopf gestiegen, und er hat geglaubt, dass er die anderen herumkommandieren kann. Das hat sich der Christian natürlich nicht gefallen lassen." „Und war der heute auch hier, der Mario?" Die Nicole schüttelte den Kopf. „Was glauben Sie denn? Den interessiert doch dieses Theater hier heroben nicht!" Sie deutete mit einer weitausholenden Geste über die ganze Alm. „Der ist entweder im Studio oder auf Tour. Oder in Florida oder im Fitnessstudio. Was weiß ich!" Sie zog so heftig an ihrer Zigarette, dass mindestens ein Zentimeter davon verglühte.

„Nur der Vollständigkeit halber, meine Herren." Die Frau Doktor wandte sich an Gasperlmaier und den Friedrich. „Gibt es eine andere Möglichkeit, den Tatort zu erreichen, als den Weg, auf dem ich gekommen bin?" „Schon", antwortete der Friedrich. „Vom Grundlsee gibt's eine Forststraße, hinauf in die Auermahd. Das ist auch eine Alm, eine kleinere als hier. Und von dort kannst du in einer guten Stunde herübergehen, um den Weißenbachkogel herum." Er deutete nach oben, auf den Gipfel, der sich über der Felswand erhob. „Da kommst du genau da oben an, wo der Tote gelegen ist." „Na ja", meinte Gasperlmaier. „Dass einer extra über den Berg herüberkommt, weil er einen erschlagen will, und dass er ihn dann genau dort trifft, wo ihn noch niemand gesehen hat ..." „Ich denke auch an einen möglichen Fluchtweg", sagte die Frau Doktor. „Haben Sie sonst wen von den ... wie heißen die schnell nochmal?" „Die Ödenseer!", sprang Gasperlmaier bei. „Ja. Haben Sie sonst wen von denen gesehen?" Die Nicole warf ihre Zigarette in den Schlamm hinter der Hütte und trat auf den Stummel. Gasperlmaier fiel auf, dass sie weiße Stiefel trug, die über und über mit silbernen Nieten besetzt und darüber hinaus jetzt voller Dreck waren. Kein Schuhwerk, so fand er, das für die Alm taugte. „Wie kommen Sie nach Hause?", fragte die Frau Doktor. „Keine Ahnung. Mit unserem Bandbus? Geben Sie mir den Schlüssel?" Die Frau Doktor schüttelte den Kopf. „Den schauen wir uns zunächst einmal ganz genau an. Ich fürchte, Sie müssen sich eine andere Mitfahrgelegenheit suchen. Ich ... verdammt, da haben wir keinen Empfang!" Gasperlmaier nickte. „Wissen Sie was, ich fahre Sie selber nach Hause. Oder zumindest bis nach Bad Aussee. Warten Sie in meinem Auto? Gasperlmaier, bringst du sie ...?" Sie hielt ihm ihren Autoschlüssel vor die Nase. „Ja, dann!", sagte er, zur Nicole gewandt, und griff nach dem Schlüssel. Es war ein weißer, pelziger Anhänger dran, der wie ein winziger Fuchsschwanz aussah.

„Aber putz dir bitte die Schuhe ab!" Gasperlmaier zeigte auf die schlammverkrusteten Stiefel der Nicole, während er das Auto mit der Fernbedienung aufschloss. „Verdammt!", schimpfte die Nicole. „Die sind hin! Ich wollte sie doch nur für den Auftritt anziehen. Im Bus ..." „Schon gut", sagte Gasperlmaier. „Es ist ja nur wegen der Frau Doktor." Die Nicole versuchte, den ärgsten Dreck an ein paar Grasbüscheln am Straßenrand loszuwerden. „Hast ihn aber schon mögen, den Christian?" Gasperlmaier erinnerte sich an den etwas giftigen Ton, in dem die Nicole ihnen erklärt hatte, dass der Christian verheiratet war. Er öffnete ihr die Tür, und während sich die Nicole auf den Sitz fallen ließ, fing sie erneut zu schluchzen an. So heftig, dass Gasperlmaier fast Sorge hatte, sie bekäme zu wenig Luft. Er hielt sich an der offenstehenden Autotür fest und überlegte, was er tun konnte. „Kann ich dich allein lassen?", fragte er. Die Nicole nickte, und so schloss er so sanft wie möglich die Tür des Cabrios und stiefelte wieder hinunter zur Taferner-Hütte, wo sich die Frau Doktor weitere Befragungen vorgenommen hatte. Die Wolken hatten sich tatsächlich großteils verzogen, das nasse Gras schimmerte im abendlichen Sonnenschein, und Gasperlmaier fühlte sich wieder nahezu nüchtern. Hunger und Durst hatte er keinen, aber müde war er. Sehr müde. Und womöglich musste er noch zu Fuß hinunter ins Tal, wenn er im Cabrio der Frau Doktor keinen Platz fand. Er sah auf die Uhr. Ob sich das bei Tageslicht überhaupt noch ausgehen würde?

Als er wieder bei der Hütte ankam, warf er einen Blick in die Runde. „Im Stall sind s'!", wurde ihm von der Taferner Fanny beschieden, die gerade dabei war, Kasspatzen für die noch wartenden Musiker zuzubereiten. Gasperlmaier schloss die Tür wieder hinter sich und begegnete dem Helmut Schwingenschlögel, der soeben aus der Stalltür trat. „Servus, Helmut", begrüßte Gasperlmaier ihn. „Die Fanny macht euch noch Kasspatzen." Der Helmut schüttelte den Kopf. „Ich hab keinen Gusto, wirklich nicht. Wir fahren jetzt hinunter, deine Chefin hat es uns erlaubt. Ich bin müd. War kein schöner Tag, heute!" Er drückte sich seinen Hut auf den Kopf und stapfte an Gasperlmaier vorbei.

Die Frau Doktor sah auf ihre Uhr, als Gasperlmaier eintrat. „Er hat uns auch nicht sagen können, wer eigentlich die Leiche gefunden hat." „So?", fragte er. „Es waren schon Leute vor ihm dort. Und er ist auch zum Tatort gelaufen, weil er Schreie gehört hat. Schreie von einer Frau. Oder mehreren", ergänzte der Friedrich.

„Und dann hat er getan, was er für richtig gehalten hat. Und uns damit wahrscheinlich wichtige Spuren zerstört", seufzte die Frau Doktor. „Die Wiederbelebung", nickte Gasperlmaier. Die Tür knarrte, und der Sebastian trat ein. „Das ist der Letzte für heute", erklärte die Frau Doktor. „Sie heißen?", fragte sie. „Sebastian Haudum." Der Bursch war so lang, dass Gasperlmaier unwillkürlich zu ihm aufsah, um festzustellen, ob er noch aufrecht im Stall stehen konnte. Es schien sich gerade so auszugehen.

„Sie haben eine Rauferei angefangen? Wegen dem Generator?" „Was heißt Rauferei!", begehrte der Sebastian auf. „Der Arsch hat uns den Strom abgeschaltet!" Er schlug mit der flachen Hand gegen die Wand. Die Frau Doktor runzelte die Stirn. „Bitte, Herr Haudum! Ich bin heute schon zu müde für Ihre Gefühle. Halten wir uns bitte an die Fakten! Wo waren Sie während der Tatzeit? Sie müssen es ja mitbekommen haben, als der Tumult losging." Der Sebastian grinste. „Nix hab ich mitbekommen!" Er wies auf seine Kopfhörer, die er um den Hals trug. „Ich hab Musik gehört und unseren Bus eingeräumt. Erst, wie ich gesehen hab, dass die Leute wie wild durcheinanderrennen ..." Die Frau Doktor nickte. „Sagen Sie, wie war die Beziehung zwischen der Nicole und dem Christian? Hat es da ...?" Sie ließ die unvollendete Frage im Raum schweben. Der Sebastian legte den Kopf schief. „Der Christian, der hat nichts anbrennen lassen, wenn Sie das meinen. Aber das ist bei uns Musikern ..." Auch er ließ seinen Satz unvollendet. „Klartext: Gab es eine Beziehung zwischen den beiden, die über gemeinsame Arbeit oder Freundschaft hinausging?" Die Frau Doktor wurde ungeduldig. Nun zuckte der Sebastian mit den Schultern. „Sie ist auf ihn gestanden, das hat man gesehen. Und er ... Ich hab es ja schon gesagt, er war kein Kostverächter." „Ein Hasenjäger vielleicht?", mischte sich der Friedrich ein. Der Sebastian grinste. „Vielleicht!", wiederholte er.

„Und Sie selber?", fragte die Frau Doktor. „Wie stehen Sie zum Mordopfer? Und zur Nicole?" „Keine Ahnung!", erklärte der Sebastian. „Ich kenn beide noch nicht lang, ich hab auf Umwegen gehört, dass der Christian eine neue Band gründet, hab ihm eine Nachricht geschickt, dann haben wir uns getroffen. Vor vielleicht zwei, drei Monaten." Gasperlmaier spürte es im Kreuz. Dass da nicht einmal ein Heuballen hier herumlag, auf den man sich setzen konnte! Er drückte seine Hände gegen den Rücken und ächzte ein wenig. „Nein, halt!", fügte der Sebastian hinzu. „Ich weiß es genau! Die erste Probe haben wir am 20. Mai gemacht, da hat nämlich meine Mama Geburtstag. Und sie war ziemlich sauer, weil ich wegen der Probe nicht auf ihrer Geburtstagsfeier ... Ich bin ja extra aus Wien gekommen." „Schon recht", nickte die Frau Doktor. „Vorher haben Sie beide nicht gekannt?" Der Sebastian schüttelte den Kopf. „Stehen Sie auch auf die Nicole? Ich mein, sie ist ja ... nicht unhübsch." „Nein, nein!" Der Sebastian unterstrich sein Nein durch abwehrende Gesten. „Die ist gar nicht mein Typ. Ich hab schon eine Freundin. Ich bin nicht interessiert!" Er lachte. Gasperlmaier fand ihn durchaus glaubwürdig. „Und die Musik? Wie fanden Sie die?" „Sie meinen die Hasenjäger? Vom Christian?" Die Frau Doktor nickte. „Mei", sagte der Sebastian. „Das ist mir eigentlich wurscht. Ich bin ja nur der Schlagzeuger, ich wollte halt auch einmal auf die Bühne, ein bisschen Geld dazuverdienen, wenn's ein gescheiter Beat ist, dann ..." Er breitete die Arme aus. „Und das Madl mit tätowierten Wadln?", fragte die Frau Doktor noch. „Ich hätt's nicht geschrieben!", murmelte der Sebastian. „Gut!", sagte die

Frau Doktor. „Sie können gehen. Der Bandbus bleibt leider da, den möchten wir uns noch genauer anschauen." „Musst dich vielleicht mit denen arrangieren, mit denen du gerauft hast. Dass dich einer mit hinunternimmt", grinste der Friedrich. „Geh leck!", antwortete der Sebastian und verschwand durch die Stalltür.

# 4

„Jetzt steht uns noch eine unangenehme Aufgabe bevor", sagte die Frau Doktor. Gasperlmaier saß auf dem Rücksitz in ihrem Audi, neben der Nicole, wo vor allem der Fußraum etwas beengt war. Um zu viert im Cabrio unterzukommen, hatten sie sogar den Kindersitz der Sophie aus seiner Verankerung befreien müssen. Der klemmte jetzt zwischen Gasperlmaier und der Nicole. Aber immer noch besser, als zu Fuß gehen zu müssen. Die Dämmerung war bereits hereingebrochen und die Frau Doktor ließ sich Zeit, denn die Forststraße war vom Regen rutschig und stellenweise steil und kurvenreich. „Wir müssen zur Frau des Opfers!" „Muss denn das wirklich heute noch sein?", fragte Gasperlmaier. „Die Sophie wird sicher auch schon auf dich warten!" Die Frau Doktor seufzte. „Geht nicht anders. Wir machen's kurz!" Gasperlmaier sah zur Nicole hinüber. Die sagte nichts, wischte nur mit einem Taschentuch an ihren Augenwinkeln herum.

„Wo steht denn euer Auto?" „Noch ein paar hundert Meter da hinunter, dann rechts!", erklärte der Friedrich, der den Beifahrersitz bekommen hatte, weil er ein wenig größer war als Gasperlmaier. Der hatte zwar versucht, es sich möglichst bequem zu machen, musste aber seinen Ellenbogen dennoch auf dem Kindersitz der Sophie abstützen, weil es hinten so eng war. Mühsam kroch er vom Rücksitz, als die Frau Doktor neben seinem eigenen Auto angehalten hatte. „Fahrt voraus! Ihr wisst ja besser als ich, wohin! Ich setze noch die Nicole im Zentrum ab. Kann Sie jemand abholen?" Die Nicole nickte. „Meine Mama."

Im Zentrum von Bad Aussee hielt Gasperlmaier bei der Post an. Da konnte die Nicole auch noch auf einen Kaffee beim Lewandovski gehen, wenn sie warten musste. Nun war es bereits gänzlich dunkel. „Hausnummer?", fragte Gasperlmaier, als sie in der Ortschaft Knoppen angekommen waren, wo der Christian Pönitzer samt seiner Familie wohnte. „Weiß ich doch nicht!", sagte der Friedrich. „Du hast ja die Adresse von der Manuela bekommen! Ihr habt sie ja hierhergeschickt, um die Todesnachricht zu überbringen."

Gasperlmaier hielt an und fingerte sein Handy aus der Brusttasche. „79!", sagte er schließlich. Die Manuela hatte tatsächlich nicht auf die Hausnummer vergessen. „Und wie sollen wir das im Finstern finden?", fragte er. „Ich hab's schon!" Der Friedrich deutete auf sein Handy. „Noch 240 Meter, dann ist unser Ziel auf der rechten Seite."

Gasperlmaier bremste ab und fand eine schmale Zufahrtsstraße, die sich nach wenigen Metern zu einem geräumigen Vorplatz eines alten Bauernhauses erweiterte. Hinter ihnen parkte die Frau Doktor ihren Audi. Das Haus war teilweise eingerüstet, alte Fenster, denen die Scheiben fehlten, lagen in einem Container zu ihrer Rechten, neue waren offenbar gerade eingebaut worden. Zumindest in den oberen Stockwerken, im Erdgeschoß steckten noch die alten, abgeblätterten in teilweise aufgestemmten Öffnungen. „Mitten im Renovieren!", merkte der Friedrich an. „Da wird's jetzt nicht gerade passen, dass das Familienoberhaupt verstorben ist."

„Oberhaupt!", wiederholte die Frau Doktor mit spöttischem Unterton. „Ich gehör halt noch zur alten Schule!", entgegnete der Friedrich. „Lässt dich die Heidi schon Oberhaupt spielen?", ätzte Gasperlmaier. „Hört jetzt auf! Das ist unpassend!" Vor der Haustür ging eine Lampe an, und die Frau Doktor drückte den Klingelknopf. Es dauerte nicht lange, bis geöffnet wurde. Die

Frau Pönitzer hatte müde Ringe unter den Augen, ihr blond gefärbtes Haar zu einem Pferdeschwanz gebunden und trug Jeans und einen Pullover, auf dem zwei Pferdeköpfe abgebildet waren. Ein brauner und ein weißer, beide im Profil. „Kommen Sie herein!"

Im Wohnzimmer saßen eine ältere Frau und ein Mädchen von vielleicht zehn Jahren auf einer etwas abgewetzten grünen Polstergarnitur. Der Fernseher lief. „Das sind meine Mutter und die Emily, meine Tochter." Sie nahm die Fernbedienung zur Hand und schaltete das Gerät ab. „Geh, Mama!" Die Emily schlug mit der Faust auf den Tisch und rieb sich gleich darauf mit beiden Fäusten die Augen. „Grüß Gott", sagte Emilys Oma. „Sie ist ein bissl durcheinander. Kann man ja verstehen!" Sie seufzte. „Wir würden uns gerne mit Ihnen alleine unterhalten!", sagte die Frau Doktor. Die Frau Pönitzer nickte. „Geht ihr hinauf?" „Komm, Emily!" Die Oma streckte die Hand aus und führte die Emily aus dem Zimmer. Man hörte die beiden die Holzstiege hinauftappen.

„Ich bin die Claudia. Die Emily ist nicht vom Christian. Wir sind zusammengekommen, wie ich schwanger war. Der Vater hat mich sitzen gelassen." Sie öffnete die Arme in einer resignierten Geste. „Nehmen Sie doch bitte Platz!" Sie deutete auf das Sofa, musste aber erst einige Zeitschriftenstapel beiseiteräumen, damit sie alle Platz fanden. „Frau Pönitzer", begann die Frau Doktor, „die Frau Inspektor Reitmair hat Sie schon informiert? Über das, was passiert ist?" Die Frau Pönitzer nickte. „Genau nicht. Sie hat nur gesagt, dass Fremdverschulden vorliegt. Den Rest hab ich mir zusammengereimt." Die Frau Doktor räusperte sich. „Ihr Mann ... es handelt sich um einen gewaltsamen Tod, so viel wissen wir, und mehr kann ich Ihnen im Moment auch nicht sagen." „Also ermordet?", hauchte die Claudia. Die Frau Doktor überging ihre Schlussfolgerung. „Wer könnte denn etwas gegen Ihren Mann gehabt haben?" Die Witwe lachte kurz auf. Höhnisch, wie Gasperlmaier fand. „Der Christian war ein Streithansel", sagte sie. „Er hat mit allen und wegen allem zu streiten angefangen. Auch mit mir, ganz nebenbei bemerkt. Momentan ist sogar ein Gerichtsverfahren anhängig, da geht es um die Urheberrechte für ein Lied. Und damit um einen Haufen Geld." Die Frau Doktor schlug die Beine übereinander. „Welches Lied? Und warum viel Geld?"

„Er hat ja früher mit den Ödenseern gespielt. Und auch für die komponiert, und sogar getextet. Konkret geht es um das Lied ‚Wia du einischreist in Woid', das ist der größte Hit der Ödenseer. Das ist so eine Ballade, sehr dramatisch. Die kennen Sie sicher alle." Gasperlmaier nickte. Natürlich kannte er das Lied. Es wurde ja landauf, landab überall gespielt. Und es war bestimmt schon zehn Jahre alt, da war er sich sicher. Der Friedrich begann die Melodie zu summen. „Ja, genau das. Der Christian hat es zusammen mit dem Mario Edelmann komponiert, und den Text hat er fast alleine geschrieben. Und der Mario gibt es als seine eigene Komposition aus, und er will ... er wollte dem Christian keinen Cent von den Tantiemen abgeben." Sie seufzte, fuhr sich durch die Haare und nahm den Gummiring ab, der sie zusammenhielt. Gleich darauf streifte sie ihre Haare neuerlich zurück und zog den Gummi wieder drüber. „Entschuldigen Sie", sagte sie. „Ich mach das eher ... aus Nervosität." Die Frau Doktor nickte. „Und wie steht es in diesem Gerichtsstreit?" „Der Christian hat schon jede Menge Anwaltskosten. Und Gerichtskosten. Bis jetzt hat noch nichts dabei herausgeschaut." Sie schüttelte den Kopf und deutete auf die Fenster.

Die Rahmen waren bereits freigestemmt worden, um sie herausnehmen zu können. Unverputztes und teils schadhaftes Mauerwerk war zum Vorschein gekommen. „Und dann die ganze Umbauerei. Ich hab keine Ahnung, wie …" Sie schluchzte auf und griff nach einer Papierserviette, die auf dem Tisch lag, um sich die Augen zu trocknen. „Entschuldigen Sie!" „Kein Problem!", beruhigte sie die Frau Doktor. „Wir wissen, was Sie jetzt durchmachen. Nur noch zur Klarstellung: Er hat das Lied komponiert, als er noch nicht mit Ihnen zusammen war?" Die Frau Pönitzer nickte. „Also kennen Sie nur die Version der Geschichte, die er Ihnen erzählt hat?" „Ja. Aber ich hab keinen Grund, ihm nicht zu glauben. Ich meine, warum sollte er vor Gericht gehen, wenn er das Lied gar nicht geschrieben hat?" „Okay", sagte die Frau Doktor und nickte.

„Und dann noch diese Geschichte mit den Volksmusikanten. Es war ja heute nicht das erste Mal, dass er versucht hat, mit seinen Hasenjägern praktisch eine Volksmusikveranstaltung zu kapern. Auf der Blaa-Alm hat er das auch schon einmal gemacht, und dann auch … ja, ich glaub, beim Almfest auf der … Ich weiß es nicht mehr." „Ist auch nicht so wichtig", beschwichtigte die Frau Doktor. „Wissen Sie denn, mit wem genau er bei diesen Gelegenheiten aneinandergeraten sein könnte?" Die Frau Pönitzer schüttelte den Kopf. „Nein. Aber es waren halt immer alle Arschlöcher, und Idioten, und nur er war im Recht. Hier war es ja genauso!" Sie deutete wieder auf die Fenster. „Ja?", fragte die Frau Doktor, als die Claudia nicht weitersprach. „Na, ich hab ihm gesagt, wir können uns das momentan nicht leisten, das mit dem Umbau, aber er hat gemeint, wenn wir in das Haus investieren und eine oder zwei Ferienwohnungen einbauen, dann brauch ich gar nicht mehr zu arbeiten, und das Geld fliegt von selber beim Fenster herein. Und dann hat er natürlich immer von den Millionen geschwärmt, die er mit den Hasenjägern verdienen wird ..."

„Sagen Sie, Frau Pönitzer", unterbrach Gasperlmaier, „wie haben Sie denn eigentlich seine Musik gefunden? Diese neue Linie meine ich, mit den Hasenjägern." Die Claudia zerknüllte die Papierserviette und schob sie unter ihren Ärmel. „Völliger Schwachsinn!" Ihre Augen blitzten zornig. „Und dann hat er diese Gitti aus Goisern angeschleppt, die eigentlich Nicole heißt!" Irgendwie, so fand Gasperlmaier, klang ihr Ton jetzt ähnlich giftig wie der von der Gitti, als sie über die Ehefrau gesprochen hatte, die nun vor ihnen saß. „Haben Sie einen von diesen unmöglichen Texten gehört? Ich muss mich ja vor meinen Schulkindern schämen dafür!" „Sie sind Lehrerin?", fragte die Frau Doktor. Die Claudia nickte. „In Bad Mitterndorf. Volksschule. Die Emily geht da auch. Vierte Klasse." Sie lächelte schüchtern.

„Und bei den Ödenseern, da hat er doch nicht schlecht verdient?", fragte der Friedrich. Die Claudia nickte. „Ich kann Ihnen zeigen, wo das Geld steckt", sagte sie. „Bei uns im Keller. Da gibt es nämlich ein Tonstudio, das spielt alle Stückerln! Und wenn Sie ein bisschen Ahnung von Technik haben, dann wissen Sie vielleicht, wie schnell man da hunderttausend Euro versenken kann. Und dann haben wir natürlich auch noch einen teuren Geländewagen gebraucht. Damit man bei Verhandlungen entsprechend auftreten kann!" „Und das alles für ‚Heb dein Dirndl in die Höh'?" Gasperlmaier konnte sich die Bemerkung nicht verkneifen, bereute sie aber sofort, nachdem sie herausgerutscht war. Die Claudia aber nickte. „Sie sagen es. Genau dafür!" Da gab es ja, so dachte Gasperlmaier bei sich, eine ganze Menge an Konfliktstoffen, die zu einem Gewaltausbruch hätten führen können. „Wo waren Sie denn heute tagsüber?", fragte die Frau Doktor. „Ich? Was glauben Sie denn? Geputzt hab ich, Wäsche gewaschen, und gekocht. Das bleibt ja alles an mir allein hängen! Gerade, dass er mir die Bühnensachen von der Gitti nicht auch noch anschleppt!" „Zeugen?", fragte die Frau Doktor. „Die Emily. Nein. Die war ja mit der Mama am Ödensee. Obwohl, mit dem Baden ist es eh nichts geworden." Sie deutete zum Fenster hinaus. „Die meiste Zeit war ich allein. Tut mir leid." Die Frau Doktor nickte und stand auf. „Mein Beileid, Frau Pönitzer. Es tut mir wirklich sehr leid. Es wird jetzt nicht leicht für Sie." Sie schüttelte der Claudia die Hand. Die zuckte mit den Schultern. „Wenn's hart auf hart geht, verkauf ich das Haus. Ich brauch's nicht. Und das Tonstudio schon gar nicht."

An der Tür drehte sich die Frau Doktor noch einmal um. „Eine Frage hätte ich noch, Frau Pönitzer. Es ist mir ein wenig peinlich, deshalb hab ich drinnen nicht gefragt." Sie wedelte energisch mit der Hand, und Gasperlmaier verstand, dass sie ihn und den Friedrich loswerden wollte. „Komm!", sagte der Friedrich und nahm ihn am Arm. „Wir setzen uns ins Auto." Im Licht der Außenlampe sahen sie noch, wie die Frau Pönitzer abwechselnd die Arme verschränkte und dann wieder gestikulierte. Nach kurzer Zeit verabschiedete sich die Frau Doktor, die Haustür fiel hinter der Witwe zu. „Ich erzähl's euch in Altaussee. Wir treffen uns vor deinem Haus!" Gasperlmaier wendete, und erst jetzt fiel ihm ein, dass er, sollte er in eine Kontrolle der Kollegen geraten, womöglich über der erlaubten Alkoholgrenze lag. Andererseits, es war schon so lange her, dass er getrunken hatte.

Bis er auf der Hauptstraße angekommen war, war der Audi der Frau Doktor schon im Dunkel verschwunden. Gasperlmaier bemühte sich, alle Verkehrsvorschriften penibel einzuhalten. „Wenn du blasen musst, nützt dir das auch nichts!" Der Friedrich hatte natürlich begriffen, woher Gasperlmaiers Zurückhaltung kam. „Hättest ja du fahren können!", antwortete der ein wenig erbost. „Gott behüte!", antwortete der Friedrich. „Ich fahr doch mit keinem fremden Auto! Fällt mir ja gar nicht ein!"

Zu Gasperlmaiers Glück kamen sie ohne unangenehme Vorfälle bis vor sein Haus. Der Audi parkte auf der Straße, die Frau Doktor war nirgends zu sehen. „Wahrscheinlich ist sie schon hineingegangen", meinte der Friedrich. „Sie wird Sehnsucht nach der Sophie gehabt haben." Gasperlmaier nickte. „Hallo?", meldete er sich im Vorhaus. „Wir sind in der Küche!", hörte er die Stimme der Katharina. Es duftete nach Essen. Und es roch gar nicht einmal schlecht, fand Gasperlmaier. „Grüß euch!" Die Frau Doktor hatte schon die Sophie auf ihrer Hüfte sitzen, und die Sophie hielt ihrerseits eine der Katzen umklammert. Deren Hinterbeine baumelten hilflos in der Luft, und Gasperlmaier fragte sich, wann sie sich mit Beißen und Kratzen gegen diese Behandlung zu wehren beginnen würde. Gasperlmaier konnte nicht erkennen, ob es der Schnurrli oder die Murli war, die beiden sahen sich so ähnlich. Vor allem den Schnurrli, seinen Liebling, wollte er nicht gern in den Klauen eines Kleinkinds sehen.

„Hat alles gut geklappt?", erkundigte sich Gasperlmaier. „Klar!", antwortete die Katharina, die vor dem Backrohr hockte und darin herumkratzte. „Wir haben uns super verstanden! Gell, Sophie?" Die Sophie verzog keine Miene, nickte aber. „Wir haben Memory gespielt. Die Sophie war echt gut. Sie hat immer gewonnen!" Die Katharina zwinkerte Gasperlmaier zu, während die Sophie wieder ganz ernsthaft nickte. „Was gibt's denn zu essen?", fragte Gasperlmaier. „Gefüllte Paprika!", antwortete die Katharina. „Ich hab eine ganze Ladung gemacht, damit ich dir welche einfrier, bevor ich fahre. Aber jetzt sind wir ja zu fünft ..." „Passt schon!", sagte Gasperlmaier. „Ich hab geglaubt, du kochst nur vegan? Aber die Paprika ...?" „Die sind natürlich nicht mit Fleisch gefüllt, was glaubst du denn? Da ist Couscous mit Gemüse drinnen! Glaub mir, das schmeckt genauso gut!" Gasperlmaier wollte keinen Streit, deswegen verzichtete er auf Widerspruch. „Riechen tut's jedenfalls gut!", gestand er zu. „Aber es dauert noch!" Die Katharina zog eine Grimasse. „Ich hab mich echt verschätzt!"

„Wo ist denn die Christine? Kommt die nicht zum Essen?" Gasperlmaier seufzte. „Ach ja!" Die Frau Doktor schlug sich gegen die Stirn. „Das Sabbatical. Die Weltreise. Du hast es schon erwähnt." Er schüttelte den Kopf und seufzte neuerlich. Die Frau Doktor legte ihm begütigend ihre Hand auf den Unterarm, und wenige Minuten später war sie, mit Unterstützung der Katharina, hinreichend in Gasperlmaiers Dilemma und seine Ängste eingeweiht. Sie drückte seinen Unterarm. „Das ist sicher hart für dich. Aber denk daran, wie schön es wird, wenn sie wieder da ist!" „Noch fünf Minuten, circa!" Die Katharina begutachtete ihre Paprika durch das Fenster im Backrohr. Eine Katze tauchte an Gasperlmaiers Füßen auf, strich um sie herum und hüpfte dann auf seinen Schoß. Sofort begann sie zu schnurren, trat auf Gasperlmaiers Oberschenkeln herum und drehte sich mehrmals um sich selbst, um eine bequeme Liegeposition zu finden. „Die sind so süß!", sagte die Frau Doktor. „Wie heißen sie denn?" Gasperlmaier deutete auf die Katze auf seinem Schoß. „Das ist der Schnurrli. Und die da", er deutete auf die Katze, die die Sophie nach wie vor umklammert hielt, „das ist die Murli." Die Katharina schüttelte den Kopf. „Die Mama und ich, wir hätten viel phantasievollere Namen auf Lager gehabt. Ich wollte sie zum Beispiel ‚Salt' und ‚Pepper' nennen, wegen ihrer Farbe. Und die Mama nach ihren Lieblingsschriftstellern, Handke und Horvath." „Ein ausgemachter Blödsinn!", konterte Gasperlmaier. „Katzen haben immer Schnurrli und Murli geheißen, vielleicht einmal Muzi oder Miezi. Und dabei bleibt's. Vor allem, weil der Schnurrli so schön schnurrt, gell?" Gasperlmaier blickte auf seinen Schoß hinab, wo es sich der kleine Kater gemütlich gemacht hatte. Er kraulte ihn unter dem Kinn. Ein wenig anstrengend war der Schnurrli ja schon, denn kaum ließ sich Gasperlmaier irgendwo nieder, hüpfte er ihm auf den Schoß und war von dort nicht mehr zu vertreiben, außer wenn er Hunger hatte oder hinausmusste.

„Ich pass auf die Paprika auf!", sagte die Frau Doktor. „Kannst du mit der Sophie noch ein bisschen spielen gehen? Ich habe was mit den beiden Herren zu besprechen!" Sie deutete auf Gasperlmaier und den Friedrich. „Ist gut! Komm, Sophie!" Die Katharina streckte ihre Hand aus, und die Sophie folgte ihr auf dem Fuß. Erst jetzt nahm Gasperlmaier wahr, dass sie die Katze losgelassen hatte und stattdessen ein großes graues Stofftier festhielt. War das nicht der Esel, den die Katharina als Kind selbst so geliebt hatte? Nie hätte er gedacht, dass sie den einem anderen Kind überlassen würde.

„Ich möchte euch gerne noch erzählen, was ich die Frau Pönitzer unter vier Augen gefragt habe", erklärte die Frau Doktor. „Wir sind schon gespannt. Gasperlmaier, hast ein Bier?" Gasperlmaier hatte sich ehrlich vorgenommen, heute nicht mehr zu trinken. „Ein alkoholfreies?", fragte er deshalb. Alkoholfreies Bier war immer im Haus, denn die Christine trank es gern, und ab und zu pflegte sie auch Gasperlmaier hereinzulegen und ihm ein bereits eingeschenktes Glas Bier auf den Tisch zu stellen. Mehr als einmal hatte er nicht bemerkt, dass es alkoholfrei war. „Wenn's sein muss!", antwortete der Friedrich. Während Gasperlmaier zum Kühlschrank ging, erzählte die Frau Doktor. „Ich hab sie gefragt, ob ihr Mann auch andere Frauen gehabt hat. Nicht so direkt, natürlich. Mehr durch die Blume." „Und?", fragte Gasperlmaier. Er schenkte dem Friedrich mit Schwung ein, sodass das Bier wenigstens eine appetitliche Schaumkrone bekam. „Sie ist schon eifersüchtig auf die Gitti aus Goisern. Das hat man ihr deutlich angemerkt. Und da war noch eine, die Sängerin der Ödenseer. Die Frau Pönitzer hat die erwähnt, und auch da hat man deutlich gemerkt, dass Eifersucht im Spiel ist. Aber direkt der Untreue beschuldigt hat sie ihren verstorbenen Ehegatten nicht."

„Wie heißt denn die?", fragte Gasperlmaier. „Die Frau Pönitzer hat sie ‚Andreva' genannt. Aber das ist wohl nur ihr Bühnenname." Der Friedrich tippte schon auf seinem Smartphone herum. „Andrea Eva Winterauer. Genannt Andreva. Wenn ihr mich fragt, ein blöder Name. Ist seit fünfzehn Jahren die Sängerin der Ödenseer. Eine echte Granate! Willst schauen, Gasperlmaier?" Der winkte ab. Erstens kannte er die Andreva, weil er sie natürlich schon weiß Gott wie oft im Fernsehen gesehen hatte, und zweitens wollte er sich vor der Frau Doktor nicht mit dem Friedrich über die körperlichen Vorzüge anderer Frauen unterhalten. Aber natürlich musste man dem Friedrich recht geben. Die Andreva war eine rassige, üppige Frau mit langen schwarzen Haaren, die die Phantasie der männlichen Zuschauer durchaus beflügeln konnte. Vielleicht war sogar sie der Grund für den Erfolg der Ödenseer. „Und die Frau

Pönitzer hat den Verdacht, dass er mit dieser Andreva was gehabt hat, unser Toter?", fragte der Friedrich. „Nicht direkt", antwortete die Frau Doktor. „Es ist mehr so eine unbestimmte Eifersucht, die durchgeklungen ist, als ich mit ihr gesprochen habe." „Und mit der Gitti aus Goisern, hat er da auch ...?", wollte Gasperlmaier wissen. Die Frau Doktor zuckte mit den Schultern. „Ich hatte den Eindruck, sie war zwar eifersüchtig auf die Gitti, weil ihr Mann so viel Zeit mit ihr verbringt, und wegen des sexy Outfits, das sie auf der Bühne trägt. Aber konkret geworden ist sie nicht."

„Na, da habt ihr euch ja einen schönen Fall eingefangen", meinte der Friedrich und nahm einen kräftigen Schluck von seinem alkoholfreien Gebräu. „Solang es eiskalt ist, geht es eh!", fügte er noch hinzu. „Der scheint ja hinter allem her gewesen zu sein, was nicht bei drei auf den Bäumen war!" Die Frau Doktor seufzte und zählte an ihren Fingern ab. „Ein Streit um die Rechte an einem Lied. Streitigkeiten mit Anhängern, sagen wir es einmal so, anderer Musikrichtungen. Möglicherweise eine ganze Anzahl von Frauengeschichten. Eine Ehefrau. Zwei Sängerinnen. Wer weiß, wie viele noch!" Sie lächelte. „Solche Fälle mag ich. Es läuft alles auf eine Beziehungstat hinaus. Da kenn ich mich aus, das werden wir schnell haben!" Gasperlmaier musste daran denken, dass die Frau Doktor selbst schwierige Beziehungen mit Männern hinter sich hatte. Jedenfalls war der Vater der Sophie unbekannt, zumindest ihm, er wusste nur, dass es einer war, den die Frau Doktor selbst einmal verhaftet hatte. Und vor einiger Zeit war eine anstehende Hochzeit kurzfristig abgeblasen worden, weil der Bräutigam sie bei einem Maturatreffen mit einer ehemaligen Schulkollegin betrogen hatte. So viel wusste er, und wer konnte ahnen, was er alles nicht wusste. Hoffentlich, so dachte er bei sich, ließ sich die Frau Doktor ihren objektiven Blick auf Beziehungsgeschichten nicht durch eigene Erfahrungen trüben.

Auf der Stiege hörte man Getrappel, und der Kater sprang, wohl in der Hoffnung auf Futter, von Gasperlmaiers Schoß. Gasperlmaier fragte sich, ob die Katharina auch für die Katzen schon veganes Futter aufgetrieben hatte. „Entschuldigung", sagte die in dem Moment, „ich muss unbedingt einmal nach den Paprika schauen." Die Sophie kam hinter ihr hereingetrabt, den Esel im Arm und den Finger im Mund. Sie drückte sich an die Frau Doktor, die sie aufhob und auf ihren Schoß setzte. „Die sind fertig!", kündigte die Katharina an. „Länger kann ich sie nicht drinlassen. Sonst werden sie schwarz. Papa, Tisch decken!" Zwar war es Gasperlmaier peinlich, vor den anderen Kommandos seiner Tochter entgegenzunehmen, dennoch erhob er sich und kramte in der Besteckschublade nach Messern und Gabeln.

Kurze Zeit später saßen sie alle vor ihren Tellern, und Gasperlmaier musste sich eingestehen, dass das Gericht nicht nur gut roch, sondern auch genießbar war. Sogar mehr als das. „Die Papika, die mag ich nicht. Die sind gauslich!", erklärte die Sophie, die Fülle aber ließ sie sich, sobald sie abgekühlt war, widerstandslos füttern. Plötzlich aber rieb sie sich die Augen und fing an zu quengeln. „Müde!", sagte die Frau Doktor. „Wir sollten jetzt fahren. Danke fürs Essen!" Auch der Friedrich erhob sich. „Wenn's Ihnen recht ist – ich würd gern mitfahren. Ich wohn auf dem Weg, Sie brauchen mich nur bei der Bushaltestelle rauszulassen." „Klar!" Die Frau Doktor nickte und nahm die Sophie auf den Arm.

Wenig später war Gasperlmaier mit der Katharina allein. Irgendwie war es plötzlich viel zu still im Haus.

Unwillkürlich lauschte er, so, als müsse er herausfinden, wo die Christine gerade war und warum sie nicht am Esstisch saß. „Noch einen Paprika?", fragte die Katharina. Gasperlmaier schüttelte den Kopf. „Hat's dir nicht geschmeckt?", fragte sie besorgt. „Nein, nein! War wirklich gut – für was Veganes!" Die Katharina schüttelte den Kopf. „Mehr Lob ist anscheinend nicht drin. Aber ich hab's auch nicht erwartet, von einem Fleischfresser." Das fand Gasperlmaier ein wenig grob, aber dennoch musste er der Katharina klarmachen, dass es nicht ihr Essen war, das ihm den Appetit verdarb. „Es ist mehr wegen der Mama ... ich hab an sie denken müssen, und da ..." Er ließ das Ende seines Satzes in der Luft schweben. Die Kathi nickte. „Schon klar. Sie fehlt dir, was? Das ist aber auch eine Chance für dich!"

Gasperlmaier sah nicht recht, worin seine Chance bestehen sollte. „Glaubst, können wir die Mama anrufen?", fragte er. Die Katharina sah auf ihre Uhr. „Probieren können wir's!", sagte sie. „Es ist zwar dort gerade Mittag vorbei, aber in Kanada, sagt der Christoph, gibt's praktisch überall WLAN. Dann können wir sie erreichen." So viel hatte auch Gasperlmaier schon kapiert, dass er wusste, dass man gratis mit Kanada telefonieren konnte, wenn man es übers Internet tat. Die Kathi holte ihren Laptop, und nach wenigen Sekunden hörten sie den Wählton und steckten die Köpfe zusammen, um gemeinsam auf den Bildschirm sehen zu können. Schon dachte Gasperlmaier, dass sich die Christine nicht melden würde, doch in dem Moment hob sie ab. „Sorry!", sagte sie. „Ich hab gar nicht damit gerechnet, dass ich jetzt einen Anruf krieg!" Sie kicherte. Um sie herum schien Lärm zu herrschen, man konnte sie nur schlecht verstehen. „Was gibt's denn, Franz?" Plötzlich konnte er, unscharf und verwaschen zwar, aber doch, das Gesicht der Christine erkennen. Ungewohnt sah sie aus, sie hatte ihr Haar zusammengebunden oder hochgesteckt, und anscheinend saß sie in einem Lokal. „Nix!", antwortete Gasperlmaier. „Nur, dass ich dich halt wieder einmal sehen wollte. Und dass wir einen neuen Mord haben, hier!" Gott sei Dank war ihm gerade noch eingefallen, dass er ihr über die Neuigkeit des Tages erzählen konnte. Irgendwas Persönliches, das wäre nicht gegangen, erstens nicht hier vor seiner Tochter, und zweitens war die Christine sicher nicht allein in diesem Lokal.

Die Christine schwenkte ihr Handy, und auf einmal kamen der Christoph und seine kanadische Freundin, die Richelle, ins Bild. „Hello!", winkten sie. Vor den beiden stand eine Art Holzschiene mit sechs Vertiefungen, und in jeder davon steckte ein kleines Glas. War das Bier, das sie tranken? Die Christine kam wieder ins Bild. „Wir sind gerade auf Granville Island. Da ist ein Markt, und da gibt's auch eine kleine Brauerei. Wir kosten gerade Bier!" Sie kicherte wieder. „Den Katzen geht's gut!", sagte Gasperlmaier, mehr aus Verlegenheit. „Na, dann richte ihnen schöne Grüße aus." Die Christine kicherte wieder. Ob sie schon zu viel Bier getrunken hatte? „Wir reden dann lieber ein andermal!", brüllte Gasperlmaier, denn er hatte das Gefühl, er müsse sich anstrengen, um sich der Christine verständlich zu machen. Die Katharina zuckte zurück. „Papa!" „Ich hör dich schon, brauchst nicht schreien!", antwortete die Christine. „Ich meld mich, pfüat euch!" „Leg auf!", sagte Gasperlmaier zur Katharina. Jetzt war seine Laune endgültig hinüber. Die amüsierte sich drüben in einer Wirtshausbrauerei, und er durfte hier vegan essen und alkoholfreies Bier dazu trinken. „Ich geh ins Bett!", sagte er zur Katharina.

„Papa – da ist noch was!" Die Kathi hielt ihn am Arm fest. „Ich muss ... ich kann nicht mehr die ganze Woche bleiben. Obwohl ich's versprochen habe." Gasperlmaier zuckte mit den Schultern. Eigentlich wollte er sagen, dass das nun auch schon egal sei, hielt sich aber zurück. „Ich hab einen Job angenommen, auf einer Gastro-Messe. Als Hostess. Gut bezahlt und sogar ... ja, auch für meinen CV!" „Für was?", fragte Gasperlmaier. „CV. Curriculum Vitae. Lebenslauf. Für Bewerbungen, später." „Ach so", murmelte Gasperlmaier. „Hostess" und „CV", das hatte beides für ihn etwas anrüchig geklungen. „Ist das eh nicht ... also, so was ... wo du ...?" Die Katharina lachte und verstand. „Nein, Papa, das ist nichts Unanständiges. Nur Kunden begrüßen und so weiter." „Aha!", sagte er und erhob sich. Die gefüllten Paprika hatten doch einen unangenehmen Nachgeschmack in seinem Mund hinterlassen. „Jetzt geh ich aber wirklich!"

Im Bett fand er keine Ruhe. Immer wieder streckte er seine Hand nach der anderen, leeren Seite des Ehebettes aus. Die war kalt und glatt. Er hatte das Gefühl, als schrumpfe sein Herz in einer Brust voll Kälte. Da half auch keine warme Decke mehr. Ob die Christine jemals zurückkommen würde?

Sein Schlaf war unruhig und flach, immer wieder schrak er aus Träumen noch, in denen er irgendwas tun sollte, was er nicht konnte. Und die Gitti aus Goisern und die Andreva von den Ödenseern reichten einander die Hand, obwohl er die Andreva nicht einmal persönlich kannte.

## 5

Schweißgebadet wachte Gasperlmaier auf. Hatte er vergessen, den Wecker zu stellen? Das machte nämlich sonst immer die Christine. Gott sei Dank. Das Radio hatte sich zwar nicht eingeschaltet, aber es war erst halb sieben. Die Sonne schien durch die Ritzen in den Jalousien. Mühsam schwang er sich aus dem Bett. Ob die Katharina schon wach war? Wohl kaum. Er musste leise sein.

Nach dem Duschen sah er sich in der Küche um. Ein angeschnittenes Vollkornbrot stand auf der Anrichte, und im Kühlschrank fand er Käse und Butter. Für einen Tee oder einen Kaffee würde die Zeit nicht mehr reichen, er musste um sieben auf dem Posten sein, die Frau Doktor würde sicher bald mit den ersten Ergebnissen der Spurensicherung auftauchen. Und dann durfte er sich auf ein umfangreiches Tagesprogramm gefasst machen. Als er schlaftrunken ins Vorzimmer schlurfte, dachte er schon wieder an die Christine. Sie hatte immer dafür gesorgt, dass er nicht ohne Kaffee aus dem Haus ging. Und ein frisch gebügeltes Hemd war auch immer im Kasten gehangen. Heute hatte er das Hemd vom Freitag anziehen müssen, weil er vergessen hatte, Wäsche zu waschen. Und vom Bügeln brauchte man erst gar nicht zu reden. Es dauerte bei ihm eine halbe Stunde, bis er ein Hemd halbwegs so weit hatte, dass man es tragen konnte. Hoffentlich würde es den Damen nicht auffallen, dass er ein wenig ungepflegt daherkam. Er musste sich dringend am Riemen reißen, es durfte nicht sein, dass er verwahrloste, bloß, weil die gnädige Frau glaubte, eine Weltreise unternehmen zu müssen. Gott sei Dank lag wenigstens ein Kamm auf der Ablage unter dem Vorzimmerspiegel. Als er sich damit durch die Haare fuhr, ärgerte er sich selbst über seine gehässigen Gedanken, die Christine betreffend. Schließlich hatte sie ihn, das musste er sich eingestehen, trotz ihrer Berufstätigkeit jahrzehntelang liebevoll umsorgt. Und er hatte nicht viel mehr getan, als gelegentlich den Schraubenzieher zur Hand zu nehmen, wenn eine Steckdose locker war. Wahrscheinlich hatte er selber viel zum Fernweh der Christine beigetragen. Als er in die Morgenluft hinaustrat, atmete er tief ein, um die unangenehmen Gedanken zu verscheuchen.

„Morgen!" Die Manuela saß schon hinter ihrem Bildschirm, und Gasperlmaier fiel es unangenehm auf, dass ihre Bluse frisch gestärkt, glatt und gebügelt war. Er zupfte an seinem Kragen herum, damit er nicht gar zu verdrückt aussah. „Die Frau Doktor noch nicht da?", erkundigte er sich nach einer offensichtlichen Tatsache. Die Manuela schüttelte den Kopf. „Was habt ihr denn gestern noch herausgefunden?"

Gasperlmaier rückte sich seinen Stuhl zurecht und ließ sich darauf niederfallen. Schon jetzt, zu Dienstbeginn, fühlte er sich müde. Der Sonntag war ja auch alles andere als erholsam gewesen. Die Überstunden von gestern, fiel ihm ein, musste er auf jeden Fall nachtragen. Er schaltete seinen Computer ein. „Gasperlmaier?" Er hatte auf die Frage der Manuela gar nicht reagiert. „Nicht viel!", beeilte er sich. „Aber es gibt eine Menge Leute, die in Auseinandersetzungen mit dem Christian Pönitzer verwickelt waren. Und dann seine Frau, und die Gitti ..."

„Guten Morgen!" Die Frau Doktor schien Gasperlmaier voller Schwung und Elan, mit ihr war geradezu eine Wolke frischer Luft ins Amtszimmer geströmt. „Guten Morgen, Frau Reitmair, guten Morgen, Franz! Wie geht's euch?" „Ich find's aufregend, dass wir wieder einmal was zu tun haben! Was wirklich ... ja ... Außergewöhnliches!", strahlte die Manuela. „Da könnte der Franz gern darauf verzichten, da bin ich mir sicher!" Die Frau Doktor lächelte ihn an und knallte ihre Handtasche, die ein abenteuerliches Leopardenmuster zeigte, auf seinen Schreibtisch. Sie trug heute ein Kostüm, das Gasperlmaier an die Farbe von Erdbeereis erinnerte. Er hatte es noch nie gesehen, es stand ihr aber ausgezeichnet. Drunter hatte sie eine cremefarbene Bluse. Erdbeer-Vanille, dachte Gasperlmaier und fragte sich, warum sie ihn heute „Franz" genannt hatte. Sonst war er, wie für alle anderen, auch für sie einfach „Gasperlmaier" gewesen. Die Anrede „Franz" verwirrte ihn ein wenig, denn die verwendete gewöhnlich nur die Christine, und zwar nur dann, wenn es etwas Ernstes zu besprechen gab. Ach ja, die Christine!

„Haben Sie was Neues?", fragte die Manuela. Die Frau Doktor nickte, zog sich einen Stuhl heran und setzte sich. Als sie die Beine übereinanderschlug, fiel Gasperlmaier auf, dass sie heute wieder auf geländegängige Schuhe verzichtet hatte. „Doch, einiges!", antwortete sie. „Es geht um den Bandbus von den Kainischer Hasenjägern. Den hat unsere Tatortgruppe demoliert vorgefunden. Das dritte Mitglied der Band, dieser Sebastian, hat sich bei uns gemeldet, als es schon finster war. Sie haben noch einmal ausrücken müssen. Scheiben eingeschlagen, Rückspiegel abgebrochen, hintere Tür aufgebrochen, Instrumente und technische Anlagen demoliert. Ganz schöner Schaden!" „Das kann ja eigentlich nur auf das Konto der Konkurrenten gehen, irgendein anderer Musiker?", mutmaßte die Manuela. Die Frau Doktor zuckte mit den Schultern. „Tatwerkzeug war vermutlich ein Brecheisen, ein Wagenheber oder etwas Ähnliches. Da muss jemand eine Mordswut auf die Hasenjäger gehabt haben." „Der Mörder, womöglich?", fragte Gasperlmaier. „Kann man jetzt noch nicht sagen, ob da überhaupt ein Zusammenhang besteht. Aber wir werden das weiterverfolgen!"

Die Frau Doktor hustete und kramte in ihrer Handtasche. „Verflixt, wo sind denn die Hustenzuckerl?", fragte sie sich selbst. „Verkühlt?" „Geht schon!", sagte sie, zog eine zerknautschte Pappschachtel aus der Tasche und holte ein leuchtend rotes Bonbon daraus hervor. „Wir waren ja gestern spät dran, Spurensicherung hat noch keine greifbaren Ergebnisse erbracht, sie hoffen, bis Mittag so weit zu sein. Datenauswertung vom Handy des Opfers liegt vor, weiter haben wir noch keine beantragen können, weil keine ausreichenden Verdachtsmomente vorliegen." „Und?", fragte Gasperlmaier.

„Auf der Alm gibt es ja keinen Handyempfang, und davor hat er am Wochenende nur Kontakt zu seiner Frau, zu seiner Sängerin, der Nicole, zum Sebastian, dem Drummer, und zur Stieftochter, zur Emily, gehabt. In der Woche davor haben wir auch noch einen Anwalt in der Liste, dann ein paar Nummern, die wir nicht kennen, und auch den Mario Edelmann, seinen Prozessgegner." „Soziale Netzwerke?", fragte die Manuela. „Wenig. Er hat auf Facebook hauptsächlich seine Band beworben, auf Instagram hat er die gleichen Einträge, und auf Youtube gibt's auch ein paar Videos. Von den Original Kainischer Hasenjägern. Und ihr werdet's nicht glauben, diese Gitti aus Goisern hebt da tatsächlich ihr Dirndl, und die ist sogar auf dem Hintern tätowiert!" „So?", fragte Gasperlmaier, hütete sich aber, allzu großes Interesse zu zeigen, denn das konnte, wie er aus leidvoller Erfahrung wusste, durchaus missverstanden werden. Wenn es um Hintern ging. Die Manuela aber war gleich Feuer und Flamme. „Das muss ich mir anschauen!" Es dauerte nur Sekunden, bis der Hit der Kainischer Hasenjäger durch die Amtsstube klang. *Du bist a wunderschönes Madl, mit tätowierte Wadeln, komm, heb dein Dirndl in die Höh!* Die Manuela hielt das Video an und rückte mit ihrer Nase ganz nah an den Bildschirm heran. „Das müsst ihr euch anschauen. Ich glaub, das ist nicht echt. Nur aufgemalt." Die Frau Doktor stand auf, und nun fand Gasperlmaier, dass auch er zur Begutachtung der Kehrseite der Gitti aus Goisern ausrücken konnte. Wenn er schon direkt dazu aufgefordert worden war. Allerdings konnte er, als er hinter der Manuela stand, nicht viel mehr erkennen als den verschwommenen Hintern der Gitti und die Tatsache, dass sie ein rosarotes Höschen trug, das die Hinterbacken freiließ. Für Einzelheiten hätte er seine Brille herausholen müssen, und das war ihm peinlich. „Wer lässt sich denn heute noch ein Herz mit einem Pfeil durch tätowieren? Das ist kein Motiv, das heutzutage gefragt ist!" Die Manuela deutete auf die rechte Hinterbacke der Gitti aus Goisern. „Sowas kann man allerdings auch mit Videobearbeitung hinkriegen", fügte sie erklärend hinzu. Dann ließ sie das Video weiterlaufen. *Denn wenn i a dein Hintern seh, bist no amol so schee!* erklang es.

„Das reicht!", sagte die Frau Doktor. „Ermittlungstechnisch bringt uns das keinen Zentimeter weiter. Ich möchte heute", sagte sie und legte den Zeigefinger auf den linken Daumen, um eine Aufzählung zu beginnen, „zuerst einmal mit diesem Edelmann sprechen. Schauen, was er zu sagen hat, wie er den Rechtsstreit sieht. Dann noch einmal diese Gitti oder Nicole, vielleicht kriegen wir aus ihr raus, dass sie doch ein Verhältnis mit dem Opfer gehabt hat. Dann natürlich das dritte Bandmitglied, den Chef von diesem Pfeifertag, und ..."

„Pfeifervater", unterbrach Gasperlmaier sie. „Der Chef heißt Pfeifervater." „So? Na ja, wie auch immer. Dann halt den Pfeifervater." „Wie wär's", fragte die Manuela, „wenn ich Sie heute begleite? Der Gasperlmaier könnte die Stellung halten, und ich hätte auch einmal Gelegenheit ..." Gasperlmaier lief es kalt über den Rücken. Wollte die Manuela ihn etwa ausbooten? Da hieß es rasch reagieren. Er schüttelte den Kopf. „Ich geh schon mit. Ist meine Aufgabe. Du bleibst da!" Vor Erregung war er sogar ein wenig außer Atem geraten. Die Frau Doktor sah ihn verwundert an, verzichtete aber auf einen Kommentar.

Sie sah auf ihre Uhr. „Halb acht? Na, schauen wir einmal, ob der Herr Musikant schon auf ist!" „Einen Moment!", mischte sich die Manuela ein. „Er hat zwar einen Wohnsitz in Aussee, aber auch einen in Wien. Wer weiß, ob er überhaupt zu Hause ist. Sollten wir nicht zuvor ..." Die Frau Doktor schüttelte den Kopf. „Wenn es in der Nähe ist, gehe ich das Risiko ein. Der Überraschungseffekt ist mir bei einer Erstbefragung wichtig." „Na ja", meinte Gasperlmaier, „nach diesem Mord wird er sich ja denken können, dass wir auch bei ihm vorbeischauen, nicht?" „Jetzt mach mir meine Taktik nicht mies, Gasperlmaier! Auf geht's!" Die Frau Doktor griff nach ihrer Handtasche, und es dauerte nur wenige Minuten, bis sie bei der Adresse in Obertressen ankamen, die ihnen die Manuela herausgesucht hatte.

Das Haus lag etwas abseits der Straße und war von dort nicht einsehbar. Als sie um die Kurve bogen, staunte Gasperlmaier. Weder hatte er dieses Haus schon einmal gesehen, noch hatte er gewusst, dass so etwas hier heroben stand. Eigentlich, so dachte er bei sich, hätte dieser Bau Gesprächsstoff im Ausseerland sein müssen, denn er entsprach so gar nicht dem, was man an architektonischen Traditionen hochhielt. „Anscheinend lässt sich mit Musik doch etwas Geld verdienen!", bemerkte die Frau Doktor. Das Haus war ein schneeweißer Kubus mit Flachdach, teils in den Hang hineingebaut, mit Garagen im Untergeschoß und einer spiegelnden, glatten Glasfassade in den beiden Stockwerken darüber. Eine Außentreppe führte an der linken Seite des Gebäudes in das Obergeschoß, und dort befanden sich nicht nur ein Klingelknopf, sondern auch ein versperrtes Gittertor, eine Gegensprechanlage und eine Überwachungskamera. Die Frau Doktor drückte.

Zunächst gab es gar keine Reaktion. Gasperlmaier zuckte zusammen, als sich die Kamera über ihm surrend in Bewegung setzte. Sie sahen hoch. „Hat er uns jetzt, sozusagen, ins Bild geholt?", fragte Gasperlmaier. „Solche Anlagen können auch selbsttätig Bewegungen verfolgen. Wenn sie entsprechend teuer und modern sind." Die Frau Doktor drückte den Klingelknopf nochmals. Keine Reaktion. „Niemand da!" Gerade, als Gasperlmaier sich umdrehte, um wieder einzusteigen, knarrte eine Stimme aus dem Lautsprecher. „Ja, bitte? Wer stört?" „Polizei!" Die Frau Doktor hielt ihren Ausweis in Richtung Kamera. „Was wollen S' denn?", fragte die Stimme. Schlaftrunken und verkatert, wie Gasperlmaier fand. „Das besprechen wir bitte drinnen, wenn es geht?" Die Frau Doktor strich sich eine Haarsträhne hinter das Ohr und lächelte nach oben in die Kamera. Etwas wie unterdrücktes Stöhnen drang aus dem Lautsprecher, und der Türöffner surrte.

Mario Edelmann erwartete sie an der Haustür einen Stock höher. Das wenige Haar stand ihm wirr vom Kopf ab, und er trug einen langen, seidig glänzenden Bademantel in Hellgrün. „Grüß Sie. Ich hab aber nicht viel Zeit." Er schüttelte der Frau Doktor und Gasperlmaier die Hand. Dabei musterte er sie interessiert von oben bis unten. Seine Blicke blieben zu lange an ihren Beinen hängen. Mit einer übertrieben lässigen Geste bat er sie ins Haus. „Ein bisschen Zeit werden Sie sich nehmen müssen!" Die Frau Doktor versuchte es auf die charmante Tour und hatte ihr gewinnendes Lächeln aufgesetzt. Der Edelmann stieg darauf ein. „Sie müssen entschuldigen. Ich … Musiker arbeiten oft in der Nacht. Ich bin bis um vier im Studio gewesen." Er deutete auf den Fußboden. Gasperlmaier schloss daraus, dass sein Studio in den Kellerräumen untergebracht war. „Bitte!" Als der Edelmann sich umdrehte, sah Gasperlmaier, dass sein Bademantel hinten bestickt war. In einem Bogen stand „Ödenseer" in dunkelgrüner Schrift auf dem Rücken, darunter prangte die Silhouette des Loser. Was der allerdings, geographisch gesehen, mit dem Ödensee zu tun hatte, erschloss sich Gasperlmaier nicht. Der Wohnraum war riesig und eröffnete durch die Glasfront ein Panorama, das über sämtliche Berge des Ausseerlandes reichte. Sogar den Dachstein konnte man sehen. Die Luft war nach dem Regen von gestern so klar, dass die Gletscher näher als sonst schienen. „Setzen wir uns hin? Darf ich was anbieten?" „Nein, danke!" Der Hausherr zeigte auf ein Ecksofa aus Leder, das den Dachsteingletscher an strahlendem Weiß noch überbot. Der Boden war mit hellgrauem Stein belegt, sodass der Wohnraum, so fand Gasperlmaier, trotz des ganzen Luxus kalt wirkte. Nirgends sah man auch nur ein kleines Stück Holz.

Der Edelmann starrte die Frau Doktor weiter unverhohlen an, als sie sich gesetzt hatte. Zudem grinste er, wie Gasperlmaier fand, ordinär und anzüglich. Er selbst entblößte beim Hinsetzen stark behaarte Beine. „Nicht vielleicht doch einen Kaffee?" Die Frau Doktor nickte. „Na gut!" „Ratchanok!", rief der Edelmann daraufhin laut, und Gasperlmaier erschrak. Was sollte das denn bedeuten? Es dauerte nur Sekunden, bis eine zierliche Asiatin im Raum erschien. „Drei Kaffee, bitte, Ratchanok. Die Dame und der Herr sind von der Polizei." Die Asiatin lächelte, faltete die Hände vor der Brust, verneigte sich und verschwand wieder. „Ratchanok", grinste der Edelmann. „Nicht, was Sie glauben. Nur meine Haushälterin. Ich selbst habe ja keine Zeit. Und ich zahle gut, nicht dass Sie denken, ich ..." „Wir glauben gar nichts, Herr Edelmann." Gasperlmaier allerdings konnte sich des Glaubens nicht ganz erwehren. Haushälterinnen trugen Leggins und T-Shirts, Ratchanok hingegen ein blaues Seidenkleid. „Kommen wir zur Sache. Gestern Nachmittag ist ein Bekannter von Ihnen gewaltsam zu Tode gekommen. Christian Pönitzer. Er war früher in Ihrer Band, Sie sind im Streit auseinandergegangen. Warum?"

„Sie glauben doch nicht, dass ich ...?" Der Edelmann zeigte theatralisch auf sich selbst und schüttelte den Kopf. Gasperlmaier fiel auf, dass er zwar dünne Beine hatte, aber einen ganz ordentlichen Bierbauch vor sich herschob. „Wie ich schon sagte: Wir glauben gar nichts, wir ermitteln. Also?" Der Edelmann machte eine wegwerfende Geste. „Der Christian. Ein Spinner! Er bildet sich ein, dass er unseren größten Hit geschrieben hat, *Waun i einischrei in Woid.*" „Und? Hat er?", fragte die Frau Doktor. „Aber gar keine Rede! Erstens ist das alles über zehn Jahre her, und es kann schon sein, dass wir einmal beim Feiern, nach einem Gig, zusammen auf so eine Idee gekommen sind, irgendwas mit Schreien und Wald. Sie wissen schon, wegen der Schmerzen, die man erleidet, wenn eine Liebe zu Ende geht. Aber den Text und die Melodie, die habe ich ganz allein geschrieben. Er ist ja vor Gericht bisher auch nicht durchgekommen." „Wie steht das Verfahren?" Der Edelmann seufzte. „Er ist in Berufung gegangen, nächste Woche wäre die Verhandlung in der zweiten Instanz gewesen. Das ist mir sowas von im Magen gelegen, das kann ich Ihnen sagen!"

Die Thailänderin erschien mit einem Tablett und stellte es lächelnd vor ihnen auf einem gläsernen Tischchen ab. Wieder faltete sie die Hände und verneigte sich, bevor sie aus dem Raum raschelte. Nicht, ohne dem Edelmann einen verächtlichen Blick zugeworfen zu haben. Blaue Stöckelschuhe trug sie auch. Definitiv keine Haushälterin, schloss Gasperlmaier messerscharf.

„Erzählen Sie uns einfach ein bisschen was zur Bandgeschichte. Wie lang hat der Pönitzer bei Ihnen gespielt, warum hat er sich von der Band getrennt?" „Ich könnte jetzt sagen", erklärte der Edelmann, während er zwei Stück Zucker in seinen Kaffee fallen ließ, „dass der Christian als Gitarrist einfach nicht gut genug war." Er fuhr sich mit den Fingern durch die struppigen Haare, die dadurch noch mehr vom Kopf abstanden als zuvor. „Aber das war es nicht, nicht genau so. Er hat gut gespielt. Zu Beginn halt. Aber dann sind wir, sozusagen, innerhalb von ein paar Jahren in eine andere Liga aufgestiegen. Mehrere Ligen, sogar, wenn Sie verstehen, was ich meine!" Er wies mit einer weit ausholenden, angeberischen Geste auf das sie umgebende Zimmer. Gasperlmaier war klar, was er meinte. Es wurde plötzlich Geld verdient. Viel Geld. „Ja?", sagte die Frau Doktor nur interessiert. Ihr Lächeln hatte sie beibehalten, es schien Gasperlmaier aber ein wenig angestrengt. „Nun, ich hatte plötzlich die Wahl. Ich konnte die besten Gitarristen Österreichs engagieren. Und nicht nur das. Die besten Europas. Der Welt!" Er hob den Finger belehrend in die

Höhe. „Und der Christian ... na ja ... Provinz. Haben Sie gehört, was er in letzter Zeit so fabriziert hat?" Gasperlmaier und die Frau Doktor nickten. „Furchtbar, nicht? Wissen Sie, in der Musik geht es um Innovation, darum, Neues zu schaffen. Nur dann gelingt der Aufstieg, nur dann gibt es Qualität! Möchten Sie etwas von mir hören? Ich arbeite gerade an einem neuen Album!"

Die Frau Doktor schüttelte den Kopf. Der Edelmann, so fand Gasperlmaier, war ein widerlicher Angeber. „Wie darf man sich das vorstellen? Wenn man sich von einem Gitarristen trennt?" Der Edelmann zuckte mit den Schultern. „Wir sind eine GmbH. Ich bin der Eigentümer, und mein Anwalt ist gleichzeitig der Geschäftsführer. Die anderen sind freiberuflich tätig, die werden je nach ..." Er suchte nach Worten. „Nach Bedarf bezahlt?", sprang die Frau Doktor ein. Der Edelmann nickte. „Sie können also einfach sagen, du brauchst nicht mehr zu kommen, du spielst nicht mehr mit, und schon ist ein Bandmitglied draußen?" Ein wenig Erstaunen, fand Gasperlmaier, klang in der Frage der Frau Doktor mit. Der Edelmann nickte. „Wissen Sie, in der Musikbranche haben wir's nicht gern mit geschriebenen Verträgen, fixen Anstellungsverhältnissen und so." Er grinste. „Wenn mir heute ein Schlagzeuger ausfällt, und ich muss einen Ersatz besorgen, für einen Gig oder zwei, dann kriegt der sein Geld bar auf die Kralle, und was er damit macht, ist sein Bier!" Der Edelmann fand das so witzig, dass er laut lachen musste. Gasperlmaier nahm einen Schluck von seinem Kaffee. Der war, das musste man dem Edelmann lassen, ausgezeichnet. Oder vielmehr musste man die Qualität des Kaffees wohl seiner Haushälterin zuschreiben.

„Und wie war das, als Sie dem Pönitzer erklärt haben, dass Sie ihn nicht mehr brauchen?" Wieder zuckte der Edelmann mit den Schultern. „Das hat der Anwalt erledigt, da muss ich mir nicht selber die Hände ..." Er hielt kurz inne. „... nicht selbst darum kümmern", schloss er. „Und? Wie hat es der Pönitzer aufgenommen?", fragte die Frau Doktor. „Er hat ... es hat dann schon Angriffe gegeben. Beleidigungen. Angerufen hat er, und im Internet hat er mich beschimpft. Mein Anwalt hat das dann aber geregelt, und dann war Ruhe. Bis zu der Klage, halt." „Wie, geregelt?", erlaubte nun Gasperlmaier sich einzumischen. „Kohle!", grinste der Edelmann. „Mit Kohle kriegst du alles geregelt. Er hat ihn halt irgendein Papierl unterschreiben lassen, dass er alle Anschuldigungen widerruft und unterlässt, und dafür hat er halt ein Kuvert bekommen. Ohne Glückwünsche, aber mit ein paar Scheinchen drinnen." Wieder lachte der Edelmann laut und ausdauernd, um zu unterstreichen, wie genial und witzig er diese Lösung fand.

„Wollen Sie mein Tonstudio sehen?", fragte er, wieder auf den Fußboden weisend. „Ist gleich da unten!" Die Frau Doktor nickte und stand auf. „Gerne!" Gasperlmaier fragte sich, warum sie immer noch lächelte, den Edelmann schamlos aufschneiden ließ und dann sogar noch das Tonstudio besichtigen wollte. War es Taktik oder hatte dieses Windei es tatsächlich geschafft, sie zu beeindrucken?

Sie stiegen eine Treppe hinunter, worauf offenbar automatisch überall sanftes Licht aufleuchtete. Die Treppe endete in einem Raum, der gemütlich mit Sofas, Lehnsesseln und Tischchen ausgestattet war. Überall lagen Kopfhörer herum, und in einer Ecke stand ein auffälliger Turm mit einer schwarzglänzenden HiFi-Anlage. Der Edelmann öffnete eine dicke, gepolsterte Tür, und sie standen vor einem riesigen Mischpult

mit, wie es Gasperlmaier schien, hunderten von Knöpfen, Anzeigen und Reglern. Darüber thronten vier riesige Computermonitore, die plötzlich aufleuchteten, als der Edelmann einen Knopf drückte. „Das ist sozusagen die Kommandozentrale. Ich kann ein bisschen damit umgehen, für den Hausgebrauch, aber für professionelle Aufnahmen haben wir natürlich eine Crew."
„Kriegen die auch ein paar Hunderter in die Hand gedrückt, wenn sie wieder gehen?", fragte Gasperlmaier, dem der Edelmann mit seiner Angeberei schon gewaltig auf die Nerven ging. „Wenn Sie so wollen", erklärte der Edelmann ein wenig eingeschnappt, „aber beklagt hat sich noch keiner, dass ich zu wenig zahle. Sie müssen ja nicht kommen!" Verärgert wandte er sich ab.
„Und was ist da hinter der Scheibe?" Die Frau Doktor lächelte nach wie vor und benahm sich so interessiert, als habe ihr der Edelmann einen riesigen Gefallen getan, indem er sie hier heruntergeführt hatte. Gasperlmaier war noch gar nicht aufgefallen, dass sich hinter den Computermonitoren eine riesige Glasscheibe befand, die die ganze Breite des Raums einnahm. „Dahinter ist das eigentliche Studio!", sagte der Edelmann, und im gleichen Augenblick flammte hinter der Scheibe Licht auf, sodass der Raum sichtbar wurde. Darin stand allerhand Gerät, Gasperlmaier erkannte ein Keyboard, ein Schlagzeug, mehrere Gitarren sowie zahlreiche Ständer, Mikrophone und Kabel. „Da drinnen spielen wir, wenn wir aufnehmen. Ist natürlich voll klimatisiert!"
„Unglaublich!", staunte die Frau Doktor. „Und wenn man draußen steht, glaubt man, da sind nur Garagen!" Der Edelmann nickte. „Sind es auch. Vier insgesamt. Ich habe das Studio in den Berg hineinbauen lassen!" Das, so dachte Gasperlmaier bei sich, konnte man sich wahrscheinlich nur leisten, wenn man selber den Groß-

teil der Einnahmen für sich behielt und die restlichen Bandmitglieder mit ein paar hingeworfenen Hundertern abspeiste.

„Können Sie uns das Lied vorspielen, um das es geht?" Schön langsam begann Gasperlmaier, an der Menschenkenntnis der Frau Doktor zu zweifeln. Sie lächelte immer noch und warf sogar keck den Kopf in den Nacken. Der Edelmann fühlte sich sichtlich geschmeichelt. „Natürlich! Es wird Ihnen gefallen!" Er drückte ein paar Knöpfe, schob ein paar Regler nach oben, und schon füllte satter Klang das Tonstudio.

*A schiacher Winter is es wordn*
*A waun die Wöd is woach und weiß*
*A koida Winter is es wordn*
*Mei Kopf, mei Herz wia Schnee und Eis*

*Waun i einischrei in Woid*
*es is ma immer so vü koid*
*wenn i zurückschau in der Spur*
*siach i meine Stapfen nur*

*Im Summa und im Herbst war's schee*
*Mir haum uns gfreit scho aufn Schnee*
*dann plötzlich warst du nimmer da*
*dei Bett, dei Kostn, boade laa*

*Waun i einischrei in Woid*
*es is ma immer so vü koid*
*wenn i zurückschau in der Spur*
*siach i meine Stapfen nur*

*Im Grabn hab i dei Radl gfundn*
*und a die Bleamaln, die du brockt*

*dort bin i gsessen, oan, zwoa Stunden*
*dort bin I rearad ummaghockt*

*Waun i einischrei in Woid*
*es is ma immer so vü koid*
*wenn i zurückschau in der Spur*
*siach i meine Stapfen nur*

Natürlich kannte Gasperlmaier das Lied, und er hatte es so oft gehört, dass er den tragischen Inhalt schon fast vergessen hatte. Die Frau Doktor schien ungerührt, aber er musste ein paar Mal schlucken, wenn er sich die Andreva vorstellte, wie sie die Nummer in ihr Mikrophon hauchte, und wenn das verlassene Fahrrad im Straßengraben vor seinem inneren Auge auftauchte.

„Nicht schlecht!", kommentierte die Frau Doktor. „Wer hat gesungen?" „Andrea Eva Winterauer, genannt Andreva!" Der Edelmann grinste. „Sie müssten sie erst einmal sehen! Eine Wucht! Aber das ist ja eher etwas für Männer!" Er zwinkerte Gasperlmaier verschwörerisch zu. „Wollt ihr vielleicht noch ein Video sehen?" Die Frau Doktor schüttelte den Kopf. Nun, so dachte Gasperlmaier bei sich, sah ihr Lächeln schon sehr angestrengt und wie eingefroren aus. „Gehen wir hinauf!", sagte sie. „Wir haben schließlich noch einige Termine heute Vormittag."

An der Haustür drehte sie sich noch einmal um. „Ach, bevor ich's vergesse: Wo waren Sie denn gestern Nachmittag?" Der Edelmann schüttelte den Kopf. „Ah, wie kommen Sie denn da drauf?" „Nur Routine!" Die Frau Doktor brachte nochmals ein etwas gequältes Lächeln zustande. Der Edelmann schien nichts zu merken. „Sie kennen das sicher aus Krimis. Wird immer gefragt. Der Vollständigkeit halber!" Sie warf die Haare über die

Schulter zurück. „Da unten!" Der Edelmann deutete wieder auf den Fußboden. „Wir kommen im Oktober mit einem neuen Album heraus. Weihnachtsgeschäft!" „Zeugen?", fragte die Frau Doktor. Der Edelmann schüttelte den Kopf. „Musiker waren keine da. Alles Feinarbeit am Computer." „Und Ihre Haushälterin?" Er kratzte sich am Kopf. „Ja, äh, die war da. Oben. Wohl am Pool." „Danke!" Als die Frau Doktor dem Edelmann die Hand schüttelte, zog er sie nahe an sich heran und senkte seine Blicke in ihren Ausschnitt. „Es hat mich wirklich sehr gefreut. Und wenn Sie einmal VIP-Karten für ein Event brauchen, nur anrufen!" Die Frau Doktor riss sich los.

Sie atmete hörbar aus, als die Haustür ins Schloss gefallen war. „Sogar thailändische Haushälterinnen haben am Sonntag frei!", fauchte sie. „Von wegen, am Pool! So ein Arschloch!" „Warum", fragte Gasperlmaier, „hast du denn die ganze Zeit gelächelt? Ich hab mir schon gedacht, dass ..." „Taktik, Gasperlmaier, Taktik! Du hast ja schon ein paar Ansätze für den bösen Bullen geliefert, hätte ruhig mehr sein können. Und ich hab halt versucht, ihn einzuwickeln. Reden lassen und lächeln. Funktioniert bei Männern fast immer!" „Bei mir nicht!", konterte Gasperlmaier und stieg ein. Dabei durchzuckte ihn ein heißer Schmerz in der Lendengegend. Hatte er sich am Ende schon wieder das Kreuz verrissen? Er war gespannt, wie es ihm beim Aussteigen gehen würde.

„Glaubst du, dass er in Frage kommt? Oben auf der Alm hat ihn ja wohl niemand gesehen, sonst hätte er kaum behauptet, daheim gewesen zu sein." Gasperlmaier wiegte seinen Kopf. „Man könnte schon auch von oben her zum Tatort gelangen, über den Wanderweg von Grundlsee herauf. Das haben wir ja, glaube ich, schon besprochen", sagte er. „Aber da hätte der Edelmann wissen müssen, dass er den Pönitzer zu einem ganz bestimmten Zeitpunkt dort hinter dem Baum treffen kann. Wo sie keiner sieht." „Und wenn sie sich dort verabredet haben?", fragte die Frau Doktor. „Glaub ich nicht", wagte Gasperlmaier einen Widerspruch. „Warum so abgelegen? Der Edelmann schaut nicht gerade nach einem Wanderer aus. Und es hätten ihn ja auf dem langen Weg auch andere Leute sehen können. Ein paar Wanderer triffst du immer!" „Hat was für sich!", gab die Frau Doktor zu. „Andererseits", fiel Gasperlmaier ein, „hat der Edelmann einen Haufen Geld. Der könnte locker jemandem ein paar Tausend Euro dafür zahlen, dass er einen Störenfried aus dem Weg schafft!" „Motiv?", fragte die Frau Doktor. Gasperlmaier zuckte mit den Schultern. „Wohin fahren wir überhaupt?" „Zuerst einmal runter ins Tal. Und dann würde ich gern noch einmal mit der Gitti reden. Also der Nicole. Und dann vorzugsweise mit Zeugen, die gestern auf der Alm waren. Da versprech ich mir am meisten davon." Gasperlmaier nickte und konsultierte sein Notizbuch. Dort hatte er die Adresse der Nicole Hinterstoisser, genannt Gitti aus Goisern, notiert. „Die wohnt ziemlich nah am Zentrum", sagte er. „Drüber der Traun, in der Nähe von der Mörtelmühle." Die Frau Doktor lachte. „Hat der Lugner hier sogar eine Mühle? Und ist Bad Goisern so groß, dass man auch weit weg vom Zentrum wohnen kann?" Gasperlmaier überlegte noch, was er antworten sollte, als ein Anruf einging. Die Manuela war dran. „Hört mal, ich hab da ein bisschen in den Kommentaren auf den Kanälen unserer Betroffenen herumgestöbert. Instagram, Facebook, Twitter und so. Und auch auf der Webseite der Band. Da gibt es nämlich eine Kommentarfunktion, wo man anscheinend auch anonym posten kann. Und da gibt es ein Foto von der Sängerin von diesen Ödenseern, Andreva nennt sie sich. Blöder Name, ich hätte da zuerst an eine Russin gedacht." „Sie heißt eigentlich Andrea Eva", warf Gasperlmaier ein. „Ja, gut!", antwortete die Manuela. „Aber das Foto ist von gestern, von diesem Pfeifertag. Und das solltet ihr euch anschauen, ob ihr da noch jemanden kennt, der drauf ist. Und da drunter gibt's einen Kommentar. Ein gewisser ‚Jogler' zieht da fürchterlich über den Ermordeten her. Dass er ein Arschloch ist und ein Betrüger, dass er mit jeder Frau schläft, dass er Mädchen vergewaltigt. Und eben mit dieser Andreva soll er auch etwas gehabt haben, behauptet der. Auch die wird in dem Kommentar beschimpft, ich schick euch den Text. Ganz arger Stoff." „Geben Sie's auch weiter nach Liezen, Frau Reitmair, damit die herausfinden, wer dieser ‚Jogler' ist. Wohl ein Nickname." „Die Frau Winterauer, vulgo Andreva, die wohnt übrigens fast direkt an eurer Route, wenn ihr nach Goisern fahrt. In Obersee am Hallstättersee. Soll ich euch die Adresse schicken?" „Perfekt!", antwortete die Frau Doktor. „Wir fahren gleich hin."

„Wir fahren zur Andreva?" Gasperlmaiers Herz schlug ein paar Takte höher. „Du weißt schon, dass die ein Star ist? Ein richtiger Star! Dauernd im Fernsehen und so!" Die Frau Doktor zuckte mit den Schultern. „Star hin oder her. Ich schau nicht fern, und ich hör auch keine solche Musik. Also ist sie für mich auch niemand Besonderes." „Aber ..." Eine passende Erwiderung fiel ihm nicht ein. Dass er der Andreva die Hand schütteln würde, verursachte ihm weiche Knie. Er hatte ja noch niemals mit einem echten Star zu tun gehabt. Außer, man zählte den steinalten ehemaligen Minister, der sich in Altaussee niedergelassen hatte, auch zu den Stars.

Er las der Frau Doktor die Adresse vor und gab sie auch gleich bei Google Maps ein. Er war sehr stolz darauf, dass ihm die Katharina das beigebracht hatte. „Noch zweimal links, dann sind wir da." „Ich staune, Gasperlmaier. Du hasst doch die Elektronik?" „Na ja", meinte er, „es hilft schon, wenn man sich nicht so viel merken muss." Sie standen vor einem recht unauffälligen Einfamilienhaus, das, dem Baustil nach, sicher schon vierzig, fünfzig Jahre auf dem Grundstück stand, aber sehr gepflegt und frisch renoviert aussah. „Na, dann!", sagte die Frau Doktor, ging zur Haustür und läutete. Vor dem Haus stand ein Gestell mit einem Basketballkorb, zwei Fahrräder lehnten an der Mauer, eines davon ein Kinderfahrrad.

„Ja?" Ein Mann, etwa um die vierzig, öffnete die Tür. Wie ein Musiker sah er nicht aus, fand Gasperlmaier. Dunkle Brillen, schütterer Bart, Geheimratsecken. Fehlte nur noch der karierte Pullunder. „Wir möchten die Frau Winterauer sprechen. Ist sie da?" Der Mann nickte. „Wir haben uns schon gedacht, dass jemand kommt. Es ist wegen dem Christian, oder? Winterauer, übrigens. Karl." Er schüttelte der Frau Doktor und Gasperlmaier die Hand. Die Frau Doktor nickte. Gasperlmaier konnte es nicht fassen, dass sich die Andreva mit so einem Durchschnittstyp zufriedengab. „Kommen S' rein. Sie übt!" Sie traten in ein enges Vorhaus, der Mann ging voraus, die Kellertreppe hinunter. „Da ist das Studio!", erklärte er. Er klopfte an eine Tür. Erst, als er sie öffnete, hörte man, dass dahinter jemand zu Hintergrundmusik sang. Das musste die Andreva sein. Die Musik erstarb, und die Sängerin tauchte im Türrahmen auf. Gasperlmaier war enttäuscht. Sie sah ganz anders aus, als er sie vom Fernsehen kannte. Direkt normal. Sie trug einen etwas ausgeleierten gelben Pullover und schwarze Leggins. Auf der Bühne trat sie nie in Tracht auf, aber in Kleidungsstücken, die teilweise an Tracht erinnerten.

Enge, geschnürte Oberteile, die ihre üppige Figur betonten. Glänzende Lederhosen, hochhackige Stiefel und solche Sachen. Heute, fand Gasperlmaier, schaute sie weit weniger spektakulär aus. Ihre wallende schwarze Mähne hatte sie zusammengebunden. Er erkannte sie kaum wieder, als er ihr die Hand schüttelte. Mit einem Selfie mit der Andreva, so dachte er bei sich, würde es wohl heute nichts werden. Sie würde sich so wohl auch selber nicht gerne auf einem Foto sehen.

„Guten Morgen!" Ihre Stimme aber war voll, dunkel und rauchig, so, wie Gasperlmaier sie in Erinnerung hatte. „Ich hab mir gedacht, dass ich einvernommen werde. Schließlich war der Christian ja jahrelang in unserer Band. Ich kann's noch gar nicht glauben." Sie wirkte sachlich, so, als betreffe sie der Tod des Kollegen nicht wirklich. Über die Stiege kam ein etwa zwölfjähriger Bub heruntergepoltert. „Mama, ich geh jetzt Radlfahren!", rief er. „Aber nimm den Helm!", rief ihm die Andreva noch hinterher. „Setzen wir uns ins Wohnzimmer!" Sie lächelte Gasperlmaier zu und ging die Treppe hinauf voraus. Ihm wurde warm ums Herz. Er durfte ins Wohnzimmer eines Stars. Dort allerdings sah es so normal aus wie in seinem eigenen Wohnzimmer zu Hause. „Ich geh dann einkaufen, Schatz!" Der Mann sah noch einmal kurz zur Tür herein. „Ihr wollt sicher allein sein, oder?" Die Andreva nickte. „Mein Mann. Lehrer. Hat natürlich jetzt Ferien. Wir sind eigentlich eine ganz normale Familie." „Daran zweifle ich nicht!", sagte die Frau Doktor, setzte sich und schlug die Beine übereinander. Wie sie da so nebeneinandersaßen, sah die Frau Doktor eher wie der Star aus, fand Gasperlmaier.

„Sie müssen entschuldigen", sagte die Andreva mit einem Blick auf Gasperlmaier. „Ich schau heute sicher nicht so aus, wie Sie mich aus dem Fernsehen kennen."

Gasperlmaier fühlte sich ertappt und winkte ab. Wahrscheinlich hatte er sie zu auffällig angestarrt.

„Wie war Ihr Verhältnis zu dem Ermordeten?", fragte die Frau Doktor. „Gar keins. Ich meine, ich hatte kein Verhältnis mit ihm. Wie kommen Sie darauf?" Die Frau Doktor lächelte. „Missverständnis. Ich hab die andere Bedeutung des Wortes gemeint." „Ach so. Entschuldigung. Ich bin da ein bisschen empfindlich. Die Klatschreporter ... Sie wissen. Da wird einem alles Mögliche angedichtet. Es gibt zumindest ein Foto, wo mir der Christian einen Kuss auf die Wange drückt, bei irgendeiner Preisverleihung. Und da hatten wir dann am nächsten Morgen gleich eine Schlagzeile, dass mein Sohn unter Tränen gefragt hat, warum ich weggehen will. Deshalb so empfindlich." „Also?", setzte die Frau Doktor nach. „Kollegial. Korrekt. In den letzten Jahren immer distanzierter, weil er sich mit dem Mario ständig gestritten hat, vor allem mit dem Mario. Und ich wollte keinen Streit, ich wollte singen, und natürlich auch mein Leben damit finanzieren. Bei den Ödenseern geht es mir gut." „Wie ist Ihre Beschäftigungssituation?", fragte die Frau Doktor. „Ich werde pauschal bezahlt. Wir vereinbaren zum Beispiel pro Album oder pro Auftritt eine fixe Gage." Sie lächelte. „Und die ist in den letzten Jahren stetig gewachsen. Ich bin ja sowas wie die Frontfrau, ohne mich würde es die Ödenseer gar nicht geben. Und das ist dem Mario auch etwas wert." Sie richtete den Oberkörper auf, drückte die Brust heraus und strich sich durch die Haare. Nun erinnerte sie Gasperlmaier ein wenig mehr an die Frau, die er aus dem Fernsehen kannte.

„Wie sehen Sie die Trennung? Die Trennung von Christian Pönitzer von den Ödenseern?" Die Andreva zuckte mit den Schultern. „Wissen Sie, er hat dem Mario schon gute Gründe gegeben, ihn nicht mehr zu beschäftigen. Da gab es Proben, zu denen er gar nicht gekommen ist, dann wieder ist mehr gestritten als geprobt worden. Oft hat er sich darüber aufgeregt, dass der Mario die Lieder nicht aufnehmen wollte, die er komponiert hat. Und irgendwann ist dann ein anderer Gitarrist dagestanden, und es war Ruhe. Mir hat der Christian nicht gefehlt."

Gasperlmaier war, alles in allem, ein wenig enttäuscht. Da bekam er einmal in seinem Leben einen Star zu Gesicht, und dann war alles so normal, dass er nach ein paar Minuten schon vergessen hatte, wer die Andreva eigentlich war. Das Haus, der Mann, das Kind, sie selber, das Wohnzimmer. Alles total durchschnittlich. Er hatte sich das anders vorgestellt. „Ganz offen gefragt", sagte die Frau Doktor, „können Sie sich vorstellen, dass Beziehungsgeschichten, Eifersucht, irgend so etwas, bei diesem Mord eine Rolle gespielt haben? Sie können ganz offen reden – von uns dringt nichts nach außen." Sie warf Gasperlmaier einen warnenden Blick zu. Der beeilte sich, zustimmend zu nicken. „Also, Beweise habe ich natürlich keine", sagte die Andreva. Ihre Blicke irrten ein wenig unruhig von einem zum anderen. „Aber gemunkelt ist schon worden, dass der Christian mit der Gitti etwas laufen hat. So etwas kommt in unserem Geschäft oft vor, man ist doch immer wieder sehr lange beisammen, es entwickeln sich da schon ..." Sie gestikulierte unsicher mit der rechten Hand und ließ sie dann wieder auf den Oberschenkel sinken. „Sie selber?", fragte die Frau Doktor. Die Andreva sah sie etwas irritiert an, zögerte kurz und sah dann zum Fenster hinaus. Gasperlmaier folgte ihren Blicken. Es waren zwar zwei Häuser und ein paar Bäume im Weg, aber dazwischen konnte man dennoch den Hallstättersee hervorblitzen sehen. Er glitzerte im Sonnenlicht. „Ich ... natürlich nicht. Außerdem ist das Privatsache. Ich bin ja nicht verdächtig, oder?" Die Frau Doktor lächelte. „Wie man's nimmt. Wo waren Sie denn gestern Nachmittag?" Wieder wich die Andreva ihren Blicken aus. „Ja, ich ... also, ich war auf der Weißenbachalm. Beim Pfeifertag. Das gebe ich ja zu. Aber ich hab mit dem Mord genauso wenig zu tun wie Ihr Kollege da!" Sie zeigte auf Gasperlmaier. „Den hab ich nämlich oben gesehen. Fesch haben Sie ausgeschaut, in Ihrer Lederhose und dem Gamserlrock!" Sie lächelte, und Gasperlmaier wurde ganz anders. Hoffentlich wurde er nicht rot. Wie war das möglich, dass er einen Star wie die Andreva oben auf der Alm völlig übersehen hatte, während sie sich noch an ihn erinnern konnte?

„Also?", fragte die Frau Doktor. „Erzählen Sie!" „Ich muss mir jetzt ein Glas Wasser holen", wich die Andreva aus und stand auf. „Ich hab einen ganz trockenen Hals. Gar nicht gut für eine Sängerin. Sie auch?" Gasperlmaier und die Frau Doktor schüttelten unisono ihre Köpfe. „Ein Bier vielleicht? Oder einen Schnaps?" „Auf gar keinen Fall!", sagte die Frau Doktor. „Wir möchten Sie nicht lange aufhalten. Und im Dienst ..." Gasperlmaier nickte. Er war schon drauf und dran gewesen, nach einem Bier zu fragen, bevor er sich daran erinnert hatte, dass er sich ja vorgenommen hatte, zumindest heute auf Alkohol zu verzichten. Da hatte die Frau Doktor ihren Einwand gerade zur rechten Zeit vorgebracht.

Die Andreva kehrte mit einem Glas Wasser zurück und setzte sich wieder hin. Wie sie sich bewegte, erinnerte Gasperlmaier doch sehr an ihre Auftritte. Gleich gefiel sie ihm viel besser. „Ich war natürlich da oben. Ich bin fast jedes Jahr dabei, wie auch bei vielen anderen Musikveranstaltungen. Da kann man sich Anregungen holen, Kontakte pflegen ... und so weiter." „Können Sie mir ein paar Details über den Tag verraten?" Die Frau Doktor, so dachte Gasperlmaier bei sich, wirkte ein wenig scharf und ungeduldig. „Also, ich kann mich natürlich nicht an jede Minute erinnern. Aber ich bin erst ziemlich spät hinaufgekommen, mit dem Auto." „Selbst gefahren?", fragte die Frau Doktor. Die Andreva schüttelte den Kopf und zögerte kaum merklich. „Ich bin mit einem Bekannten hinaufgefahren, der ist bei den Bundesforsten und hat einen Schlüssel für den Schranken bei der Forststraße. Er muss ja beruflich ..." Sie beendete den Satz nicht. Die Frau Doktor nickte. „Den Namen müssen Sie uns schon verraten. Wir müssen ihn schließlich auch befragen." Die Andreva seufzte. „Muss das sein? Er ist nämlich sehr auf ..." Sie stockte. „...Diskretion bedacht?", vollendete die Frau Doktor den Satz. Die Andreva nickte. „Sie finden es sowieso heraus. Widmann. Alex Widmann. Noch genauer, Hofrat, Diplomingenieur."

„Ein paar Details? Uhrzeiten? Orte?" Freundlich, so fand Gasperlmaier, klangen die hingeworfenen Fragen nicht. Ganz anders als beim Edelmann. Die Andreva seufzte. „Ungefähr um zwei sind wir hinaufgekommen. Ich hab den beiden ... dem Karl und dem Egon, denen hab ich noch ein Mittagessen hergerichtet, dann haben sie eine Radtour machen wollen." „Egon?", fragte die Frau Doktor nach. „Ja, mein Sohn. Egon." Sie lächelte so, als wäre sie peinlich berührt. „War nicht meine Idee. Musste nach dem Opa benannt werden. Familientradition. Ich hab mich nicht durchgesetzt." „Weiter!", bat die Frau Doktor. „Ja, was man halt so macht. Von Hütte zu Hütte. Zuhören, ein bisschen was essen. Ich hab nur Kaffee getrunken, ich vertrag keinen Alkohol." „Haben Sie etwas von dem Mord mitbekommen?" Die Andreva nickte. „War ja komplette Hysterie, alles ist gelaufen, die Leute haben geschrien. Es ist wie eine Welle zu uns herunter ..." Plötzlich hielt sie inne und legte die Hand vor ihren Mund, so, als habe sie sich verraten. „Zu uns herunter?", fragte die Frau Doktor nach. „Ja ... da hat es dann zu regnen ... und wir, der Alex und ich, wir sind dann schon ins Auto ... damit wir nicht nass werden ... und dann sind wir auch gleich gefahren."

„Danke!", sagte die Frau Doktor. „Das wäre vorläufig alles. Kann sein, dass wir noch einmal auf Sie zukommen." Die Andreva stand ebenfalls auf, wirkte etwas verwirrt, sogar eingeschüchtert. Sie nahm ihr Glas in die Hand und trank es aus.

„Ach ja!" Die Frau Doktor war schon ins Vorhaus getreten und drehte sich noch einmal um. „Sagt Ihnen der Nickname ‚Jogler' was?" „‚Jogler'? Wer soll das sein?" „Ein User mit diesem Nickname hat unter Ihrem Foto von gestern einen ziemlich üblen Kommentar hinterlassen. Sie werden beleidigt, dem Toten werden allerhand Abscheulichkeiten vorgeworfen." Die Andreva atmete tief durch und strich sich die Haare zurück. „So etwas kommt fast täglich vor. Wir haben da jemanden angestellt, für die Ödenseer, der sich da drum kümmert und dafür sorgt, dass so etwas gelöscht wird. Ich les das gar nicht mehr." „Warum posten Sie dann überhaupt?" „Gehört zu unserer Social-Media-Strategie. Wir müssen im Gespräch bleiben, auf allen Medien. Spaß macht mir das schon lang nicht mehr, mein Sohn findet es furchtbar peinlich, und meinen Mann schneiden sie in der Schule, weil den hochintellektuellen Herren und Damen Kollegen meine Musik zu billig ist. Und meine Bühnenoutfits zu ordinär." Sie seufzte. „Aha", sagte Gasperlmaier. „Was heißt, aha?", bellte die Andreva zurück. „Nichts, nichts!", beeilte sich Gasperlmaier. „Ich hab gar nichts gemeint. Nur ... ich finde Ihre Musik, also, ich horch sie ständig ... wir haben sogar CDs ..." „Na wunderbar!", unterbrach die Frau Doktor sein Gestammel. „Dann passt ja alles!" Die Andreva lächelte. „Danke. Und jetzt werden Sie alles, was ich Ihnen erzählt habe, natürlich brühwarm an die Frau daheim und die Kollegen weitergeben, nicht?" Gasperlmaier zuckte zusammen. An seine Frau konnte er gar nichts weitergeben. Zumindest nicht brühwarm. „Keinesfalls!", konterte die Frau Doktor. „Was wir dienstlich erfahren, wird auch nur dienstlich genutzt! Komm, Gasperlmaier!" Die Verabschiedung zog an Gasperlmaier vorbei, ohne dass er sich bewusst war, dass er der Andreva die Hand geschüttelt hatte. Er musste an die Christine denken, die jetzt ... wie spät war es? Schon fast Mittag. Er hatte Hunger. Seit dem angetrockneten Käsebrot von heute Früh hatte er ja noch nichts zu essen bekommen, und auch nichts zu trinken. Er hätte das Glas Wasser doch nicht ablehnen sollen.

„Was hältst du von der?", fragte die Frau Doktor, als sie wieder im Auto saßen. „Sie hat so komisch gezögert, wenn von diesem ... wie hieß der schnell nochmal?" „Widmann", erinnerte sich Gasperlmaier. „Alexander Widmann. Ihr Begleiter. Und Chauffeur." „Ja. Als sie von dem gesprochen hat. Da ist irgendwas. Ob es ihr Liebhaber ist?" „Ich weiß nicht", sagte Gasperlmaier. „Immerhin ist die Frau prominent. Die kann sich doch nicht einfach ins Auto von einem Liebhaber setzen und ungeniert herumschmusen." „So?", meinte die Frau Doktor. „Wie kommst du auf Herumschmusen im Auto?" Sie startete den Wagen und warf ihm einen vielsagenden Blick zu. „Nur so!", verteidigte sich Gasperlmaier. „Immerhin hat sie gesagt, dass sie sich ins Auto gesetzt haben, als es zu regnen angefangen hat. Aber nicht gleich losgefahren sind." "Hm!", machte die Frau Doktor. "Weißt du was? Die Sache wird langsam ein wenig kompliziert. Ein Beziehungsgeflecht. Sobald wir wissen, wer wann mit wem, kommen wir auch dem Täter näher. Oder der Täterin. Ich mag solche Fälle!" Sie fuhr ziemlich abrupt los. "Navigierst du mich jetzt zu dieser Gitti aus Goisern? Auf die bin ich schon richtig gespannt. Gestern haben wir ja nicht viel aus ihr herausbekommen. Aber heute wird's ernst! Vielleicht magst du dir auch ihre Tätowierungen anschauen?" "Aber geh! Die interessieren mich doch nicht!", konterte Gasperlmaier, dem die anzüglichen Bemerkungen der Frau Doktor langsam zu viel wurden. Natürlich konnte er sich daran erinnern, dass ihnen die Manuela diese Tätowierung auf dem Bildschirm gezeigt hatte. Er hatte sie zwar nicht genau gesehen, aber es war ein Herz mit einem Pfeil mittendurch. Hatte die Manuela jedenfalls behauptet.

"Sag einmal, hast du schon gefrühstückt?", fragte die Frau Doktor. "Wenig!", antwortete Gasperlmaier. "Es war nicht mehr viel da." "Ah ja", sagte die Frau Doktor. "Du musst dir ja jetzt alles selber … Entschuldigung! Ich bohre in offenen Wunden!" "Schon gut!", konterte Gasperlmaier, der ebenfalls keine Lust verspürte, die Weltreise seiner Frau und ihre Folgen für ihn zu diskutieren.

Wenige Minuten später standen sie an einem Stehtischchen in einem winzigen Café, das an einen Supermarkt angebaut war. Eingedenk seines Vorsatzes hatte er sich zu seiner Leberkäsesemmel nur ein Mineralwasser gekauft, die Frau Doktor löffelte Nudelsalat aus einer Plastikdose. "Na, was glaubst du jetzt – wer mit wem? Unsere Protagonisten, der Edelmann, der Pönitzer – die haben wahrscheinlich alles … der Friedrich hat es ja so treffend formuliert." "Ich glaub", sagte

Gasperlmaier, „dass die Nicole auf jeden Fall was mit ihm gehabt hat. Zuerst war er ihr Gitarrenlehrer und dann miteinander in der Band. Und die Ehefrau, die hat auch komisch reagiert. Und die Nicole hat geplärrt, das war mehr als nur ein Kollege aus der Band. Da war mehr!", betonte er noch einmal. Die Frau Doktor nickte. „Das seh ich auch so. Müssen wir uns natürlich fragen, hat die Andreva da auch mitgemischt? Hatte sie auch Grund zur Eifersucht? Oder war sie Grund für Eifersucht?" Gasperlmaier wartete mit einer Antwort zu, bis er seinen Bissen hinuntergeschluckt hatte, doch ihm kam ein Klingeln aus der Handtasche der Frau Doktor zuvor. Es war tatsächlich die Titelmelodie des „Tatort". „Ja?" Die Frau Doktor klemmte sich das Handy zwischen Schulter und Kinn, um sich die Hände abwischen zu können. Dadurch konnte auch Gasperlmaier die Manuela deutlich hören. „Ihr müsst sofort nach Kainisch fahren, zum Haus vom Pönitzer! Die Nicole Hinterstoisser ist dort und dreht total durch!"

# 6

Als sie beim Haus der Pönitzers ankamen, hatte sich die Situation bereits beruhigt. Zwei uniformierte Kollegen standen neben ihrem Streifenwagen, auf dem Rücksitz konnte Gasperlmaier eine Gestalt mit blondem Pferdeschwanz erkennen.

„Was war denn los?", fragte die Frau Doktor. Der eine Polizist, ein hochaufgeschossener, dünner mit dunklem Haar, zeigte grinsend auf das Haus. „Gut, dass sie die Fenster im Erdgeschoß noch nicht ausgetauscht haben!" Erst jetzt wurde Gasperlmaier auf die eingeschlagenen Fenster aufmerksam. Tatsächlich. An der Vorderfront des Hauses war keine Scheibe mehr ganz. Jede einzelne war eingeschlagen, jeweils in der Mitte. Die Nicole musste gut gezielt haben. „Wie geht's ihr?", fragte die Frau Doktor, indem sie auf die Gestalt im Auto wies. Der kleinere, etwas ältere Kollege antwortete: „Bei der ist die Luft draußen. Jetzt sitzt sie nur mehr da und sagt kein Wort, aber als wir angekommen sind, hat sie sich aufgeführt wie eine Furie!" Er schob seinen Ärmel hoch, sodass blutige Kratzspuren auf dem Unterarm sichtbar wurden. „Und dem Kollegen", er deutete auf den Großen, „hat sie die Uniformjacke zerrissen. Hätte man ihr gar nicht zugetraut, bei der Statur."

Die Frau Doktor öffnete die Tür des Streifenwagens. „Steigen Sie bitte aus?" Die Nicole hob nicht einmal den Kopf. „Ich setz mich zu ihr hinein. Wartet nur noch einen Moment, ihr könnt gleich wieder fahren." Sie ging um das Auto herum und setzte sich neben die Nicole. Gasperlmaier lehnte sich, ebenso wie die beiden Kollegen, an das Auto. „Heiß ist's!", sagte der Große. „Aber nicht mehr lang", fügte der andere hinzu. „Morgen soll's einen Wettersturz geben, und weißt eh, wenn's Mitte August einmal kalt wird, dann ..." Gasperlmaier hatte wenig Lust, am Smalltalk über das Wetter teilzunehmen. „Wie ist es denn so, mit ihr?", flüsterte der Kleinere und wies mit dem Kinn in Richtung der Frau Doktor. „Die ist ja ganz schön scharf, was?" Gott sei Dank wurde Gasperlmaier einer Antwort enthoben, denn die Frau Doktor stieg wieder aus, und auch die gegenüberliegende Autotür öffnete sich. Mit gesenktem Kopf stieg die Nicole aus. Die Frau Doktor atmete auf. „Gott sei Dank hat sie Vernunft angenommen. Ihr könnt fahren, Kollegen!" „Wenn ihr meint!" Der Größere zuckte mit den Schultern und ließ sich in den Fahrersitz fallen. Er gab so kräftig Gas, dass eine Staubwolke auf das Trio niedersank, das noch am Vorplatz des Hauses stand. „Depp!", kommentierte die Frau Doktor.

Sie blickte sich um. „Hier können wir nicht miteinander sprechen, wir möchten uns schon wo hinsetzen. Ins Haus gehen wir auch nicht. Ich kann mir vorstellen, dass die Frau Pönitzer nicht gut auf Sie zu sprechen ist." Die Nicole starrte noch immer zu Boden und schwieg. „Steigen wir ein!", sagte die Frau Doktor.

Wenig später hatten sie eine Bank gefunden, die nahe der Straße an einem Bach stand. Die Frau Doktor befand sie für passend. Die Nicole ließ sich fast willenlos zur Bank führen und setzte sich fügsam hin, nachdem die Frau Doktor sie dazu aufgefordert hatte. „So!", sagte sie. „Und jetzt erzählen Sie einmal, was da los war!" Schweigen. „Ich warte", fügte die Frau Doktor hinzu. „Wenn es sein muss, auch lange." Schweigen. „Wenn Sie nicht reden, kann ich Sie auch festnehmen und im Arrest übernachten lassen. Hausfriedensbruch, schwere Sachbeschädigung, womöglich Wiederholungsgefahr, vielleicht sogar Suizidgefahr. Wollen Sie das?" Die Nicole begann zu beben, bald wurde sie von heftigen Weinkrämpfen geschüttelt. Geduldig reichte ihr die Frau Doktor ein Taschentuch nach dem anderen. Gasperlmaier saß in der Sonne, den beiden Frauen hatte er die Schattenplätze überlassen. Ihm wurde heiß. Der Kollege hatte Recht gehabt. „Sie hat ihn doch umgebracht!", platzte es aus der Nicole heraus. „Sie war's doch! Sie hat es einfach nicht ausgehalten, dass der Christian zu mir wollte! Wir lieben uns! Schon seit den Gitarrenstunden!" Gasperlmaier seufzte. Das Verständnis für so schweren Liebeskummer fehlte ihm zwar, aber er war schon oft genug Zeuge heftiger Ausbrüche geworden, die sich meist dann ereigneten, wenn eine Beziehung nicht so lief, wie sich einer der Beteiligten das vorgestellt hatte.

„Frau Hinterstoisser. Darf ich Nicole sagen?" Die Frau Doktor hatte ihre sanfteste Tonlage angeschlagen. Die Nicole nickte. „Waren Sie ein Paar? Waren Sie mit dem Christian zusammen?" Die Nicole nickte und sah zu Boden. „Wie lange schon?" „Seit der Gitarrenstunde. Hab ich doch schon gesagt!" Die Frau Doktor warf Gasperlmaier einen warnenden Blick zu. „Nicole, wie lange ist denn das her? Die Gitarrenstunden, meine ich." Die Nicole zuckte mit den Schultern. „Ich war dreizehn. Vierzehn. Da hab ich mich in ihn verliebt. Und seitdem ..." Sie stützte den Kopf in die Hände. Erneut wurde sie von Weinkrämpfen durchgeschüttelt. Die Frau Doktor legte hinter ihrem Rücken den Finger vor den Mund und rollte die Augen. Gasperlmaier verstand. Was die Nicole sagte, war nicht ernstzunehmen. Und er sollte sich nicht einmischen. Es dauerte eine Zeitlang, bis die Frau Doktor die nächste Frage wagte. „Nicole, wie alt sind Sie jetzt?" „Dreiundzwanzig!", schniefte die. „Und Sie haben seither eine ununterbrochene Beziehung mit dem Christian unterhalten?

Fast zehn Jahre lang?" Die Nicole schüttelte den Kopf. „Nicht immer. Aber er hat immer nur mich geliebt. Er wollte immer zu mir. Die hat er gehasst!" Den letzten Satz stieß sie laut hervor, nachdem sie sich aufgerichtet und in die ungefähre Richtung des Hauses der Pönitzers gedeutet hatte. „Aber er war verheiratet? Sind Ihnen da keine Zweifel gekommen?" Wieder schüttelte die Nicole den Kopf. Gasperlmaier war sich nun sicher, dass sie sich da in etwas verrannt hatte, das mit der Wirklichkeit nicht mehr viel zu tun hatte.

„Jetzt zu heute", fuhr die Frau Doktor fort. „Wie kommen Sie auf die Idee, dass der Christian von seiner Frau umgebracht worden ist? Die war doch, soweit wir wissen, gar nicht am Tatort?" Die Nicole fuhr wieder auf. „Es kann ja nur sie gewesen sein! Die wollte ihn doch nicht freigeben! Was glauben Sie, was mir der Christian alles erzählt hat, was sie ihm für Szenen macht! Und sie hat überhaupt kein Verständnis für ihn gehabt!" Jetzt wurde Gasperlmaier die Geschichte zu bunt, und er konnte sich nicht mehr zurückhalten. „Sie wundern sich, dass seine Frau ihm Szenen macht? Wenn er nebenher die ganze Zeit mit Ihnen ..." Die Frau Doktor legte wieder den Finger vor den Mund, wie ihm schien, lächelte sie dabei aber.

„Was für Szenen? Was hat er Ihnen denn erzählt?", fragte die Frau Doktor. „Sie hat unsere Band scheußlich gefunden, das ist alles Mist, Schmarren, hat sie gemeint, und dass man sich für unsere Lieder schämen muss!" „Ja?", sagte die Frau Doktor. „Was noch?" „Und dass er dauernd weg war, hat ihr nicht gepasst, und dass er das Haus umbauen wollte, und dass er mit mir ..."

„Nicole", sagte die Frau Doktor nun ernst. „Können Sie ihr wirklich böse dafür sein, wenn das stimmt, was Sie sagen? Dann wollte er nämlich seine Frau samt Kind aus dem Haus schmeißen und mit Ihnen dort wohnen!" „Aber wir haben uns doch geliebt!", jammerte die Nicole wieder, ohne auf die Fragen einzugehen. „War jetzt die Frau Pönitzer auf der Alm oder nicht? Haben Sie sie dort gesehen?" „Sie muss ja dort gewesen sein! Sonst hätte sie ihn ja nicht umbringen können!" Der Logik dieser Antwort konnte Gasperlmaier nicht folgen. Er schüttelte den Kopf.

„Und wie sind Sie auf die Idee gekommen, bei der Frau Pönitzer die Fenster einzuschmeißen?" Die Nicole fing wieder zu weinen an. „Ich war so wütend, und der Christian fehlt mir so. Ich hab mir gedacht, sie muss bestraft werden, wenn Sie schon nichts unternehmen. Ich hab sie bestrafen müssen. Weil sie mein Leben zerstört hat."

Gerade, als Gasperlmaier sich fragte, wie lang sie sich diesen Unsinn noch anhören mussten, stand die Frau Doktor auf. „Ja, Nicole, wir müssen jetzt natürlich auch die Frau Pönitzer befragen, wie sie die ganze Sache sieht und ob sie Anzeige gegen Sie erstatten wird. Wie kommen Sie denn nach Hause?" „Ich hab mein Auto ... es steht beim Haus ... beim Haus vom Christian." Gasperlmaier war dort kein Wagen aufgefallen, aber als sie schließlich wieder die Zufahrt zum Haus der Pönitzers hinter sich gelassen hatten und auf den Hof eingebogen waren, sah Gasperlmaier den grauen Kleinwagen, der in einer Ecke geparkt war. „Sind Sie sich sicher, dass Sie fahren können?", fragte die Frau Doktor. Die Nicole nickte. „Geht schon!"

Gasperlmaier sah ihr noch nach, als der Wagen auf der Zufahrt davonholperte. „Was hältst du denn von der?", fragte er. Die Frau Doktor führte ihren Zeigefinger zur Stirn und ließ ihn dort kreisen. „Aber andererseits", sagte sie stirnrunzelnd, „weiß ich nicht recht.

Diese Geschichte mit der langjährigen Beziehung ... seit sie dreizehn oder vierzehn war ... Ob da auch ein Missbrauch dahinterstecken könnte? Der Pönitzer war ja doch gute zehn Jahre älter?" „Für mich hört sich die an wie eine Stalkerin", sagte Gasperlmaier. „So ein verrücktes Huhn, das sich weiß Gott was einbildet. Sie hat sich ja auch schon als Star gefühlt, nur weil sie auf einem Video ihren Hintern herzeigt!" Gasperlmaier hatte gar nichts mehr übrig für die Nicole, in seinen Augen war die mehr oder weniger unzurechnungsfähig. „Womöglich", sagte er, „hat sie selber den Christian aus Eifersucht erschlagen und macht jetzt das ganze Theater nur, um von sich abzulenken." Die Frau Doktor atmete fauchend aus. „Na, ich weiß nicht! Das ist doch eher eine gewagte Theorie!", sagte sie. „Gehen wir hinein. Hören wir uns die Geschichte von der Frau Pönitzer an."

Die Claudia Pönitzer stand in der Tür, als sie sich näherten. „Ich hab Sie schon kommen hören! Ist die Irre endlich weg?" Die Frau Doktor nickte, und die Claudia trat vor die Haustür. „Schauen Sie sich das an! Alle vier Fenster zerschmissen! Und die Scheibe in der Haustür auch noch dazu!" Sie bückte sich um einen Scherben und schleuderte ihn von sich. Gasperlmaier nahm sich vor, den Scherben später zu beseitigen. Sonst zerschnitten sie sich womöglich noch einen Reifen, wenn sie hier wieder wegfahren wollten.

„Womit hat sie eigentlich ...?", fragte Gasperlmaier. „Damit!" Die Claudia zeigte auf einen Stapel rostroter Steinplatten. „Damit wollte der Christian im Garten einen Grillplatz pflastern." Er besah sich den Haufen näher. Da lag eine Menge großer, schwerer Platten, dazwischen aber auch kleinere Teile. Die musste die Nicole wohl als Wurfgeschosse benutzt haben. Die Claudia wischte sich die Augen. „Ich weiß gar nicht, wo wir jetzt ... wir können doch nicht im Wohnzimmer ... mit den zerschlagenen Scheiben!"

„Gehen wir einmal hinein", unterbrach sie die Frau Doktor. „Sie müssen mir noch im Detail erzählen, was da abgelaufen ist." Im Wohnzimmer sah man erst die ganze Bescherung. Nicht weit vom Fenster entfernt lag eine Steinplatte mitten in einem Haufen Scherben. „Entschuldigen Sie", deutete die Claudia auf den Stein. „Ich bin noch nicht ... ich habe zuerst in der Küche und im Bad ..." „Schon gut!", nickte die Frau Doktor. Die Claudia Pönitzer sah auf die Uhr. „Es ist noch keine Stunde her. Da hab ich plötzlich jemanden brüllen hören, draußen vor dem Haus, und es hat nicht lang gedauert, bis die erste Scherbe geklirrt hat. Ich bin dann hinaus und hab sie gesehen, wie sie herumgeschrien hat. Wüste Beschimpfungen, ich will das gar nicht wiederholen." „Ist denn die Emily auch im Haus?", fragte die Frau Doktor. Die Claudia nickte. „Ich hab sie gleich hinaufgeschickt. Sie war ganz verängstigt, aber jetzt hab ich sie vor den Fernseher gesetzt." Sie zuckte mit den Schultern. „Ist mir im Moment nichts Besseres eingefallen." „Ich verstehe", meinte die Frau Doktor. „Was genau hat sie gesagt? Geschrien?" „Dass ich meinen Mann umgebracht habe. Dass ich den Christian auf dem Gewissen habe, so hat sie es gesagt. Und immer wiederholt. Und dann die Schimpfwörter!" Die Claudia barg ihr Gesicht in den Händen und schüttelte den Kopf.

„Können Sie sich erklären, wie sie darauf kommt, dass Sie Ihren Mann umgebracht haben könnten?" Die Claudia schüttelte erneut den Kopf. „Ist ja völlig abwegig, oder? Ich war ja da, zu Hause. Ich war nicht einmal in der Nähe von dieser Alm!" „Gut!", sagte die Frau Doktor. „Dann wollen wir Sie jetzt nicht mehr länger belästigen. Sie haben sicher genug damit zu tun ..." Sie wies auf den Scherbenhaufen unterhalb des Wohnzimmerfensters. „Ich weiß nicht, wie ich das alles wieder dicht kriege. Wo soll ich denn jemanden hernehmen, der mir die Fenster richtet?" Gasperlmaier stand ebenfalls auf, bevor die Claudia noch auf die Idee kam, ihm ein paar Bretter und einen Hammer in die Hand zu drücken, damit er die zerborstenen Fenster zunagelte.

„Franz!", sagte die Frau Doktor, als sie wieder im Auto saßen, und atmete tief aus. „Ich glaube nicht, dass wir mit diesem Zickenkrieg weiterkommen. Ich hab es ja schon einmal gesagt – wer hier mit wem was gemacht hat, bekommen wir nicht so schnell heraus. Und, mit Verlaub, es ist auch wurst. Wir müssen uns jetzt auf das konzentrieren, was gestern auf der Alm passiert ist. Die Musiker. Die Auseinandersetzung mit den Volksmusikern. Da gibt es anscheinend eine längere Vorgeschichte. Wen nehmen wir dran?"

Gasperlmaier wiegte den Kopf und überlegte. „Was wäre, wenn wir zuerst den Sebastian befragen würden? Den Trommler vom Pönitzer, von den Kainischer Hasenjägern? Der müsste doch am besten Bescheid wissen, über alles, was da gelaufen ist? Und außerdem, er war es ja, der den demolierten Bus gemeldet hat." Die Frau Doktor nickte. „Und wo finden wir den?" „Jaaa ...", sagte Gasperlmaier gedehnt. Er hatte keine Ahnung. Kurze Zeit und ein paar Telefongespräche später hatte die Manuela herausgefunden, dass der Sebastian Haudum keiner geregelten Arbeit nachging, weil er in Wien Musik studierte. Jetzt, im August, war er allerdings als Aushilfe bei einem Bootsverleih in Grundlsee tätig. „Gut so!", sagte die Frau Doktor. „Fahren wir!"

Gasperlmaier war froh, in den Schatten des Bootshauses treten zu können. „Momentan nichts da!", rief ihnen der Sebastian entgegen. „In einer halben Stunde kommt eins zurück, das noch nicht reserviert ist!" In der Bootshütte gab es nur einen schmalen Steg, der an der Wand entlangführte, daneben plätscherte gleich das Wasser des Grundlsees. Zwei Campingstühle versperrten ihnen den Weg. „Wir kommen auch nicht, um Boot zu fahren!", erklärte die Frau Doktor. Der Sebastian rückte die Stühle zur Seite und schüttelte ihnen die Hand. Gasperlmaier musste mehr oder weniger zu ihm aufsehen, so groß war der Bursche. „Ich hab Ihnen ja schon alles gesagt!", erklärte er gleich. „Mehr weiß ich nicht!" „Na ja", sagte die Frau Doktor. „Sie wissen ja noch gar nicht, was wir Sie fragen wollen!" „Fragen Sie! Möchten Sie sich hinsetzen?" Er wies auf die beiden Stühle. Die Frau Doktor schüttelte den Kopf. Gasperlmaier hätte sich ganz gern hingesetzt. Er hatte schon wieder Kreuzschmerzen, und vom Stehen wurden die nicht besser.

„Zuerst einmal zum Bus Ihrer Band: Sie haben den Wagen demoliert vorgefunden? Wann war denn das?" „Tja!", sagte der Sebastian. „Ihre Leute haben mir ja gesagt, dass ich den vergessen kann. Dass da die Spurensicherung drübermuss. Und dann, wie wir hinunterwollten ... es ist spät geworden, und wir haben noch ganz schön ... also als wir da an dem Bus vorbeifahren, da denk ich mir, da stimmt was nicht. Und dann bin ich ausgestiegen und hab die Bescherung gesehen." „Wer hat Sie denn nach unten gefahren?" „Der Schwingenschlögel und der Carsten. Der Helmut ist gefahren." Die Frau Doktor hob die Augenbrauen. „Sicher nicht mehr nüchtern, was?" „Also ..." Der Sebastian hob zum Zeichen der Unschuld beide Arme. „Ich hab nicht überprüft, wie viel er ..." „Schon recht", beruhigte die Frau Doktor. „Irgendeine Theorie, wer das alles kaputtgeschlagen haben könnte? Gehört habt ihr nichts, da oben in eurer Hütte?" Der Sebastian schüttelte den Kopf. "Nein, auf beide Fragen. Ich glaub's nicht, dass es einer von den anderen Musikern war, wir haben uns dann eigentlich noch ganz gut unterhalten." "Kann ich mir vorstellen!" Die Frau Doktor klang etwas sarkastisch.

„Ich hab Sie gestern noch nicht nach den Konflikten gefragt, in die der Christian Pönitzer verwickelt war. Wir haben von verschiedenen Seiten gehört, dass es Streitigkeiten mit anderen Musikern gegeben hat. Vor allem, weil er immer wieder versucht haben soll, auf Volksmusikveranstaltungen mit seinen volkstümlichen Schlagern zu punkten." Der Sebastian seufzte. „Hören Sie", sagte er. „Ich weiß, dass die Musik vom Christian ein Schas ist. Aber ich hab mir gedacht, das könnte eventuell kommerziell erfolgreich sein. Und für mich hätte das bedeutet, dass ich finanziell unabhängiger bin. Wissen Sie, als Musiker verdient man nicht die Welt. Und schon gar nicht als Student!" "Aber, wenn Sie selber Musik studieren – wie kann man denn dann bei so etwas mittun – tätowierte Wadeln, Dirndl hoch und so?", staunte die Frau Doktor. Der Sebastian zischte verächtlich: „Was glauben Sie denn, wie viele studierte Musiker am Ende in solchen Schlagerbands landen? Natürlich versuchen wir es zuerst seriös, mit etwas, wo wir auch künstlerisch dahinterstehen können. Aber irgendwann, wenn du siehst, wie die anderen eine goldene Schallplatte nach der anderen ... und wenn du dann die Villen siehst, die sie sich hinbauen, samt Pool ... da fängst du dann auch zu überlegen an!" "Apropos Villen", unterbrach die Frau Doktor. „Kennen Sie den Mario Edelmann? Von den Ödenseern?" Wieder bedachte sie der Sebastian mit einem verächtlichen Grinsen. „Der ist das Oberarschloch, hier in der Szene!", zischte er. „Er kassiert die ganze Kohle, und seine Musiker speist er mit ein paar Scheinchen ab, meistens eh schwarz. Außer der Andrea, ohne die kann er nicht, die muss er sich warmhalten, sonst singt sie woanders." „Nur der Vollständigkeit halber: Sie schätzen seine Musik nicht sehr?" Der Sebastian machte eine wegwerfende Handbewegung auf den See hinaus. „Das ist genauso billiger Kommerz wie das, was der Christian schreibt. Nur halt sauber und fernsehtauglich. Der Christian hat mehr die Bierzelte im Auge gehabt."

„Wer, konkret, hat denn Konflikte mit dem Christian wegen seiner Musik gehabt?" Der Sebastian zuckte mit den Schultern. „Eigentlich alle. Er hat ja zuerst echte Volksmusik gemacht. Für die Volksmusiker war er schon ein Verräter, wie er zu den Ödenseern gegangen ist. Und für den ganzen Rest waren wir Verräter, als wir mit den Hasenjägern aufgetaucht sind. Da sind mehr als einmal die Bierkrüge geflogen, das kann ich Ihnen flüstern!" Gasperlmaier sah auf den See hinaus, weil er glaubte, vom Wasser her Stimmen gehört zu haben. Tatsächlich näherte sich ein Elektroboot der Bootshütte. Viel zu schnell, wie Gasperlmaier fand. „Drehen S' den Schalter auf rückwärts!", schrie der Sebastian aus voller Kehle. „Sie rammen mir sonst den Steg!" Im Boot saßen vorne zwei ältere Herren in Lederhosen, hinten zwei ältere Damen in Dirndlkleidern. „Wo ist denn dat verdammte Dingens! Ach hier!", fluchte der, der am Steuer saß. Das Boot wurde langsamer, beschrieb aber gleichzeitig eine Kurve, sodass es nicht auf den Liegeplatz, sondern an der Hütte vorbei am Strand aufzulaufen drohte. Doch schon hatte es der Sebastian mit einer langen Stange, an deren Ende ein Haken befestigt war, eingefangen.

„Dat kommt davon, wenn Se Landratten wie uns ans Steuerrad lassen! Die Polizei hätten Se aber nicht gleich alarmieren müssen!" Alle vier lachten lauthals. Trotz des gerade noch vermiedenen Unglücks schienen sie bester Laune. Definitiv keine Einheimischen. Auch die Tracht, fand Gasperlmaier, wirkte an ihnen nicht authentisch. „Wat kriegen Se denn, junger Mann?", fragte einer der Herren und zückte seinen Geldbeutel. Nach dem Bezahlen klopfte er dem Sebastian jovial auf die Schulter und verabschiedete sich lächelnd. Der Sebastian bedankte sich nahezu überschwänglich mit einer Verbeugung.

„Üppiges Trinkgeld!", verriet er, nachdem die beiden Paare unter viel Gekicher das Bootshaus verlassen hatten. „Nochmals!", erinnerte ihn die Frau Doktor. „Ein paar Namen?" „Na ja, ungern!", antwortete der Sebastian unter Achselzucken. „Man will ja schließlich niemanden hinhängen, oder?" „Es geht um Mord, Herr Haudum!" Die Frau Doktor wurde ungeduldig. „Ach ja!" Gasperlmaier sah auf die Uhr. Schon halb fünf. Das dauerte wieder einmal. Und in diesem Gespräch hatten sie praktisch noch nichts Verwertbares erfahren. Ebenso wenig wie zuvor von der durchgedrehten Gitti aus Goisern oder der Claudia Pönitzer.

„Die beiden Mädels sind ziemlich radikal", sagte der Sebastian schließlich. „Die Kerstin und die Emma. Er …" Er wies mit dem Kinn nach Gasperlmaier. „… hat sie gestern ja spielen hören. Die Emma, die den Bass spielt, und die Kerstin Kahlß, die Nichte von seinem Spezl, mit der Geige. Die haben immer fürchterlich gehetzt gegen alles, was nicht authentisch und historisch ist. Da kann ich mich schon an ein paar Schreiduelle erinnern." Die Frau Doktor zog die Augenbrauen hoch. „Geht's konkreter?" Der Sebastian lachte und schüttelte den Kopf. „Das waren eher so Sachen, wenn man sich zufällig im Wirtshaus trifft, oder im Kaffeehaus. Da haben die beiden ganz schön giftig werden können. Und dann hat es einmal ein furchtbares Theater gegeben, da hätten sie beinahe den Fasching geschmissen, weil der Christian bei den Trommelweibern ist. Und den haben sie mitgehen lassen, obwohl seine Musik überhaupt nicht zu den Traditionen passt. Frauen aber nicht, auch wenn sie noch so gute Musikerinnen sind. Die sind ein bisschen so Emanzen, die zwei." Auf der Stirn der Frau Doktor erschienen zwei senkrechte Falten. „Ich möchte nur sicherstellen, dass Sie wissen, Herr Haudum, dass ich das Wort ‚Emanze' als Beleidigung empfinden würde. Wenn Sie es mir gegenüber gebrauchen würden!" Das war, fand Gasperlmaier, überraschend scharf gewesen. Sonst versuchte sie oft bei Befragungen, die Männer mit ihrem Charme einzuwickeln, aber beim Sebastian wurde sie gleich so heftig. Dabei war der doch wirklich nicht ungut, konnte man nicht sagen.

„Tut mir leid!" Der Sebastian streckte ihr zum Ausdruck des Bedauerns beide Handflächen offen entgegen. „Und da wäre dann noch der Pfeifervater, der Bösch Hias." An Gasperlmaier gewandt fuhr er fort: „Sie haben es ja selber gesehen, gestern. Er war es doch, der die Rauferei eigentlich angefangen hat. Und es war nicht das erste Mal. Außerdem hat er haufenweise böse Briefe geschrieben, und Leserbriefe in den Zeitungen. Alles wegen dem Christian. Es hat ihn halt gestört, dass der Christian unsere Schlager als Volksmusik verkaufen wollte." Die Frau Doktor seufzte. „Da tun sich ja Abgründe auf! Glauben Sie persönlich, dass eines der Mädchen oder der Pfeifervater in der Lage wären, jemanden umzubringen?" Der Sebastian zuckte mit den Schultern. „In der Wut ist doch schnell einmal ein Stein geschmissen, oder? Da braucht man ja gar nicht gleich ans Umbringen denken!" Die Frau Doktor tippte sich mit dem Zeigefinger gegen die Lippen. „Interessant, dass Sie das so sehen. Gilt das für Sie selber auch?" Der Sebastian schüttelte den Kopf und deutete auf den See hinaus, wo sich ein weiteres Boot näherte. „Wollen S' vielleicht doch noch Boot fahren? Mit Ihrem Kollegen?" Er grinste. „Dafür haben wir keine Zeit. Komm, Gasperlmaier!"

Als der Sebastian auf den Anlegesteg hinausging, um das Boot in Empfang zu nehmen, drehte die Frau Doktor sich noch einmal um. „Ach, noch eins! Sind Sie zu dritt nicht ein bisschen wenig Leute gewesen für eine Band? Gibt's da noch jemanden?" Der Sebastian angelte nach dem Boot. „Bis jetzt nicht. Aber gestern hat er mir erzählt, dass er neue Leute hat. Zumindest einen fast sicher."

Die Frau Doktor folgte ihm auf den Steg, auch Gasperlmaier drehte wieder um. Das war ja interessant. „Und der", fügte der Sebastian hinzu, „kommt aus dem Lager der beinharten Volksmusiker. So hat mir das der Christian zumindest erzählt. Und dabei hat er gegrinst, als ob das sein persönlicher Sieg über die Volksmusik wäre." „Name?", fragte die Frau Doktor. Der Sebastian schüttelte den Kopf. „Erst, wenn es fix ist, hat er gesagt!"

Als sie wieder im Auto saßen, war es kurz vor fünf. Gasperlmaier hoffte, dass der Tag nicht mehr allzu lange dauern würde. Andererseits, was erwartete ihn zu Hause? Er seufzte vor sich hin. Anscheinend lauter, als er gedacht hatte. „Was ist los, Franz? Du wirkst bedrückt?" Er überlegte, ob er sich der Frau Doktor offenbaren sollte. Eigentlich, so sagte er sich, wusste sie ja schon alles. „Mir fehlt halt die Christine. Und heute komm ich in ein leeres Haus zurück. Abgesehen von den zwei Katzen. Das drückt ein wenig auf die Stimmung." Die Frau Doktor lachte auf. „Wenn's nur das ist – ich komme, abgesehen von der Sophie, auch jeden Abend in eine leere Wohnung zurück. Und da hat's nicht einmal eine Katze!" „Ja, aber immerhin die Sophie ...", wandte Gasperlmaier ein. Die Frau Doktor fauchte durch die Zähne. „Versteh mich jetzt nicht falsch, Franz. Ich liebe die Sophie über alles, und ich könnte mir ein Leben ohne sie gar nicht vorstellen. Aber ich brauche auch noch was anderes als Bilderbücher, rosa Einhörner und dreckige Kinderkleidung in meinem Leben!" Gasperlmaier nickte und hoffte, dass das Gespräch nicht in ein Fahrwasser abgleiten würde, das in erotische Gefilde führte. Darüber sprach er nämlich nicht gern, vor allem nicht mit der Frau Doktor. Obwohl er sie bewunderte, achtete er sorgfältig darauf, dass seine Phantasie nicht in Bereiche vordrang, die mit persönlicher Nähe oder gar Intimität zu tun hatten. Obwohl sie heute Abend beide allein zu Bett gehen würden.

Das Telefon der Frau Doktor, das sich über die Autolautsprecher bemerkbar machte, ließ ihn aus seinen Gedanken hochfahren. „Hört mal, seid ihr gerade unterwegs?", fragte die Manuela. „Ich hab einen Besucher da. Einen sehr aufgeregten." „Wir wollten gerade zum Herrn Bösch, dem sogenannten Pfeifervater. Er soll mehrere Auseinandersetzungen mit unserem Mordopfer gehabt haben." „Na wunderbar", antwortete die Manuela. „Der sitzt nämlich gerade hier bei mir. Und er möchte eine Aussage machen. Und da habe ich mir gedacht ... „Hervorragend!", sagte die Frau Doktor. „Wir sind in fünf Minuten da."

Als sie auf dem Polizeiposten eintrafen, saß der Bösch Hias auf dem Besucherstuhl und war genauso krebsrot im Gesicht wie am Tag zuvor auf der Alm. „Gott sei Dank, dass ihr kommt. Ich bin noch keine Minute hinausgekommen, den ganzen Tag. Ich muss jetzt kurz weg." Die Manuela setzte ihre Dienstmütze auf. „Grüß Gott, Frau Doktor. Dauert nicht lang. Bin gleich wieder da."

Der Bösch Hias begann gleich mit dem Zeigefinger vor Gasperlmaiers Gesicht hin und her zu wedeln und schimpfte los. „Das geht nicht, dass ihr da unter unseren Leuten herumschnüffelt! Die haben nämlich alle nichts damit zu tun, mit dem Mord da. Mit dem Christian, da hat sowieso niemand etwas zu tun haben wollen!" „Guten Tag, zuerst einmal, Herr Bösch!" Die Frau Doktor lächelte und schüttelte ihm die Hand.

„Herr Bösch, Sie wollen eine Aussage machen. Worum geht es denn?" Der Hias fing schon wieder zu gestikulieren an. „Hab ich ja gerade gesagt! Ich verbitte mir, dass da in unsere Richtung ermittelt wird! Den ganzen Tag schon quetschen Ihre Leute aus Liezen meine Musiker aus, im ganzen Salzkammergut! In Goisern, in Ischl, in Sankt Wolfgang, und sogar in Gmunden! Ich hab schon jede Menge zorniger Anrufe gehabt! Das muss ein Ende haben! Meine Seitelpfeifer bringen keine Leute um! Nicht einmal, wenn sie auf Abwege geraten und so furchtbare Musik machen wie der Pönitzer! Wenn man da von Musik überhaupt reden kann!" Er schnaufte und war so außer Atem, dass er wahrscheinlich gar nicht mehr hätte weiterschimpfen können, selbst wenn er gewollt hätte.

„Herr Bösch!" Die Frau Doktor hatte ihren beruhigendsten Ton angeschlagen. „Verstehen Sie bitte – meine Leute müssen Aussagen von allen einsammeln, die sich gestern auf der Weißenbachalm aufgehalten haben. Das hat doch nichts damit zu tun, dass jemand verdächtigt wird. Wir führen sie allesamt lediglich als Zeugen – so lange, bis sich Indizien ergeben, die jemanden zum Beschuldigten machen. Aber so etwas ist meines Wissens noch nicht passiert." Ihr Ton hatte anscheinend Wirkung. Der Bösch Hias schimpfte nicht gleich weiter, obwohl er wieder zu Atem gekommen war. „Ja, aber ... ich hab da was anderes gehört!", begehrte er noch einmal auf. „Magst einen Schnaps, Hias?", fragte Gasperlmaier, um ihn ein wenig abzulenken. Der Hias zuckte mit den Schultern. „Ja, wenn ihr einen gescheiten habt ... und wenn du einen mittrinkst, ich kann ja nicht so alleine ..." Gasperlmaier holte die Obstlerflasche aus dem Schrank. Er hatte sich zwar vorgenommen, zumindest tagsüber nicht mehr zu trinken, aber das hier war eindeutig ein Notfall. Wenn man den Hias beruhigen und danach sinnvoll befragen wollte, kam man um den Schnaps nicht herum.

„Prost!" Sie stießen ihre Gläser gegeneinander. Der Hias stürzte den Schnaps auf ex hinunter, Gasperlmaier ließ es vorsichtiger angehen. „Ah!", ächzte der Hias. „Das hat gutgetan!" Die Frau Doktor hakte sofort ein, um das Wohlgefühl des Bösch Hias auszunutzen. „Herr Bösch, wollen Sie uns nicht die Geschehnisse auf der Weißenbachalm gestern aus Ihrer Sicht darstellen? Ich meine, Sie sind auch ein wichtiger Zeuge." Der Hias nickte und nahm nun sogar seinen Hut ab, um ihn auf Gasperlmaiers Schreibtisch zu legen. Seine Glatze glänzte ebenso krebsrot wie sein Gesicht. „Der Pönitzer, das kannst mir glauben, der ist ein Hund, ein ganz miserabliger!" Um seine Aussage zu unterstreichen, schlug er mit der flachen Hand auf den Schreibtisch. „Nein, Herr Bösch, nicht schon wieder!" Die Frau Doktor tat es ihm gleich, krachend landete ihre Hand auf dem Schreibtisch, sodass Gasperlmaier zusammenzuckte und sich gleichzeitig Sorgen um die Hand der Frau Doktor machte. Wenn da nicht etwas gebrochen war. Sie zeigte aber keinerlei Anzeichen von Schmerz, sondern redete gleich weiter. „Ich kann Ihre Gefühle, Urteile und Meinungen hier nicht brauchen, ich will die Fakten! Und soviel ich verstanden habe, sind Sie ja Veranstalter und Hauptverantwortlicher des Pfeifertages – also gewissermaßen auch moralisch verpflichtet, uns bei der Aufklärung zu helfen!" Die Stimme der Frau Doktor war lauter und lauter geworden. Nun schrie sie den Bösch Hias förmlich an. „Und stattdessen kommen Sie hier an und versuchen, für verschiedene Leute zu intervenieren! So geht's nicht! Da machen Sie sich höchstens selber verdächtig! Also wirklich!" Der Wutanfall tat seine Wirkung. Der Bösch Hias hielt den Mund, umklammerte dann sein Schnapsstamperl und holte Atem. Bevor er noch das Wort ergreifen konnte, hatte ihm Gasperlmaier nachgeschenkt. „Fakten, bitte!", erinnerte ihn die Frau Doktor noch einmal. Der Hias nahm einen kleinen Schluck von seinem Schnaps und räusperte sich. „Also, zuerst hab ich einen Streit schlichten müssen. Da hat einer – ich hab den nicht persönlich gekannt – den Generator ausgeschaltet, mit dem der Pönitzer seinen Lärm veranstaltet hat. Musik möchte ich das nämlich nicht nennen. Und da hat es schon blutige Köpfe gegeben, weil der Sebastian, dieser Verräter, ihm eins über den Schädel gegeben hat. Und ich hab dann die Streithähne auseinandergehalten, und dem Taferner hab ich natürlich klargemacht, dass er den Pfeifertag auf der Weißenbachalm vergessen kann, wenn so etwas noch einmal vorkommt. So eine Anlage mit so einer ‚Musik', mein ich. Ja, und dann ... dann war eigentlich eh Ruhe."

Gasperlmaier befand es für nötig, sich einzumischen. „Nicht ganz!", warf er ein. „Der Pönitzer hat euch dann ‚alte Trotteln' genannt, und du hast ihn in den Schwitzkasten genommen. Und dann ist es mit der Rauferei erst richtig losgegangen." Der Hias schüttelte energisch den Kopf. „Daran kann ich mich überhaupt nicht erinnern, das ist ein Blödsinn, was du da sagst. Und der Haudum und der Pönitzer, das sind Verräter, bei uns in der Musikschule ausgebildet, verstehst du, ich hab denen selber Stunden gegeben! Das waren vielversprechende Burschen! Und gestern schleppen sie mir so eine Schlampen auch noch daher, zusätzlich zu ihrem elektrischen Glumpert!" „Vorsichtig!", mahnte die Frau Doktor. „Wie kommen Sie dazu, die Frau Hinterstoisser zu beleidigen? Hat Ihnen die etwas getan?" „Wer soll denn das sein, die Frau Hinterstoisser?", fragte der Hias nach. „Die Gitti aus Goisern", erklärte Gasperlmaier. „Was heißt beleidigen!", fuhr der Hias auf. „Herr Bösch", unterbrach die Frau Doktor. „Stimmt das, was der Herr Inspektor gesagt hat? Sie behaupten ja, Sie hätten einen Streit schlichten wollen, er dagegen meint, Sie hätten eine Rauferei überhaupt erst angezettelt?" Der Hias schüttelte erneut den Kopf. „Also so, wie er das sagt – daran kann ich mich überhaupt nicht erinnern. Kann schon sein, dass ... da hat es ein paar Situationen gegeben ... da kann man auch schnell den Überblick verlieren." „Und das Gedächtnis!", fügte die Frau Doktor hinzu.

„Herr Bösch, jetzt zum Mord. Wie haben Sie das erlebt?" Der Hias kratzte sich am Kopf und trank seinen Schnaps aus. „Ja, ich hab da noch mit dem Taferner geredet. Ihm wirklich ins Gewissen geredet, wissen Sie. Und ich hab versucht, ihm zu erklären, was der Unterschied zwischen echter Volksmusik und diesem kommerziellen Dreck ist, den er da auf seine Hütte gelassen hat." „Und was ist jetzt genau der Unterschied?" Die Frau Doktor gab sich naiv, und der Hias seufzte. „Sie wissen ja gar nicht, wie schwer wir es haben. Aber kurz: Echte Volksmusik kommt aus der Tradition, aus der Überlieferung. Vieles ist erst spät, manches gar nicht aufgeschrieben worden. Natürlich zählen auch Kompositionen ausgebildeter Musiker dazu, aber nur, wenn sie sich den Traditionen verpflichtet fühlen. Und die Hauptsache ist, dass die Musik hauptsächlich für die Musiker selbst da ist, dass man miteinander musiziert, beieinander ist und sich selber Freude macht. Es in der Familie weitergibt. Ob man da Platten verkauft, spielt überhaupt keine Rolle. Und was der Pönitzer macht … er benutzt alles, was ihm unterkommt, um Geld zu machen. So einfach ist das!"

„So einfach ist das", wiederholte die Frau Doktor. „Zurück zum Thema: Sie haben also mit dem Taferner gesprochen. Dann?" „Ja, da haben wir natürlich auch ein paar Schnäpse gebraucht, dass wir uns nähergekommen sind. Inhaltlich, meine ich jetzt. Und ich bin dann recht müde geworden und hab mich auf die Hausbank beim Taferner gesetzt. Da hat es ja noch nicht geregnet. Und …" „Sie sind eingeschlafen?" Der Hias nickte. „Und wie ich munter werd, ist überall Geschrei. Und die Leute rennen davon. Und dann hat sich halt herausgestellt, dass die Ursache ganz oben war, bei der großen Fichte oberhalb der Weißenbachalmhütte. Und wie ich hingekommen bin, sind schon ein Haufen Leute herumgestanden, und der Gasperlmaier hat gerade versucht, die Leute wegzuscheuchen. Und dann hab ich halt auch das Malheur gesehen."

„Gibt es jemanden, dem Sie diese Tat zutrauen? Der sich besonders abfällig über den Christian Pönitzer geäußert hat?" Der Hias schüttelte den Kopf. „Ich nenn Ihnen jetzt sicher keine Namen! Ich hab ja schon gesagt, dass meine Seitelpfeifer keine Mörder sind!" Die Frau

Doktor stand auf. „Ja, Herr Bösch – danke für Ihre Aussage, aber besonders weitergeholfen hat sie nicht. Leider." Sie schüttelte dem Hias die Hand.

## 7

Sekunden später waren die Frau Doktor und Gasperlmaier allein im Büro. Plötzlich wurde es still. „Wo nur die Manuela bleibt?", fragte Gasperlmaier, hauptsächlich deshalb, weil ihm die Stille unangenehm war. „Hast du ein Problem, wenn du mit mir allein bist?", fragte die Frau Doktor, und es klang ein wenig gereizt. „Nein, nein!", wehrte Gasperlmaier ab. „Ich bin sogar ..." Fast hätte er gesagt, dass er die traute Zweisamkeit mit der Frau Doktor genoss, konnte sich aber gerade noch zurückhalten. Sie lächelte und ahnte wohl, was er sagen hatte wollen.

Die Frau Doktor holte tief Luft, stellte sich ans Fenster und sah gedankenverloren hinaus. „Also, was haben wir?" Sie nahm die Finger zu Hilfe, um die bisherigen Ermittlungsergebnisse aufzuzählen. „Einmal die persönliche Situation – das Opfer hat eine Ehefrau, wahrscheinlich eine etwas unklare Beziehung zu dieser Nicole, die weit zurückreichen kann und möglicherweise missbräuchlich war. Zudem eine mögliche Beziehung mit der Andreva von den Ödenseern." Drei Finger hatte sie schon verbraucht. „Dann kommt die Musikszene. Rechtsstreit mit dem Mario Edelmann, Auseinandersetzungen mit den Volksmusikern. Siehe Hias Bösch." Fünf Finger, so fand Gasperlmaier, genügten eigentlich. Die Frau Doktor wandte sich wieder ihm zu. „Dann dieser mysteriöse ‚Jogler', von dem wir immer noch nicht wissen, wer er eigentlich ist. Dann noch die mysteriöse Aussage des Opfers, dass ein Volksmusiker sozusagen zu ihm überlaufen wollte. Gasperlmaier, der Fall wird kompliziert. Wo setzen wir an?" Gasperlmaier hatte immer noch das Gefühl, dass in den Frauengeschichten des Christian Pönitzer der Schlüssel zur Lösung des

Falles lag, wollte aber seiner Chefin nicht vorgreifen. Also hielt er den Mund und zuckte mit den Schultern. „Spekulieren tu ich nicht gern", sagte er schließlich doch. „Aber wenn wir die zwei, die du zuletzt genannt hast, wenn wir die finden könnten ..." Die Frau Doktor nickte. „Ja, ich glaube, das ist wichtig. Aber heute?" Sie sah auf ihre Uhr, während gleichzeitig ihr Handy ein paar klackende Geräusche von sich gab. Sie wischte ein wenig darauf herum. „Spurenlage schlecht!", seufzte sie. „Die Mordwaffe trotz intensiver Suche noch nicht gefunden. Die Spuren am Tatort ... soll ich tatsächlich anordnen, dass von allen dort gefundenen Exkrementen DNA-Analysen gemacht werden?" Gasperlmaier verstand nicht sofort. „Ex... was?" „Kot, Gasperlmaier. Scheiße. Glaubst du, mir ist nicht aufgefallen, dass sich offensichtlich mehrere Personen hinter dieser Fichte erleichtert haben? Ich hab ja nur die Taschentücher gesehen, aber die haben mir gereicht! Genauer wollte ich es gar nicht wissen!" Gasperlmaier nickte, gleichzeitig aber kam ihm eine Idee. „Ich glaub nicht, dass das einen Sinn macht. Es geht doch keiner hinter einen Baum, um zu ... um zu ..." „Um seine Notdurft zu verrichten ...", half die Frau Doktor aus. Er nickte. „Und dann bringt er dort gleich einen um. Schleudert einen Stein nach ihm. Sozusagen noch mit der Hose unten!" Die Frau Doktor legte einen Finger an den Mund.

Die Manuela kam zur Tür herein. In der Hand hielt sie einen Papiersack, der verführerischen Duft verströmte. „Entschuldigung!", keuchte sie. „Aber ich hab dringend ... seit dem Frühstück!" Sie wies auf den Sack, ging zu ihrem Schreibtisch und legte ihn da ab. Während sie ihre Jause herausholte, sagte sie: „Übrigens, ich hab herausgefunden, wo die Kommentare dieses ‚Jogler' geschrieben worden sind. Wollt ihr's wissen?"

„Schießen Sie los!" Die Frau Doktor trat an den Schreibtisch, während Gasperlmaier begehrliche Blicke auf das Käsegebäck der Manuela warf. Er würde sich heute, so erinnerte er sich, mit den Resten der vegan gefüllten Paprika zufriedengeben müssen.

„Die Kommentare sind vom Gymnasium in Bad Aussee gekommen. Das hat sich aufgrund der IP-Adressen eindeutig ergeben. Es kommt also nur Personal dieser Schule in Frage. Schüler, nehme ich an, werden sich im August kaum dorthin verirren. Von welchem Computer die Kommentare abgeschickt worden sind, das haben wir leider noch nicht herausfinden können." „Warum erfahre ich das nicht?" Die Frau Doktor deutete auf ihr Handy. „Ganz einfach", erklärte die Manuela. „Weil ich selber meine Kontakte spielen habe lassen, um die entsprechende IP-Adresse herauszufinden. Wenn ihr Zeit habt, kann ich's euch gerne erklären." „Gescheiter wär's, wir fahren jetzt gleich zum Gymnasium hin, was, Gasperlmaier?" Der sah erneut auf die Uhr. „Schon ... sehr spät. Ob da in einer Schule ..." „Frau Reitmair, wenn Sie schon so geschickt sind – Sie können mir sicher auch den Direktor der Schule ausfindig machen? Beordern Sie den gleich in die Schule, wir wollen uns da vor Ort umsehen!" Die Manuela biss von ihrem Käseweckerl ab, rollte zwar mit den Augen, weil sie wegen ihres vollen Mundes nicht sprechen konnte, nickte aber dennoch.

Gasperlmaier ging ungern in Schulen. Warum das so war, wusste er selber nicht genau. Im Gymnasium in Bad Aussee war er nur ein einziges Mal gewesen. Der Christoph hatte die Schule besucht, und ein unglückliches Zusammentreffen noch unglücklicherer Umstände hatte es notwendig gemacht, dass er einen Elternsprechtag besuchte. Die Christine hatte aus irgendeinem Grund nicht gekonnt, der Christoph aber hatte etwas ausgefressen, sodass der Klassenvorstand einen Besuch beim Sprechtag nahegelegt hatte. Gasperlmaier konnte sich kaum an das Gespräch erinnern, er hatte nur genickt und gemacht, dass er so schnell wie möglich wieder davonkam. Worum es damals gegangen war, hatte er verdrängt, nur die Gefühle kamen jetzt, wo er das Gebäude betrat, wieder hoch. Es war wohl auch der Geruch. Hausschuhe, Putzmittel, abgestandener Geruch nach warmem Leberkäse. Eigentlich, so dachte er bei sich, hätte die Manuela auch diesen Termin wahrnehmen können, wenn sie schon herausgefunden hatte, dass die Schule etwas mit diesem „Jogler" zu tun hatte.

„Guten Tag!" Die Direktorin war ohnehin noch in ihrem Büro gewesen, als die Manuela angerufen hatte. „Was führt Sie zu mir?" Die Frau hatte graues, kurz geschnittenes Haar, das fast silbrig glänzte. „Ja, Gasperlmaier, dich hab ich aber lang nicht gesehen! Kannst dich nicht an mich erinnern? Wir sind miteinander in die Volksschule gegangen!" Er war etwas verdattert. Wie sollte er denn, in Gottes Namen, in einer grauhaarigen Fünfzigjährigen eine Mitschülerin aus der Volksschule erkennen, die er seit Jahrzehnten nicht gesehen hatte? „Ich bin die Inge! Gut hast dich gehalten!" „Du auch!", fiel ihm gerade noch ein. „Was führt Sie denn zu mir? Haben meine Schüler irgendwas ausgefressen?" Sie seufzte.

„Guten Tag, Frau Zinhobler", sagte die Frau Doktor und schüttelte die dargebotene Hand. „Das wird sich noch herausstellen." In wenigen Sätzen erklärte die Frau Doktor, warum sie gekommen waren. „Und von welchem Computer die Texte abgeschickt worden sind, sagen Sie, kann man nicht feststellen?" „Jedenfalls haben wir es bisher noch nicht." „Na!", lachte die Frau

Direktor und setzte sich die Brille auf, die sie bisher an einem Band um den Hals getragen hatte. „Eines kann ich Ihnen garantieren: Von meinem Computer aus war es nicht! Wissen Sie denn, wann diese Kommentare geschrieben worden sind?" „Entdeckt worden sind sie heute Früh", erklärte die Frau Doktor. „Und erschienen sind sie unter einem Foto, das gestern auf dem Pfeifertag gemacht und dann im Internet gepostet wurde." „Ja, ich hab da jetzt keine Idee. Aber ich kann Ihnen zeigen, wo unseren Lehrern und Schülern Computer zur Verfügung stehen." Sie stand auf und nahm ihre Brille wieder ab.

„Kann es nicht sein, dass ein Schüler von seinem Handy aus die Kommentare abgeschickt hat?", fragte Gasperlmaier. Die Frau Doktor schüttelte den Kopf. „Dann könnte man das zu einer bestimmten Handynummer nachverfolgen. Die Manuela meint aber, dass es ein Computer gewesen sein muss, der sich hier im Haus befindet. Außerdem – Schüler? Im August?" „Na ja", sagte die Direktorin, „es gibt ein paar Vereine, die regelmäßig hier herinnen sind. Und wir haben eine Sommerakademie. Deswegen bin ich ja auch da. Die können alle mit ihren Tablets oder Laptops hier im Haus ins WLAN gehen. Da gibt's dann wohl eine IP-Adresse, die nicht zu einer Telefonnummer nachverfolgbar ist." „Stimmt!", gab die Frau Doktor zu. „Da können wir uns die Expedition zu den Computerräumen wohl sparen!" Die Direktorin setzte sich wieder hinter ihren Schreibtisch.

„Ja, dann ... trotzdem danke, dass Sie sich Zeit genommen haben. Und halten Sie bitte die Augen und Ohren offen. Es wäre ja möglich, dass über diesen Fall geredet wird." „Nicht nur möglich", warf Gasperlmaier ein. „Die werden über nichts anderes reden, die nächsten Tage!" „Das glaub ich auch! Ich werde mein Möglichstes tun. Aber da reden wir natürlich von insgesamt ungefähr, na ja, mehr als hundert Personen, das ist Ihnen schon klar?" „Natürlich. Aber es schadet nichts, dass wir unsere Aufmerksamkeit bei der Suche nach diesem ‚Jogler' jetzt in eine bestimmte Richtung lenken können."

„Pfüat di, Gasperlmaier!" Die Frau Zinhobler drückte seine Hand mit beiden Händen, länger, als das unbedingt notwendig gewesen wäre. „Ich organisiere bald einmal ein Klassentreffen, von unserer Volksschulklasse. Du kommst doch, oder?" Gasperlmaier nickte, aber nur, um jetzt keine weiteren Diskussionen auszulösen. Ein Klassentreffen war nämlich so ziemlich das Letzte, worauf er Lust hatte. Da gaben immer alle unverschämt mit ihren Berufen und Erfolgen an, und er würde nichts vorzuweisen haben als eine Ehefrau, die ihn, zumindest temporär, verlassen hatte und in der Weltgeschichte herumreiste.

Auf dem Weg hinaus kamen sie noch an einem großen Rahmen vorbei, in dem Fotos der Lehrerinnen und Lehrer steckten. „Schauen wir einmal, wer von denen in Frage kommt?" Die Frau Doktor angelte in ihrer Handtasche nach einer Brille. „Kann nicht schaden!", meinte sie. „Glaubst du, dass der ‚Jogler' unbedingt ein Mann sein muss?" Gasperlmaier war noch nicht auf die Idee gekommen, dass sich eine Frau hinter dem Spitznamen verstecken konnte. „Eine Josefine, zum Beispiel?" Sie musterten die Fotos und die Namen darunter. Josefine fand sich keine, dafür aber eine ganze Reihe ausnehmend hübscher, junger Lehrerinnen. Gasperlmaier selbst hatte, soweit er sich erinnern konnte, nur sauertöpfische Lehrerinnen und griesgrämige Lehrer in verstaubten grauen Anzügen gehabt.

„Den kenn ich!", sagte er plötzlich und deutete auf das Foto eines jungen Mannes in Ausseer Tracht. „Carsten Peschke – Musik und Deutsch" stand darunter. „Den hab ich gestern auf der Weißenbachalm gesehen. Er hat mit ein paar anderen Ausseer Musikern gespielt." „Carsten Peschke?", fragte die Frau Doktor verwundert. „Hört sich nicht nach einem Ausseer an!" „Seine Eltern sind aus Deutschland", erklärte Gasperlmaier. „Zumindest der Vater. Und für den Vornamen, da kann er halt nichts. Aber der ist ein klasser Bursch und ein guter Geigenspieler! Wenn der redet, da merkst du nichts von einem Deutschen!" „Und, könnte er der ‚Jogler' sein? Er hat sicher keine Freude damit gehabt, dass der Pönitzer mit seinen Hasenjägern auf der Alm gespielt hat!" Gasperlmaier schüttelte den Kopf. „Der doch nicht! Das ist ein ganz Harmloser. Ich glaub, den hat der Christoph sogar in der Schule gehabt, da muss er aber ganz frisch von der Uni gewesen sein. Ich kann den Christoph ja einmal fragen." „Ein fescher Bursch, übrigens!", meinte die Frau Doktor und trat noch einmal an den Schaukasten. „Na ja", kommentierte Gasperlmaier. Ein wenig vogelig und mager war das Gesicht des Carsten, aber man konnte nicht abstreiten, dass die dunklen, kurz geschnittenen Haare und der Dreitagebart zusammen mit dem etwas kantigen Gesicht womöglich Eindruck bei Frauen schinden konnten.

Die Frau Doktor sah auf die Uhr. „Ja, Gasperlmaier! Ich muss jetzt heim! Ich hab meine Mutter eh schon wieder über Gebühr in Anspruch genommen. Und wenn ich die Sophie heute noch wach erleben will, dann ... Mach's gut! Und grübel nicht zu viel über deine Frau nach! Die kommt schon wieder! Was glaubst du, wie die sich nach dir sehnen wird!" Sie zog ihn zu sich heran und drückte ihm zwei Küsse auf die Wangen.

Gasperlmaier spürte noch ihre Lippen in seinem Gesicht, als ihm erst einfiel, dass sie ihn ja nach Altaussee zurück hätte chauffieren müssen. Nun stand er ohne Transportmittel vor dem Gymnasium und wusste nicht, was er tun sollte. Die Manuela anrufen, dass sie ihn abholte? Das war ihm ein wenig peinlich. Denn dann hätte er zugeben müssen, dass ihn die Frau Doktor einfach vor dem Gymnasium in Bad Aussee hatte stehen lassen. Er holte sein Handy hervor, starrte kurz auf den Bildschirm, der ihm nur sagte, dass es nichts Neues gab, und machte sich auf den Weg ins Zentrum. Vielleicht würde er bei der Polizei in Bad Aussee vorbeischauen und sich von denen heimfahren lassen. Bis dahin war ihm vielleicht auch eine brauchbare Ausrede dafür eingefallen, warum er allein hier in Aussee herumlief.

Plötzlich läutete sein Telefon, das er immer noch in der Hand hielt. „Gasperlmaier, magst mit mir auf ein Bier gehen? Meine Heidi ist in ihrem Yoga-Kurs, und da habe ich mir gedacht, wo du ja eh allein bist ..." Gasperlmaier atmete auf. Es war der Friedrich. „Musst mich aber in Aussee abholen. Wir waren im Gymnasium, die Frau Doktor und ich. Und sie ist heimgefahren und hat vergessen ..." „Ist schon recht. Bei der Post?" „Ja, passt!" Gasperlmaier legte auf. Gegenüber seinem alten Freund hatte er keine Hemmungen, die Wahrheit zu sagen. Der Friedrich verstand ihn.

Wenige Minuten später saß er im Auto des Friedrich, und auf dem kurzen Weg nach Altaussee erzählte er von den Ermittlungsergebnissen des Tages. „Da habt's aber noch nicht viel!", wandte der Friedrich ein. „Vor allem gar nichts Handfestes. Nur Gerede und ..." „Was soll man machen?", unterbrach ihn Gasperlmaier. „Wenn's außer Gerede nichts gibt? Rein gar nichts? Auf der Alm hat anscheinend niemand etwas gesehen oder gehört. Oder will nicht reden. Da braucht's eben seine Zeit." "Aber, weißt eh!", wandte der Friedrich ein. "Die ersten vierundzwanzig Stunden einer Ermittlung ..." "Die sind eh schon lang vorbei!" Der Friedrich parkte vor dem Schneiderwirt ein. "Setzen wir uns dorthin!", sagte er im Gastgarten. "Da können wir reden, ohne dass jemand mithört."

Gasperlmaier dachte an die veganen gefüllten Paprika, die ihn zu Hause erwarteten, und bestellte sich ein Wienerschnitzel. Er hatte heute ohnehin den ganzen Tag praktisch gefastet. "Du isst nichts?", fragte er den Friedrich. Der schüttelte den Kopf. "Die Heidi hat heute Mittag schon gekocht. Und weißt eh, so spät am Abend ... da verzichte ich meistens auf feste Nahrung."

"Weißt du", sagte der Friedrich, nachdem ihnen die Jasmin Bier auf den Tisch gestellt hatte, "ich hab ein wenig nachgedacht, über das, was du mir erzählt hast. Und vor allem über die Leute. Und da ist mir was eingefallen." "Was denn?", fragte Gasperlmaier neugierig. "Na, der Edelmann, der von den Ödenseern, den kenn ich. Und das ist, lass es mich einmal so sagen, ein durchaus ungustiöser Mensch. Weil, die Tochter von der Heidi, die war einmal kurz mit ihm zusammen. Das hab ich nicht gewusst, aber als ich mir im Fernsehen einmal was über die Ödenseer angeschaut habe, da ist sie gleich ganz fuchtig geworden, hat den Fernseher ausgeschaltet und zu schimpfen angefangen." "Hat ihr die Musik nicht gefallen?", fragte Gasperlmaier. "Das weiß ich nicht", antwortete der Friedrich. "Aber der Edelmann, der hat bei ihr im Wohnzimmer Sprech- und Singverbot, hat sie gesagt. Und dann hat sie mir die Geschichte von ihrer Tochter erzählt." "Guten Appetit!" Die Jasmin ließ den Teller mit dem Schnitzel vor Gasperlmaier auf den Tisch gleiten. Nun traf es sich gut, dass ohnehin der Friedrich was zu erzählen hatte. „Bringst uns noch zwei Bier?", fragte er zuerst. „Schon im Anmarsch!", lächelte die Jasmin.

„Der Edelmann, um es kurz zu machen, der ist gewalttätig geworden. Meistens, wenn er besoffen oder unter Drogen war. Und das war er anscheinend fast jeden Tag", erklärte der Friedrich. „Aha!", brachte Gasperlmaier zwischen zwei Bissen heraus. Das Schnitzel schmeckte wirklich hervorragend. Erst jetzt merkte er, was für einen Hunger er schon gehabt hatte. „Und dann, als sie wieder zur Heidi zurück ist, hat er die Tochter bedroht. Jede Menge Telefonanrufe, dass er sich umbringt, wenn sie nicht wieder zu ihm zurückkommt, dann handfeste Drohungen, dass sie sich ja nicht irgendwo erwischen lassen soll, schon gar nicht mit einem anderen, und so weiter." „Ist die Tochter nicht zur Polizei gegangen?", fragte Gasperlmaier. „Nein", antwortete der Friedrich. „Die ist eine recht dumme Nudel, weißt du. Sie hat das alles in sich hineingefressen, und ihrer Mutter, der Heidi, hat sie am Ende erklärt, dass sie selber an allem schuld ist und der arme Edelmann gar nichts dafürkann. Dann ist sie sogar mehrmals zu ihm zurück. Weißt, ich glaub ja, dass sie das luxuriöse Leben schon sehr gereizt hat. Das wunderbare Haus da oben am Hang, der Pool, alles Luxus. Na ja. Schließlich ist sie dann in der Psychiatrie gelandet. Jetzt geht's ihr zwar besser, aber von Männern will sie überhaupt nichts mehr wissen." Der Friedrich seufzte. „Und das ist ein Problem, weil sich die Heidi einbildet, sie braucht unbedingt einen Mann, weil sie das Trachtengeschäft allein nicht stemmen kann. Und weil sie sich natürlich auch einen Enkel wünscht." Der Friedrich nahm einen großen Schluck von seinem Bier. „So ist das!", sagte er noch.

„Aber der Edelmann war höchstwahrscheinlich nicht auf der Alm!", warf Gasperlmaier ein. „Niemand hat ihn dort gesehen!" „Habt ihr schon überprüft, ob er nicht jemanden geschickt haben könnte? Der hat doch allerhand Leute an der Hand, Musiker und Techniker, die mehr oder weniger von ihm abhängig sind? Habt ihr da schon einmal ...?" Gasperlmaier schüttelte den Kopf. „Ich nicht, und die Frau Doktor auch nicht. Aber sie hat natürlich noch ein paar andere Leute, die Nachforschungen anstellen." Der Friedrich schwieg und schien zu überlegen. Nach einer Weile leerte er sein Bierglas und hob den rechten Zeigefinger.

„Erinnerst du dich noch an den Niedrist? Alkohol am Steuer, Fahren ohne Führerschein, Lenken eines nicht zum Verkehr zugelassenen Fahrzeugs, Einbruchsdiebstahl ... erinnerst dich an den?" Gasperlmaier nickte. „Natürlich. Ich hab ja oft genug mit ihm zu tun gehabt. Ein widerlicher Mensch. Keine Einsicht, keine Reue. Und renitent ist er auch noch geworden. Mehrmals. Widerstand gegen die Staatsgewalt. Nötigung. Gefährliche Drohung." „Genau den meine ich!", sagte der Friedrich. „Und der arbeitet für den Edelmann. Immer wieder. Zum Bühnenaufbauen und so. Und den könnte ja, nur so zum Beispiel, der Edelmann hinaufgeschickt haben, damit er den Pönitzer und damit den unangenehmen Prozess um das Lied aus der Welt schafft!" „Müssten wir aber noch überprüfen, ob den überhaupt wer gesehen hat auf der Weißenbachalm", wandte Gasperlmaier ein. „Macht das. Und schaut ihn euch morgen gleich selber an. Irgendwo, so sag ich immer, muss man ja anfangen." Gasperlmaier fand das eher wie die Suche nach einer Stecknadel im Heuhaufen. Da gab es sicher Dutzende, die irgendwann für die Ödenseer gearbeitet hatten und nicht über einen einwandfreien Leumund verfügten. „Der Niedrist?", fragte er deshalb noch einmal. „Als Auftragsmörder? Und noch dazu mit einem Stein? Ich weiß nicht!" „Wie ihr meint!", antwortete der Friedrich. „Aber ich würd's versuchen."

Auf dem Nachhauseweg plagte Gasperlmaier ein hartnäckiger Schluckauf, und er dachte mit Wehmut daran, dass ihn heute zu Hause keiner fragen würde, woher der kam und ob man ihm vielleicht auf den Rücken klopfen sollte, damit der Schluckauf verschwand. Dunkel wurde es auch schon, als er die Haustür aufsperrte. Plötzlich strich etwas Weiches um seine Beine. Wenigstens die Katzen waren ihm treu geblieben. Als er sich auszog, fiel ihm ein, dass es dringend Zeit war, ein paar Sachen in die Waschmaschine zu stecken. Es war mühsam, er musste bei jedem Wäschestück die Etiketten lesen, um herauszufinden, mit welcher Temperatur man es waschen musste. Und er hatte auch keine Ahnung, ob man verschiedene Farben zusammen oder getrennt waschen musste. Bei weißen Hemden, das allerdings hatte er schon mitbekommen, da musste man aufpassen. Die konnten leicht einen Stich bekommen, wenn Farbiges dabei war. Einige der Etiketten konnte er nicht lesen, sie waren schon zu ausgewaschen, und andere waren so klein bedruckt, dass er es schließlich aufgab und alles zusammen in die Waschmaschine stopfte.

Es war schon so lange her, dass ihm die Christine die Funktionsweise der Waschmaschine erklärt hatte, dass er sich nicht mehr daran erinnerte. Ihre Frage vor der Abreise, ob er sich mit der Waschmaschine zurechtfinde, hatte er mit einer lässigen Handbewegung abgetan. Bei der Temperatur konnte man 30 bis 90 Grad auswählen, und er entschloss sich für den Mittelweg, 60 Grad, da konnte er nicht viel falsch machen. Stellte sich nur noch die Frage, welches Waschmittel er wohin füllen sollte. Pulver war nirgends vorhanden, und er hatte gedacht, man müsse Pulver verwenden. Man sagte doch „Waschpulver", warum standen dann nur Flaschen herum? Er entschied sich für eine mit einer grünen Flüssigkeit, deren Aufschrift „allround" verhieß. Damit ließ sich etwas anfangen. Und um den Prozess endlich abzuschließen, entschloss er sich rasch für die mittlere der drei Vertiefungen, die die Waschmittelschublade ihm anbot.

Der Kater war die ganze Zeit schon maunzend um seine Beine gestrichen und wollte offenbar gefüttert werden. Die Murli hatte er noch nicht zu Gesicht bekommen, die hielt sich von Menschen eher fern und kuschelte nur ungern. Gasperlmaier schüttete dem Kater Futter in die Schüssel, begab sich ins Wohnzimmer, legte sich aufs Sofa und nahm die Fernbedienung zur Hand. Ob es heute irgendwas im Fernsehen gab, das ihn abzulenken vermochte? Im Sekundentakt schaltete er von einem Kanal zum anderen. Es dauerte nicht lange, bis der Schnurrli kam, sich auf seine Brust legte und rülpste. Gasperlmaier schob ihn weg, denn er hatte fürchterlichen Mundgeruch. Dennoch drehte sich der Schnurrli mehrmals um seine eigene Achse, trat ausdauernd auf seinem Bauch und seinen Beinen herum, bis er eine bequeme Stellung gefunden hatte, in der er sich endlich hinlegte. Gasperlmaier überlegte, ob er sich noch ein Bier holen sollte, verzichtete aber darauf, um die Katze nicht noch einmal aufzuschrecken.

Er war gerade dabei gewesen, vor dem flimmernden Bildschirm einzunicken, als er laute Stimmen hörte. Von wo mochten die kommen? Ein Mann brüllte, Autotüren schlugen, eine Frau kreischte. Verstehen konnte er nichts. Er sprang auf, woraufhin sich der Kater vor Schreck in seinen Hosenbeinen verkrallte und fauchte. „Aua!", schrie Gasperlmaier. Schnurrli verzog sich miauend hinter das Sofa. Gasperlmaier öffnete die Terrassentür, denn, so mutmaßte er, aus dieser Richtung waren die Stimmen gekommen. Als er einen Blick hinauswarf, sah er gerade noch ein Auto mit quietschenden Reifen und aufheulendem Motor aus der Einfahrt ihrer Nachbarn rasen. Unmittelbar danach tauchte schemenhaft eine Gestalt im Schein der Außenbeleuchtung auf, kreischte Unverständliches und gestikulierte dem davonbrausenden Wagen wild nach. Es konnte sich nur um seine Nachbarin Maresi handeln. Was war denn da passiert? Ein Überfall? Sehr deutlich hatte er die Vorgänge am Nachbarhaus nicht wahrnehmen können, der Garten grenzte an seinen, die Zufahrt war in der nächsten Parallelstraße. So war das Geschehen recht weit von ihm entfernt gewesen. Dennoch hastete er an den Zaun.

„Maresi?", rief Gasperlmaier. „Maresi, was ist denn? Ist was passiert?" Es dauerte ein paar Momente, bis ihn die Maresi endlich wahrnahm. Langsam drehte sie sich zu ihm um. Immer noch konnte Gasperlmaier im fahlen Licht nur Umrisse erkennen. „Braucht's die Polizei?" Die Maresi näherte sich langsam durch den Garten. Endlich stand sie ihm am Gartenzaun gegenüber. Sie wirkte zusammengesunken und kraftlos. „Ich weiß nicht", schluchzte sie, „ob mir die Polizei da helfen kann. Das war der Werner, der da davongefahren ist. Und er hat seinen Koffer mitgenommen." Sie hob den Kopf und sah Gasperlmaier mit glänzenden Augen an. Tränenbäche zogen sich die Wangen hinunter, vermischt mit Schminke. „Aber was ... ist er ...?", stammelte Gasperlmaier. Die Maresi nickte. „Verlassen hat er mich. Mich, die Sabrina und den Simon. Weil er eine Neue hat. Die noch nicht so gebraucht ausschaut wie ich!" Sie schlug die Hände vor ihr Gesicht und begann neuerlich zu schluchzen. „Aber, so wein doch nicht!", versuchte er die Maresi zu beruhigen. Er kannte sie schon jahrzehntelang, sie waren schon als Kindergartenkinder zusammen in der Sandkiste gesessen. Beide waren in den Häusern und Gärten der anderen aus- und eingegangen und dort wie die eigenen Kinder behandelt worden. Oft hatte Gasperlmaier zweimal zu Mittag gegessen, einmal bei den Eltern der Maresi und einmal zu Hause. „Schau, ich bin ja auch allein!" Zu spät erkannte er, dass er das nicht sagen hätte sollen. Trotz des zwischen ihnen aufragenden Gartenzauns warf sich die Maresi ihm entgegen und umklammerte ihn. Die Zaunlatten drückten schmerzhaft in seinen Bauch, der Busen der Maresi ruhte an seiner Magengegend. Es schüttelte sie geradezu, sodass Gasperlmaier Mühe hatte, sich mit einem Griff an die Zaunlatten zu stabilisieren. Zaghaft legte er seine Arme um die Maresi und klopfte ihr beruhigend auf den Rücken. Ihr Kopf lag an seiner Brust, und er spürte die Nässe ihrer Tränen durch sein Hemd.

Das Frauentrösten war seine Spezialität nicht, und so suchte er krampfhaft nach Worten, die die Maresi beruhigen, sie dazu bringen konnten, ihn wieder loszulassen. Ob er ihr sagen sollte, dass sie schon wieder einen anderen finden würde? Das war es wohl nicht, was man in so einer Situation gern hörte. Der Werner, überlegte er, der war ohnehin ein schlechter Mensch gewesen. Grob und jähzornig, besserwisserisch, und mit keinem der Nachbarn hatte er sich gut vertragen. Nur besoffen war er sentimental geworden und hatte jedem, der es hören wollte oder auch nicht, erklärt, dass ja in seiner harten Schale ein ganz weicher Kern stecke, der nur im Alltag nicht herausfand. Aber ob er die Maresi jetzt daran erinnern sollte, war eine andere Frage.

„Der kommt schon wieder!", versuchte er es. Die Maresi ließ ihn los und richtete sich kerzengerade auf. „Dass er sich untersteht! Ich will den nie wieder hier sehen, das kannst du ihm gleich ausrichten! Wenn er hier noch einmal auftaucht, dann hack ich ihm mit seinem dämlichen Schnitzwerkzeug sein Zumpferl ab, und seine Eier noch dazu!" Aus einem Häufchen Elend war, so musste Gasperlmaier feststellen, innerhalb von Sekunden eine Furie geworden. Er hatte doch wieder einmal das Falsche gesagt.

Der Werner war nämlich, abgesehen von seinem Ruf als Griesgram, ein ausgezeichneter Schnitzer, der das ganze Ausseerland mit Krippenfiguren versorgte. Gasperlmaier konnte schon verstehen, dass es genug Grund für Zwietracht und Unfrieden gab, wenn der eine, kaum, dass er von der Arbeit nach Hause gekommen war, sich in seine Schnitzwerkstatt zurückzog, während die andere die ganze Hausarbeit und die Versorgung der Kinder zu erledigen hatte. Viel Raum für Gemeinsamkeit hatte es in der Ehe der Maresi wohl nicht gegeben.

Schuldbewusst fragte sich Gasperlmaier, wie es mit dem Raum für Gemeinsamkeit in seiner eigenen Ehe aussah. Womöglich war es der Christine auch zu viel geworden, dass er alles, was sie für die Familie tat, kommentarlos als selbstverständlich hinnahm. Oder, vielmehr, womöglich war ihr das, was sie dafür zurückbekam, zu wenig geworden. Und nun war sie so weit weg.

Die Maresi stand nun, mit einer Hand auf den Gartenzaun gestützt, ihm gegenüber und schien auf etwas zu warten, während er seinen Gedanken nachhing, ohne sie wirklich wahrzunehmen. „Ja, Gasperlmaier!", seufzte die Maresi schließlich. „Jetzt stehen wir beide allein da. Magst einen Schnaps?" Trotz seiner guten

Vorsätze fand Gasperlmaier, dass dies ein Notfall war und man der Maresi ihr Begehr schlecht abschlagen konnte, weil sie sich sonst womöglich noch etwas antat.

„Prost!", sagte die Maresi, nachdem sie Gasperlmaier an den Küchentisch gesetzt und ihnen beiden randvoll eingeschenkt hatte. Es war der gleiche Obstler, den er schon gestern auf der Weißenbachalm im Krapfenwagen der Maresi gekostet hatte, aber jetzt schmeckte er irgendwie scharf und unrund, genauso, wie er sich fühlte. „Stell dir vor", begann die Maresi, „der Hund, der schlechte. Erzählt mir, dass er denen eine Krippe baut. Mit vierzig, fünfzig Figuren. Und ich denk mir schon, was muss er denn da dauernd hinfahren, nach Mitterndorf hinaus, muss er denen jede Krippenfigur extra bringen? Und das mitten im Sommer?" „Wem denn?", fragte Gasperlmaier, dem der Schnaps schon zu Kopf stieg. Am liebsten hätte er sich jetzt in sein Bett gelegt, aber ob er die Maresi allein lassen konnte, dessen war er sich unsicher. Ihre Kinder waren ja auch schon längst aus dem Haus, und so gab es momentan niemanden außer ihm, der auf sie aufpassen konnte. Die Maresi schenkte nach, schon etwas ungelenk, sodass Obstler auf den Tisch tropfte. „Macht ja nix!", sagte die Maresi, wischte mit dem Finger durch die Pfütze und leckte denselben danach ab.

„Der Bachlerin in Mitterndorf hat er die Krippe gebaut. Und wie es der Teufel so will, geht der Mann von der Bachlerin schichteln und ist jeden Tag um halb vier aus dem Haus. Und der meinige, der kommt um viere heim. Und jetzt darfst du dir ausrechnen, Gasperlmaier, wann der meinige immer zur Bachlerin hinausfahrt? Hm? Kannst du dir das ausrechnen?" Gasperlmaier überlegte, aber die Maresi kam ihm zuvor. „Um spätestens halb fünfe ist er immer dahin gewesen! Und du brauchst jetzt nicht glauben, dass die Bachlerin eine besonders Schöne ist, die ist dürr wie eine Zaunlatte, und die hat vorn und hinten nix! Schau mich an, dagegen!" Sie legte die Hände unter ihre Brüste und hob sie mehrmals kräftig an. Gasperlmaier sah weg. „Da kann ein Mann noch seinen Spaß haben! Schau nur her!" Um die Maresi nicht zu verärgern, sah er hin, um aber gleich darauf seine Blicke wieder zu senken. Die Maresi sprach schon etwas undeutlich. „Vielleicht", sagte er, „sollten wir Schluss machen mit dem Schnaps." Er stand auf, stopfte den Korken in die Flasche und stellte sie wieder in die Vitrine. „Jünger ist sie halt", fuhr die Maresi fort. „Viel jünger. Ich weiß gar nicht, was die am Werner findet. Warum sie den an ihr herumschnitzen lässt. Aber vielleicht findet die Dürre ja keinen anderen Deppen, der es ihr macht." Gasperlmaier seufzte. Er musste jetzt nach Hause, er hatte genug gehört und fand, dass er der Maresi auch lange genug beigestanden hatte.

„Pfüat di, Maresi!", sagte er. „Ich muss ins Bett, ich hab morgen früh Dienst." „Magst nicht noch ein bissl dableiben? Und noch einen mit mir trinken?" Die Stimme der Maresi war jetzt irgendwie weich und seltsam singend geworden, sodass Gasperlmaier Gefahr witterte und sich schleunigst davonmachte. Gleich über den Gartenzaun, da ging es schneller.

**8**

Gasperlmaier wachte davon auf, dass sein Telefon klingelte. Dumpf und weit entfernt klang es, und zunächst läutete es ihm noch im Traum, in einem, in dem er auf einer Insel nach der Christine suchte, sie aber nicht fand, und plötzlich klingelte dieses Telefon. Immer wieder und immer wieder. Langsam sickerte durch, dass das Handy in der Wirklichkeit klingelte. Er öffnete die Augen. Wie spät war es? Dort am Kasten hing seine Jacke auf einem Bügel, dort hatte er sie gestern hingehängt. Und daraus hervor tönte schon wieder dieses dumpfe Brummen. Schlaftrunken versuchte er, auf die Beine zu kommen. Was war denn los? Warum musste man ihn so früh aus dem Bett läuten? Und wer war das?

„Hallo?", meldete er sich. „Ja, was heißt, hallo? Wir warten seit einer halben Stunde auf dich, Gasperlmaier, Dienstbeginn ist um sieben!" „Ach so ... ja ... also", stammelte Gasperlmaier. „Ich komm gleich!", fügte er schließlich noch hinzu. Das war ja eine schöne Geschichte. Kaum war die Christine aus dem Haus, verschlief er und musste in ungebügelten Sachen zum Dienst erscheinen. Um Gottes willen! Die Wäsche von gestern – die hatte er in der Waschmaschine vergessen. Die würde sicher schon zum Himmel stinken. Leider war dafür jetzt keine Zeit, er fuhr sich mit dem Waschlappen über das Gesicht und unter den Achseln durch, putzte sich hastig die Zähne und schlüpfte in die Uniform von gestern. Halt, wenigstens den Kamm musste er sich noch durch die Haare ziehen. Und so stand er etwa eine Viertelstunde später im Büro, unter den kritischen Blicken der beiden Frauen. Die Manuela war es, die zuerst Worte fand. „Gasperlmaier", seufzte sie, „man merkt, dass dir die Frau fehlt. Und ich möchte hinzufügen, man merkt es sehr deutlich!" Die Frau Doktor verzichtete auf einen Kommentar, musterte Gasperlmaier aber mit skeptischen Blicken. „Ich brauch einen Kaffee", krächzte der. „Und ein Glas Wasser."

Er suchte in seinem Schreibtisch nach einem halbwegs sauberen Kaffeehäferl, als ihm einfiel, dass er ja etwas Neues für die Frau Doktor hatte. Der Niedrist. Von dem und von der Theorie des Friedrich musste er der Frau Doktor unbedingt erzählen. „Der Friedrich hat mir gestern Abend ...", setzte er an, doch die Frau Doktor unterbrach ihn. „Der muss jetzt warten, Gasperlmaier. Zunächst bin ich einmal dran mit einem Update. Der detaillierte Bericht über die Spuren an unserem Tatort ist da. Und es haben sich jetzt doch kleinste Anhaftungen von Fasern an der Kleidung des Opfers ergeben. Baumwollfasern in zwei verschiedenen Farben. Weiß und blau." Sie hielt ein paar zusammengeheftete A4-Blätter hoch. „Dann wissen wir jetzt definitiv, dass die Mordwaffe ein Stein war. Kalkstein. Mit zumindest einer scharfen Kante. Das zeigt die Wunde, und es wurden auch kleinste mineralische Splitter gefunden, die den Nachweis dafür erbringen. Dann haben wir eine mehr oder weniger vollständige Liste von allen Seitelpfeifern, Trommlern und sonstigen Musikern, die sich tagsüber auf der Weißenbachalm aufgehalten haben. Es sind ..." Sie blätterte eine Liste durch. „Über siebzig." Die Manuela stöhnte, während Gasperlmaier die Taste am Kaffeeautomaten drückte, worauf das Getöse des Mahlwerks für Sekunden jede weitere Konversation unterbrach. „Was uns natürlich", setzte die Frau Doktor danach fort, „jetzt die Aufgabe zufallen lässt, einerseits nach der Person zu forschen, die die Spuren hinterlassen hat, andererseits die Liste nach Personen durchzufiltern, die mit dem Opfer in irgendeiner Beziehung gestanden haben. Und wir sollten natürlich auch nach diesem ‚Jogler' suchen, der die Hasskommentare hinterlassen hat."

„Ich weiß nicht", meinte Gasperlmaier und nahm einen Schluck Kaffee. „Diese Fasern ... da braucht er ja nur, zum Beispiel, jemanden begrüßt haben und umarmt, und ihr zwei Busserln auf die Wangen gedrückt ... das muss ja nichts mit dem Mord zu tun haben." Die Frau Doktor musterte ihn neuerlich skeptisch. „Hast du einen alternativen Vorschlag?"

Zuerst schüttelte Gasperlmaier den Kopf, doch dann besann er sich, dass er ja tatsächlich einen Vorschlag zur weiteren Ermittlung hatte. „Ich muss euch jetzt noch darüber aufklären, was mir der Friedrich gestern erzählt hat. Es ist nämlich wichtig." Und es gelang ihm, die Frau Doktor und die Manuela in wenigen Minuten über die Geschichte zwischen der Tochter der Heidi und dem Edelmann ins Bild zu setzen, die die Tochter schließlich in die Psychiatrie gebracht hatte. „Und dann", fügte er hinzu, „hat der Friedrich gemeint, dass der Edelmann durchaus über Leute verfügen könnte, die einen beiseiteschaffen, der ihm im Weg ist. Und da hat er einen Namen genannt. Niedrist. Niedrist Alois."

Die Manuela hob den rechten Zeigefinger und ihre Augenbrauen. Gleich darauf begann sie hektisch auf ihrer Tastatur herumzuklopfen, um wenige Sekunden später das Sündenregister des Alois Niedrist vorzulesen. „Da sind auch fünf ... sechs ... acht Körperverletzungen dabei. Der Mann scheint nicht vor Gewalt zurückzuschrecken." Die Manuela drehte ihren Bildschirm, sodass Gasperlmaier und die Frau Doktor ein Porträt des Niedrist sehen konnten. Schön, fand Gasperlmaier, konnte man den nicht nennen. Ein wenig aufgedunsen, verdrückt die Haare. Seine Zähne verrieten, dass er kein Stammgast beim Zahnarzt war. Irgendwie brutal sah das Gesicht aus. Gasperlmaier fiel ein, dass seine Frisur heute Morgen wahrscheinlich nicht viel gepflegter aussah als die des Niedrist. „Ist es recht, wenn ich versuche, herauszufinden, wo der am Sonntag war?", fragte die Manuela. „Lassen Sie mal", sagte die Frau Doktor. „Oder versuchen wir's so: Es gibt doch sicher haufenweise Fotos und Videos von diesem Pfeifertag im Internet. Wie wäre es, wenn Sie das alles einmal durchschauen, so einen wie den Niedrist erkennen Sie ohnehin auf den ersten Blick." Die Manuela wiegte den Kopf. „Ja, das ist aber schon so etwas wie die Nadel im Heuhaufen, nicht?" „Ich möchte ihn nicht vorwarnen, indem wir einfach anrufen und fragen, hallo, Herr Niedrist, wo waren wir denn am Sonntag? Wir fahren jetzt erst einmal zu diesem Trachtengeschäft, in dem die Tochter dieser Heidi arbeitet, und erkundigen uns aus erster Hand nach ihrer Geschichte mit dem Edelmann. Dann sehen wir weiter."

Doch sie waren noch gar nicht bis nach Aussee gekommen, als die Manuela schon anrief. „Ich hab ihn gefunden. Gleich auf zwei Fotos. Da sind sogar noch weitere Bekannte drauf." Sie kicherte. „Ich hab euch die beiden Fotos schon auf eure Handys geschickt." „Das ging ja schnell!", freute sich die Frau Doktor und hielt ziemlich abrupt in einer Bushaltestelle an. Noch bevor Gasperlmaier seine Brille aufhatte, begann die Frau Doktor ebenfalls zu kichern. „Bekannte! Die ist gut – das bist doch du, Gasperlmaier, nicht? Das hättest du aber gleich sagen können, dass du unseren Verdächtigen da oben auf der Alm selber gesehen hast!" „Hab ich ja gar nicht", verteidigte sich Gasperlmaier und öffnete das Foto. Zuerst fand er nicht einmal den Niedrist unter den vielen Leuten, die darauf zu sehen waren. „Der eine, der gerade aus der Bierflasche trinkt, das muss der Niedrist sein", sagte die Frau Doktor. Gasperlmaier vergrößerte das Bild ein wenig. „Und dahinter stehst doch du!" Er erkannte zwar den Niedrist, aber selbst dazu brauchte man ein wenig Phantasie. Die Gestalt jedoch, die mit dem Rücken zur Kamera dahinter stand, das konnte, fand er, ein jeder sein. Es gab ja viele, die mit der Lederhose, einem Gamserlrock und einem Ausseerhut unterwegs gewesen waren. Genau genommen sogar die meisten. „Das soll ich sein?", zweifelte er. „Ich glaub nicht, dass es so viele gibt, denen die Lederhose so am Hintern hängt wie dir. Entschuldigung, aber das ist mir schon vor einiger Zeit aufgefallen. Du musst dir das gute Stück halt einmal enger machen lassen." Gasperlmaier schüttelte den Kopf und steckte sein Handy wieder ein. Zudem beschloss er, sich auf keinerlei Diskussionen, seinen Hintern und seine Lederhose betreffend, einzulassen. „Schauen wir einmal, wo wir diesen Niedrist finden?" Die Frau Doktor nickte.

Wenige Minuten und einige Telefongespräche später war klar, dass der Niedrist als Waldarbeiter für die Bundesforste tätig war. Im Moment war er auf einem Einsatz in einem Waldstück in der Nähe von Untertressen. Dort sollten einige Bäume entfernt werden, die drohten auf die Straße zu stürzen. So hatte der Verantwortliche bei den Bundesforsten es ihnen erklärt. „Wir müssen da hinauf!", wies Gasperlmaier die Frau Doktor ein. „Es ist zwar steil, aber der kürzeste Weg. Dann fährst du den Wegweisern zum Gasthaus Trisselwand nach." „Puh!", schimpfte die Frau Doktor. „Steil ist überhaupt kein Ausdruck. Hätte es da keinen anderen Weg gegeben?" „Schon!", antwortete Gasperlmaier. „Aber einen Umweg." Zuerst ging es durch Wald, später über

Wiesen, und als sie schon bergab Richtung Grundlsee unterwegs waren, deutete Gasperlmaier auf den Wegweiser, der sie wiederum aufwärts Richtung Gasthof Trisselwand führte. „Da wär's dann rechts. Glaube ich", sagte er, nachdem sie eine Zeitlang bergauf gefahren waren. „Da?", fragte die Frau Doktor und deutete auf einen geöffneten Schranken. Dahinter stand eine gelbe Tafel, die darauf hinwies, dass sie sich in forstlichem Sperrgebiet befanden und das Betreten und Befahren verboten war. „Da soll ich hinauffahren? Und wenn uns dann ein Baum aufs Dach fällt?" Gasperlmaier sah hinauf zum Stoffdach des Cabrios und musste der Frau Doktor recht geben. Dem Einschlag eines Baums würde das sicher nicht widerstehen können. „Wir sehen ja eh, wo die Forstarbeiter sind. Die haben einen LKW dabei, da können wir sowieso nicht vorbei", versuchte er, die Frau Doktor zu beruhigen.

„Habt ihr, ich meine, die Polizei Altaussee, habt ihr eigentlich einen Geländewagen?", fragte die Frau Doktor ein wenig später, als die Fahrbahn immer unebener und die Kurven enger wurden. „Mein schönes Cabrio! Das ist nichts für so einen Einsatz!" „Einen Geländewagen haben wir nicht", sagte Gasperlmaier. „Aber wir können uns einen von der Feuerwehr ausborgen, wenn wir einen brauchen." Kaum hatte er geendet, tauchte auch schon ein orangefarbener LKW vor ihnen auf, der die gesamte Fahrbahnbreite einnahm. Ein am LKW angebrachter Kran hob gerade einen Baumstamm vom Boden auf, um ihn auf die Ladefläche gleiten zu lassen. Die Frau Doktor hielt an.

Vor dem LKW stand ein Mann in oranger Schutzkleidung mit einem gelben Helm. Er tippte sich mit dem Finger an die Stirn und näherte sich ihnen, während die Frau Doktor in der Handtasche nach ihrem

Ausweis kramte. Der Mann beugte sich zum Fenster herein und schrie: „Seid's ihr wahnsinnig, es Trotteln! Da ist Fahrverbot! Bundesforste! Ihr kriegt's gleich eine solche …" In diesem Moment warf er einen Blick auf Gasperlmaier, erkannte wohl zuerst seine Uniform und dann ihn selbst, nahm seine Hand von der Autotür und rannte bergab davon. „Hinterher!", rief die Frau Doktor. Gasperlmaier sprang aus dem Auto, so schnell er konnte. „Das war der Niedrist!", rief er der Frau Doktor noch zu, bevor er sich an die Verfolgung machte. Der Niedrist war, so sagte er sich, ein breiter, behäbiger Mann, der sicher körperlich nicht in der besten Verfassung war. Den würde er locker einholen. Vor allem, wenn er seine Waffe zog. Im Laufen nestelte Gasperlmaier nach seinem Holster. Als er allerdings um die nächste Kurve kam, war vom Niedrist nichts mehr zu sehen. Kein bisschen Orange, kein Gelb und auch kein Laut. „Himmelherrgottsakrament!", fluchte Gasperlmaier und knöpfte sein Holster wieder zu.

Er sah um sich. Links ein tiefer Graben, rechts der Wald. Natürlich konnte der Niedrist nur in den Wald geflüchtet sein. Der Graben war zu steil, da würde man einen Absturz riskieren. Entmutigt kehrte Gasperlmaier um. Den Niedrist da oben im Wald zu suchen, war ein aussichtsloses Unterfangen. Kurz nach der Kurve kam die Frau Doktor auf ihn zu. Sie hatte zwar heute Jeans an, aber ihre blütenweißen Turnschuhe würden ihr den Ausflug hier herauf wohl übelnehmen. Der Regen der vergangenen Tage hatte dazu geführt, dass die Forststraße alles andere als trocken und sauber war. „Wo ist er denn?", fragte die Frau Doktor. „Hast du ihn nicht erwischt?" Gasperlmaier verzichtete darauf, die Frau Doktor auf die Sinnlosigkeit ihrer Frage hinzuweisen, und schüttelte den Kopf. „Er muss irgendwo im Wald sein. Was soll ich da allein nach ihm suchen?" Die Frau Doktor seufzte, machte ihm aber Gott sei Dank keine Vorwürfe. „Der entwischt uns schon nicht. Wo soll er denn hin, zu Fuß? Fragen wir bei seinen Kollegen noch einmal nach, komm!" Sie drehte sich um und stieg wieder bergauf.

Am LKW war die Arbeit zum Erliegen gekommen, drei Männer standen davor und sahen ihnen entgegen. Ein Baumstamm schaukelte am Kranarm noch leicht im Wind, sonst war alles ruhig. Die drei Arbeiter grinsten, als Gasperlmaier und die Frau Doktor sich näherten. „Ist er euch ausgekommen, was?" Der Dicke in der Mitte war anscheinend so etwas wie der Partieführer, er hatte das Wort ergriffen, kam auf sie zu und streckte die Hand zum Gruß aus. Als er die seine drückte, wunderte sich Gasperlmaier, dass die Frau Doktor bei seinem Händedruck nicht laut aufgeschrien hatte. Man merkte, dass der Mann körperlich hart arbeitete. Die Frau Doktor hielt ihm ihren Ausweis entgegen. „Bezirkspolizeikommando Liezen. Chefinspektorin Kohlross. Haben Sie eine Ahnung, warum der Herr Niedrist vor uns geflüchtet ist?"

Der Mann zeigte auf Gasperlmaier und lachte laut auf. „Wie er den Gasperlmaier gesehen hat, wird er sich halt gedacht haben, dass er keine so große Lust hat, mit ihm zu reden!" Er drehte sich zu seinen Leuten um. „Weil, wenn der Lois eine Polizeiuniform gesehen hat, dann ist ihm meistens gleich schlecht geworden. Er hat da seine Erfahrungen!" Alle drei lachten, als habe er einen unschlagbar komischen Witz erzählt. „Meine Herren!" Die Frau Doktor wurde etwas lauter, und das Gelächter verstummte. „Wir sind hier in einer Mordermittlung unterwegs. Sie haben sicher schon gehört, dass am Sonntag auf der Weißenbachalm ein Mord passiert ist. Und der Herr Niedrist hat sich soeben durch seine Flucht höchst verdächtig gemacht. Und jetzt bitte ich um Ihre Kooperation, und zwar dalli! Wir haben hier nämlich keinen Netzempfang, und ich möchte so schnell wie möglich wieder in die Zivilisation zurück, um eine Fahndung einzuleiten. Also?"

„Also was?", fragte der Dicke und stützte sich auf den Stiel seiner Schaufel. „Hat der Herr Niedrist in den letzten Tagen irgendetwas erzählt, das im Zusammenhang mit dem Mord stehen könnte? Irgendetwas im Zusammenhang mit den Ödenseern oder dem Herrn Edelmann? Für den soll er ja gelegentlich gearbeitet haben." Die drei sahen einander an, und der Dicke nickte. „Das wissen wir schon, dass er gelegentlich beim Bühnenaufbau geholfen hat. Aber ..." Wieder sah er seine zwei Mitarbeiter an, die unverschämt grinsten. Schließlich seufzte er und trat näher auf die Frau Doktor und Gasperlmaier zu. „Natürlich hat er erzählt. Der Alois erzählt immer, weil er ein fürchterlicher Aufschneider ist. Es ist halt jeden Montag das Gleiche." Er zuckte mit den Schultern und drehte sich noch einmal um. Im Flüsterton fuhr er fort. „Am Montag redet er halt dauernd davon, wie viele Weiber er am Wochenende abgeschleppt und geschnackselt hat. Entschuldigung." Er wechselte einen Blick mit der Frau Doktor. „Aber so ist er halt, der Alois. Natürlich ziehen ihn die anderen damit auf, weil seine Geschichten eh keiner glaubt. Und dieses Mal hat er eben erzählt, dass er auf der Weißenbachalm beim Pfeifertag war und eine nach der anderen in den Wald zum Schnackseln abgeschleppt hat. Aber in Wirklichkeit ..." Er führte den Daumen zum Mund und hob die Faust hoch. Ein allgemein verständliches Zeichen für Trinken. „Er hat halt schon ein Problem mit dem Alkohol", erklärte der Partieführer. „Untertags geht's ja noch, obwohl ich da auch öfter seinen Rucksack kontrollieren muss, damit mir nichts durch die Lappen geht. Sie wissen ja, Forstarbeit ist hochgefährlich, wenn da einer unter Alkoholeinfluss ... Das war vielleicht früher so, dass da alle ihr Bier und ihren Schnaps mitgehabt haben, aber das ..." Er verstummte und vollführte eine wegwerfende Handbewegung.

„Haben Sie eine Idee, wo wir ihn finden können?" Der Arbeiter lachte auf. „Wie ich den Lois einschätze, wird er schon beim Gasthaus Trisselwand einmal kurz haltmachen müssen, um seinen Durst zu löschen. Und ich glaub, da braucht ihr euch nicht einmal beeilen, denn wenn der Lois einmal sitzt ... dann reicht nicht einmal die Angst vor der Polizei, dass er schnell wieder aufsteht!" „Na, dann!", sagte Gasperlmaier.

„Wart noch einen Moment!", sagte der Dicke und hob einen Zeigefinger. „Ich hab doch noch was für euch!" Er ging zurück zur Fahrerkabine des LKW und stieg die Stufen hinauf. Das Fahrzeug neigte sich unter seinem Gewicht. Als er wieder herauskam, trug er einen orangen Rucksack in der Hand. „Ich geh mit zu eurem Auto." Die Frau Doktor hob die Augenbrauen, sagte aber nichts. Erst als sie direkt am Audi standen, wandte sie sich wieder an ihn. „Ja?" „Ich hab heute wieder einmal den Rucksack vom Niedrist kontrolliert." Er hob den orangen Rucksack auf Augenhöhe. Das Gepäckstück war voller Flecken und wies auch sonst starke Gebrauchsspuren auf. „Und ich hab zwar keinen Alkohol gefunden, aber ... schaut einfach selber!" Er drückte Gasperlmaier den Rucksack in die Hand. Der hielt ihn mit ausgestrecktem Arm fest, denn ihn ekelte ein wenig vor dem schmutzstarrenden Ding. „Pfüat euch!", sagte der Mann noch, hob die Hand zum Gruß und stapfte wieder zu seinem Fahrzeug.

„Wir fahren, Gasperlmaier." Die Frau Doktor warf einen Blick auf ihn, wie er so ungelenk dastand, den Arm mit dem Rucksack von sich gestreckt. „Das Ding kommt auf den Boden, stell es mir ja nicht auf einen Sitz. Da sind womöglich Ölflecken dran, und wer weiß was noch!" Gasperlmaier entriegelte die Sitzlehne und hob den Rucksack vorsichtig nach hinten. „Den schauen wir uns an, sobald wir außer Sichtweite sind. Meinetwegen kannst du dazu auch Handschuhe anziehen." Als die Frau Doktor den Wagen gestartet hatte, fuhr sie zunächst ein kleines Stück vorwärts, bis ihr klar wurde, dass es da nicht weiterging. Der LKW blockierte die gesamte Fahrbahnbreite. Sie hielt wieder an. „Soll ich da jetzt rückwärts hinunter oder was?"

Gasperlmaier zuckte mit den Achseln, im gleichen Moment aber überkam ihn Gänsehaut. Er hatte keine Lust, hier auf dem Beifahrersitz zu hocken, während die Frau Doktor versuchte, die kurvenreiche Forststraße rückwärts hinunterzufahren. „Bleibt uns wohl nichts anderes übrig!", seufzte sie, legte den Arm über seine Sitzlehne und drehte sich, soweit möglich, im Sitz um. Gasperlmaier wurde schwindelig, denn er konnte nicht sehen, wohin es ging. Vorsichtig versuchte er, über den Rückspiegel auf seiner Seite zu erkennen, ob sie nicht dem Fahrbahnrand schon gefährlich nahe gekommen waren. „Du brauchst gar nicht so zu schauen!", ermahnte ihn die Frau Doktor. „Ich hab das im Griff!" Immer schneller ging es bergab, bis die Frau Doktor plötzlich scharf bremste, mehrmals reversierte und dann wieder Gas gab. Gasperlmaier tat sein Möglichstes, um seine Angst zu verbergen, schließlich aber schloss er doch die Augen. „Kein Vertrauen, was?", meinte die Frau Doktor nur. Er hoffte, sie schaffte es, gleichzeitig zu fahren, zu reden und ihn zu beobachten.

„Hier drehen wir um!" Sie brachte den Wagen zum Stehen. Gasperlmaier atmete tief durch.

„Sag einmal, Franz!" Die Stimme der Frau Doktor hatte einen warnenden Ton angenommen. „Was soll denn das? Das ist ja direkt sexistisch, wie du dich hier aufführst! Glaubst du, ich bring dich um, wenn ich ein Stück rückwärts fahre? Ich will ja schließlich auch leben!" „Entschuldigung", murmelte Gasperlmaier. „Es ist ja nur ..." Gott sei Dank hatte er die Eingebung, die ihn vor dem Zorn der Frau Doktor retten konnte, gerade noch rechtzeitig. „Es ist nur ... ich habe in letzter Zeit überhaupt so viel Angst ... vor allem ... seit die Christine ..." Er hoffte, seine Stimme hatte möglichst bekümmert geklungen. Die Frau Doktor nickte. „Ich hätte gar nicht gedacht, dass du so sensibel bist. Aber jetzt steig aus, du musst mir Zeichen geben, dass ich beim Umdrehen nicht versehentlich da ins Bachbett hinunterstürze."

„So, jetzt zum Rucksack!", sagte die Frau Doktor, als das Wendemanöver abgeschlossen war. Gasperlmaier zog Handschuhe über. „Könnte ja schließlich ein Beweisstück sein", murmelte er. „Bitte nicht!", warnte die Frau Doktor, als er Anstalten machte, den verdreckten Rucksack auf der Kühlerhaube des Audi abzustellen. Also hockte er sich auf den Boden, die Frau Doktor blieb aufrecht stehen. Zunächst gab es nichts, was seine Aufmerksamkeit erregte. Er holte einen etwas zerschlissenen grauen Fleecepullover heraus, darunter kam eine Jausendose aus Kunststoff zum Vorschein, einige Dosen eines Energydrinks klapperten am Boden des Fachs. Gasperlmaier zog der Reihe nach die Reißverschlüsse der Nebenfächer auf. „Öha!", rief er laut, als er das Deckelfach öffnete. Geldscheine purzelten heraus und regneten sanft auf die Forststraße nieder.

„Schau einmal an!", sagte die Frau Doktor. „Der Niedrist, der wird mir immer interessanter!" Gasperlmaier stapelte die Geldscheine und holte die restlichen heraus. „Zähl mal!", forderte ihn die Frau Doktor auf. Es waren lauter Hunderter. „Zweitausendneunhundert Euro!", staunte Gasperlmaier. Die Frau Doktor legte einen Finger an den Mund, während Gasperlmaier das Geld wieder im Rucksack verstaute und sich aufrichtete. „Woher hat der Niedrist so viel Geld? Und warum trägt er es in seinem Rucksack spazieren?", fragte sie. „Finden wir's raus!", antwortete Gasperlmaier. „Wenn der Forstarbeiter recht hat, dann ..."

Minuten später stellten sie den Audi vor dem Gasthof Trisselwand ab. Kein Auto stand vor dem Haus, das aus den sechziger Jahren stammen mochte. Auf der Terrasse befand sich leicht angerostetes Gastgartenmobiliar, Reste von zerstörtem Kinderspielzeug stapelten sich in einer Ecke. Insgesamt machte die Terrasse einen etwas verwahrlosten Eindruck. Gasperlmaier drückte an der Eingangstür, die sich öffnete – zumindest also war nicht geschlossen. „Hallo?", rief Gasperlmaier. „Wir haben noch zu!", schrie eine raue Stimme aus dem Hintergrund. „Erst um zwölfe!" Ein Mann tauchte im Vorraum auf. Dreitagebart, dunkle Ringe unter den Augen, wirres Haar.

„Für die Polizei auch!", nickte er. „Auch erst um zwölfe!" Die Frau Doktor drängte sich an Gasperlmaier vorbei. „Name?", fragte sie etwas unwirsch. „Ich bin da der Wirt!" Der Mann nahm ein fleckiges Geschirrtuch von der Schulter und wedelte damit herum. „Name?", wiederholte die Frau Doktor etwas fordernder. Sie konnte, so dachte Gasperlmaier bei sich, schon recht schroff sein, wenn ihr jemand unsympathisch war. Und der Wirt hatte die Kriterien erfüllt, das war ganz offensichtlich. „Mayr", sagte er. „Toni Mayr. Aber das weiß sowieso jeder. Er da, zum Beispiel." Er deutete auf Gasperlmaier. Natürlich kannte er den Wirt, wenn er sich auch nie länger mit ihm unterhalten hatte. Außerdem war es Jahre, vielleicht sogar Jahrzehnte her, dass Gasperlmaier den Tressenstein oder die Trisselwand bestiegen hatte und danach beim Gasthof Trisselwand eingekehrt war. Er hätte den Toni Mayr wahrscheinlich nicht einmal mehr wiedererkannt, wäre er ihm auf der Straße begegnet. „Was wollen S' denn?", fragte der und wandte sich von ihnen ab. „Schauen, ob Sie schon einen Gast haben!" „Ich sperr erst um zwölfe auf. Hab ich ja schon gesagt." Gasperlmaier drängte sich an ihm vorbei in die Gaststube.

Tatsächlich saß dort der Niedrist vor, genauer gesagt, hinter einem Bier und einem Schnapsstamperl. Als er Gasperlmaier sah, war er schon im Begriff, aufzustehen, als die Frau Doktor von hinten scharf kommandierte: „Sitzen bleiben!" Der Niedrist sank wieder auf seine Bank, holte eine Zigarette aus einer Packung, die vor ihm auf dem Tisch lag, und griff nach dem Feuerzeug. „Rauchen ist schädlich!" Die Frau Doktor trat an den Tisch. „Und wenn eine Dame anwesend ist, fragt man sowieso vorher, ob das Rauchen genehm ist." Dem Niedrist blieb der Mund offen stehen, die Zigarette löste sich von seinen Lippen und fiel ihm in den Schoß. „Ich hab gedacht, es ist noch geschlossen?", wandte sich die Frau Doktor nochmals an den Wirt. Der zuckte mit den Schultern. „Der Lois ist ein Freund. Und für die Bundesforste ..." Er wedelte neuerlich mit seinem Geschirrtuch herum und zog sich hinter die Schank zurück. „Wollt's auch was trinken?" Gasperlmaier musterte die recht verstaubte Einrichtung und die schmierigen Gläser, die auf der Schank standen. „Nein, danke!"

Die Frau Doktor rückte sich einen Sessel zurecht und setzte sich hin, dem Niedrist gegenüber. „Herr Niedrist", fragte sie, „waren Sie am Sonntag, also vorgestern, auf der Weißenbachalm?" Der Angesprochene nahm einen Schluck Bier und wischte sich über den Mund. „Ist das verboten?" Gasperlmaier seufzte innerlich. Diese ebenso sinnlose wie provokante Gegenfrage hatte er sich schon zu oft anhören müssen. „Ich wiederhole Fragen nur ungern!" Die Frau Doktor hatte die Augenbrauen hochgezogen, was, zumindest für den zu Vernehmenden, eher ein schlechtes Zeichen war. Der Niedrist nickte und legte die verschränkten Arme auf den Tisch. „Wo waren Sie denn zwischen fünfzehn und sechzehn Uhr?" Der Niedrist zuckte mit den Schultern. „Bin halt bei irgendeiner Hütte gesessen. Hab was getrunken, gegessen. Weiß ich nicht mehr." Seine Stimme, fand Gasperlmaier, war so rau, dass sie den geübten Trinker verriet. Zudem sprach er so undeutlich, dass Gasperlmaier Mühe hatte, ihn zu verstehen. „Was haben Sie denn von dem Mord mitbekommen?", fragte die Frau Doktor. Wieder zuckte der Niedrist mit den Schultern. „Geschrien ist halt worden. Und dann sind alle davon. Und am Ende ist die Polizei gekommen. Und der Leichenwagen." Die Frau Doktor zog ihren Stuhl näher an den Tisch heran und beugte sich darüber. „Herr Niedrist, woher kommen denn die dreitausend Euro in Ihrem Rucksack?" „Zweitausendneunhundert", korrigierte Gasperlmaier, was ihm einen scharfen Blick der Frau Doktor eintrug.

Der Niedrist schwieg, schielte aber sehnsüchtig nach seiner Zigarettenpackung. Der Wirt hatte sich dicht hinter Gasperlmaier postiert. „Lassen Sie uns einmal allein?", forderte ihn die Frau Doktor auf. „Ist aber schon mein Wirtshaus!", protestierte der. „Ja?" Die Frau Doktor gab sich süffisant. „Auch Ihre Gewerbeaufsicht? Ihre Sanitätspolizei?" Der Wirt stieß einen Grunzlaut aus und machte sich davon. „Ich warte!" Die Frau Doktor klopfte mit den Fingerknöcheln auf den Tisch. „Gespart", sagte der Niedrist schließlich, ohne ihr in die Augen zu sehen. „Und Ihr Gespartes tragen Sie ständig bar im Rucksack spazieren?", fragte die Frau Doktor. Der Niedrist nickte.

„Herr Niedrist", sagte die Frau Doktor schließlich und stand auf. „Ich glaube, dass es so war: Sie haben den Christian Pönitzer auf der Weißenbachalm erschlagen. Und zwar im Auftrag von jemandem, der Ihnen dafür dreitausend Euro gezahlt hat. So sieht's aus." Gasperlmaier konnte sich gerade noch zurückhalten und legte die Hand vor den Mund, damit ihm die zweitausendneunhundert nicht noch einmal herausrutschten. Aber wahrscheinlich, so sagte er sich, hatte der Niedrist einen Hunderter davon schon ausgegeben.

Zum ersten Mal sah der Niedrist zu ihnen auf. Seine Augen waren blutunterlaufen, sein Bart ungepflegt und schütter, die Zähne dunkelbraun. Wahrscheinlich stank er fürchterlich aus dem Mund. Gasperlmaier war froh, dass nicht er die Vernehmung durchführen musste. „Ich war das nicht! Ich war das nicht!" Der Niedrist hatte plötzlich zu schreien begonnen und war aufgesprungen. Er machte Anstalten, sich auf die Frau Doktor zu stürzen, die zurückwich. „Ich war das nicht! Ihr wollt mich hineintunken! Jawohl!" „Ruhe! Sofort!", schrie die Frau Doktor und ging weitere zwei Schritte zurück. Gasperlmaier zog seine Waffe. „Niedrist!", schrie er. „Gib Ruh! Sonst muss ich schießen!" Kurz schien der Angesprochene irritiert, unruhig sah er einmal zu Gasperlmaier, einmal zur Frau Doktor.

Gasperlmaier erinnerte sich an den einzigen Schuss, den er in seiner bisherigen Karriere hatte abfeuern müssen. Die Frau Doktor war dabei gewesen und hatte sich später bitter darüber beschwert, dass er es gewesen sei, der die Situation hatte eskalieren lassen. „Umdrehen!", herrschte er den Niedrist deshalb an und griff mit der freien Hand nach seinen Handschellen. Zu seiner Überraschung gehorchte der Niedrist. „Hände hinter den Rücken!", kommandierte die Frau Doktor. Wieder leistete der Niedrist der Anordnung Folge. Gasperlmaier reichte der Frau Doktor die Handschellen, die ließ es klicken und drückte zu. „Aua!", beschwerte sich der Niedrist. „Das hätten Sie sich früher überlegen müssen! Abführen!" Gasperlmaier legte dem Niedrist eine Hand auf die Schulter und steckte seine Waffe wieder ein. Der Wirt stand interessiert in der Tür. „Aus dem Weg!", forderte ihn die Frau Doktor auf.

Der Widerstand ihres Arrestanten schien gebrochen. Draußen auf der Terrasse war es inzwischen warm geworden. Die Frau Doktor sah zuerst den Niedrist an, dann ihr Auto. „Wir lassen uns einen Streifenwagen kommen", seufzte sie schließlich und holte ihr Handy hervor. „In mein Cabrio kommt der mir nicht!" „Setz dich da hin!", wies Gasperlmaier den Niedrist an und zeigte auf einen Plastikstuhl, der auf der Terrasse stand. Sauber war der nicht, aber das war dem Niedrist wohl egal.

Die Frau Doktor trat ein wenig zur Seite, Gasperlmaier folgte ihr, ihren Arrestanten ständig im Blick behaltend. Der schien sich aber in sein Schicksal gefügt zu haben, hielt den Kopf gesenkt und starrte dumpf brütend vor sich hin. „Mir ist da noch was eingefallen", sagte Gasperlmaier. „Der Bus. Der Bus von den Hasenjägern. Der ist doch demoliert worden, samt den Instrumenten. Könnte das nicht ...?" Er brauchte seine Frage gar nicht zu Ende zu stellen. Die Frau Doktor nickte.

„Frag ihn. Probier's einmal mit ‚good cop'?" Sie grinste. Gasperlmaier nahm seine Mütze ab. Ob das wirklich eine geeignete Rolle für ihn war? Aber wenn die Frau Doktor meinte, dann ...

„Niedrist", sagte Gasperlmaier, nachdem er wieder näher an den Stuhl herangetreten war, auf dem der Angesprochene nach wie vor bewegungslos verharrte, „vielleicht hast du den Pönitzer ja gar nicht umgebracht." Der Niedrist blickte zu ihm auf. „Vielleicht hast du die dreitausend ja für was anderes gekriegt. Was nicht ganz so schlimm ist. Und wenn du das meiner Chefin ...", er deutete unauffällig mit dem Kinn Richtung Frau Doktor, „also, wenn du der Frau Chefinspektor erzählst, für was du das Geld gekriegt hast, dann ..." „Ich hab keine Ahnung, von was du da redest! Fragt's doch lieber die zwei Neger, die da oben waren! Die gehören da nämlich überhaupt nicht hin, wo wir ..." „Halt den Mund!", fuhr Gasperlmaier ihn an. „Außer, du weißt etwas, was diese beiden Trommler belastet. Dann sag's. Aber sonst kannst du deine Vorurteile für dich behalten!" Der Niedrist sah erschrocken zu ihm auf. Gasperlmaier konnte spüren, dass er überlegte, was die bessere Lösung war. „Na ja", setzte Gasperlmaier fort. „Da ist ja auch noch der Bus der Band, von den Hasenjägern. Dem ist da was zugestoßen, auf der Alm, und danach hat er nicht mehr so ausgeschaut wie vorher. Und die Hasenjäger werden Schwierigkeiten haben, in nächster Zeit aufzutreten, weil da auch ein paar Instrumente kaputtgegangen sind." Der Niedrist schüttelte den Kopf. „Ich war das nicht. Damit hab ich nichts zu tun!"

Die Frau Doktor trat ebenfalls an den Stuhl heran. „Herr Niedrist, Sie werden wegen Mordes angeklagt. Waren Sie schon einmal im Gefängnis? Kein schöner Ort. Glauben Sie mir, die Indizien reichen aus. Sie wa-

ren vor Ort, Sie haben Geld bekommen und verschweigen uns, von wem und wofür. Da wird der Richter ..."
„Verdammt noch einmal!", schrie der Niedrist. „Ich lass mich doch für den nicht hinhängen! Der soll selber sehen, wie er da herauskommt!" Die Frau Doktor grinste. „Von wem ist die Rede?", fragte sie. „Der Edelmann war's! Der hat mir die dreitausend gegeben! Aber er war mir sowieso noch was schuldig, so ist es ja nicht. Ich hab auch immer für ihn gearbeitet!" „Und bezahlt hat er Sie immer bar auf die Hand? Ohne Finanzamt, und so?", fragte die Frau Doktor. „Versteh ich ja auch. Für einen Auftragsmord würde ich auch keine Honorarnote stellen. Mit Mehrwertsteuer." „Ich hab doch keinen umgebracht!", schrie der Niedrist. „Ich sollt ihm doch nur einen Denkzettel verpassen, dem Pönitzer! Damit er aufhört, vor Gericht mit dem Edelmann zu streiten!" „Und da haben Sie ein bisschen zu fest zugeschlagen?"

Der Niedrist schüttelte so heftig den Kopf, dass der Stuhl ins Wanken geriet. Gasperlmaier griff nach seiner Schulter, um ihn vor dem Umkippen zu bewahren. „Ich hab den Pönitzer nicht umgebracht! Das hab ich alles verschlafen! Ich war ja schon besoffen!"

In diesem Moment tauchte auf der Straße unten ein Streifenwagen mit Blaulicht auf. „Auf!", kommandierte die Frau Doktor. „Jetzt geht's auf den Posten! Und dann nach Liezen in die Untersuchungshaft!" „Aber ich hab ja nur den Bus zusammengeschlagen, ich gesteh's ja, das war ich! Der Edelmann wollte mir auch die zweite Hälfte nicht geben, weil ..." „Bringt ihn weg!" Zwei Uniformierte waren auf der Terrasse aufgetaucht, nickten und fassten den Niedrist unter den Armen.

Wenig später saß er ihnen neuerlich gegenüber, diesmal auf dem Polizeiposten von Altaussee. „Ja, wen haben wir denn da?" Die Manuela grinste. „Hab ich Ihnen nicht vor ein paar Wochen den Führerschein genommen?" Der Niedrist schüttelte den Kopf. „Kann gar nicht sein. Den hab ich schon ein halbes Jahr nicht mehr!" „So? Na, dann!" Die Manuela setzte sich hinter ihren Schreibtisch, legte aber die Hände in den Schoß und hörte aufmerksam zu. „Also noch einmal", verlangte die Frau Doktor. „Sie haben wo genau getrunken?" „Beim Poschacher. Der hat auch eine Hütte auf der Weißenbachalm." „Gibt es Zeugen, die Sie dort gesehen haben?" Der Niedrist nickte. „Freilich. Der Poschacher selber und seine Alte. Und der Enichlmayr, der war auch dabei. Mein Partieführer, der Dicke." „Das werden wir überprüfen. Weiter. Und bitte keine abwertenden Begriffe. ‚Alte', das hör ich nicht so gern." Der Niedrist starrte sie an, ohne zu verstehen. „Weiter!", kommandierte die Frau Doktor. „Dann bin ich hinter die Hütte zum Brunzen." Die Frau Doktor rollte die Augen, schwieg aber. „Dann hab ich mich dort ein bisschen hingelegt, weil ich schon so müde war." „Besoffen", korrigierte Gasperlmaier. Die Frau Doktor strafte ihn mit einem Blick. Aber es war ja wahr. Wenn man Tatsachen wollte, dann durfte man auch nicht davor zurückschrecken, die Dinge beim Namen zu nennen. Der Niedrist war nun einmal ein Säufer, da änderte Rücksicht nichts daran.

„Wach geworden bin ich von dem ganzen Wirbel, überall Polizei und so." „Und was haben Sie dann gemacht?", fragte die Frau Doktor. „Dann hab ich mich wieder zum Poschacher gesetzt. Und ich hab natürlich einen fürchterlichen Durst gehabt …" „… und weitergetrunken!", nahm jetzt die Frau Doktor vorweg. „Na, ein Bier halt. Und dann haben mir die anderen alles erzählt. Dass einer den Pönitzer erschlagen hat. Und so weiter." „Was ist ‚und so weiter'?" „Na ja, dass es halt einer von den Musikern gewesen ist, die die Musik von den Hasenjägern nicht mögen. Der eine hat gesagt, der Goiserer war's, der die Rauferei angefangen hat. Der andere sagt, das war sicher der Schwingenschlögel, weil er so ein Radikaler ist, bei der Musik, mein ich. Dann hat einer gemeint, der Peschke war's, weil der so ein obergescheiter Lehrer ist und sowieso ein Arschloch. Und es hat auch geheißen, dass es die zwei Neger waren, die ..." „Niedrist!", unterbrach ihn Gasperlmaier und hob warnend einen Finger. „Neger?", fragte die Frau Doktor. „Afrikaner?" Gasperlmaier nickte. „Zwei Trommler aus Somalia. Genauer gesagt, ein Trommler und eine Trommlerin." Die Frau Doktor nickte. „Herr Niedrist, die werden wir natürlich auch befragen. Genauso wie alle anderen, die zugegen waren. Aber halten Sie sie am Ende für verdächtig, weil sie schwarz sind?" Der Niedrist warf Gasperlmaier einen Blick zu und schüttelte dann den Kopf.

„Und dann, als es dunkel geworden ist?", fragte die Frau Doktor nun. Der Niedrist wand sich. „Ich hab jetzt nicht gewusst ... der Edelmann hat gesagt, einen Denkzettel. Und jetzt war er tot, der Pönitzer. Und ich hab ja die dreitausend behalten wollen, und den Rest hab ich auch noch ..." „Der Edelmann hat Ihnen sechstausend Euro versprochen? Für eine Abreibung? Das glauben Sie ja wohl selber nicht!" Der Niedrist nickte mehrmals. „Doch! Hat er gesagt! Gegeben hat er mir's eh nicht, der Sauhund, der dreckige!" „Herr Niedrist, nochmals: keine Schimpfwörter, keine Beleidigungen, sondern Tatsachen. Wir waren beim Einbruch der Dunkelheit." „Ja, ich hab dann einfach eine Wut gekriegt. Weil ich eben ... der Pönitzer war ja nicht mehr da. Und keiner, der mich hinunterfahren wollte. Und da komm ich bei dem Bus vorbei, diesem alten Renault Trafic, der dem Pönitzer gehört hat." Er unterbrach und wischte sich über den Mund. „Ich hab einen solchen Durst ..." „Nach Ihrer Aussage!", beschied ihm die Frau Doktor. „Dann hab ich halt geschaut ... das Auto war offen. Und da ist dieser Wagenheber gelegen. Und ich hab aus Wut ein paar Scheiben eingeschlagen und den Rückspiegel abgebrochen. Erst danach ist mir die Idee gekommen, dass ich dem Edelmann ja auch erzählen könnte, dass ich dem Pönitzer sein Auto zerstört habe, und das Geld dafür ..." Er brach ab und wischte sich erneut über Mund und Nase. Gasperlmaier ließ ein Glas mit Wasser volllaufen und stellte es vor ihn hin. „Danke!" Der Niedrist trank gierig. „Und die Instrumente haben Sie auch kurz und klein geschlagen", ergänzte die Frau Doktor. Der Niedrist stutzte kurz. „Nein, wieso?"

Der schien, so dachte Gasperlmaier bei sich, von den Instrumenten wirklich nichts zu wissen. Wieso hätte er sich sonst dumm stellen sollen? Ob er das auch noch zugab, spielte ja wohl keine Rolle mehr. „Die Instrumente, die hab ich gar nicht ... nicht einmal gesehen!" „Ach? Wo Sie doch den Wagenheber aus dem Laderaum geholt haben?" Der Niedrist lief jetzt rot an. „Das hab ich nicht getan! Was soll ich denn noch alles getan haben! Ich hab den Pönitzer nicht umgebracht, ich hab nur im Rausch ein paar Mal auf ein Auto gedroschen! Wegen dem könnt ihr mich doch nicht fesseln und einsperren!" Er sprang auf und zerrte an seinen Handschellen. „Ruhig!" Gasperlmaier versuchte, ihn wieder auf den Sessel zurückzudrängen. Der Niedrist aber versetzte ihm einen Stoß, dass er zurücktaumelte und sich schmerzhaft am Schreibtisch die Hüfte stieß. Sowohl die Frau Doktor als auch die Manuela sprangen auf, packten den Niedrist von hinten an beiden Armen und zwangen ihn auf den Sessel nieder. „Ganz ruhig!", schnaufte die Frau Doktor. „Sonst häng ich dich an den Heizkörper und fessele dir die Beine auch noch! Das wäre ja noch schöner!"

Gasperlmaier rieb sich die schmerzende Stelle, während sich der Niedrist zu beruhigen schien. „Der kommt nach Liezen!", ordnete die Frau Doktor an. „Vorläufige Festnahme. Mordverdacht. Und wir kaufen uns jetzt diesen sauberen Herrn Edelmann. Der wird uns einiges zu erklären haben!" Die Manuela nickte. „Soll ich ihn selber fahren, oder holen wir jemanden?" „Besser jemand anderer, auf jeden Fall zu zweit. Man weiß nie." Gasperlmaier sah sich den Niedrist noch einmal an. Er hatte sich wieder beruhigt und starrte vor sich hin. Schweißtropfen glänzten auf seiner Stirn. Wahrscheinlich, so dachte Gasperlmaier bei sich, brauchte er dringend Alkohol. Die Frau Doktor schnappte ihre Leopardentasche. „Komm, Gasperlmaier!"

# 9

Zum zweiten Mal standen sie nun vor dem luxuriösen Anwesen des Edelmann. „Hoffentlich ist er daheim", meinte Gasperlmaier. „Das hoffe ich auch. Auf das Überraschungsmoment werden wir verzichten müssen – ich erinnere mich an die Kamera", antwortete die Frau Doktor. Tatsächlich erwartete sie das gleiche Spielchen wie am Tag zuvor. Zunächst meldete sich niemand, nach mehrmaligem Läuten dann eine Stimme aus der Gegensprechanlage. „Ja, bitte?" Eine Frauenstimme. Das musste die Thailänderin sein. Die Frau Doktor hielt ihren Ausweis dem Kameraauge entgegen. „Guten Tag, Frau Ratchanok." Gasperlmaier staunte. Sie hatte sich diesen exotischen Namen gemerkt, den sie höchstens zweimal gehört hatte. „Wir haben noch ein paar Fragen an den Herrn Edelmann." Stille. „Ich weiß aber nicht, ob er hat Zeit?", kam die zaghafte Reaktion. Die Frau Doktor tippte mit der Fußspitze ungeduldig auf die Steinplatten. „Glauben Sie mir, er hat Zeit! Und zwar jetzt gleich! Bitte machen Sie auf!"

„Pass du vor den Garagen auf", flüsterte die Frau Doktor. „Man weiß ja nie!" Tatsächlich erklang kurz darauf ein Surren und eines der Tore öffnete sich. „Achtung, Gasperlmaier, der will womöglich abhauen!" Er lief vor das Tor, um den Edelmann aufzuhalten, doch der kam ganz entspannt zu Fuß aus seiner Garage spaziert. Der stahlblaue Sportwagen, der sich darin befand, entging Gasperlmaiers Aufmerksamkeit nicht. „Guten Tag!", grinste der Edelmann breit. „Ratchanok hat mich gerade informiert. Ich war im Studio. Darf ich Sie hinaufbitten?" Er legte der Frau Doktor die Hand auf die Schulter und schob sie mehr oder weniger durch das

Gittertor, das sich wie von Zauberhand geöffnet hatte. Gasperlmaier fand das ein wenig aufdringlich.

„Was darf ich Ihnen anbieten?" In einer angeberischen Geste deutete der Edelmann auf einen Glasschrank, in dem zahlreiche Flaschen standen. Daneben eine große, silberglänzende Kaffeemaschine. Gasperlmaier sah aus den Fenstern und gewahrte auf der Hangseite, am Pool, einen Liegestuhl. Der war zwar so aufgestellt, dass die Person, die darin saß, ihnen den Rücken zukehrte, Gasperlmaier konnte aber nackte Beine mit blau lackierten Zehennägeln erkennen. So viel also zum Thema Haushälterin.

„Nichts, danke!" Die Frau Doktor lehnte auch das Angebot ab, sich hinzusetzen. „Oder", sagte sie dann, „vielleicht doch. Haben Sie einen Aperol?" Der Edelmann lächelte und nickte, so, als ob er es schon erraten hatte, dass die Frau Doktor einen Allerweltsdrink bevorzugte. Als er sich zum Glasschrank umdrehte, fasste die Frau Doktor blitzschnell nach seinen Handgelenken und ließ es klicken. „He!", konnte der Edelmann nur noch rufen, bevor er gefesselt war. Darüber staunte auch Gasperlmaier, denn an eine so forsche Vorgangsweise konnte er sich aus den zurückliegenden Mordermittlungen nicht erinnern. „Ich nehme Sie vorläufig fest, Herr Edelmann. Wegen Anstiftung zum Mord. Was haben Sie dazu zu sagen? Sie können sich gern hinsetzen!" Sie deutete auf das weiße Ledersofa.

Dem Edelmann hatte es die Sprache verschlagen. Er stand da, mit seinen gefesselten Händen, und sagte einfach gar nichts. Er starrte zu Boden und schüttelte ungläubig den Kopf. „Das wird Sie teuer zu stehen kommen!", zischte er schließlich. „Ja, ja!", gab sich die Frau Doktor fröhlich. „Das sagen sie fast alle. Bis die Zellentür hinter ihnen zufällt. Wollen Sie sich nicht doch setzen?" Der Edelmann ließ sich auf das Sofa fallen. Die Frau Doktor zog sich einen mit weißem Leder bezogenen Metallstuhl vom Esstisch zum Sofa und setzte sich dem Edelmann gegenüber hin. „Ich sag kein Wort ohne meinen Anwalt!", verkündete er trotzig. „Wie Sie meinen! Wo ist denn Ihr Telefon? Ah, da!" Die Frau Doktor hob ein Handy vom Couchtisch auf. „Das gehört Ratchanok!", erklärte der Edelmann.

„Die liegt da draußen im Liegestuhl am Pool", ergänzte Gasperlmaier. „So, so?" Die Frau Doktor drehte das Handy in ihren Händen. „Die Haushälterin liegt im Liegestuhl am Pool? Bekommt sie dafür auch Stundenlohn?" Der Edelmann fauchte verächtlich und schüttelte den Kopf. „Meines ist wahrscheinlich im Studio!", sagte er schließlich. Die Frau Doktor rückte ihm ein Stück näher. „Herr Edelmann", sagte sie. „Wir haben den Alois Niedrist verhaftet. Er ist schon auf dem Weg in die Untersuchungshaft." „Wer soll das sein? Kenn ich nicht!", gab sich der Edelmann trotzig. Die Frau Doktor seufzte und schüttelte den Kopf. „Herr Edelmann! Wir können Ihnen sicher mindestens zehn Zeugen anschleppen, die wissen und gesehen haben, dass der Niedrist gelegentlich beim Bühnenaufbau für Ihre Band geholfen hat. Und Sie haben ihn bar in die Hand bezahlt, also müssen Sie ihn kennen!" Der Edelmann schüttelte den Kopf. „Da helfen viele mit. Glauben Sie, ich kenn die alle persönlich?"

Die Frau Doktor stand auf und legte den Zeigefinger vor den Mund. Sie ging ein paar Schritte auf und ab, ohne etwas zu sagen. „Ja!", sagte sie schließlich. „So machen wir es. Wir bringen Sie nach Liezen, mit offizieller Vorladung, in einen schönen Verhörraum, samt Ihrem Anwalt. Und dort werden wir Sie dann ausführlich befragen." Sie setzte sich wieder hin. „Ich nehme Ihnen jetzt die Handschellen ab." Sie fingerte den Schlüssel aus ihrem Schlüsselbund hervor und löste tatsächlich die Handschellen. Der Edelmann rieb sich die Handgelenke. „Das tut ganz schön weh, sag ich Ihnen!" Die Frau Doktor zuckte mit den Schultern. „Die Samthandschuhe habe ich leider nicht dabei. So, Herr Edelmann!" Gasperlmaier hatte das Gefühl, dass der Angesprochene vor der Frau Doktor zurückwich. Oder es zumindest versuchte. „Der Niedrist hat von Ihnen dreitausend Euro bekommen. Wir nehmen an, dass es eine Anzahlung war. Für den Mord am Pönitzer, den Sie dann endgültig losgeworden wären. Urheberrechtsstreit beendet." Der Edelmann schüttelte ungläubig den Kopf und wedelte, um seinen Standpunkt zu unterstreichen, auch noch mit dem Zeigefinger vor dem Kopf der Frau Doktor herum. Die zeigte sich unbeeindruckt. „Entweder Sie reden jetzt, oder wir fahren ins Bezirkspolizeikommando. Das wird dann aber nicht so unauffällig gehen – Sie sind ja prominent, und vor unserer Zentrale lungern immer ein paar Reporter herum, in der Hoffnung auf interessante Schnappschüsse."

Das war jetzt eindeutig übertrieben. Gasperlmaier hatte vor dem Bezirkspolizeikommando nie auch nur einen einzigen Reporter wahrgenommen. Ob ihr der Edelmann diese Finte abnehmen würde? Plötzlich stand Ratchanok im Raum. Ohne dass Gasperlmaier sie gehört hatte, musste sie durch den schmalen, offenen Spalt der Schiebetür hereingetreten sein. Sie trug einen winzigen tiefblauen Bikini. Zu verbergen, fand Gasperlmaier, hatte der nicht viel. Die Ratchanok war klein und zierlich, fast wie ein Kind. Er fragte sich, ob sie überhaupt schon volljährig war, und nahm sich vor, das zu überprüfen. „Oh!", sagte die Ratchanok nur und starrte ratlos von einem zum anderen. „Möchten Sie etwas zu trinken?" „Geh, Ratchanok, bitte schleich dich und lass uns hier in Ruhe. Geh wieder an den Pool und lies deine Fotoromane." Die Frau Doktor zog die Augenbrauen so hoch, dass ihre Stirn fast zu verschwinden schien. „Marsch!", schrie der Edelmann noch, weil die Ratchanok nicht gleich reagierte. Nach einem weiteren fassungslosen Blick aus riesigen tiefschwarzen Augen verschwand sie lautlos durch den Türspalt. Gasperlmaier sah ihr versonnen nach. Wie jemand da durchkonnte, ohne die Tür weiter aufzuschieben, war ihm ein Rätsel. Kurz darauf hörte er es draußen platschen.

„Da hab ich ja direkt Glück, dass Sie zu mir nicht so grob sind wie zu Ihrer Hausangestellten!" Der sarkastische Unterton der Frau Doktor war nicht zu überhören. „Können Sie mir die Papiere der Dame einmal zeigen? Reisepass, Aufenthaltserlaubnis, Arbeitsgenehmigung? Oder reden wir doch lieber über den Niedrist?" Der Edelmann schlug sich auf die Oberschenkel. „Also gut! Ich habe den Niedrist engagiert! Aber der sollte den Pönitzer nur ein bisschen erschrecken, unter Druck setzen, verstehen Sie? Ich habe ja nicht ahnen können, dass er ihn gleich erschlägt! Und ein bisschen raufen, ein paar Schläge mit der Bierflasche ... ich bitte Sie! Das ist ja mehr ... Brauchtumspflege als ein Verbrechen! Und dafür, finde ich, sind die dreitausend eine fürstliche Entlohnung! Da kenn ich jede Menge Leute, die den Pönitzer gratis verprügelt hätten!" „Und warum haben Sie dann jemanden dafür bezahlt?", fragte die Frau Doktor. Der Edelmann stöhnte. „Sie drehen mir das Wort im Mund herum! Jedenfalls hab ich niemanden für einen Mord bezahlt! Hat denn dieser Idiot den Pönitzer tatsächlich erschlagen?" Die Frau Doktor nickte. „Sieht alles danach aus. Und die Beweise werden wir auch noch finden." "Bisher haben Sie keine?", fragte der Edelmann höhnisch.

Die Frau Doktor stand wieder auf. "Indizien, das können Sie mir glauben, haben wir genug, um Sie zunächst einmal vierundzwanzig Stunden festzuhalten. Und dann ... kommt darauf an, was der Niedrist aussagt. Ich kann mir schon vorstellen, dass ein Untersuchungsrichter ... und dann erfährt natürlich auch die Presse davon ... aber was rede ich denn da! Hat Ihnen der Niedrist übrigens Bericht erstattet über seine ... Tätigkeit beim Pfeifertag?" Sie nahm ihre Handtasche vom Tisch. "Also, ich lege Wert auf die Feststellung, dass ich ihn nicht dazu angestiftet habe, das Auto zu demolieren. Auf die Idee ist er selber gekommen!" Der Edelmann grinste. "Haben Sie ihm weitere dreitausend Euro versprochen?" "Ich? Ich bin doch nicht verrückt!" "Wieso hat er sich dann bei Ihnen gemeldet, um Bericht zu erstatten, wenn Sie ihm nicht noch mehr Geld versprochen haben?" Der Edelmann antwortete mit einer resignierten Geste.

Die Frau Doktor zeigte auf die Tür zum Vorraum. "Sie kommen jetzt besser freiwillig mit nach Liezen. Oder muss ich Sie von einem Streifenwagen abholen lassen?" "Ich sag's Ihnen, mein Anwalt wird Sie in tausend Stücke zerreißen!" Der Edelmann war ebenfalls aufgestanden. "Wenn Sie mir drohen oder Widerstand leisten, muss ich Sie wieder fesseln!", erklärte die Frau Doktor ungerührt. "Popstar in Handschellen abgeführt", murmelte sie noch vor sich hin. Der Edelmann schien sich in sein Schicksal zu fügen, obwohl er gerade noch so aufgebraust war.

"Gib der Frau noch meine Karte!", zischte die Frau Doktor, als der Edelmann schon auf dem ersten Treppenabsatz war. "Sie soll sich melden, wenn sie Hilfe braucht!" Gasperlmaier nahm die Karte entgegen und nickte. „Ich muss noch schnell aufs Klo!", rief er den beiden hinterher. Stattdessen kehrte er ins Wohnzimmer zurück, schob die Terrassentür ein Stück weiter auf, um durchzuschlüpfen, und räusperte sich, um die Ratchanok nicht zu erschrecken. Der Liegestuhl allerdings war leer. „Brauchen Sie noch was?" Er erschrak, als die Thailänderin plötzlich am Beckenrand auftauchte. Ihr kohlschwarzes Haar glänzte nass, und sie lächelte schüchtern. „Nein!", erklärte Gasperlmaier. „Aber wenn Sie was brauchen ... Hilfe ... wenn der Edelmann ... Ihr Chef ... dann rufen Sie uns an, ja? Wir helfen Ihnen!" Die Ratchanok nickte und schüttelte den Kopf, als Gasperlmaier ihr die Karte reichte. „Mir geht gut!", sagte sie. „Aber Sie legen Karte besser auf Liegestuhl, sonst wird ganz nass!" Er nickte und sah ihr zu, wie sie leichtfüßig aus dem Stütz aus dem Becken sprang. „Wiedersehen!", sagte er, als sie ihre Haare zusammendrehte, um das Wasser herauszudrücken. Hoffentlich, so dachte Gasperlmaier bei sich, ging es ihr wirklich gut.

Er musste sich auf den Rücksitz des Audi zwängen. Obwohl er hoffte, beim Posten in Altaussee aussteigen zu können, fühlte er sich verpflichtet zu fragen: „Soll ich mitfahren? Damit ich auf ihn aufpasse?" Die Frau Doktor schüttelte den Kopf. „Der Herr Edelmann ist doch ein Ehrenmann, oder? Er wird sich verpflichten, mir nicht zu nahe zu treten, oder?" Der Edelmann grunzte irgendwas, und schon waren sie beim Posten in Altaussee angekommen.

Erst, als er alleine in der Sonne vor dem Polizeiposten stand, hörte Gasperlmaier seinen Magen laut und unverschämt knurren. Heiß war es geworden, und er hatte weder etwas getrunken noch etwas gegessen. Eigentlich, fand er, war der Fall, zumindest vorläufig, jetzt einmal abgeschlossen. Wenn der Niedrist gestand, dann endgültig. Dennoch hatte Gasperlmaier leise Zweifel. Der Niedrist, der war ein Säufer und ein Schläger, das gewiss ... aber ein Mörder? Vielleicht, so überlegte er, war der Pönitzer bei der Rauferei unglücklich auf einen Stein gestürzt? Aber das hätte die Frau Doktor Wurm doch bemerken müssen!

Unwillkürlich lenkte er seine Schritte auf die Bäckerei Maislinger zu, mit sich im inneren Widerstreit, ob er sich heute ein Bier leisten sollte. Zuerst versuchte er sich einzureden, dass eine Limonade oder ein alkoholfreies Bier eigentlich genauso gut schmeckten und er nach der Jause dann nicht so müde sein würde. Allerdings, ein alkoholfreies Bier hatte ja genauso viele Kalorien wie ein normales, da konnte er auch gleich ...

„Grüß dich, Gasperlmaier!" Als er die Bäckerei betrat, stand gerade die Manuela am Tresen und holte sich ihren üblichen Nudelsalat ab. Damit war die Entscheidung gefallen, er bestellte sich eine zuckerfreie Limonade, aber wenigstens zwei Leberkäsesemmeln. Dafür würde es ja ein gutes Abendessen ... kurz hatte er darauf vergessen, dass die Christine nicht da war. Und auch noch lange nicht kommen würde. Was würde er heute Abend essen? Lust, sich selber etwas zu kochen, würde er nach dem Dienst sicher nicht mehr haben.

„Was schaust du denn so betrübt drein? Ist was?", fragte die Manuela, als sie zusammen an einem Tischchen im Gastgarten der Bäckerei saßen. „Schmeckt dir heute der Leberkäse nicht?" „Nichts", sagte Gasperlmaier. „Nichts ist. Mühsam war's halt, heute Vormittag." Er bemühte sich, seine Mundwinkel ein wenig nach oben zu ziehen, damit er freundlicher dreinschaute. „Stell dir vor", sagte die Manuela zwischen zwei Bissen, „heute hab ich was Komisches gelesen, auf Facebook. Die Kainischer Hasenjäger, die haben schon wieder einen neuen. Einen neuen Frontmann. Anstatt dem Pönitzer. Dabei ist der noch nicht einmal unter der Erde." „Was?", fragte Gasperlmaier. „Und das sagst du so nebenher? Das könnte ja für unseren Fall wichtig sein!" „Wieso?", fragte die Manuela ungerührt zurück. „Ich hab gedacht, der Fall ist erledigt? Es geht nur noch um das Geständnis von dem Niedrist?" Gasperlmaier schüttelte den Kopf. „Da bin ich mir nicht so sicher, der Niedrist hat mir so ... authentisch gewirkt, wie er den Mord abgestritten hat. Und gerade, weil er besoffen gewesen ist, klingt seine Geschichte ... irgendwie ..." „Authentisch!" Die Manuela klang jetzt etwas spöttisch. „Wann ist ein Säufer schon authentisch? Ich glaub dem kein Wort! Wahrscheinlich leidet der unter Halluzinationen. Und du weißt genauso gut wie ich, dass Alkoholiker lügen, dass sich die Balken biegen, wenn sie sich einen Vorteil davon versprechen."

„Sag einmal", versuchte Gasperlmaier einen Themenwechsel, „wer ist denn der Neue bei den Hasenjägern? Kenne ich den?" Die Manuela zuckte mit den Schultern. „Keine Ahnung. Es steht nämlich noch kein Name da, der soll morgen veröffentlicht werden. Die wollen es anscheinend spannend machen." Gasperlmaier steckte den letzten Bissen seiner zweiten Semmel in den Mund. „Nur ein Foto gibt's – aber von hinten!" Sie kicherte. „Und wer hat das alles auf Facebook ... eingetragen?" „Gepostet", korrigierte ihn die Manuela. „Man sagt ‚gepostet'. Und ich weiß es nicht. Wird halt einen weiteren Seitenadministrator geben, neben dem Mordopfer." Gasperlmaier beschloss, nicht nachzufragen, was ein Seitenadministrator war, und sich das Foto auf dem Posten selber anzuschauen.

„Ich weiß nicht", sagte er, nachdem die Manuela für ihn das Foto des neuen Hasenjägers vergrößert hatte,

„den kenne ich. Der kommt mir so bekannt vor …" „Mir nicht", konterte die Manuela. „Glatzköpfe, die sich hinten die Haare über die kahle Stelle frisieren, habe ich nicht in meinem Bekanntenkreis. Ob das für einen Hasenjäger eine geeignete Frisur ist?" Sie kicherte. „Können wir nicht herausfinden, wer das gepostet hat?", fragte er. „Na ja", meinte die Manuela und zog die Tastatur zu sich heran. „Als Name des Accounts steht da nur ‚Original Kainischer Hasenjäger'. Keine Person." „Aber da kommen doch eigentlich nur zwei in Frage: der Sebastian Haudum und diese Gitti aus Goisern – sonst gibt's ja keine Hasenjäger!", gab Gasperlmaier zu bedenken.

Die Manuela schien Feuer gefangen zu haben. „Was meinst, sollen wir beide ermitteln? Das wär ja was, wenn uns da ein Fang gelänge!" Gasperlmaier war sich unsicher. Wahrscheinlich hatte der neue Hasenjäger überhaupt nichts mit dem Mord zu tun, und warum sollten sich die Gitti, alias Nicole, und der Sebastian verdächtig machen, bloß, weil sie einen neuen Hasenjäger gefunden hatten? „Schauen wir halt einmal!", sagte er schließlich und setzte seine Dienstmütze auf. „Ich hab heute sowieso nichts mehr vor." „So, wie du das sagst, klingt das richtig depressiv!", antwortete die Manuela. „Ist es wegen deiner Frau? Wo ist sie denn gerade?" Gasperlmaier winkte ab und machte, dass er zu seinem Streifenwagen kam. Ihm war nicht danach, mit der Manuela sein Privatleben zu besprechen. „Fahren wir halt zu diesem Sebastian!", beendete er die Debatte.

Als er sich hinter das Lenkrad setzte, fiel es ihm wie Schuppen von den Augen. Jetzt wusste er, wem der gebräunte Nacken und die schüttere Haartracht gehörten, die er auf dem Foto gesehen hatte. Das konnte nur der Helmut Schwingenschlögel sein, kein anderer! Aber war es wirklich möglich, dass der seine Musikerkameraden verriet und zu den Hasenjägern überlief? „Ich hab's mir überlegt", erklärte er. „Wir fahren nicht zu dem Haudum, sondern zum Schwingenschlögel. Der ist nämlich auf dem Foto von hinten drauf." „Echt? Wer ist denn das?" Auf dem kurzen Weg informierte Gasperlmaier die Manuela so genau wie möglich.

Die Helga, die Frau vom Schwingenschlögel, öffnete ihnen die Tür. „Nein", sagte sie. „Er ist nicht daheim, Franzl! Entweder ist er noch bei der Arbeit, oder er ist schon beim Peschke zum Proben. Der hat sich einen Probenraum eingerichtet." Die Helga, so erinnerte sich Gasperlmaier, war vielleicht fünf, sechs Jahre jünger als er, und er hatte vor langer Zeit ein Auge auf sie geworfen. Lange, bevor er die Christine kennengelernt hatte. Die Helga hatte so eine kokette Art und zahlreiche Verehrer gehabt, und es hatte ihm schweren Liebeskummer bereitet, sie einmal mit dem, einmal mit dem anderen zu sehen, während sie für ihn nie mehr als ein Lächeln übriggehabt hatte. Das hatte sie auch heute, und ihre kokette Art war ihr geblieben. Sie legte den Kopf schief und zwinkerte ihm zu. „Möchtet ihr vielleicht hereinkommen? Ich kann ihn anrufen, dass er heimkommt, bevor er zur Probe geht!" „Nein, nein!", beeilte sich Gasperlmaier. „Wir haben zu tun!"

Die Manuela grinste, als sie wieder einstiegen. „Wie sie dich angeschaut hat! Und wer sagt schon ‚Franzl' zu dir! Das hab ich ja noch nie gehört! War da einmal was?" Gasperlmaier grunzte unwillig. Was ging das die Manuela an? Dass die Frauen andauernd über Gefühle und Beziehungen reden mussten, ging ihm manchmal ein wenig auf die Nerven.

Das Haus, in dem der Peschke wohnte, war groß und hatte über dem Erdgeschoß noch zwei Stockwerke. Es schien alt und gänzlich aus Holz gebaut. „Steinkogler" stand auf der untersten Klingel, „Peschke senior" auf der darüber und „Peschke junior" ganz oben. „Ich glaub, es ist der Junior", sagte Gasperlmaier, als ein alter Mann mit einem großen Strohhut und einem Rechen um die Hausecke kam. „Ja, sag einmal, Gasperlmaier!", grüßte der und stützte sich auf den Stiel seines Rechens. „Was will denn die Polizei auf einmal bei uns? Die haben wir doch ein Lebtag lang nicht gebraucht?" Der Mann, so mutmaßte Gasperlmaier, war wohl über achtzig Jahre alt, und jetzt erkannte er ihn auch. Es war der alte Steinkogler, der mit seinen Eltern befreundet gewesen war. Oft waren sie zusammen wandern gegangen, als aber der Vater starb, hatte sich die Mutter ein wenig zurückgezogen, und er hatte den Steinkogler und dessen Frau nur mehr selten bei der Mutter angetroffen. Seit zehn Jahren sicher überhaupt nicht mehr.

„Grüß dich, Steinkogler", sagte Gasperlmaier. „Wir wollten eigentlich zum Carsten Peschke, der wohnt ja auch hier, oder?" Der Steinkogler nickte und schob sich den Hut aus dem Gesicht. „Ein braver Bub. Ein Lehrer zwar, aber ein braver Bub. Der hat gewiss nichts angestellt." „Wir suchen ja eigentlich den Helmut Schwingenschlögel, mit dem er musiziert. Aber der hat auch nichts angestellt, wir wollen nur was von ihm wissen." „Trinkt ihr einen Schnaps mit mir? Ich hab eh so wenig Leute zum Reden! Und zum Carsten könnt ihr danach auch noch." Er deutete gegen den Boden. „Die sind nämlich im Keller proben. Und da kommen sie so schnell nicht mehr heraus!"

Die Manuela schüttelte den Kopf. „Da hinein?", fragte sie und zeigte auf die offenstehende Haustür. Der alte Steinkogler nickte. Die Manuela ging voraus. Im Vorraum zweigte links die Treppe in den Keller ab. Seltsamerweise hörte Gasperlmaier keinen Laut. Ob hier wirklich eine Probe im Gange war? „Puh, ist die schwer!" Die Manuela stemmte sich mit ihrer Schulter gegen die Tür, und erst, als sie sich einen Spalt geöffnet hatte, hörte man, dass dahinter jemand Ziehharmonika spielte. Gasperlmaier staunte. Der Keller sah nicht aus wie ein üblicher Keller, in dem sich verstaubtes Zeug, das niemand mehr brauchte, in Regalen stapelte. Hier sah es sauber, modern und technisch aus. Anscheinend hatte der Carsten Peschke hier nicht nur einen Probenraum, sondern auch ein kleines Studio eingerichtet. Ähnlich wie beim Edelmann standen Computer, Mikrophone und Mischpulte herum. Dazwischen waren überall Kabel.

„Passen Sie auf, dass Sie nicht stolpern!" Der Carsten kam auf sie zu und schüttelte ihnen die Hände, während der Schwingenschlögel die Hände von den Knöpfen seiner Ziehharmonika nahm und sie skeptisch musterte. „Geht was weiter? Hat einer von den beiden schon gestanden?" „Wer?", fragte Gasperlmaier unschuldig zurück. „Na, es wissen ja eh schon alle. Dass ihr den Niedrist und den Edelmann verhaftet habt, glaubt ihr, das bleibt geheim? Ich hab schon in drei WhatsApp-Gruppen eine Nachricht bekommen!" Er lächelte. „Ja", gab Gasperlmaier zu. „Heutzutage bleibt halt nichts geheim." „Was wollt ihr denn von uns? Wir proben gerade!" Der Schwingenschlögel schien übel gelaunt. Bevor er ihn mit ihrer Entdeckung konfrontierte, so dachte Gasperlmaier bei sich, wäre es doch eine gute Idee, den beiden ein wenig auf den Zahn zu fühlen, was die Ereignisse am Pfeifertag betraf. „Habt ihr denn den Niedrist gesehen, am Sonntag? Oder den Edelmann?"

Der Carsten lachte. „Der Niedrist, der war besoffen, wie immer. Ich kann dir jetzt nicht genau sagen, wann das war, aber es muss gewesen sein, bevor es zu regnen begonnen hat. Da hab ich ihn in der Wiese liegen gesehen. Irgendwo hinter der Hütte vom Taferner, da, wo auch der Generator gestanden ist. Nur noch weiter hinten." Er lachte. „Legt sich der Trottel ausgerechnet dort zum Schlafen hin, wo es am lautesten ist!" Er schüttelte den Kopf. „Aber wenn einer so besoffen ist, ist ihm das wahrscheinlich auch egal." „Und du?", wandte sich Gasperlmaier an den Schwingenschlögel. „Hast du was gesehen?" Der schüttelte gleich den Kopf. „Auch nicht mehr!" Er fragte sich, was passieren würde, wenn sie die Neuigkeit ansprachen, dass der Helmut Schwingenschlögel künftig Frontmann bei den Hasenjägern sein würde. Ob der Carsten davon wusste?

„Könnt ihr uns etwas vorspielen?", fragte die Manuela plötzlich. „Damit wir uns ein bisschen vorstellen können, was ihr so auf Lager habt?" Der Carsten grinste und nickte. „Für Sie gerne!" Er sah die Manuela so an, fand Gasperlmaier, dass man meinen konnte, sie gefiel ihm. „Was meinst, spielen wir ‚Von der hohen Alm'?" Der Schwingenschlögel nickte, stellte seine Ziehharmonika ab und setzte sich an ein Schlagzeug, das in der Ecke stand. Was folgte, war ein sehr gefühlvolles, langsames Lied, und der Carsten spielte die Gitarre und sang es mit solcher Inbrunst, dass Gasperlmaier Angst hatte, die Tränen würden ihm gleich aus den Augen quellen, denn ein wenig darunter konnte er sie schon spüren. Es ging um nichts Besonderes in dem Lied, es war nur eine Liebesgeschichte, in der die Geliebte überhört, dass ihr Freund einen Stein auf das Dach ihrer Hütte wirft, und so seinen Besuch verschläft. Die ganze Zeit musste Gasperlmaier dabei an die Christine denken. Er hoffte, dass sie wenigstens auch hie und da die Tränen zurückhalten musste, wenn sie an ihn dachte.

„Noch eins?", fragte der Carsten, doch Gasperlmaier schüttelte energisch den Kopf. „Eigentlich sind wir wegen dem Helmut gekommen." Der sah misstrauisch von seinem Hocker hinter dem Schlagzeug auf. „Und es wird ja eh nicht mehr lang ein Geheimnis bleiben. Du spielst bald bei den Kainischer Hasenjägern?", sprach er den Helmut Schwingenschlögel direkt an. Der sagte zunächst gar nichts, dafür ließ der Carsten seine Gitarre fallen, dass es knackte. Gasperlmaier fürchtete, dass das Instrument nicht mehr zu gebrauchen sein würde. „Was?", schrie er. „Sag, dass das nicht wahr ist! Sag, dass das ein Irrtum ist! Das kannst du doch nicht machen!" Der Schwingenschlögel stand ebenfalls auf und steckte die Hände in die Hosentaschen. „Sicher ist noch gar nichts!", sagte er und zuckte mit den Schultern. „Aber ich will auch einmal Geld mit der Musik verdienen! Glaubst du, es ist auf die Dauer lustig, dass man sich jeden Tag Stunden um die Ohren schlägt, im finsteren Keller, und es schaut nichts dabei heraus? Ich muss ja auch an meine Familie ..."

Er hatte den Satz noch nicht zu Ende gesprochen, als der Carsten auf ihn zusprang und ihn mit den Armen um den Hals fasste. Das Schlagzeug ging krachend zu Boden. „He, he!", rief Gasperlmaier. Schon wälzten sich die beiden zwischen den Trommeln und Becken, die von ihren Ständern gefallen waren. „Du Sauhund, du miserabliger!", schrie der Carsten, während er den Schwingenschlögel niederzuringen versuchte. „Du bist ein Verräter! Ein Verräter an der Musik! Weil das, was die Hasenjäger ... das darf sich ja nicht einmal Musik nennen!", keuchte er. Der Schwingenschlögel hatte seine Hände an die seines Kontrahenten gelegt und versuchte, den Griff zu lockern. „Lass aus! Ich hab ja ... ich kann ja ..." Beider Gesichter waren rot angelaufen.

„Hört auf!", schrie die Manuela, und Gasperlmaier kniete sich hin und versuchte, den Carsten wegzuziehen. Durch das Gezappel auf dem Boden erwischte einer der beiden Gasperlmaier am Oberschenkel, und er stürzte auf die beiden drauf. Dann hörte er nur mehr Gepolter, wurde vom Gewicht der beiden zu Boden gedrückt und versuchte, den auf ihm liegenden Körper mit den Händen von sich wegzudrücken, um atmen zu können. Plötzlich bekam er auch noch einen Schlag gegen sein Auge, dass ihm Hören und Sehen verging, und zwar im ganz wörtlichen Sinn. „Au!", schrie Gasperlmaier. „Hört auf, ihr Idioten!"

Es schien eine Ewigkeit zu dauern, bis er wieder Luft holen konnte. „Aufhören!", schrie die Manuela. „Aufhören, oder ich schieße!" Plötzlich wurde es still. Gasperlmaier befreite sich ächzend aus dem Gewimmel. Tatsächlich hatte die Manuela ihre Waffe gezogen, hielt sie jedoch mit beiden Händen vor der Brust, ohne sie in Anschlag zu bringen. „Jeder setzt sich jetzt hin!" Sie deutete mit der Waffe nach einem Sofa an der einen Wand und nach dem Hocker, auf dem der Carsten vorher beim Gitarrenspiel gesessen war. „Du dorthin, du dorthin!" Gasperlmaier hob seine Dienstmütze auf und klopfte den Staub davon ab. „Was ist denn hier los?" In der Tür tauchte der alte Steinkogler auf.

„Der da!" Der Carsten deutete auf den Schwingenschlögel. „Der ist ein Verräter! Ein Verräter an der Musik! Den will ich nie mehr in meinem Haus sehen!" Er zeigte mit dem Finger auf den Schwingenschlögel, der sich seinen schmerzenden Ellenbogen rieb. Wahrscheinlich war der es, so dachte Gasperlmaier bei sich, der ihn am Auge getroffen hatte. Er sah rote Sterne blitzen und hielt sich die Hand vor das lädierte Auge. Die Sterne blitzten in der Dunkelheit weiter. „Was ist denn mit dir, Gasperlmaier?", fragte die Manuela besorgt. „Mein Auge!", stöhnte er. „Ich seh nix! Oder nicht viel!" „Das ist ja kein Wunder, wenn du dir die Hand davorhältst!" Irgendwie nahm ihn die Manuela nicht ernst.

„Noch ist es mein Haus!", mischte sich der alte Steinkogler ein. Der Schwingenschlögel stand auf. „Und ich kann spielen, mit wem ich will und wo ich will. Ich bin niemandem Rechenschaft schuldig. Schon gar nicht dir!" Er hob seine Ziehharmonika auf, schnappte sich den dazugehörigen Koffer, dann hörte man nur mehr seine Schritte auf der Stiege zum Erdgeschoß.

Wenig später saßen sie in der Küche des alten Steinkogler zusammen. „Mein Gott, mein Gott!", hatte die alte Steinkoglerin gejammert. „Den Polizisten zusammenschlagen! Was euch einfällt! Ihr landet alle noch hinter Gittern! Komm her, Gasperlmaier!" Sie drückte ihm einen Waschlappen auf das glühende Auge. „Ich hab ein paar Eiswürfel hineingetan. Bist denn immer noch blind, Gasperlmaier?" Er schüttelte den Kopf. Der Waschlappen tat gut, und wenn er ihn vom Auge wegnahm, konnte er schon wieder sehen. Verschwommen zwar, aber immerhin. Der Carsten, so stellte er mit seinem gesunden Auge fest, blutete an der Unterlippe und an der Augenbraue.

„Wollt's einen Kaffee?", fragte die Steinkoglerin. Gasperlmaier nickte. Er musste sowieso ein wenig abwarten, bevor er wieder einsatzfähig war. Da konnte er genauso gut bei einem Kaffee bei der Steinkoglerin sitzen.

„War das notwendig, dass Sie gleich auf ihn losgehen und alles kaputtschlagen, da unten?" Der Carsten tupfte mit einem Papiertaschentuch das Blut an seiner Unterlippe ab. „Kaputtschlagen!", wiederholte er sarkastisch. „Wenn hier wer was kaputtschlägt, dann sind es Leute wie der Schwingenschlögel, die nur wegen ein paar

Euros die Musik verraten!" „Was meinen Sie mit ‚verraten'?", fragte die Manuela nach. Gasperlmaier überließ ihr die Führung des Gesprächs, er war mit seinem Auge ausreichend beschäftigt. „In der Volksmusik", erklärte der Carsten, „geht es darum, traditionelles Kulturgut in die neue Zeit herüberzuretten. Dabei ist gegen Innovation gar nichts einzuwenden, das mach ich ja selber. Aber eben Innovation, Kreativität, Originalität. Das geht von der Instrumentierung über die Arrangements bis zur gesanglichen Interpretation." Gasperlmaier konnte seinen Ausführungen, die schon recht wissenschaftlich klangen, nicht ganz folgen. Ein Lehrer halt. „Aber solche Leute wie dieser Schwingenschlögel!" Er schüttelte den Kopf. „Ich habe ihn ja bisher für einen von uns gehalten. Dass der ... ich bin noch immer ganz erschüttert!" „Worin besteht jetzt der Verrat?", fragte die Manuela noch einmal. „Elemente der Volksmusik werden für billigen Kommerz ausgebeutet. Da gibt es keine Kreativität, keine Innovation, keine Tradition – nur Diebstahl von Einzelelementen zur Profitmaximierung!" Gasperlmaier nahm den Waschlappen von den Augen. Es wurde besser. „Oje!", kommentierte die Manuela. „Das wird, fürchte ich, ein prächtiges Veilchen!" Das, so dachte Gasperlmaier bei sich, fehlte ihm gerade noch.

Die Steinkoglerin stellte den Kaffee vor sie hin. „Milch und Zucker?" Gasperlmaier nickte. „Und einen Apfelstrudel hätt ich auch!" Ohne die Antwort abzuwarten, schob sie ihm einen Teller mit einem gewaltigen Stück Apfelstrudel zu. „Da brauchst einen Schnaps dazu, Gasperlmaier!", erklärte der alte Steinkogler und stand auf. „Ein Obstler. Selber gebrannt!" Gasperlmaier nickte. Vielleicht half Schnaps sogar gegen ein blaues Auge.

„Ein ganz kleines Stück, ja bitte!", sagte die Manuela, als ihr die Steinkoglerin auch einen Apfelstrudel anbot. „Prost!", sagte der alte Steinkogler, hob sein Stamperl und wartete, bis Gasperlmaier dagegenstieß. Der Schnaps lief hinunter wie Öl und wärmte Gasperlmaier, obwohl ihm gar nicht kalt war. Sogar das Pochen um sein Auge herum schien kurz nachzulassen. Gut war er, der Apfelstrudel von der Steinkoglerin.

„Man könnte jetzt ja annehmen, dass Sie selber ein Mordmotiv haben!", meinte die Manuela zum Carsten, der ebenfalls ein Stück Apfelstrudel bekommen hatte. „Sie klingen schon ziemlich aggressiv, wenn Sie sich über diese Kommerzmusik aufregen." Gasperlmaier konnte sich täuschen, aber der Ton der Manuela klang anders als sonst, wenn sie jemanden befragte. Irgendwie kokettierend. Anscheinend gefiel ihr der Carsten. Gasperlmaier erinnerte sich, dass ihn schon die Frau Doktor auf die Attraktivität des Carsten aufmerksam gemacht hatte, als sie ein Portraitfoto von ihm im Gymnasium hatten hängen sehen. Gasperlmaier konnte nicht recht erkennen, worin diese Attraktivität bestehen sollte. Dunkle Haare hatte er selber, wenn auch der Haaransatz schon ein wenig zurückgewichen war. Dafür aber hatte er keinen Adamsapfel, der hervorstand und beim Singen hüpfte.

Der Carsten schüttelte den Kopf und lächelte fast ebenso hintergründig wie die Manuela. „Ich kämpfe mit Worten, Frau Inspektor!" Er stand auf. „Ich hole Ihnen was. Warten Sie einen Moment." Man hörte ihn die Stiege hinauflaufen. Wenig später war er wieder da und hielt zwei Bücher und ein paar Zeitschriften in den Händen. „Da sind Aufsätze von mir drinnen. Zu den Themen Volksmusik, Neuinterpretation von Volksmusik, Definition von Volksmusik, und auch über Fusion. So nennt man Musik, in der verschiedene Stilrichtungen kombiniert werden." Die Manuela lächelte und leckte ihren Kaffeelöffel ab, mit dem sie das Schlagobers vom Apfelstrudel gehoben hatte. Jetzt, so fand Gasperlmaier, war es eindeutig. Der Carsten gefiel ihr. „Unglaublich", staunte sie. „So viel haben Sie schon veröffentlicht? Sie sind ja ein Wissenschaftler! Komponieren Sie auch?" Der Carsten nickte grinsend. Er sonnte sich in der Bewunderung der Manuela. Dann allerdings verfiel sein Gesicht schlagartig, und eine steile Falte erschien auf der Stirn. „Wir wollten ja eine CD herausbringen. Mit meinen Kompositionen. Der Schwingenschlögel, die Kerstin, die Emma und ich. Daraus wird jetzt vorläufig einmal nichts." Er setzte sich wieder hin und schenkte sich Schnaps nach. Sein Lächeln war endgültig verflogen. „So schnell", sagte er, „bekomm ich nirgends einen Ziehharmonikaspieler her!", jammerte er.

Gasperlmaier fiel ein, dass der Friedrich seit einigen Jahren eifrig auf seiner Ziehharmonika übte, aber er hielt lieber den Mund. Ob der Kahlß Friedrich den Ansprüchen des jungen Musikers gewachsen war, das war wohl mehr als zweifelhaft. „Ja, wir müssen dann jetzt!" Die Manuela stand auf. „Wenn Ihnen noch was einfällt ..." Sie schenkte dem Carsten noch ein Lächeln, als sie ihm ihre Karte in die Hand drückte. Der erwiderte es, und Gasperlmaier glaubte zu erkennen, dass ihr Händedruck ein wenig länger dauerte, als es unbedingt nötig gewesen wäre.

„Der ist aber schon ganz schön radikal, der Bub!", meinte Gasperlmaier, als sie wieder im Auto saßen. „Dem traue ich einiges zu. Da müssen wir genau hinschauen!" Er klappte die Sonnenblende herunter, um sein Gesicht im Spiegel zu betrachten. Die Braue und die Region unter dem Auge waren zwar geschwollen, aber einstweilen noch nicht verfärbt. Die Manuela schüttelte missbilligend den Kopf. „Der tritt halt für seine Ideale ein! Mir gefällt sowas! Daraus kannst du dir ja nicht so einfach ein Mordmotiv zusammenschustern! Bei dir weiß man ja nicht einmal, ob du überhaupt Ideale hast!" Gasperlmaier zuckte zusammen. Was hatte denn diese Aggression in der Stimme der Manuela zu bedeuten? Er hatte sie doch nicht beleidigt, oder? Am besten, er erwähnte den Carsten gar nicht mehr, denn da schien er bei ihr auf eine empfindliche Stelle zu treffen. Dennoch nahm er sich vor, den Namen und das Gesicht im Gedächtnis zu behalten. Wer konnte wissen, wofür das noch gut sein würde?

„Ich denke, wir fahren jetzt noch einmal zu diesem Schwingenschlögel, oder?" Die Manuela schien immer noch ein wenig sauer auf ihn zu sein. Um sie milde zu stimmen, stöhnte Gasperlmaier ein wenig und hielt sich die Hand vor das rechte Auge. „Das blendet so!", jammerte er. Die Manuela aber schüttelte nur den Kopf. „Warum musst du dich denn auch mit viel Jüngeren herumprügeln!" Der Schwingenschlögel, dessen war sich Gasperlmaier sicher, war nicht viel jünger als er. Der Carsten schon. Dennoch fühlte er sich von der Manuela ungerecht behandelt. Er hatte schließlich nur eingreifen wollen, um die Rauferei zu beenden.

„Ihr schon wieder!" Die Helga Schwingenschlögel war bei weitem nicht mehr so freundlich wie beim ersten Mal, als sie geläutet hatten. „Sucht ihr den Helmut? Der sitzt im Wohnzimmer. Und ich find, ihr könntet ihn jetzt endlich einmal in Ruhe lassen. Er hat nichts getan!" „Ist das vielleicht nichts?" Gasperlmaier zeigte auf sein Auge. „Das war der Helmut! Und wenn ich ganz kleinlich bin, war das Körperverletzung! Verübt an einem Exekutivorgan im Dienst!" Gasperlmaier hatte jetzt wirklich genug. Trotz Kaffee, Apfelstrudel und Schnaps war seine Laune am Tiefpunkt angelangt. Ohne auf die

Helga oder gar die Manuela zu achten, stampfte er ins Wohnzimmer. Der Helmut lag auf der Couch und hatte den Fernseher eingeschaltet. Irgendeine Talkshow. Als er Gasperlmaier gewahrte, richtete er sich auf.

„Was willst denn schon wieder?", fragte er ärgerlich. „Ich will wissen, wie das mit dir und dem Pönitzer gelaufen ist. Und zwar ohne Ausreden, ohne Lügen, und schön flott!" Die Helga und die Manuela waren inzwischen hinter ihm aufgetaucht. „Setz dich halt her!" Der Schwingenschlögel deutete auf das zweite Sofa und seufzte. „Zwischen dem Pönitzer und mir, da war gar nichts. Mit dem hab ich ja nicht einmal geredet. Ich hab mit dem Sebastian Haudum was ausgemacht, den kenn ich noch von früher. War ein begabter Bursch." „Und kaum war der Pönitzer tot, hast du den Haudum gefragt, ob jetzt nicht ein Platz frei ist bei seinen Hasenjägern? Vielleicht hast du ja den Pönitzer selber aus dem Weg geräumt, dass du ein Hasenjäger werden kannst! Und der Gitti aus Goisern unters Dirndl schauen!" Gasperlmaier hatte sich in Rage geredet. Sein Auge pochte.

Anstatt des Helmut antwortete seine Frau. „Was redest denn da für einen Blödsinn! Der Helmut wollte halt auch einmal Geld verdienen mit der Musik! Ihr Altausseer seid ja so geizig, dass ihr nicht einmal einen Eintritt zahlen wollt, wenn euch jemand im Wirtshaus aufspielt! Das ist ja quasi selbstverständlich, dass man euch Gratis-Unterhaltung bietet! Ihr seid's ja schon fast so wie die Jugendlichen, die alles gratis aus dem Internet haben wollen und gleich auf die Straße gehen, wenn jemand Geld für seine Leistung will!" Gasperlmaiers Wut war, während sie sprach, ein wenig verraucht. Hatte sie am Ende recht? Der Helmut ergriff das Wort. „Weißt, Gasperlmaier, ich weiß schon, was eine gute Musik ist und was ein Mist. Aber wenn ich mit der gescheiten Musik kein Geld verdienen kann und mit dem Mist schon, dann mach ich jetzt halt – nach dreißig Jahren! – auch einmal Mist." Die Helga setzte sich neben ihren Mann und nahm seine Hand. „Ja, eh!", sagte Gasperlmaier, um irgendwas zu sagen. Irgendwie hatten beide recht, der Carsten und der Helmut auch.

„Schau dir den Edelmann an!", redete der Helmut weiter. „Der macht Millionen! Und traut sich dem vielleicht wer sagen, dass er Mist macht?" „Mit Verlaub", mischte sich die Manuela ein. „Aber Sie können ja nicht die Hasenjäger und die Ödenseer auf eine Stufe stellen! Da gibt es ja schon ..." „Ja, ja. Sie haben ja recht!", unterbrach sie der Helmut. „Aber wer sagt denn, dass man aus den Hasenjägern nichts Vernünftiges machen kann? Man muss ja nicht gleich in ein Extrem fallen. Und mit dem Haudum habe ich schon gesprochen, dass wir das mit dem ‚Dirndl hoch' auf keinen Fall mehr machen wollen. Das ist mir zu primitiv. Und ihm auch!"

Gasperlmaier nickte. Am Ende, so dachte er bei sich, hatte er dem Schwingenschlögel Unrecht getan. Das, was er gesagt hatte, klang ja recht vernünftig. Die Manuela aber schüttelte den Kopf. „Herr Schwingenschlögel, Hasenjäger hin oder her – Sie haben oben auf der Alm eine massive Auseinandersetzung mit dem Pönitzer gehabt. Kurz darauf war er tot, und zwei Tage später erfahren wir, dass Sie seinen Platz einnehmen wollen! Das müssen Sie doch selber zugeben, dass das zum Himmel stinkt!" Die Manuela, fand Gasperlmaier, hatte es auf den Punkt gebracht. Und er hatte sich schon fast wieder einwickeln lassen, ohne kühlen Kopf zu bewahren. Die Christine hatte ihm schon oft genug gesagt, dass sein Harmoniebedürfnis seinen beruflichen Aufgaben oft im Wege stand und dass er sich zu leicht mit fadenscheinigen Ausreden seiner Delinquenten zufriedengab. Er stand auf. „Und das ist ja ein prächtiges Motiv, dem Pönitzer einen Stein auf den Schädel zu hauen!"

Die Helga stellte sich vor ihren Mann. „Ihr habt ja komplett den Verstand verloren! Mein Mann erschlägt niemanden! Der kann keiner Fliege was zu Leide tun!" „So?", fragte die Manuela und trat auf die Helga zu. „Und warum sagt das Auge von meinem Kommandanten das Gegenteil?" Sie stemmte angriffslustig die Hände in die Hüften. „Manuela, wir gehen jetzt!" Bevor sich die beiden Frauen noch in die Haare kriegten, fand er, war Zeit für einen Abgang. Man musste sich diese Sache in Ruhe überlegen, vielleicht auch mit der Frau Doktor besprechen.

Mit einem Schnaufer und einem tiefen, unfreundlichen Blick verabschiedete sich die Manuela von den Schwingenschlögels. Gasperlmaier zuckte mit den Schultern, unterdrückte mühsam das Bedürfnis, sich zu entschuldigen, und folgte der Manuela. „Ich glaube", sagte er im Auto, „es ist Zeit, dass wir die Frau Doktor einmal informieren. Sie sollte wissen, was wir herausgefunden haben." „Viel ist es nicht!", ätzte die Manuela. „Aber wenn du nicht einmal ein paar Stunden ohne deine Frau Doktor leben kannst ..." Gasperlmaier fand die Manuela heute unnötig angriffslustig. Er hatte ihr doch gar nichts getan. Als er auf sein Handy sah, entdeckte er vier verpasste Anrufe. Es war doch nicht am Ende der Christine etwas passiert? Sein Herz stockte. Aber es war nur der Friedrich gewesen. Warum hatte ihn der viermal angerufen? „Der Kahlß ...", murmelte er und rief zurück. Der Friedrich meldete sich sofort. „Ja, Gasperlmaier, kommst du vielleicht einmal vorbei? Ich hab da zwei Besucherinnen, die gerne mit dir reden möchten. Und es ist ihnen ein bisschen peinlich, deswegen sind sie zuerst zu mir gekommen. Weil ich ja zwar ein Polizist bin, aber eben kein aktiver mehr. Da haben sie ..." Gasperlmaier hörte, wie sich im Hintergrund jemand schnäuzte. „Passt schon", sagte er. „Wir sind schon auf dem Weg." Er klappte die Sonnenblende herunter und besah sein Auge im Spiegel. Die Schwellung rund um das Auge war dicker geworden, und wenn er dagegendrückte, schmerzte sie heftig. Blau angelaufen allerdings war sie noch nicht.

„Wir müssen zum Kahlß Friedrich!", informierte er die Manuela. „Warum denn? Schnaps trinken?", blaffte die zurück. Wenn sich ihr Ton nicht bald änderte, fand Gasperlmaier, musste er mit ihr ein ernstes Wort reden und den Vorgesetzten mehr herauskehren, als ihm das lieb war. So ging es ja nun auch nicht. Bloß weil er eine konkrete Verdachtslage gegen den Carsten geäußert hatte. „Da hat sich wer bei ihm gemeldet, die wollen eine Aussage machen", erklärte er. „Da können sie nicht auf den Posten kommen?" Gasperlmaier verzichtete auf eine Erwiderung. Wenn die Manuela nicht selber sensibel genug war, zu erkennen, dass gewisse Dinge pikant waren und nicht so direkt auf den Polizeiposten hingetragen wurden, dann hatte es auch keinen Sinn, ihr das jetzt zu erklären. Vor allem bei dieser Laune. Dabei, so erinnerte er sich, war sie gerade vorhin dem Carsten gegenüber äußerst freundlich gewesen und hatte sich von ihrer besten Seite gezeigt.

„Kommt's rein!" Die Heidi öffnete ihnen die Tür, und ihre Stimme klang barsch. Die Nächste, die offenbar eine miese Laune vor sich hertrug. Ob das was mit den Mondphasen zu tun hatte, dass heute alle so lästig waren? Drinnen um den Tisch saßen der Friedrich, seine Nichte, die Kerstin Kahlß, und ihre Freundin, die Emma Thaler. Gasperlmaier hatte sie erst vorgestern auf der Weißenbachalm getroffen und sich gewundert, wie ein so zartes Mädchen wie die Emma Thaler mit dem riesigen Kontrabass zurechtkam. Beide Mädchen hatten rote Augen und ein paar vollgerotzte Taschentücher vor sich liegen.

„Na Mahlzeit!", kommentierte der Friedrich, als er Gasperlmaiers Auge wahrnahm. „Wo bist du denn dagegengerannt?" „Nirgends", antwortete Gasperlmaier und winkte ab. „Gegen den Ellbogen vom Schwingenschlögel, würde ich sagen." Die Manuela konnte auch ihren Mund nicht halten, wenn es sinnvoll gewesen wäre. Der Friedrich und die Mädchen machten große Augen. „Ist eine andere Geschichte", wiegelte Gasperlmaier ab. „Gehört nicht hierher." „Magst einen Schnaps, Gasperlmaier? Die beiden müssen dir nämlich was erzählen, da denk ich mir, dass du einen brauchen kannst." Gasperlmaier wollte schon den Kopf schütteln, sah aber auf seine Uhr, merkte, dass der Dienstschluss nahe war und er nach diesem Besuch wohl keine weiteren dienstlichen Aktivitäten entfalten würde müssen, und nickte. Der Friedrich holte ein Brett aus seinem Schrank, in das sechs Vertiefungen eingebohrt waren, in denen jeweils ein Schnapsstamperl steckte. Er schenkte alle sechs voll. „Für mich nicht, danke!", winkte die Manuela ab. „Kommt schon weg!", meinte der Friedrich nur.

„Prost!", sagte er dann, hob sein Stamperl und trank es auf ex aus. „Ah!", stöhnte er und wischte sich über den Mund. „Das hat gutgetan! Und jetzt redet's, ihr zwei!" Gasperlmaier war aufgefallen, dass die beiden Mädchen kaum genippt hatten. Die Kerstin drückte herum. „Also ... wegen vorgestern ... am Sonntag. Da waren wir ja beim Pfeifertag auf der Weißenbachalm." Sie verstummte. „Das wissen wir, Kerstin. Heraus damit!" Der Friedrich legte ihr begütigend eine seiner Riesenpratzen auf die Schulter, was dazu führte, dass die Kerstin nun ein wenig schief dasaß. Sie nahm noch einen Schluck Schnaps, und das schien ihre Hemmungen ein wenig zu lösen.

„Wir sind noch ziemlich lang auf der Alm oben geblieben", fuhr sie fort. „Zuerst waren wir total geschockt, und auf den Schreck hinauf haben wir was trinken müssen. Dann ist es komischerweise lustig geworden, fast so wie auf einem Begräbnis. Da wird's ja später auch immer lustig, wenn alle vor lauter Trauer zu viel ..." „Weiter!", forderte der Friedrich. „Also, lustig war's. Und dann haben wir halt auch noch ein bisschen mehr getrunken." „Bisschen!", wiederholte die Heidi abschätzig, aber der Friedrich brachte sie mit einer Handbewegung zum Schweigen. Was Gasperlmaier sehr wunderte. „Weiter!", forderte der Friedrich erneut. „Wir sind dann mit den Stirnlampen hinunter. Die Instrumente haben wir oben gelassen, wir wollten sie am nächsten Tag holen." „Und dann haben wir den Bus gesehen. Den roten Bus von den Kainischer Hasenjägern", machte die Emma weiter. „Und der war komplett demoliert. Spiegel heruntergerissen, Scheiben und Scheinwerfer eingeschlagen, und die hintere Tür war offen." „Wir haben uns gewundert", fuhr die Kerstin fort, „wer das gemacht haben kann. Und wir haben es natürlich auch lustig gefunden, weil wir dieser blöden Gitti aus Goisern das vergönnt haben, dass jemand ihren Bus kaputt ..."

„Und daran, dass diese Sachbeschädigung etwas mit dem Mord zu tun haben könnte und dass ihr das der Polizei mitteilen solltet, daran habt ihr nicht gedacht?" Die Stimme der Manuela war scharf, so scharf wie zuvor, als sie Gasperlmaier zurechtgewiesen hatte. Die beiden Mädchen schüttelten die Köpfe und schienen eingeschüchtert. „Noch einen Schluck, dann geht's schon wieder!", ermutigte sie der Friedrich, und die beiden taten, wie ihnen geheißen. „Wir haben ein bisschen hinten hineingeschaut, in den Bus. Und irgendwie sind wir dann auf die Idee gekommen ... wir haben uns gedacht, sie können dann zumindest in den nächsten paar Wochen nicht spielen ..." Die Kerstin nahm ein Taschentuch zur Hand, das schon ziemlich durchweicht schien, um sich zu schnäuzen. „Dann haben wir halt ein bisschen was zusammengehaut ...", wisperte sie kleinlaut, während ihr die Tränen über die geröteten Backen kullerten. „Wir haben uns gedacht, das wird man eh dem in die Schuhe schieben, der das Auto ..." Nun war kein Halten mehr. Beide heulten hemmungslos. Der Friedrich stand auf, holte die Küchenrolle von ihrem Spender und stellte sie auf den Tisch. Gasperlmaier konnte das Geheule und Gerotze schon gar nicht mehr mitanschen. „Werden wir jetzt verhaftet?", schluchzte die Kerstin. „Müssen wir ins Gefängnis?" Gasperlmaier schüttelte den Kopf und senkte beruhigend seine Handflächen.

„Gehören würd's euch!", blaffte hingegen die Manuela. Gasperlmaier sah erstaunt zu ihr auf. So kannte er sie gar nicht. Irgendwie schien sie ihm emotional aus dem Gleichgewicht zu sein. Ob da der Carsten etwas damit zu tun hatte? Dem hatte sie ja ziemlich tief in die Augen geschaut. „Ohne eine Anzeige wird's wohl nicht abgehen." Gasperlmaier legte der Kerstin seine Hand auf den Arm. Vielleicht würde sie sich dadurch beruhigen. „Wer eine fremde Sache zerstört, beschädigt, verunstaltet oder unbrauchbar macht, ist mit Freiheitsstrafe bis zu sechs Monaten oder mit Geldstrafe bis zu 360 Tagessätzen zu bestrafen. Paragraph 125 Strafgesetzbuch." Neuerlich sah Gasperlmaier erstaunt zu seiner Kollegin auf. Wenn sie das Strafgesetzbuch bereits auswendig gelernt hatte, dann war sie wohl auf eine Karriere im höheren Dienst aus. Die beiden Mädchen starrten sie mit offenen Mündern an. „Ein halbes Jahr!", hauchte die Emma. „Das überleb ich nicht! Meine Eltern schlagen mich vorher tot!" Die Manuela grinste. „Strafgesetzbuch Paragraph 76, Totschlag aufgrund allgemein begreiflicher heftiger Gemütserregung." Jetzt konnten die beiden endlich wieder etwas lächeln. „So schlimm wird's nicht kommen! Aber Schadenersatz werdet ihr wohl leisten müssen. Jetzt kommt's natürlich darauf an, was die Instrumente wert waren, die ihr zerstört habt. Aber der Verdienst vom Ferienjob, der ist auf jeden Fall weg, würde ich sagen!" Die beiden nickten. Anscheinend schien ihnen diese Strafe verkraftbar, und sie waren froh, nicht gleich auf den Posten mitgenommen zu werden.

„So!", sagte der Friedrich. „Und jetzt gibt's noch eine Jause! Das haben wir uns alle verdient!" „Für mich nicht!", sagte die Manuela und griff nach ihrer Dienstmütze. „Ich muss ... bis morgen, Gasperlmaier!" Schon im Hinausgehen nahm sie ihr Handy zur Hand und lächelte, nachdem sie ein paar Mal darübergewischt hatte.

„Meiner Meinung nach habt ihr's nicht verdient!", erklärte die Heidi, als sie eine Platte mit fein aufgeschnittenem kaltem Schweinsbraten auf den Tisch stellte. Allerdings entschlüpfte ihr dabei ein ganz sparsames Lächeln. Ungefragt stellte der Friedrich eine Flasche Bier vor Gasperlmaier hin, dem einfiel, dass er sich nun nicht mehr um ein Abendessen kümmern musste. Er langte kräftig zu. Die beiden Mädchen waren offenbar froh, durch ihre Beichte eine Last abgeworfen zu haben, die sie bedrückt hatte, und lebten wieder auf. Gasperlmaier saß gut, Schweinsbraten war reichlich vorhanden, und es bedurfte eines zarten Hinweises der Heidi, dass er sich schließlich doch erhob und auf den Nachhauseweg machte. „Wir müssen ja alle morgen wieder früh heraus!", hatte sie gesagt und das Geschirr vom Tisch geräumt.

Die zwei Mädchen schnappten sich ihre Fahrräder, Gasperlmaier aber musste sich zu Fuß auf den Heimweg machen. Erst auf dem Weg fiel ihm ein, dass die Heidi und der Friedrich ja in Pension waren und keineswegs früh aufstehen mussten.

Dennoch. Sie hatten heute, ohne die Frau Doktor, einiges geleistet. Die Sachbeschädigung war geklärt, die Täter bekannt. Beziehungsweise Täterinnen. Durch ihre Aussage war auch die des Niedrist bestätigt worden, der ja die Verwüstungen am Fahrzeug bereits gestanden hatte. Auch, was die Beziehungen der Musiker untereinander betraf, hatten sie einiges ans Licht gebracht. Es fragte sich nur, ob sie diese Erkenntnisse überhaupt noch benötigen würden – wenn die Frau Doktor morgen anrief und ihnen mitteilte, dass der Niedrist und der Edelmann gestanden hatten, war der Fall erledigt. Ob sie vielleicht inzwischen einmal angerufen hatte? Er holte sein Handy heraus und fand zwar keinen Anruf, aber zwei Fotos darauf. Die Christine hatte sie geschickt. Sie stand auf einer Hängebrücke, die offenbar über eine Schlucht führte, und winkte in die Kamera. Das zweite Bild zeigte sie auf einem metallenen Gittersteg, der aus einer Felswand herausragte. „Capilano State Park" hatte sie daruntergeschrieben. Gasperlmaier starrte die Fotos an. Er hatte solche Sehnsucht nach ihr. Ob es da eine verborgene Bedeutung gab, bei den zwei Fotos? Eine Anspielung auf seine Höhenangst? Wollte sie ihm damit sagen, dass sie dieses Erlebnis mit ihm sowieso nie teilen hätte können?

Er steckte sein Handy weg. Es machte keinen Sinn, wenn er jetzt ins Grübeln geriet. Am gescheitesten war es, nach Hause zu gehen, noch ein bisschen zu fernsehen und sich dann schlafen zu legen. Im Bett, dessen zweite Seite leer sein würde.

## 10

Als Gasperlmaier in seine Straße einbog, meinte er, einen weißen Sportwagen vor seinem Haus stehen zu sehen. Er kniff die Augen zusammen. Das rechte Auge tränte, und wenn er das linke schloss, konnte er nur verschwommen sehen. Er schüttelte den Kopf, weil er jetzt einen Umweg um das Auto herum machen musste. Gerade aber, als er dazu ansetzte, öffnete sich die Fahrertür. „Guten Abend, Herr Inspektor." Gasperlmaier blieb fast das Herz stehen. Es war die Andreva, die Sängerin der Ödenseer, die da vor ihm aus dem Auto geklettert war. Was wollte die denn von ihm? Er nahm seine Dienstmütze vom Kopf und streckte ihr etwas unbeholfen seine Hand hin. „Grüß Gott, Frau ..." „Wissen Sie was? Für meine Freunde einfach Andrea. Nicht Andreva. Der doofe Name ist nur für die Fans." Sie lächelte und drückte sanft, aber entschlossen seine Hand. Ihre war warm, trocken und kräftig.

„Ich müsste mit Ihnen reden", erklärte sie und seufzte. Gasperlmaier entging nicht, dass sich ihre Brust dabei recht spektakulär hob und senkte. Er blickte um sich. Es war gerade niemand auf der Straße, der sie beobachten konnte. „Kommen S' mit hinein!" Er deutete auf seine Haustür, die nur einen Katzensprung entfernt war. Die Absätze ihrer Schuhe klackerten so laut auf dem Asphalt, dass Gasperlmaier mutmaßte, dass sich die Nachbarn schon hinter den Gardinen versammeln würden, um festzustellen, wer ihn da zu später Stunde besuchte. Der Sportwagen allein war auffällig genug. Es würde Gerüchte geben, so viel war gewiss.

„Setzen wir uns ins Wohnzimmer?", schlug er vor. Die Andrea nickte. Sie trug ausgewaschene Jeans, die ihr bis an die Knöchel reichten, lila Sandalen mit hohen Absätzen und eine bunte Bluse mit einem Seidengilet darüber, das ihre Figur betonte. „Einen Kaffee vielleicht?", fragte Gasperlmaier. „Gerne! Einen Espresso, bitte!" Die Andrea nickte und setzte sich auf das Sofa, wobei sie, ebenso wie die Frau Doktor, die Beine übereinanderschlug. Ihre Zehennägel waren lila lackiert.

„So!", sagte Gasperlmaier und stellte zwei Espressi auf den Tisch. Der Schnurrli hatte sich bereits auf dem Schoß seiner Besucherin zusammengerollt und ließ sich ausgiebig kraulen. Verräter. „Süß ist der!", gurrte die Andrea. „Noch jung?" Gasperlmaier nickte. „Ein Jahr. Zucker?" Die Andrea schüttelte den Kopf. „Um Gottes willen!" Sie deutete auf sein Auge. „Was ist denn mit Ihnen passiert? Das sieht ja übel aus." Gasperlmaier tastete nach seinem Auge. „Au!" Die leiseste Berührung war schon recht schmerzhaft. Die Andrea stand auf. „Hören Sie, da muss man was tun! Zumindest mit Jodtinktur desinfizieren, oder so was. Haben Sie was zu Hause?" Gasperlmaier deutete nach oben. „Im Bad vielleicht ..." „Na, dann ...", sagte sie, scheuchte den Kater von ihrem Schoß und schob Gasperlmaier mehr oder weniger die Treppe hinauf.

Gasperlmaier schämte sich ein wenig für das Durcheinander im Bad. „Da ist ja ... erlauben Sie mir die Frage, aber hier sind überhaupt keine Kosmetika. Leben Sie allein?" Er schüttelte den Kopf. „Meine Frau ist auf ... auf Weltreise. Sozusagen." „Ohne Sie? Respekt." Sie öffnete eine nach der anderen die Türen des Badezimmerschranks. Gasperlmaier war nicht klar, warum sie seiner Frau dafür Respekt zollte, dass sie ihn allein zu Hause gelassen hatte. „Ich nehme an, Sie wissen nicht, wo die Hausapotheke ist?" Gasperlmaier schüttelte den Kopf. Tatsächlich war es immer die Christine gewesen, die bei kleineren und größeren Blessuren mit dem passenden Verbandsmaterial zur Stelle gewesen war. „Da haben wir es ja schon. Hinsetzen!" Die Andrea deutete auf den Badewannenrand und Gasperlmaier leistete ihrer Anordnung Folge. Sie hockte sich vor ihn hin, stützte ihren Ellenbogen auf seinem Knie ab, um ihm irgendeine Lösung auf die Schwellung zu streichen. „So!", sagte sie. Gasperlmaier zuckte zusammen. „Tut nicht weh!" Die Andrea war ihm sehr nahe, und es war ja immerhin eine intime Situation, sich so verarzten zu lassen. Er konnte es kaum fassen. Da hockte ein echter Fernsehstar vor ihm auf dem Boden und trug Desinfektionslösung auf sein geschwollenes Auge auf. Wenn er das nur jemandem erzählen könnte! Die Christine allerdings, nahm er sich vor, sollte davon nichts erfahren. Sie hatte es vermutlich nicht so gerne, wenn er sich mit fremden Frauen in ihrem Badezimmer aufhielt.

Die Andrea richtete sich auf und besah ihn skeptisch. „Können Sie eigentlich scharf sehen? Ich meine, mit dem rechten Auge?" „Ja, ja!", beeilte sich Gasperlmaier zu antworten und stand ebenfalls auf. Obwohl er mit dem betroffenen Auge nicht wirklich viel sehen konnte. Alles war vernebelt, aber das würde schon vergehen. „Das wird ein herrliches blaues Auge!", lächelte sie.

Als sie wieder unten im Wohnzimmer saßen, wusste er nicht recht weiter. Um was für eine Art Besuch handelte es sich da eigentlich? Sie hatte gesagt, sie müsse mit ihm reden, fiel ihm ein. Aber nun saß sie schweigend da und schlürfte ihren Kaffee. „Gut!", sagte sie. Gasperlmaier nickte. Die Andrea sah etwas unsicher durch den Raum. „Sind Sie ganz alleine zu Hause? Ich meine, ich hab schon ein paar Minuten auf Sie gewartet, und das Haus war dunkel." Er nickte. „Meine Frau ist ja ... auf Urlaub. Sie hat ein Sabbatical genommen." „Ah!", sagte die Andrea und stellte ihre Tasse klappernd wieder ab. „Das hat mein Mann auch vor. Wenn der Egon ein bisschen größer ist und er mit ihm auf Reisen gehen kann." „Nur er?", fragte Gasperlmaier. „Sie nicht?" Die Andrea seufzte. „Ich ... reise nicht so gerne. Wissen Sie, ich habe ein Problem mit dem Fliegen. Ich ..." „Sie auch?" Gasperlmaier war erleichtert. „Jetzt wissen Sie ja, warum ich nicht mit meiner Frau ... Sie ist in Kanada. Bei meinem Sohn."

Ein paar Minuten später waren die Andrea und er in ein Gespräch über den Sinn und Unsinn des Reisens, namentlich mit dem Flugzeug, so sehr vertieft, dass Gasperlmaier ganz vergessen hatte, dass er mit einem Star hier saß und redete. „Wir haben schon ein paar Angebote gehabt, wo ich nicht mitreisen hätte können. Ich krieg ja schon Schweißausbrüche, wenn ich ein Flugzeug nur sehe. Einmal bin ich mit dem Auto bis nach Moskau gefahren, wegen einem Auftritt." „Moskau?" Gasperlmaier war erstaunt. „Sind Sie sogar in Russland berühmt?" Die Andrea trank ihren Kaffee aus. „Was heißt berühmt? Sicher nicht. Aber können wir nicht ‚du' sagen? Es klingt so unpersönlich, wenn ..." Sie brach ab. Gasperlmaier lächelte. „Ich hätte noch einen Schluck Rotwein da ... zum Anstoßen." Die Andrea nickte. Wenige Minuten später hatte Gasperlmaier sie auf beide Wangen geküsst. Und die Andrea ihn. Er war wie benebelt. Was für eine Frau!

Die Andrea räusperte sich. „Um zum Grund meines Besuchs zu kommen ..." Sie stockte. „Ja?", fragte Gasperlmaier nach, so sensibel, wie er es zustande brachte. „Ich hab Ihnen ... dir doch erzählt, dass ich mit einem Begleiter oben auf der Weißenbachalm war." Gasperlmaier nickte. Er erinnerte sich. Es war einer von den Bundesforsten gewesen, der einen Schlüssel zum Schranken der Forststraße besessen und sie deshalb bis zur Alm hinaufgefahren hatte. „An den Namen", gab Gasperlmaier zu, „erinnere ich mich nicht mehr." „Alex Widmann. Er ist ein ziemlich hohes Tier bei den Forsten. Wir haben ..." Sie stockte neuerlich. „Wir achten in der Öffentlichkeit immer darauf, nicht zusammen aufzutreten. Deshalb haben wir oben auf der Alm auch etwas abgelegen geparkt und sind getrennt ... dass es dann auch auf Fotos so aussieht, als hätten wir uns zufällig getroffen." „Ihr habt euch also nicht zufällig getroffen?", schlussfolgerte Gasperlmaier messerscharf. Die Andrea schüttelte ihre Mähne, dass die Haare nur so flogen. „Wir haben ... also, wir sind auch privat ... also, wenn du es ganz genau wissen willst, und du willst es ganz genau wissen, denn du bist ja schließlich Polizist ... wir sind gelegentlich intim miteinander." Sie sah zu Gasperlmaier auf, und ihre Wangen glühten. Gasperlmaier wandte den Blick ab, doch auch ihm schoss Hitze in die Ohren.

Die Andrea lehnte sich zurück und verschränkte die Arme. „Und mir wäre es wichtig, dass über diese Beziehung nichts an die Öffentlichkeit dringt. Auch nicht durch die Polizei, weil ich ja bereits ausgesagt habe, dass ich mit ihm unterwegs war. Habt ihr ihn schon vernommen?" Gasperlmaier zuckte mit den Schultern. „Also, die Frau Doktor und ich gewiss nicht, aber ob jemand anderer ... da kann ich überhaupt nichts darüber sagen. Hat er denn nicht selber erzählt, ob jemand von uns bei ihm gewesen ist?" Die Andrea schüttelte den Kopf. „Wir verwenden keinerlei elektronische Kommunikationsmittel. Zur Sicherheit. Außer dem Festnetztelefon. Und das nur an öffentlichen Orten, im Büro oder so, wo jeder rankann. Alex ist da extrem umsichtig, er kennt sich mit Computern und so perfekt aus." „Ich nicht!", gab Gasperlmaier zu. „Und ich möchte auf keinen Fall, dass mein Mann und mein Sohn von dieser ... Affäre erfahren. Das würde sie kränken, und das will ich nicht."

Gasperlmaier nahm noch einen Schluck Rotwein. „Aber warum kommen Sie ... kommst du ausgerechnet zu mir damit? Wäre da nicht die Frau Doktor ... ich meine, die Frau Chefinspektor ..." Die Andrea lachte auf. „Gasperlmaier, du bist ein Salzkammergutler. Und ich weiß, dass man denen vertrauen kann. Du bist einer von uns! Was soll ich mit deiner Chefinspektorin? Die wirft mir doch nur ein paar Paragraphen um die Ohren." Sie stand auf. „So, und jetzt mach ich mich auf den Weg, bevor ich fahruntauglich werde. Dann musst du mich auch noch in deinem Gästezimmer unterbringen. Oder frierst du am Ende sogar in deinem Ehebett, weil deine Frau auf der anderen Seite der Erde ist?" Sie zwinkerte ihm anzüglich zu. Gasperlmaier senkte den Kopf, denn er fürchtete, schon wieder verräterisch rot anzulaufen.

„Wenn dir noch irgendwas einfällt, dann ruf einfach an. Oder schick eine Nachricht. Und ich versprech dir, dass wir dich ... dass wir die Information vertraulich behandeln. So weit wie möglich. Ihr habt ja mit dem Mord nichts zu tun, oder?" Die Andrea nahm ihre Handtasche vom Sofa, wiegte den Kopf hin und her und vollführte dazu eine unbestimmte Geste mit der erhobenen Hand. „Wir waren an dem Tag nicht immer zusammen. Er trifft angeblich immer Leute, mit denen er Geschäftliches zu besprechen hat. Und wir wollen ja auch nicht auffällig als Paar auftreten. Für den Alex", sagte sie, „würde ich die Hand nicht ins Feuer legen. Er kann schon sehr impulsiv sein, sehr jähzornig. Ich hab ihn einmal erlebt, als wir ein gewildertes Reh gefunden haben ... wenn er den Wilderer damals sofort erwischt hätte, ich glaube, er hätte ihn eigenhändig erwürgt." "Aber hatte er denn Grund, ich meine, der Pönitzer war doch kein Wilderer, oder?"

Die Andrea lächelte. "Nicht auf diesem Gebiet. Aber beim Wild auf zwei Beinen ..." Sie lächelte hintergründig. "Zwei Beine?", fragte Gasperlmaier etwas irritiert nach, bevor bei ihm der Groschen fiel. Die Andrea lachte. "Er ist sogar auf mich eifersüchtig, ich meine, wenn ein Mann mit mir geflirtet hat. Und er kann rasend werden, wenn sich jemand an seine Frau heranmacht." "Seine Frau? Der ist auch verheiratet?" "Ja, was glaubst denn du? Es hat doch praktisch jeder irgendwas nebenher laufen, besonders in unserer Branche. Bringst du mich noch hinaus?" Gasperlmaier nickte, ging voraus und öffnete die Haustür. Davor stand die Maresi, mit einem großen Kochtopf in beiden Händen. Als sie sah, wer hinter Gasperlmaier in der Tür auftauchte, blieb ihr der Mund offen stehen. "Das darf nicht wahr sein!", hauchte sie. Gasperlmaier nahm ihr schnell den Kochtopf ab, der ihren Händen zu entgleiten drohte. "Pfüat di, Gasperlmaier!" Die Andrea berührte ihn zart an der Schulter und hauchte ihm einen Kuss auf die Wange. Sie fand anscheinend Gefallen daran, die Maresi in einen noch tieferen Schockzustand zu versetzen. "Das ist nur meine Nachbarin!", rief ihr Gasperlmaier noch hinterher. "Die Maresi!" Die Andrea winkte zurück, und im gleichen Moment leuchteten die Blinker ihres Sportwagens auf.

Die Maresi hatte sich inzwischen samt ihrem Kochtopf an Gasperlmaier vorbeigedrängt. Er sah noch zu, wie der Sportwagen wendete. Die Andrea winkte, und zaghaft winkte er zurück. Das war alles wie ein Traum, dachte er bei sich. Die Maresi allerdings holte ihn ein wenig unsanft in die Realität zurück. Sie stand bereits hinter ihm, die Arme in die Hüften gestemmt. "Sag einmal!", fauchte sie. „Da macht man sich Sorgen um den Herrn, der allein zu Hause ist und wahrscheinlich nichts Gescheites zu essen kriegt, und dabei lädt der sich einen Star zu sich nach Hause ein zum Herumpoussieren!" Die Maresi, so stellte Gasperlmaier fest, hatte sich für den Besuch offenbar extra zurechtgemacht. Ihr Haar war in einen dicken blonden Zopf geflochten, sie trug Make-up und Lippenstift. Er fühlte sich ein wenig geschmeichelt. Und sie hatte nicht gerade ihr züchtigstes Dirndl ausgesucht. Mager war die Maresi ja nie gewesen, zumindest nicht seit der Volksschule. Aber dass sie so üppig ausgestattet war, das war ihm bis jetzt entgangen. Er hatte sie immer gerne gemocht, sie war immer hilfsbereit und überhaupt eine gute Nachbarin. Seit sie den Werner geheiratet hatte, mit dem sich Gasperlmaier gar nicht verstand, war der Kontakt ein wenig spärlicher geworden. Weil der ja auch immer ausgerechnet am Samstagnachmittag den Rasen mähen musste, wenn Gasperlmaier es sich auf der Terrasse gemütlich gemacht hatte.

„Von Herumpoussieren kann gar keine Rede sein", verteidigte sich Gasperlmaier. „Das war rein dienstlich. Sie hat ja das Mordopfer gekannt." Die Maresi lachte schrill auf. „Dienstlich! Dass ich nicht lache! So wie die ausschaut! Die wollte dich zum Abendessen vernaschen, so schaut's aus!" Gasperlmaier verzichtete darauf, die Maresi darauf hinzuweisen, dass sie selbst Zeugin davon geworden war, dass er sie zur Haustür gebracht hatte, dass also von Vernaschversuchen gar nicht die Rede sein konnte. Er wollte sie nicht noch mehr erzürnen. „Oder hat sie dir das blaue Auge da verpasst? Bist du ihr zu nahe getreten?" „Aber nein! Das ist ... von einem Einsatz." Er hatte nicht die geringste Lust, die ganze Geschichte des blauen Auges vor der Maresi auszubreiten. Sie trat näher an ihn heran. „Hörst, das gehört aber schon ... das sollte man desinfizieren, und vielleicht sollte man das sogar im Krankenhaus anschauen lassen!" Gasperlmaier winkte ab. „Ist eh schon besser!" Das fehlte gerade noch, dass sich nach der Andrea auch noch die Maresi über sein Auge hermachte.

„Jetzt setz dich halt einmal nieder", versuchte er sie zu beschwichtigen. „Was ist denn eigentlich los?" Die Maresi ließ sich auf das Sofa plumpsen und stützte den Kopf in die Hände. „Nur meine Nachbarin, hast du gesagt!", wiederholte sie kopfschüttelnd. „Nur meine Nachbarin!" „Aber so habe ich doch das nicht gemeint, das ist mir ja nur so herausgerutscht!", verteidigte sich Gasperlmaier. „Nur das, was drinnen ist, kann auch herausrutschen!", erklärte ihm die Maresi mit erhobenem Zeigefinger. „Sag einmal, was ist denn eigentlich in dem Topf drinnen, den du mitgebracht hast?" Vielleicht konnte ein Themenwechsel, so dachte Gasperlmaier bei sich, die Situation etwas entspannen. Tatsächlich huschte ein feines Lächeln über das Gesicht der Maresi. „Ein Gulasch hab ich dir gemacht. Weil wir beide ja jetzt allein sind, da ... da kommt er am Abend alleine heim, hab ich mir gedacht, ins dunkle Haus, und es ist nichts im Kühlschrank, weil er ja vor lauter Verbrecherjagd überhaupt keine Zeit zum Einkaufen hat, und ich hab ja eh nichts ... also, mir fällt eh schon die Decke auf den Kopf, weil ich kann ja nicht den ganzen Tag Marmelade einkochen oder Bauernkrapfen backen oder ..." Die Maresi wollte gar nicht mehr aufhören zu reden. Gasperlmaiers Gedanken schweiften ab. Auf der einen Seite war es ja wirklich sehr lieb, dass die Maresi an ihn gedacht hatte und ihn mit einem Gulasch verwöhnen wollte, aber wenn das jetzt zur Gewohnheit werden würde. Wenn er sich jeden Abend würde anhören müssen, was die Maresi den ganzen Tag gemacht oder auch nicht gemacht hatte, dann würde das wohl ziemlich anstrengend werden. „Na, dann gehen wir halt einmal in die Küche und wärmen das Gulasch auf!", sagte er in eine Pause hinein, in der die Maresi gerade Atem holte, und stand auf.

Die Maresi folgte ihm, erzählte weiter von ihrem Leid, auch von der Freundin ihres Sohnes, die leider viel zu früh schwanger geworden war, weil der Sohn, der genau so ein Depp sei wie der Werner, einfach nicht aufpassen könne. Gasperlmaier hob den Deckel. Das Gulasch duftete verführerisch. Der Einfachheit halber hatte die Maresi die Semmelknödel gleich in den Gulaschtopf hineingetan, und so konnte er beides miteinander wärmen. Vorsichtig rührte er im Topf um, sobald der Saft zu blubbern begann.

„Zum Gulasch gehört aber schon ein Bier!", mahnte die Maresi. Gasperlmaier nickte, denn er hielt es für zwecklos, Widerstand zu leisten. Er holte zwei Flaschen aus dem Kühlschrank, öffnete sie und hielt eine davon der Maresi hin. „Glas gibt's keines? Wir sind ja nicht bei den Wilden!" Die Maresi kicherte und stand, wie er fand, ihm ein wenig zu nahe. Sie roch zwar gut, aber ein wenig aufdringlich, und aufdringlich fand er auch, wie sie ihm immer wieder ihren Ausschnitt zur Begutachtung feilbot. Er war zwar, was das betraf, kein Kostverächter, aber so aktiv darauf hingewiesen zu werden, was es da zu sehen gab, das war ihm ein wenig unangenehm.

„Prost!", sagte die Maresi und stieß ihr Glas an seines. „Kannst dich schon hinsetzen!", empfahl Gasperlmaier und legte Servietten und Besteck auf den Tisch. „Schau einmal an! Was du für ein Kavalier sein kannst! Das wäre dem Werner nie eingefallen!" Gasperlmaier zuckte mit den Schultern. „So was Besonderes ist das eigentlich auch nicht, das ist ja das Mindeste, was man tun kann!" „Für den Werner nicht!", widersprach die Maresi.

„Das Gulasch, das ist wirklich ... mmmm!", lobte Gasperlmaier. Sie streckte den Arm aus und strich ihm über die Wange. Gasperlmaier war unangenehm berührt und fühlte sich behandelt wie ein Schoßhündchen. Er war hin- und hergerissen. Einerseits scheute er die Einsamkeit, auf der anderen Seite aber war ihm die Aufmerksamkeit der Maresi zu viel. Aber ein wenig Anteilnahme, so fand er, hatte sie sich auf jeden Fall verdient.

„Hast du nichts mehr zu trinken?" Die Maresi hielt ihr leeres Glas hoch. Gasperlmaier erhob sich und schaute im Kühlschrank nach. „Nur mehr im Keller", antwortete er. „Ich hab vergessen, welches in den Kühlschrank zu legen." „Aber das macht doch nichts!", säuselte die Maresi. „So eiskalt, das ist eh nicht gesund!"

Gasperlmaier aß. Bis ihn der Magen so drückte, dass er fürchtete, nachts Alpträume zu bekommen. „Jetzt geht aber wirklich nichts mehr!" Er schob seinen Teller von sich. „Na, hast aber eh brav gegessen!", gab die Maresi zu und legte ihre Hand auf seine. Gasperlmaier ließ sie liegen, um die Maresi nicht zu beleidigen. Wenn er bedachte, dass er zuvor beim Friedrich schon eine ganze Portion kalten Schweinsbraten vertilgt hatte, dann musste er jetzt zumindest zwei Tage auf Fleisch verzichten. Oder, noch besser, auf Essen überhaupt. Er rülpste hinter vorgehaltener Hand.

„Hast vielleicht einen Schnaps?", fragte die Maresi. „Der wär sicher gut für die Verdauung!" „Einen so guten wie du hab ich wahrscheinlich nicht!", erklärte Gasperlmaier. „Na, dann gehen wir halt zu mir hinüber, wenn du meinen lieber magst!" Die Maresi, fand Gasperlmaier, hatte so ein verräterisches Glitzern in den Augen, und mit ihrer Stimme war auch etwas passiert, das sie völlig anders klingen ließ, als wenn sie ihren Werner herumkommandierte. „Probieren wir meinen!", entgegnete er und griff nach der Flasche in der Vitrine. Anscheinend schmeckte er der Maresi, denn sie ließ sich noch einmal nachschenken. Als sie sich dann auf dem Sofa so schwer gegen Gasperlmaier lehnte, dass er umzukippen drohte, schob er sie mühsam wieder in aufrechte Position.

„Du, Maresi", sagte er, ebenfalls schon mit schwerer Zunge. „Jetzt muss ich aber ins Bett, morgen ist nämlich ein Arbeitstag, und ich werde um sieben Uhr in der Früh auf dem Posten erwartet!" „Nimmst du mich mit?", fragte die Maresi und schlang ihre Arme um seinen Hals. Er fühlte ein wenig Verlangen in sich erwachen. Oder war es Mitleid? Jedenfalls reichte es jetzt. „Maresi, sei doch vernünftig!" Gasperlmaier löste sich und stand auf. „Jeder geht jetzt in sein Bett." „Wo ich dir so ein gutes Gulasch gekocht habe!", maulte die Maresi. „Und jetzt willst du mich allein lassen! Ganz allein!" „Nimmst halt deine Katze mit ins Bett!", brummte Gasperlmaier. Die Maresi zog eine senkrechte Falte auf der Stirn. „Also weißt!", schnaufte sie und drückte sich aus den Polstern. „Morgen wirst froh sein, glaub mir!", beschwichtigte Gasperlmaier.

„Und du willst mich jetzt die ganze Runde herum auf der Straße schicken? Mitten in der Nacht?" „Aber nein! Du kletterst einfach über den Zaun!" Das Haus der Maresi und das Gasperlmaiers grenzten zwar gartenseitig aneinander, lagen jedoch in verschiedenen Straßen. „Das kann ich nicht!", jammerte die Maresi. „Schon gar nicht mit dem schweren Kochtopf!" „Den wasch ich ab, und morgen bringe ich ihn dir hinüber."

Inzwischen hatte er die Maresi bis zur Terrassentür bugsiert. Sie war unsicher auf den Beinen und lehnte sich schwer gegen ihn. „So, da, an dieser Stelle. Da stellst deinen Fuß hier hinauf und dann …" Sie tat zwar, was er ihr empfahl, ließ sich aber danach mit ihrem ganzen Gewicht gegen ihn fallen. Da ihre Füße bereits auf dem Zaunbalken balancierten, landeten ihre Brüste mitten in Gasperlmaiers Gesicht und nahmen ihm den Atem. Es dauerte eine Weile, bis er die Maresi mit viel Schieben und Stützen über den Zaun gebracht hatte, und sie war ihm dabei näher gekommen, als gut für ihn war. „Na ja, dann!", sie lächelte ihm zu. Ihre Frisur war bei der ganzen Prozedur etwas in Unordnung geraten. „Gute Nacht!", rief Gasperlmaier ihr noch nach und drehte sich um, als die Maresi plötzlich aufschrie. Er hastete zum Zaun zurück und sah sie bäuchlings in der Wiese liegen. „Maresi, hast du dir was getan?", rief er gedämpft. Man musste ja nicht gleich alle Nachbarn aus den Betten holen. Die Maresi schluchzte und versuchte, sich auf die Ellbogen zu stützen, um hochzukommen.

Binnen Sekunden war Gasperlmaier über den Zaun gestürmt und bei ihr. „Was ist denn? Hast dir wehgetan? Sollen wir die Rettung rufen?" Die Maresi schüttelte den Kopf. „Geht schon. Wenn'st mir aufhilfst!" Gasperlmaier nahm ihren Arm und stützte sie unter den Achseln, und bald war die Maresi wieder aufgerichtet. Ihr Zopf hatte sich nun völlig aufgelöst. „Danke, Gasperlmaier!" Sie schlang einen Arm um seinen Hals und küsste ihn auf die Wange. „Geht's wieder?", fragte der etwas atemlos. „Au!", schrie die Maresi. „Mein Fuß! Der tut so weh! Ich kann nicht auftreten!" Gasperlmaier seufzte. „Na, dann komm! Stütz dich auf mich!" Die Maresi, mutmaßte Gasperlmaier, machte jetzt ein unnötiges Theater wegen des verknacksten Fußes. „Soda!", sagte er an der Haustür. „Gute Nacht!" „Ja, wie stellst du dir denn vor, dass ich die Stiege hinaufkomm?", fragte die Maresi kokett, und Gasperlmaier seufzte. „Tragen, glaub ich, kann ich dich nicht!" „Reicht schon, wenn ich mich anhalten kann!", flüsterte sie. Gasperlmaier hoffte inständig, dass die ganze Szene nicht von einem schlaflosen Nachbarn beobachtet worden war.

Schließlich war die Maresi in ihrem Schlafzimmer angekommen, und Gasperlmaier hoffte, sie würde sich hinlegen und ihn entlassen. Aber nein, sie drängte sich noch mehr an ihn und flüsterte ihm ins Ohr: „Ich will heut nicht allein sein! Und du doch auch nicht!" Gasperlmaier war unsicher. Eigentlich wäre es ihm, auf der einen Seite, schon lieber gewesen, allein zu sein. Auf der anderen Seite wiederum war die Maresi weich und warm, und sie roch auch gut. Und eigentlich mochte er sie. Und er spürte tatsächlich etwas. Einen Moment lang dachte er noch daran, dass schon etwas Wahres dran war, dass man oft sagte, dass der Alkohol eine enthemmende Wirkung habe. Dann dachte er gar nichts mehr.

Es dauerte nicht lange, bis Gasperlmaier wieder wach wurde. In einem fremden Bett. Die Maresi schnarchte neben ihm. Und er wünschte sich, jetzt ganz weit fort zu sein. Nicht hier, nicht bei sich zu Hause, nicht einmal in Altaussee. Vielleicht auf der Osterinsel oder sonst wo, wo ihn niemand kannte. Was hatte er nur angerichtet. Was hatte er getan! Nie wieder würde er der Christine offen ins Gesicht blicken können, jeder Sommerabend auf der Terrasse würde ihn daran erinnern, dass er schwere Schuld auf sich geladen hatte, weil er von dort direkt auf das Nachbarhaus und ins Schlafzimmer der Maresi blicken konnte. Musste. Das bisschen Vergnügen, das war es nicht wert gewesen, dass er sich nun sein Leben lang Vorwürfe machen würde. Und außerdem, von einem verknacksten Fuß war keine Rede mehr gewesen, nachdem die Maresi ins Bett gefallen war.

Er musste hier weg, und zwar unauffällig. So leise er konnte, schälte er sich aus dem Bett. Es knarrte. Die Maresi schnarchte gleichmäßig weiter. Gut, dass sie so viel getrunken hatte. Jetzt kam das Allerschwierigste. Er musste im Dunklen seine Kleider finden. Ein wenig zu Hilfe kam ihm die sternenklare Nacht, allmählich konnte er Konturen erkennen. Als Erstes den schneeweißen BH der Maresi. Seine Sachen waren aber leider eher dunkel. Auch die Unterhose. Suchend tastete er auf dem Boden herum, als sich die Maresi plötzlich bewegte. Sie murmelte irgendwas Unverständliches, doch schon nach wenigen Sekunden wurden ihre Atemzüge wieder regelmäßig, und als Gasperlmaier endlich mit den Zehen seine Unterhose ertastet hatte, begann sie auch wieder zu schnarchen. Vorsichtig stand er auf, das Bett knarrte neuerlich. Nun auch der Parkettboden unter seinen Füßen. Wer hatte den bloß so schlampig verlegt? Langsam gelang es ihm, seine Kleidungsstücke zusammenzusuchen. Da war die Hose, dort das Hemd. Die Gürtelschnalle klapperte ein wenig, als er die Hose aufhob. Einen Socken hatte er, aber wo war der zweite? Gott sei Dank waren wenigstens seine Schuhe leicht zu ertasten. Der zweite Socken musste zurückbleiben, er konnte nicht mehr länger warten.

So leise er konnte, schlich er die Stiege hinunter. Trotzdem klangen die Schritte in seinen Ohren wie das Getrampel einer ganzen Kompanie. Er schlüpfte durch die Haustür und atmete auf. Schnell war er über den Zaun, durch seine immer noch offene Terrassentür und im Wohnzimmer. Draußen war es zwar noch dunkel, das Vogelgezwitscher ließ allerdings den nahenden Tag bereits erahnen.

Gasperlmaier legte sich aufs Sofa. Seine Füße waren kalt und nass, er zog eine Decke darüber. Ins Bett mochte er sich jetzt nicht legen. In das Bett, das er mit der Christine teilte. Bisher geteilt hatte. Er kam sich so schmutzig vor, dass er überlegte, gleich zu duschen. Dabei war die Maresi gar nicht schmutzig gewesen, ganz im Gegenteil, alles an ihr hatte gut gerochen. Wie aus dem Nichts kam der Schnurrli auf seinen Bauch gehüpft, rieb sich an Gasperlmaiers Hand und rollte sich schließlich auf seinem Bauch zusammen. Der hatte anscheinend noch nicht gemerkt, was sein Herr angerichtet hatte.

Er zwang sich, an etwas anderes zu denken als an die nackte Maresi. Der erschlagene Christian Pönitzer, das war etwas ganz anderes. Das war gut. Als er so vor sich hindämmerte, kam ihm aber immer wieder die Maresi in den Sinn, dann die Christine, die er so schändlich verraten hatte. Ob er ihr am besten gleich alles beichten sollte? Er sah auf die Uhr. Es war knapp vier vorbei. In Kanada war es jetzt vielleicht zehn Uhr am Abend. Aber er konnte doch nicht einfach anrufen, die Christine auf dem Bildschirm ansehen und sagen, du, Christine, es tut mir jetzt furchtbar leid, aber ich hab mit der Nachbarin geschlafen, weil wir beide so einsam waren. Ich kann aber nichts dafür, denn sie hat mich verführt. Das ging nicht. Auf keinen Fall. Dann würde sie vielleicht gleich für immer in Kanada bleiben. Jetzt war guter Rat teuer. Gasperlmaier wälzte sich auf seinem Sofa, doch das Einzige, was einschlief, waren seine Arme, wegen der unbequemen Lage. Um halb sechs stand er auf und sah zum Fenster hinaus. Die Welt war nicht mehr so wie gestern, und sie war nicht besser geworden. Was war er bloß für ein Idiot gewesen.

**11**

Die Manuela blickte ihn abschätzig an. Wahrscheinlich, so dachte Gasperlmaier bei sich, war ihr aufgefallen, dass seine Kleidung weder frisch gewaschen noch gebügelt war. Und das blaue Auge konnte ihr auch unmöglich entgangen sein. Er musste sich dringend am Riemen reißen. Spätestens dann, wenn der Mordfall hier abgeschlossen war. Wahrscheinlich hatte die Frau Doktor ohnehin schon ... „Was Neues aus Liezen?", fragte er. „Ich weiß nichts", antwortete die Manuela. „Aber ich bin auch gerade erst gekommen." Ganz im Gegensatz zu Gasperlmaier schien sie prächtig aufgelegt zu sein.

Während er seinen Computer hochfuhr, betrachtete er die Manuela. Sie sah heute anders aus als sonst. Irgendwie zufriedener mit sich selbst, gelöster, entspannt. Sie summte sogar ein Liedchen. Als ein Geräusch ihres Handys anzeigte, dass eine Nachricht eingegangen war, nahm sie es zur Hand, lächelte und tippte eine kurze Antwort, bevor sie es wieder weglegte. Er dagegen hatte weder was zu lachen noch zu lächeln. Er hatte sogar Angst, der Christine eine Nachricht zu schicken, weil er sich sicher war, dass sie auch an wenigen Worten erkennen würde, was er getan hatte. Vor lauter Grübeln hatte er gar nicht mitbekommen, dass er vor dem Bildschirm saß, mit der Maus in der Hand, ohne sich überhaupt angemeldet zu haben. „Ist was?", fragte die Manuela, aber er brachte nichts anderes zustande, als den Kopf zu schütteln.

„Guten Morgen!" Die Stimme der Frau Doktor klang ebenfalls nicht fröhlich. Sie warf ihre Tasche auf einen Stuhl. Heute trug sie ein graues Kostüm, das Gasperlmaier noch nicht an ihr gesehen hatte. Passte zu seiner

Stimmung. Ihre Tasche war grau-grün, sah etwas abgetragen und schmutzig aus. Auch das passte zu Gasperlmaiers Stimmung. Fehlte nur noch, dass sie auch ihre Fingernägel grau lackiert hatte. Nein. Wenigstens die waren rosa. Gasperlmaier merkte, dass er weder die Frau Doktor noch die Manuela ansehen konnte, ohne schlechtes Gewissen zu empfinden. Warum das so war, war ihm nicht klar, aber Freude an den hübschen Frauen hatte er heute nicht. Womöglich nie wieder.

„Oh Gott!" Die Frau Doktor zeigte mit dem Finger auf Gasperlmaiers Veilchen. „Was ist denn da passiert?" Er seufzte und versuchte, möglichst kurz und bündig zu erklären, wie es gestern zur Rauferei gekommen war, die er zu schlichten versucht hatte. „Der Schwingenschlögel könnte natürlich auch mit in der Sache drinhängen", merkte die Manuela an. „Zuerst prügelt er sich mit dem Opfer oben auf der Alm, kurz danach will er es beerben!"

„Gut, dass ihr neue Ansätze habt", seufzte die Frau Doktor. „Es gibt nämlich kein Geständnis! Vom Niedrist nicht, und vom Edelmann schon gar nicht. Den Edelmann müssen wir wahrscheinlich heute sogar wieder gehen lassen, es ergeben sich einfach nicht ausreichend Verdachtsmomente gegen ihn, um ihn weiter festzuhalten. Der Niedrist bleibt felsenfest dabei, dass er nur das Auto demoliert hat, nicht aber den Pönitzer getötet. Und von den zerstörten Instrumenten will er auch nichts wissen. Was mir komisch vorkommt. Dabei kommt er vor lauter Alkoholentzug eh schon auf dem Zahnfleisch daher, wenn ich das einmal so salopp ausdrücken darf."

Gasperlmaier räusperte sich. „Also, was die Instrumente betrifft ... ich wollte dich gestern Abend nicht mehr ... ich hab es zwar noch zweimal probiert, aber ..."

Sie nickte. „Hab ich gesehen, aber ich war bis zuletzt mit dem Niedrist beschäftigt. Was ist mit den Instrumenten?" „Ich habe gestern Abend zwei Aussagen aufgenommen ... also nur mündlich, sozusagen." Die Frau Doktor stöhnte. „Gasperlmaier, nicht um den heißen Brei herum! Zackig die Fakten auf den Tisch!" Er nickte. „Zwei Mädchen, die Kerstin Kahlß und die Emma Thaler, haben gestanden, die Instrumente zerstört zu haben. Sie haben in der Dunkelheit den Bus verbeult und offen vorgefunden und haben gedacht, dass sie ... also, wegen ihrer Musik. Außerdem hatten die zwei ein bisschen über den Durst getrunken. Und da ist ihnen der Einfall gekommen, dafür zu sorgen, dass die Kainischer Hasenjäger nicht gleich weitermachen können. Wegen ‚Dirndl hoch' und so." „Kahlß? Ist das eine Verwandte von deinem Freund?" Gasperlmaier nickte. „Ja. Und, wie gesagt, sie waren auch alkoholisiert, und ..." Plötzlich überfiel ihn wieder die Erinnerung daran, was er gestern getan hatte, nachdem er selbst ein bisschen was getrunken gehabt hatte. Er verstummte, würgte an den Worten, die nicht hervorkommen wollten. „Ist was, Gasperlmaier? Kriegst du keine Luft?" Er winkte ab. „Ist schon in Ordnung. Alles okay." Die Frau Doktor aber bedachte ihn mit einem beunruhigten Blick. Vielleicht, so dachte Gasperlmaier bei sich, musste er die Frau Doktor um Rat fragen, sie hatte, was Beziehungen betraf, jedenfalls mehr Erfahrung als er selbst.

Nun stand sie sogar auf und trat vor ihn hin. „Sag, hast du dich heute schon einmal in den Spiegel geschaut?", fragte sie. Gasperlmaier schüttelte den Kopf. „Das wird schon wieder!" „Du hast nämlich nicht nur ein blaues Auge", erklärte sie, „sondern der ganze Augapfel ist blutunterlaufen. Du siehst aus wie ein Zombie. Ich glaube, du musst zum Augenarzt. Siehst du denn überhaupt etwas?" „Ja, ja!" Das fehlte gerade noch, dass sie ihn jetzt zum Arzt schickte. Da würde er dann stundenlang im Wartezimmer sitzen, womöglich den anderen Patienten erklären müssen, woher er sein blaues Auge hatte, und der Doktor würde ihn mit einem Fläschchen Augentropfen wieder wegschicken. Nein, das kam nicht in Frage.

„Halt dir doch einmal das linke Auge zu. Siehst du da was?" „Tadellos!", log Gasperlmaier, denn das Auge tränte fast unablässig, und die Welt erschien ihm etwas neblig. „Na ja. Wie du meinst." Sie wandte sich achselzuckend von ihm ab.

Gasperlmaier fiel ein, dass er noch etwas zu berichten hatte. „Die Sängerin ... diese Andrea ... Andreva. Die war gestern bei mir. Und sie will auf keinen Fall, dass bekannt wird, mit wem sie oben auf der Alm beim Pfeifertag war. Sie hat mit diesem Mann ..." Wieder erstarb seine Stimme. Über außereheliche Beziehungen zu reden, das spürte er, war ihm heute einfach nicht möglich. „Er ist schon die ganze Zeit so komisch", erklärte die Manuela. Er musste sich zusammenreißen. Das Letzte, was er brauchte, war, dass ihn die beiden Frauen heute psychologisch in die Mangel nahmen und sein Seelenleben am Ende pudelnackt vor ihnen ausgebreitet lag. „Sie will nicht, dass ihr Verhältnis mit dem Herrn von den Bundesforsten publik wird!", sagte er mit fester Stimme. Die Frau Doktor nickte. „So etwas Ähnliches habe ich mir auch schon vorgestellt. Ich sehe aber den Zusammenhang mit den Ermittlungen nicht." „Der Herr Widmann soll sehr jähzornig sein", erklärte Gasperlmaier. Die Frau Doktor zuckte mit den Schultern. „Wenn er kein Motiv hat, wird er auch nicht ausgerastet sein. Ich sehe momentan drei mögliche weitere Ermittlungsschritte: den ‚Jogler' zu finden, unseren

Hassposter, und dann die Tochter der Heidi zu interviewen, ihr wisst schon, die der Edelmann so mies behandelt hat. Und dann natürlich noch diesen Schwingenschlögel. Und zu guter Letzt, wenn wir dann immer noch mit leeren Händen dastehen, fahren wir noch einmal zur Ehefrau hinaus, vielleicht ergibt sich da irgendetwas Neues, das uns weiter beschäftigt." „Ein Motiv", warf Gasperlmaier ein, „könnte er schon haben. Die Andrea Winterauer hat nämlich angedeutet, dass der Widmann sehr eifersüchtig ist. Möglicherweise auch auf den Pönitzer, sie hat durchklingen lassen, dass der ihr einmal nachgestellt hat. Oder sogar, dass sie etwas miteinander hatten!"

Bevor die Frau Doktor noch antworten konnte, klingelte Gasperlmaiers Telefon. „Polizei Altaussee, Gasperlmaier", meldete er sich. „Hallo", sagte eine zögerliche Frauenstimme. „Ich weiß nicht, was ich machen soll. Mein Freund ist verschwunden." Gasperlmaier schüttelte den Kopf. „Liebes, gnädiges Fräulein", erklärte er. „Wir können doch nicht jeder Dame den verschwundenen Freund suchen gehen! Da wären wir das ganze Jahr über mit nichts anderem beschäftigt!" „Aber ..." Die Frau begann zu schluchzen, und im gleichen Moment tat Gasperlmaier leid, dass er so grob gewesen war. „Wie heißen S' denn?", fragte er. „Barbara Kövesi. Ich bin Ungarin." Er hatte sich schon gefragt, woher der ungewöhnliche Akzent kam. Er notierte. „Und der junge Mann, um den es geht? Wie heißt der?" „Sebastian. Sebastian Haudum." Gasperlmaier verstand zunächst nicht. „Wie, noch einmal?" „Sebastian Haudum!", wiederholte sie mit tränenerstickter Stimme. Gasperlmaier fuhr hoch, winkte die Frau Doktor und die Manuela an seinen Schreibtisch heran und schaltete den Lautsprecher zu. „Ist das der Sebastian Haudum, der bei einer Gruppe spielt, bei den Kainischer Hasenjägern?" „Ja!", antwortete die Frau. „Kainischer Hasenjäger. Sein Chef ist geworden getötet vor paar Tagen. Jetzt ich habe solche Angst ..." Die Frau Doktor entriss Gasperlmaier den Telefonhörer. „Hören Sie, wir kommen sofort zu Ihnen! Bleiben Sie, wo Sie sind!" Sie gab den Hörer zurück, und Gasperlmaier fragte die Barbara nach ihrer Adresse. Es war nicht weit entfernt, ein Mehrparteienhaus an der Straße zwischen Altaussee und Bad Aussee. „Fräulein, lieber Franz, gibt's schon lange keines mehr", wies ihn die Frau Doktor auf dem Weg über die Stiege zurecht. „Schon gar nicht im dienstlichen Verkehr!" Er nickte und war froh, dass sie es eilig hatten, sodass keine uferlose Debatte entstehen konnte.

„Guten Tag!" „Frau Kövesi?" Die dunkelhaarige junge Frau, die die Tür geöffnet hatte, nickte verschüchtert. „Sie kommen herein, bitte?", sagte sie und versuchte sich an einem Lächeln. Die Frau Doktor und Gasperlmaier traten in den engen Vorraum. Die Wohnung war bunt eingerichtet, sehr bunt, aber nicht ungemütlich. Die Besitzerin schien ein Faible für Regenbogenfarben zu haben, denn nicht nur auf Polstern und Postern zeigten sie sich, sondern auch auf Tischtüchern und Decken. „Bitte!", sagte die Barbara und wies ihnen den Weg zum Sofa. Auch sie selbst trug ein langes Kleid mit Regenbogenmuster, das Gasperlmaier irgendwie an Hippiezeiten erinnerte. Der Barbara fiel anscheinend auf, dass Gasperlmaier die vielen Regenbogen erstaunt musterte. „Szivárvány!", sagte sie. „Ist Regenbogen auf Ungarisch. Ich bin Künstler, so wie Sebastian. Und ich habe gemacht ein Kinderbuch, und eine Musical, was heißt ‚Regenbogen'. Deswegen ..." Sie wies mit einer unbestimmten Geste in den Raum. „Sehr schön!", sagte die

Frau Doktor und setzte sich. „Was ist jetzt also mit dem Herrn Haudum?" „Bitte Sie setzen sich auch!", bat die Barbara Gasperlmaier. Er versank ein wenig im allzu weichen Sofa. Sie setzte sich ihm gegenüber auf die Stuhlkante und legte die Beine elegant zur Seite. „Ist nicht nach Hause gekommen. Hat nicht gerufen an. Ist verschwunden, ich kann ihn auch nicht rufen an auf dem Handy. Ist tot." „Was?", fragte Gasperlmaier. Die Barbara lächelte. „Nein, nicht Sebastian. Ist das Handy tot!" Sie wischte sich eine Träne unter einem Auge weg.

„Jetzt einmal ganz von vorne, Frau Kövesi. Sie müssen wissen, als vermisst gilt ein erwachsener Mann nicht, wenn er einmal abends nicht nach Hause kommt, aber hier haben wir es mit einem Mordfall im unmittelbaren Umfeld des Herrn Haudum zu tun, deswegen interessiert es uns, was Sie zu erzählen haben." Die Barbara nickte. „Hat gearbeitet in Bootshaus. Gestern. Immer macht Schluss so fünf, halb sechs. Wenn letztes Boot zurückgekommen. Dann wir meistens telefonieren oder schreiben Nachricht. Wer kauft ein, gehen wir in Gasthaus oder so. Gestern nichts. Ich rufe an, zehnmal. Immer sagt, Teilnehmer nicht erreichbar. Ich rufe an Nicole aus Goisern, was ist seine Partnerin in Band. Sie ihn nicht hat gesehen. Auch keine Probe gestern. Nicole sagt, Band noch nicht komplett." „Geht er vielleicht abends auch einmal allein ins Wirtshaus? Vielleicht hat er auch nach neuen Bandmitgliedern gesucht?" Die Barbara schüttelte den Kopf. „Ist nicht sein Art – er immer kommt gleich nach Hause zu mir. Wir sind sehr verliebt." Ein neuerliches schüchternes Lächeln hellte ihr Gesicht ein wenig auf. Die Frau Doktor nickte. „Wir lassen so schnell wie möglich sein Telefon überprüfen. Haben Sie seinen Arbeitgeber angerufen?" „Nein, ich nicht ... ich habe keine Nummer. Außerdem er ist nicht nett, ist oft Streit, weil ... ich glaube, geht um Überstunden. Sebastian oft hat geschimpft über ihn." „Interessant!", sagte die Frau Doktor und hob die Augenbrauen. „Wie heißt denn der Mann?" „Hi-as", sagte die Barbara. „Ich nicht richtig kann aussprechen. Sebastian sagt, kommt von Matthias. Ist Mann mit sehr rotes Kopf, ist auch Pfeifenvater in Musikgeschäft." „Der Bösch Hias? Der war doch auch an der Rauferei beteiligt, oben auf der Alm. Und das nicht gerade auf Seiten vom Sebastian!" Die Barbara nickte. „Ja, Sebastian hat erzählt, dass Schlägerei. Aber danach sie wieder sich haben vertragen und miteinander getrunken Schnaps." „Und Sie haben keine Ahnung, wo er sich sonst aufhalten könnte? Bei seinen Eltern, vielleicht?" „Dort ich habe auch angerufen. Seine Mutter auch sich macht große Sorge, weil sie weiß, dass Sebastian ist verlässlich. Sagt immer, wann kommt und wann geht. Und wohin geht."

Gasperlmaier war skeptisch. Gab es einen solchen Mann, der seiner Mutter und seiner Freundin über jeden Weg Rechenschaft ablegte? Bei der Gelegenheit fiel ihm leider wieder ein, wo er sich gestern Nacht aufgehalten hatte, und er hatte das Gefühl, als steige ihm Schamesröte ins Gesicht. Hoffentlich bemerkte es niemand. Was ihn auch wunderte, war, dass weder der Bösch Hias noch der Sebastian bisher erwähnt hatten, dass sie beruflich miteinander zu tun hatten und sich daher kennen mussten.

„Frau Kövesi, hat Ihnen Sebastian jemals was erzählt über die Streitigkeiten unter den Musikern, namentlich über die Auseinandersetzungen mit den Volksmusikern, die es seit der Gründung der Kainischer Hasenjäger gab?" Die Barbara schüttelte erneut den Kopf. „Nicht große Probleme, nur kleine Streitereien, ein paar böse Kommentare auf Facebook oder Instagram, aber alle so, dass danach wieder er kann lachen, und wir zusammen können lachen über Streiterei. Nichts Besonderes." „Hat er darüber geredet, mit wem der Christian Pönitzer, sein ermordeter Bandleader, mit wem der Verhältnisse gehabt hat?" „Verhältnisse?", fragte die Barbara zurück. „Frauen!", ergänzte Gasperlmaier. „Ob da Frauen im Spiel waren?" Die Barbara nickte. „Sebastian sagt, Christian alle Frauen ..." Sie stockte und suchte nach Worten und gestikulierte ein wenig mit ihrem schmalen Arm. „Also, alle, was nicht ist bei drei auf Bäume, er ..." Wieder brach sie den Satz ab. „Wir verstehen schon. Der Pönitzer hat also mit vielen Frauen etwas angefangen", sagte die Frau Doktor. „Ja, so!", stimmte die Barbara zu. „Aber Sebastian hat keine andere Frau angeschaut, wir sind sehr verliebt, ich habe schon gesagt. Sie möchten vielleicht einen Kaffee?" „Nein, Frau Kövesi", sagte die Frau Doktor. „Ich glaube, es ist jetzt gescheiter, dass wir uns auf die Socken machen und nach Ihrem Freund suchen." Die Barbara schlug erschrocken die Hand vor den Mund. „Sie glauben, dass ihm etwas ist passiert?" „Nein, nein! Machen Sie sich einstweilen keine Sorgen! Den finden wir schon!" Gasperlmaier hoffte, dass die Frau Doktor da keine voreiligen Versprechungen abgab.

„Haben Sie gehabt Unfall?", fragte die Barbara, als sie sie zur Tür brachte, und deutete auf Gasperlmaiers Auge. „Ach, nicht Besonderes!", wiegelte er ab. „Das wird schon wieder." „Gute Besserung!", rief ihm die Barbara nach, als er schon auf dem Weg die Treppe hinunter war.

„Ganz im Ernst, Franz. Du solltest zum Arzt. Mit dem Augenlicht ist nicht zu spaßen. Und wenn du am Ende ... einen Dauerschaden davonträgst, dann ist Schluss mit dem Außendienst, dann setzen sie dich irgendwo in ein Büro, wo du verschimmelst!" „Morgen", versprach

Gasperlmaier. „Ich versprech's. Wenn es morgen noch irgendein Problem gibt, dann geh ich!" „Wenn's dann nicht zu spät ist!", seufzte die Frau Doktor. „Auf jeden Fall würde ich eine Sonnenbrille aufsetzen. Dann ersparst du dir die blöden Fragen, und es fällt eh nicht auf, weil die Sonne scheint." „Die ist aber leider im Streifenwagen", gab Gasperlmaier zu bedenken. „Und jetzt sollten wir schauen, dass wir den Sebastian finden. Fahren wir zum Bootsverleih?" Die Frau Doktor nickte und gab Gas.

Gasperlmaier beugte sich vor und lenkte seine Blicke nach oben. „Wenn mich nicht alles täuscht", meinte er, „dann würd ich bald eh blöd ausschauen mit Sonnenbrille." Er deutete nach oben. „Da kommt's ordentlich daher, über den Tressensattel!" Dunkle Wolkenberge schoben sich vor die Sonne. „Da wird wahrscheinlich auch beim Bootsverleih nicht viel los sein!", sagte die Frau Doktor. „Schauen wir einmal." Gasperlmaier nahm seine Dienstmütze ab und legte sie sich aufs Knie.

Als sie beim Bootsverleih eintrafen, fielen bereits die ersten Tropfen. „Schnell!", mahnte Gasperlmaier, „dass wir uns noch in der Bootshütte unterstellen können!" Leider aber war, als sie das Bootshaus betraten, niemand zu sehen. Es war dunkel geworden, und der See hatte eine steingraue Farbe angenommen. Wind war noch keiner aufgekommen, und so wurde der Seespiegel nur durch die dicken Tropfen gestört, die klatschend auftrafen. „Keiner da!", stellte Gasperlmaier fest, was auch ohne Worte klar gewesen wäre. Allerdings steuerte ein Elektroboot auf das Bootshaus zu. „Können Sie uns helfen?", rief ein junger Mann, der hinter dem Steuer des Bootes schon aufgestanden war. „Wir möchten anlegen! Da kommt ein Sturm!" Gasperlmaier nickte, nahm den Bootshaken zur Hand, der an der Wand lehnte, und begab sich auf das schmale Brett, das die Bootsanlegestellen voneinander trennte. „Jetzt auf langsam schalten. Jetzt abschalten!", kommandierte er, und das Boot trieb auf ihn zu. Er packte die Öse am Bug mit dem Haken und zog es in die Anlegestelle. „Danke!" Die junge Frau auf dem Beifahrersitz strahlte ihn an. „Ich hab schon solche Angst gehabt!" Sie hatte blaue Haare, schien aber sonst ganz normal zu sein. Gasperlmaier reichte ihr die Hand und half ihr auf das Brett. „Vorsicht!", mahnte er. „Schmal!" „Ich hätte da eine Frage", sagte die Frau Doktor. „Wie lange waren Sie unterwegs? Und wer hat Ihnen das Boot vermietet?" „Nicht einmal eine Stunde! Und wir wollten uns eigentlich einen einsamen Strand suchen!" Sie lächelte ihren Freund an und legte einen Arm um seine Hüfte. „Der Vermieter war ein älterer Mann mit einem roten Kopf", erklärte der. „Warum?"

Der Regen, so stellte Gasperlmaier fest, wurde stärker und trommelte lautstark aufs Dach. Im gleichen Moment tauchte der Bösch Hias in der Tür des Bootshauses auf. „Himmelherrgott Sakrament!", fluchte er und warf seinen tropfnassen Hut in einen Klappstuhl, der vor dem Tischchen mit der blechernen Kassa stand. „Und mit keinem Wort sagen sie einem etwas im Wetterbericht! Und dann fällt mir auch noch der Haudum-Bub aus! Kommt einfach nicht! Ruft nicht einmal an! Und mich zerreißt's fast vor lauter Arbeit!"

„Entschuldigung!" Der junge Mann tippte dem Bösch Hias auf die Schulter. „Kann ich zahlen?" Der Hias warf seinen Hut auf den Boden, setzte sich auf den Stuhl und zog ein zerknittertes Schulheft heran, in dem er anscheinend seine Vermietungen registrierte. „Eine Stund? Zwanzig Euro." „Wir waren aber nicht einmal eine halbe Stunde draußen. Wegen dem Regen!"

Der Mann deutete zum Dach hin, auf das der Regen immer heftiger trommelte. „Aber bestellt haben S' für eine Stunde!" Der junge Mann schob seinen Unterkiefer vor. „Aber ich zahl nicht mehr, als ich gefahren bin! Da kann ja ich nichts dafür, dass ein Gewitter kommt!" Gasperlmaier vernahm Donnergrollen und fragte sich, wie lange sie hier herinnen ausharren mussten, bis sie wieder halbwegs trockenen Fußes zum Auto gelangen konnten.

„Dann halt zwölf Euro, in Gottes Namen!", seufzte der Hias, trug den Betrag ein und warf das Geld, das ihm der junge Mann hinhielt, achtlos in die Kassa. „Jetzt wird's lustig!", meinte die junge Frau mit den blauen Haaren und stürzte sich mit einem Juchzer hinaus in den strömenden Regen. Der junge Mann folgte ihr, nicht ohne eine dünne Windjacke schützend über seinen Kopf zu ziehen.

„Wir suchen den Sebastian Haudum. Seit gestern Nachmittag hat niemand von ihm gehört", eröffnete die Frau Doktor das Gespräch. „Ihr seid's gut! Den such ich ja selber! Der hat gestern hier zugesperrt und ist mir mit dem Schlüssel auf und davon!" Der Bösch Hias, fand Gasperlmaier, sprach viel zu laut, fast, dass er die Frau Doktor anschrie. Dazu gestikulierte er wild. So, als ob ihm er und die Frau Doktor persönlich etwas angetan hatten.

„Und? Haben Sie Erkundigungen eingezogen? Wo er sein könnte?" Der Bösch Hias schüttelte den Kopf. „Dazu, liebe Frau, hab ich keine Zeit! Ihr glaubt's ja nicht, um was ich mich alles kümmern muss! Ich weiß ja gar nicht mehr, wo mir der Kopf steht!" Er griff sich an den Schädel, der tatsächlich wieder einmal so rot angelaufen war, dass man meinen konnte, ein Schlaganfall stünde unmittelbar bevor. „Wie ist denn hier normalerweise der Ablauf?", fragte die Frau Doktor. „Also, wer ist wann hier im Bootshaus?" "Na, das muss der Haudum schon alleine hinkriegen! Die paar Boote da ... Es fehlt übrigens eins! Da sind mir wieder einmal ein paar so Falotten durchgegangen ... Dabei sag ich's dem Haudum ja immer, dass er ein Pfand verlangen soll. Oder eine Kopie von einem Ausweis." Die Frau Doktor sah um sich. "Ich seh hier keinen Kopierer." "Ja, eh. Sag ich ja. Ein Pfand halt. Eine Uhr. Oder einen Ehering, meinetwegen."

"Was meinst du denn, durchgegangen?", fragte Gasperlmaier. Der Bösch stemmte die Arme in die Hüften und sah auf den See hinaus. Wind war aufgekommen, und die Oberfläche des Wassers kräuselte sich zunehmend. Inzwischen sah es, obwohl heller Vormittag war, fast schwarz aus. "Da gibt's welche, die borgen sich ein Boot für den ganzen Tag aus. Dann fahren s' hinüber ans andere Ufer, und dort tun sie dann nackert baden, oder sonst noch irgendwas." Er grinste schäbig. "Und dann wird's ihnen zu teuer, oder der Saft geht ihnen aus, und sie hängen es irgendwo an und sind dahin!" Er schlug mit der flachen Hand auf seinen Klapptisch, dass der nur so schepperte. "Was ist denn eigentlich mit deinem Auge passiert, Gasperlmaier?" Der Hias deutete auf Gasperlmaiers Gesicht. "Bist du am Sonntag auf der Alm irgendwie zwischen die Fronten geraten?" "Lange Geschichte!", winkte Gasperlmaier ab.

"Und wann haben Sie den Sebastian zum letzten Mal gesehen?", fragte die Frau Doktor. Der Bösch Hias zuckte mit den Schultern. "Ich war schon irgendwann am Nachmittag einmal da. Geld ausleeren." Er deutete auf die auf dem Tisch stehende Blechkasse. "Genauer?", bohrte die Frau Doktor nach. "Was weiß denn ich!", regte sich der Hias wieder auf. "So um drei herum, schätze ich." "Wie ist denn der Sebastian hierhergekommen? Mit dem Auto?" Der Hias schüttelte den Kopf. „Soviel ich weiß, hat der gar keines. Mit dem Radl vielleicht, oder dem Moped." „Sie wissen es also nicht", fasste die Frau Doktor zusammen. „Warum beschäftigen Sie eigentlich den Sebastian? Wo Sie doch mit seiner Musik absolut nichts anfangen können? Mein Kollege behauptet, Sie wären sogar in eine Rauferei auf der Alm verwickelt gewesen, auf verschiedenen Seiten?" Gasperlmaier konnte sich nicht erinnern, so etwas behauptet zu haben, aber er hielt lieber den Mund. „Rauferei!", wiederholte der Hias abschätzig. „Das war eine kleine ... eine Meinungsverschiedenheit, mehr nicht!" „Bei der aber offensichtlich Blut geflossen ist? Es mussten danach mehrere Personen verarztet werden?" Der Hias zuckte mit den Schultern. „Ja, mei!", sagte er, verstummte dann aber. „Noch einmal: Warum beschäftigen Sie ihn hier?"

„Wissen Sie", sagte der Hias, „der arbeitet schon für mich, seit er ein Bub ist. Seit er fünfzehn war. Ich kenn ja seinen Vater gut. Und sogar seinen Großvater. Und der Bub hat sich immer schon für die Boote interessiert, der ist ja schon mit zehn Jahren in den Ferien hergekommen und hat ausgeholfen, wenn ich ihn dafür einmal am Tag fahren lassen hab. So ist das!" Der Hias war ein wenig außer Atem und setzte sich auf seinen Klappstuhl, der unter seinem Gewicht ächzte.

„Sagen Sie, sollten Sie dafür nicht eine Registrierkasse haben?" Die Frau Doktor deutete auf die Blechbüchse, in der sich unordentlich das Geld stapelte. Der Hias schoss sofort wieder in die Höhe. „Ja, was glauben denn Sie, wie viel man mit so einem Bootsverleih verdient! Glauben Sie, ich kann mir da eine aufwendige Elektronik für eine Kassa leisten? Und dann womöglich noch jedes Boot mit GPS ausrüsten, damit ja keiner eine

Fahrt macht, von der das Finanzamt nichts weiß? Seid's ihr denn komplett verrückt geworden?" Die Frau Doktor schüttelte den Kopf. „Nein, Herr Bösch. Aber wenn Sie weiterhin ein bisschen Schwarzgeld mit Ihren Booten machen wollen, dann rate ich Ihnen, mit uns zu kooperieren, denn sonst könnte es sein, dass ziemlich bald die Finanzpolizei bei Ihnen auftaucht!" Der Hias schüttelte entrüstet den Kopf und blickte auf den See hinaus.

„Woher kommt mein Gefühl, dass Sie uns etwas verschweigen?", fragte die Frau Doktor. Ihre Stimme hatte einen lauernden Unterton. Der Hias hob zum Beweis seiner Unschuld beide Hände hoch und zeigte ihnen die Handflächen. „Ich verschweig gar nichts, rein gar nichts. Und am Kooperieren soll es nicht fehlen! Fragen Sie nur!" Die Frau Doktor legte den Zeigefinger an die Lippen, sagte aber nichts. Der Regen rauschte auf das Dach herunter. Es war auch kälter geworden. Gasperlmaier fröstelte.

„Rufst du bitte einmal die Frau Kövesi an? Vielleicht kann uns die sagen, wie der Sebastian hierhergekommen ist?" Gasperlmaier nickte. Die Barbara hob sofort ab und begann zu schluchzen, nachdem er seine Frage gestellt hatte. „Ist ihm was passiert?", fragte sie. „Wissen Sie, was ihm passiert?" „Nichts ist passiert!", antwortete Gasperlmaier und stellte seine Frage. „Ein blaues Mountainbike", sagte er zur Frau Doktor, während er die Muschel mit einer Hand abdeckte. „Eher schon älter, Marke weiß sie nicht." Die Frau Doktor nickte. „Danke!", sagte Gasperlmaier. „Wir werden ihn bald haben, keine Sorge!" Er fragte sich allerdings, ob diesmal er der Barbara da nicht zu viel versprochen hatte.

„Wir schauen uns jetzt einmal um", erklärte die Frau Doktor und holte einen winzigen Knirps aus ihrer Handtasche. „Ich weiß nicht", sagte sie, „ob der für uns beide reicht!" Gasperlmaier besah sich das Ding skeptisch. Es war beige, mit einem roten Rosenmuster drauf. Kaum waren sie ins Freie getreten, prasselte der Regen auf seine Uniform, der Schirm half so gut wie gar nichts. Allerdings brauchten sie nicht lange zu suchen. Ein blaues Mountainbike lehnte an der Wand des Bootshauses. „Zum Auto!", rief die Frau Doktor. Auf dem Weg zur Beifahrertür musste Gasperlmaier auch noch den minimalen Schutz des Regenschirms abgeben und warf sich, bis auf die Haut durchnässt, in den Sitz. Die Frau Doktor, so stellte er mit einem Seitenblick fest, hatte wenigstens ihre Frisur retten können.

„Ich habe kein gutes Gefühl!", meinte sie, klappte ihren Schirm zusammen und die Sonnenblende herunter, um ihr Spiegelbild zu prüfen. „Der ist ohne sein Bike weg und nicht mehr aufgetaucht. Und ein Boot fehlt auch. Was machen wir, Gasperlmaier?" Der sah auf die Windschutzscheibe, die nahezu undurchsichtig war. Von innen war sie beschlagen, außen rann das Wasser an ihr herunter. Er warf einen Blick nach oben. Hoffentlich hielt das Stoffdach, bis es wieder zu regnen aufhörte. „Feuerwehr", sagte er. „Wir brauchen die Feuerwehr, wenn wir nach dem Boot suchen wollen. Das können wir nur vom Wasser aus, weil das Ufer ja nicht überall zugänglich ist. Und die Einzigen, die ich kenne, die ein Motorboot haben, das dafür taugt, sind die von der Feuerwehr."

Es dauerte eine gute halbe Stunde, bis sie an Bord des Feuerwehrbootes gehen konnten. Der Regen hatte nachgelassen, dennoch waren sie vom Bootsführer mit wasserdichten Feuerwehrjacken und Helmen ausgestattet worden. Was Gasperlmaier nicht viel half, denn seine klamme Kleidung klebte unter der dichten Jacke noch unangenehmer am Körper als zuvor.

„Wo schauen wir denn?", fragte der Pichler Hermann, der das Boot fuhr. „Drüben!", antwortete Gasperlmaier. „Am Südufer. Weil auf dieser Seite, an der Straße, da wäre ein herrenloses Boot wahrscheinlich schon jemandem aufgefallen." Der Hermann nickte und beschleunigte sanft. Dennoch mussten sich Gasperlmaier und die Frau Doktor an der Bordwand festhalten, um nicht umgerissen zu werden. Sie sah, so dachte Gasperlmaier bei sich, mit ihrem Kostüm und der Feuerwehrjacke schon etwas seltsam aus. Aber heute, musste er sich eingestehen, war es wirklich nicht vorhersehbar gewesen, dass sie sportliche Kleidung brauchen würden. Nicht einmal das Gewitter war ja vorhergesagt worden.

„Da fahren wir jetzt langsam entlang!" Gasperlmaier zeigte auf die Uferböschung. Zunächst sah man noch Wiesen am Ufer, auch ein paar Häuser gab es, und der See schien von dort leicht erreichbar. „Geht da ein Weg rundum? Oder eine Forststraße?", fragte die Frau Doktor. Gasperlmaier nickte. „Der Berg dort vorn, das ist der Ressen. Da geht ein Fußweg direkt am Steilhang entlang, meistens ein Stück oberhalb des Sees. Da kann man nicht einmal mit dem Radl fahren, oder nur schwer, und es gibt auch Stufen. Hinter dem Berg gibt's mehrere Forststraßen, die dann auch bis zur Weißenbachalm hinübergehen", erklärte er. Bald kamen sie in den Bereich des Ressen, und zu ihrem Glück hörte es auf zu regnen. Das Wasser allerdings war immer noch so unruhig, dass das Boot ordentlich schaukelte. Gasperlmaier ließ die Bordwand nicht los. „Da oben geht der Weg!" Gasperlmaier zeigte auf einen blauen Punkt im Wald, dort, wo man auch ein Stück Geländer sehen konnte. Das musste jemand sein, der einen blauen Regenumhang trug. Von einem Boot allerdings keine Spur.

„Da ist was!" Der Hermann deutete auf eine Stelle am Ufer, wo Gasperlmaier nichts erkennen konnte. Erst als der Hermann näher heranfuhr, erkannte er, dass da am Ufer kein Baumstamm, sondern ein Holzboot lag. „Können wir da ganz nahe ran?", fragte die Frau Doktor. Der Hermann nickte und manövrierte so nahe an das Boot, dass der Schotter unter dem Kiel knirschte und sie hineinsehen konnten. Es war voll Wasser. „Wenn ihr mich fragt, das liegt schon lange da. Das ist davongetrieben worden, und dann halt aufgegeben!" Gasperlmaier nickte und blickte nach oben. Über den Steilhang, der über ihnen aufragte, konnte niemand aus dem Boot nach oben gelangt sein. Der Hermann ließ den Motor aufheulen, ein Ruck ging durch das Boot und es befreite sich vom schotterigen Untergrund. „Außerdem", erklärte Gasperlmaier, „suchen wir ja nach einem Kunststoffboot. Da müsste auch der Name des Bootsverleihs draufstehen." „Welche Farbe hat es denn?", fragte die Frau Doktor. Gasperlmaier zuckte mit den Schultern. „Keine Ahnung! Warum?" „Ja, hast du denn nicht gefragt? Name und Farbe des vermissten Bootes, die Daten halt!" Gasperlmaier schüttelte den Kopf. Wenn das wichtig war, hätte sie ja auch selber fragen können. „Wenn's irgendwo ein Boot vom Bösch gibt, dann finden wir das auch!", versicherte er der Frau Doktor. „Hoffentlich!", meinte die.

„Sag einmal, Gasperlmaier, was ist denn eigentlich mit deinem Auge passiert?", fragte der Hermann, während sie weiter am Steilabhang des Ressen vorbeischaukelten. Inzwischen hatte er sich schon eine kurze Antwort zurechtgelegt, die nicht allzu viel verriet, die Frager aber hoffentlich befriedigte. „Ich hab dazwischengehen müssen, wie sich zwei in die Haare gekriegt haben. Und ich hab den Ellenbogen ins Gesicht gekriegt.

Von dem einen." „So, so!", kommentierte der Hermann. „Und wer waren die zwei?"

„Da! Da ist etwas Rotes!" Die Frau Doktor deutete aufgeregt auf einen schmalen Schotterstreifen am Ufer, wo tatsächlich ein roter Fleck zu sehen war. Er bewegte sich sogar. „Schaut aus wie ein Elektroboot!", stimmte der Hermann zu. Nach wenigen Sekunden konnte Gasperlmaier lesen, dass auf der Seitenwand der Schriftzug „Bösch-Boote" aufgemalt war. Das Boot dümpelte in den Wellen. „Anscheinend leer!", sagte Gasperlmaier. „Hier kann es aber niemand absichtlich liegen lassen haben!", meinte der Hermann und deutete auf die aufragende Steilwand über dem Uferstreifen. „Da gibt's keinen Weg hinauf!"

Als der Hermann, ebenso wie zuvor, nahe an das Boot herangesteuert hatte, schlug die Frau Doktor die Hände vor den Mund. Im Boot lag der Sebastian Haudum. Er rührte sich nicht. „Oh Gott!", rief die Frau Doktor, während Gasperlmaier an die Barbara Kövesi denken musste, die so beunruhigt daheimsaß und in den Sebastian verliebt war. Gewesen war. „Ist der tot?", fragte der Hermann. Die Frau Doktor nickte, während Gasperlmaier auf den See hinausblickte und tief Atem holte. „Sieht so aus!", sagte sie. „Gasperlmaier, du musst nach dem Puls sehen. Vielleicht ist er ja nur bewusstlos!" Gasperlmaier schnaufte noch einmal tief durch, sah aber ein, dass er dieser Aufgabe nicht entrinnen würde. Er konnte ja schlecht die Frau Doktor mit ihren Stöckelschuhen in den Uferschotter schicken. Er trat an den Bug des Bootes, dann auf die Bordwand und erreichte mit einem Sprung das trockene Ufer. Fast. Denn er geriet aus dem Gleichgewicht, musste den linken Fuß einen Schritt zurücksetzen und landete damit im Wasser.

Der Sebastian lag zusammengekauert vor den Rücksitzen des Bootes, seine Beine und der untere Teil des Körpers waren in den Spalt zwischen Vorder- und Rücksitzen gerutscht, sein Oberkörper und sein Kopf lagen auf dem Rücksitz. Als Gasperlmaier sich näherte, merkte er, dass der Sebastian die Augen geöffnet hatte und blicklos zum Himmel starrte. Da das Boot immer noch in den Wellen schaukelte, bewegte sich seine linke Hand, die auf dem Rücksitz lag, gespenstisch ein klein wenig hin und her, so, als wolle er Gasperlmaier zum Abschied zuwinken. Gasperlmaier wandte sich ab, sah auf den See hinaus und atmete tief durch. Dann griff er über die Bordwand und legte zwei Finger an den Hals des Toten, dort, wo man eventuell vorhandenen Puls spüren musste. Seine Finger drückten in kaltes Fleisch. Schnell zog er sie wieder zurück. Zur Frau Doktor gewandt, schüttelte er den Kopf. Sie verstand. „Kannst du etwas erkennen, das als Todesursache in Frage kommt?" Gasperlmaier sah sich die Leiche nochmals an. Diesmal, fand er, war es besonders schlimm, weil er den Toten kannte. Seit kurzem zwar erst, aber er war ihm nicht unsympathisch gewesen. Und vor allem kannte er auch seine Freundin, die jetzt eine schlimme Nachricht erwartete.

„Wir fahren jetzt zurück, es muss die ganze Mannschaft her. Wir brauchen auch noch mehr Boote, hier kann man ja zu Fuß nicht hin!" Gasperlmaier nickte. „Du bleibst am besten einstweilen hier und bewachst die Leiche. Wir können die nicht allein lassen, das siehst du doch auch so, oder?" Gasperlmaier war ganz und gar nicht wohl bei dem Gedanken, allein mit dem Toten im Elektroboot bleiben zu müssen, aber was blieb ihm anderes übrig, als zuzustimmen? Er nickte. Das Feuerwehrboot drehte ab und entfernte sich über den See.

Je leiser das Brummen des Außenborders wurde, desto einsamer und verlassener fühlte sich Gasperlmaier. Es war ja kein Wunder, wenn einem in so einer Situation alle möglichen blöden Gedanken kamen. Zuerst fiel ihm neuerlich die Barbara ein, dann, natürlich, die Maresi und schließlich seine Christine. Das versetzte ihn in eine Stimmung, dass er dachte, ihm würde nicht einmal mehr ein frisch gezapftes Bier schmecken, nie mehr. Es begann wieder zu regnen.

## 12

Vier Boote hatten auf dem schmalen Schotterstreifen angelegt, und es herrschte ein Betrieb wie an einem Badestrand. „Grüß Sie, Gasperlmaier!" Die Frau Doktor Wurm, die Gerichtsmedizinerin, schüttelte ihm kräftig die Hand. Sie schien bestens gelaunt zu sein, wie schon am Sonntag, als sie auf die Weißenbachalm hatte kommen müssen. Obwohl, so dachte Gasperlmaier bei sich, es sicherlich angenehmere Dinge gab, als bei Regen an einem einsamen Strand eine Leiche begutachten zu müssen. Irgendwie, fand Gasperlmaier, sah die Frau Doktor Wurm jünger und frischer aus als beim letzten Mal, als er sie gesehen hatte. „Gut schauen Sie aus!", sagte er deshalb unwillkürlich. Die Frau Doktor Wurm strahlte. „Es ist die Haarfarbe, nicht? Ich wusste ja, dass dieses Kastanienbraun zu meinem Gesicht passt. Nur mein Mann ..." „Und die Bandscheiben?", fragte Gasperlmaier. „Alles in Ordnung. Ich hab Ihnen ja schon am Sonntag erzählt, dass sie keine Beschwerden mehr verursachen. Wie durch ein Wunder!" Sie zwinkerte ihm zu, und Gasperlmaier nickte. Dass sie eine andere Haarfarbe trug als sonst, war ihm gar nicht aufgefallen.

„Können wir uns jetzt einmal die Leiche anschauen? Es ist ja nett, dass ihr euch so gut versteht, aber wir haben zu tun!" Die Frau Doktor klang etwas ungehalten. „Hat mich gefreut", sagte die Frau Doktor Wurm mit einem Lächeln und wandte sich ab. Gasperlmaier fragte sich, ob Frauen instinktiv erkannten, wenn ein Mann allein und zu allem bereit war. „In dieser Lage kann ich keinerlei äußere Verletzungen erkennen", sagte die Frau Doktor Wurm und beugte sich über die Bordwand des Elektrobootes. „Darf ich schon ...?" Die Frau Doktor nickte. „Ich muss, glaube ich, ins Boot steigen. Gasperlmaier, könnten Sie mich ... ja, Sie müssen schon näher heran! Danke!" Die Frau Doktor Wurm klammerte sich an Gasperlmaiers Oberarm fest. Als sie einen Fuß ins Boot gesetzt hatte, nahm er ihre Hand, damit sie nicht das Gleichgewicht verlor. „Wenn Sie nicht loslassen, kann ich mir den Toten nicht anschauen!" Er hatte ihre Hand zu lange festgehalten und ließ nun plötzlich los, so, als habe er sich verbrannt. Er grübelte zu viel und achtete zu wenig auf das, was um ihn herum geschah. Er musste sich konzentrieren.

Die Frau Doktor Wurm hob Sebastians linken Arm an. „Totenstarre ausgeprägt. Ich würde einmal sagen, nicht mehr als 24 Stunden tot." Die Frau Doktor nickte. „Gestern Nachmittag wurde er noch lebend gesehen." „Genaueres kann ich euch natürlich noch nicht sagen." Sie zog das durchnässte T-Shirt des Toten nach oben und öffnete seinen Gürtel. Gasperlmaier wandte sich ab. „Totenflecken sind vorhanden, lassen sich aber kaum mehr wegdrücken. Da liegen wir bei etwa 10 bis 20 Stunden seit dem Todeszeitpunkt. Schätzung", hörte Gasperlmaier. „Aus der Lage der Totenflecken schließe ich, dass er nach dem Tod nicht mehr bewegt worden ist. Der Tod scheint also eingetreten zu sein, nachdem er ins Boot geschafft wurde. Oder ganz kurz davor. Mehr ... da müsst ihr warten. Möglicherweise bis morgen, denn bis der in Graz ist, das dauert eine Weile!" „Könnte es sein, dass er ins Boot gestürzt ist?" Die Frau Doktor Wurm zuckte mit den Schultern. „Schon möglich. Oder gestoßen. Kann ich mir beides vorstellen."

Gasperlmaier sah wieder hin. Die Frau Doktor Wurm hatte den Leichnam teilweise entkleidet und wandte sich jetzt dem Kopf zu. Sie versuchte ihn so zu drehen, dass sie die Hinterseite sehen konnte. „Au

weh!", sagte sie. „Da hat aber einer kräftig zugehaut!"
„Aber warum gibt es kein Blut?", fragte die Frau Doktor. „Ein bisschen was ist da!" Die Frau Doktor Wurm zeigte mit ihrem behandschuhten Finger auf eine verkrustete Stelle am Hinterkopf. Gasperlmaier sah über sie hinweg in die Ferne. „Der Tod kann auch durch eine Hirnblutung eintreten. Eine innere. Dann ist außen nicht viel Blut zu sehen!", erklärte die Frau Doktor Wurm. Vorgestern noch hatte Gasperlmaier mit dem Sebastian gesprochen. So schnell war es aus mit einem Menschen. Jetzt lag er kalt und steif da im Boot, und seine Freundin würde sich seinetwegen die Augen ausweinen. Schrecklich war das. Hoffentlich, so dachte er bei sich, würde er wenigstens seine Christine wiedersehen. Was konnte nicht alles auf so einer Weltreise passieren! Und ... Er versuchte, diese Gedanken zu verscheuchen.

„Eine natürliche Todesursache", seufzte die Frau Doktor, „ist wohl auszuschließen. Wär ja auch zu schön gewesen, um wahr zu sein." „Also, wenn die Morde zusammenhängen", machte sich Gasperlmaier bemerkbar, „dann müssen wir den Niedrist und den Edelmann streichen. Weil die waren ja bei euch in Liezen in Gewahrsam." Wieder entrang sich der Brust der Frau Doktor ein Seufzer. „Fangen wir einmal ganz von vorne an: Wie ist der Sebastian in das Boot gekommen, und wie ist das Boot hierhergekommen? Und: War noch jemand im Boot, der sich von hier aus davongemacht hat?" Gasperlmaier schüttelte den Kopf und deutete auf die Steilwand über ihnen. „Da hinauf? Niemals. Da brauchst du Kletterausrüstung." Die Frau Doktor nickte. „Wenn jemand das Boot mit der Leiche gesteuert hätte, dann hätte er sich einen Platz ausgesucht, der zwar versteckt ist, von dem er aber leicht fliehen kann.

Oder sie." „Da gäb's zum Beispiel eine Fischerhütte, nur ein paar hundert Meter von hier entfernt. Von da aus geht ein Fußweg nach oben", erklärte Gasperlmaier. „Könnte man von hier dahin kommen, dem Ufer entlang?" Gasperlmaier schüttelte den Kopf. „Glaub ich nicht. Weißt du, was ich glaube?" „Red schon!", trieb ihn die Frau Doktor an. „Ich glaub, dass den jemand ins Boot geworfen, dann das Boot auf den See hinausgezogen und den Motor eingeschaltet hat. Dann ist das Boot führerlos über den See gefahren und halt zufällig hier gelandet, oder der Saft ist ausgegangen und es ist hier einfach angetrieben worden."

„Ob sie bei der Leiche ein Handy gefunden haben?" Gasperlmaier deutete mit dem Kinn nach der Tatortgruppe, die offenbar gerade dabei war, zusammenzupacken. Die Frau Doktor stapfte los. Gasperlmaier blieb zurück, beobachtete aber, dass die Männer die Köpfe schüttelten, als die Frau Doktor sie anredete. „Kein Handy", verkündete sie, als sie zurückkam. „Wir brauchen Taucher." „Aber eher beim Bootshaus, nicht?" Sie nickte und legte ihr Telefon ans Ohr.

„Die Theorie hat einiges für sich. Ich meine, dass das Boot hier führerlos angetrieben worden ist", sagte sie, nachdem sie ihr Gespräch beendet hatte. „Ist der Motor eingeschaltet?" Gasperlmaier beugte sich über die Bordwand. „Eingeschaltet, ja. Aber die Schraube dreht sich nicht. Entweder steckt sie im Schotter fest, oder die Batterie ist leer." „Können wir das hier feststellen?" „Sicher", sagte Gasperlmaier. „Ich brauch das Boot nur hinten anheben und schauen, ob sich die Schraube dann bewegt." „Das überlassen wir lieber der Technik. Wir sollten, finde ich, jetzt so schnell wie möglich ins Bootshaus zurückkehren, denn das, so vermute ich, ist unser Tatort!" Gasperlmaier nickte zustimmend. „Die Frau Doktor Wurm muss ohnehin zurückgebracht werden, da fahren wir gleich mit. Und die Tatortgruppe soll sich so schnell wie möglich das Bootshaus ansehen."

Auf dem Weg über den See hielt sich Gasperlmaier krampfhaft an der Bordwand des Feuerwehrbootes fest, denn der See war, obwohl das Gewitter vorbeigezogen war, noch sehr unruhig, und das Boot hüpfte nur so über die Wellen. Er hatte Sorge, dass ihm schlecht werden würde, und starrte auf den Horizont, während sich die beiden Damen unbeeindruckt und wegen des Lärms lautstark unterhielten. „Vor einem Jahr", sagte die Frau Doktor Wurm, deren Haare im Wind flatterten, „wäre ich noch gestorben bei so einer ruppigen Bootsfahrt. Die Stöße hätte mein Kreuz nicht ausgehalten." „Ich mag's gern!", antwortete die Frau Doktor. „Ich bin früher auch Wasserski gefahren." Gasperlmaier wunderte sich, was die Frau Doktor alles konnte. Nächstens würde sie ihm noch erklären, dass Fallschirmspringen oder Paragleiten auch zu ihren Hobbies zählten. Gott sei Dank drosselte der Hermann nun den Motor, denn sie waren fast am Bootshaus des Bösch Hias angekommen. „Ich muss euch daneben absetzen", erklärte er. „Die Buchten für die Elektroboote sind zu schmal für mich!" Gasperlmaier war froh, als er den Schotter unter dem Kiel knirschen hörte.

„Also, ich melde mich dann ehestmöglich!", verabschiedete sich die Frau Doktor Wurm. Als sie das Bootshaus betraten, saß der Bösch Hias gerade über sein Verleihheft gebeugt, in einer Hand einen Kugelschreiber, in der anderen eine Leberkässemmel. Alle Liegeplätze waren besetzt, bis auf den einen, der dem fehlenden Boot gehörte. Anscheinend hatte niemand Lust, kurz nach einem Gewitter bei unruhigem Wasser eine Bootsfahrt zu unternehmen. Der Geruch der Leberkäsesemmel führte dazu, dass sich Gasperlmaiers Magen mit einem unüberhörbaren Knurren zu Wort meldete.

„Habt's mein Boot gefunden?", fragte der Bösch Hias, nachdem er einen Bissen Leberkäsesemmel hinuntergeschluckt hatte. Die Frau Doktor nickte. „Herr Bösch, ich muss Sie bitten, mit uns hinauszukommen, denn das Bootshaus ist ab sofort ein Tatort und wird gesperrt, bis die Tatortgruppe alle Spuren gesichert hat." „Tatort?", nuschelte der Hias mit vollem Mund. „Was für ein Tatort? Hier gibt's keinen Tatort! Und wenn, dann nur, weil mir ein Boot gestohlen worden ist!" „Kommen Sie jetzt bitte mit uns hinaus! Und berühren Sie nichts mehr!" Die Stimme der Frau Doktor hatte schneidend geklungen, und der Hias leistete der Aufforderung, wenn auch kopfschüttelnd, Folge, nachdem er den letzten Rest seiner Semmel in den Mund gestopft hatte. „Das Heft bleibt hier!", wies ihn die Frau Doktor zurecht, als er Anstalten machte, es mit hinauszunehmen.

„Zusperren brauchen Sie nicht", fügte sie hinzu, „die Tatortgruppe wird gleich hier sein. Wenn sie drüben fertig sind." „Wo, drüben?", fragte der Hias. „Wollt's ihr mir nicht endlich einmal sagen, was eigentlich los ist?" „Setzen wir uns da hin!" Die Frau Doktor deutete auf ein paar Bänke in einer kleinen Parkanlage, die am Ufer gleich an das Bootshaus anschloss. Leider, so stellte sich heraus, waren die Bänke triefnass, und so mussten sie sich im Stehen unterhalten. „Herr Bösch", sagte die Frau Doktor, „Ihr Mitarbeiter, der Sebastian Haudum, ist drüben, am anderen Ufer, in einem Ihrer Boote aufgefunden worden." „Und was macht er da?", fragte der Hias, der anscheinend immer noch nicht verstanden hatte. Oder sich dumm stellte, das war immerhin auch eine Möglichkeit, fand Gasperlmaier. „Der Herr Haudum ist tot. Und es liegt kein natürlicher Tod und wohl auch kein Selbstverschulden vor." „Was? Was heißt denn das?", fragte der Hias. „Denken Sie einmal nach, dann werden Sie es schon verstehen!", entgegnete die Frau Doktor.

Der Hias knöpfte seinen Janker zu. „Wollen Sie damit andeuten, dass den jemand umgebracht hat?", fragte er. „Nicht nur andeuten!", gab die Frau Doktor zurück. „Und die Tat ist möglicherweise in Ihrem Bootshaus geschehen. Anders ist die Auffindungssituation des Toten nur schwer zu erklären." „Ja, ich hab ihn nicht umgebracht!" Aus dem Augenwinkel sah Gasperlmaier, dass ein zweites Feuerwehrboot gerade knirschend am Ufer auflief. Drei Mitglieder der Tatortgruppe in weißen Overalls stiegen aus und verschwanden hinter dem Bootshaus.

„Herr Bösch, jetzt brauchen wir schon genauere Angaben. Also, wann haben Sie den Sebastian zuletzt gesehen?" Der Hias breitete hilflos beide Arme aus. „Am Nachmittag halt. Ich hab noch zu ihm gesagt, dass er ja nicht vergisst, dass er zusperrt. Und er kann ruhig, das hab ich ihm auch noch gesagt, Abendfahrten annehmen, es ist ja noch lange hell, und gestern war ruhiges, schönes Wetter, da ..." „Der Herr Haudum war sicher nicht begeistert, dass er noch länger dableiben sollte?" Der Hias schüttelte den Kopf. „Na, das ist bei so einem Geschäft ... da muss man schon nehmen, was man kriegt! Und ich hab ja ... er hat ja auch ordentlich verdient, bei mir!" „Herr Bösch, mir geht es jetzt wirklich um eine genaue Eingrenzung der Uhrzeit. Was haben Sie denn nach dem Besuch im Bootshaus gemacht?" Dem Bösch Hias war die Frage unangenehm, das konnte man ihm an der Nasenspitze ansehen.

„Wahrscheinlich", half ihm Gasperlmaier, „bist du danach zum Dorfwirten hinüber!" „Ja, stimmt!", nickte der Hias, als wäre ihm das gerade erst wieder eingefallen. „Ich hab da … da hat es noch was Wichtiges zu besprechen gegeben!" „Mit wem denn? Dieser Zeuge könnte uns dann ja die Uhrzeit nennen, zu der Sie aufgetaucht sind?" Gasperlmaier grinste. „Das wird wahrscheinlich die Kellnerin gewesen sein, die Mirjana. Die ist ja die Hauptattraktion beim Dorfwirten!" Die Frau Doktor seufzte. „Die Kellnerin kann uns also eine Uhrzeit bestätigen, zu der Sie aufgetaucht sind? Und einen Kassenzettel wird's ja wohl auch geben, oder?" „Den hab ich aber nicht mitgenommen. Und außerdem ist es ein bisschen später geworden." „Das kann ich mir vorstellen. Franz, gehst du bitte ins Bootshaus hinüber? Die sollen dir das Verleihheft geben, wenn sie damit schon fertig sind. Ich möchte mir anschauen, wann das letzte Boot zurückgekommen ist. Das müsste uns helfen, zu rekonstruieren, bis wann der Sebastian im Bootshaus war. Vielleicht hat jemand wen kommen oder wegfahren sehen."

Gasperlmaier nickte und begab sich zum Eingang des Bootshauses, der durch ein rotweißes Plastikband abgesperrt war. „Hallo!", rief er ins Dunkel hinein. „Könnt's ihr mir das Verleihheft bringen, das müsste da auf dem Tisch gelegen sein." Plötzlich tauchte vor ihm einer der Weißgekleideten wie aus dem Nichts auf. „Der Hallo", sagte er, „ist schon gestorben. Und wir haben was viel Interessanteres. Sagst du der Frau Chefinspektor, sie möchte sich einmal herbemühen?" Gasperlmaier nickte, nahm seine Dienstmütze ab, weil die Sonne wieder hinter den Wolken hervorgekommen war, und stapfte durch den Schotter zurück. „Wir sollen ins Bootshaus … du sollst ins Bootshaus kommen", verbesserte er sich. „So?", fragte die Frau Doktor. „Warum denn?" „Sie haben was gefunden", blieb Gasperlmaier unspezifisch. Ihm hatte man ja nichts verraten wollen.

„Sie bleiben bitte hier. Genau hier!", ordnete die Frau Doktor an und ließ den Bösch Hias stehen. „Was gibt's?" Die Frau Doktor hatte das Absperrband ungeniert abgerissen. Einer der Tatortleute kam auf sie zu. „Schaut euch das einmal an!" Er deutete auf den Deckel der Bargeldkassa, die er in beiden Händen hielt. Er wies eine deutlich sichtbare Delle auf. „Und wir haben auch Blutspuren und Haare daran gefunden", erklärte er. „Wahrscheinlich die Mordwaffe. Dann noch ein paar minimale Spuren auf den Stegen. Sehr wenig Blut, viel zu wenig." Die Frau Doktor überlegte. „Na klar!", sagte sie schließlich. „Es könnte doch so gewesen sein: Der Sebastian zieht gerade ein Boot herein, oder er vertäut eines. In diesem Moment kriegt er mit der Kasse eins auf den Schädel, und weil er schon vornübergebeugt dasteht, stürzt er ins Boot! So muss es gewesen sein!" Sie drehte sich um. „Damit werden wir den Bösch jetzt gleich konfrontieren!" Sie schritt auf das helle Rechteck der offenstehenden Tür zu.

„Wart ein bisschen!", sagte Gasperlmaier. Ihm war gerade etwas eingefallen. „Wenn es der Bösch gewesen ist, dann hätte er doch die Kasse verschwinden lassen! Der kassiert doch nicht am nächsten Tag ungeniert mit der Mordwaffe weiter, wenn er es selber war!" „Da ist was dran!", gab die Frau Doktor zu. „Warum unnötig Täterwissen verraten? Wir lassen ihn laufen und überprüfen zuerst einmal sein Alibi, das machen wir!" „Das Heft!", erinnerte Gasperlmaier sie, als sie schon zur Tür hinauswollte. „Ach ja. Nimm du es mit. Ich bin heute irgendwie ... ein bisschen unkonzentriert." Sie griff sich an die Stirn. Gasperlmaier beunruhigte das ein wenig. Nicht, dass die Frau Doktor noch krank wurde. Wer konnte wissen, was für ein unangenehmer Kollege dann ihre Ermittlungen übernehmen musste? Er hatte da schon seine Erfahrungen.

Er deutete auf das Entlehnheft, das scheinbar unangetastet auf dem Klapptisch lag, auf dem nun auch wieder die Blechkasse abgestellt worden war. „Schon erledigt!", rief man ihm zu. „Kannst mitnehmen!" Gasperlmaier trat, das Heft in der Linken, in den Sonnenschein hinaus. Alles dampfte. Der Bösch Hias, so nahm Gasperlmaier wahr, hatte sich bereits auf den Weg zu seinem Auto gemacht. Es schien der dunkelrote Geländewagen zu sein, der auf der anderen Straßenseite parkte. „Herr Bösch!", rief ihm die Frau Doktor nach. „Wir hatten vereinbart, dass Sie auf uns warten!" Der Hias zuckte mit den Schultern und drehte sich zu ihnen um. „So geht das aber nicht!", ärgerte sich die Frau Doktor, als sie an seinem Geländewagen angekommen war. „Ich kann ja nicht ewig da herumstehen!", rechtfertigte sich der Hias. „Ich muss ja Geld auch noch verdienen! Wo Sie mir schon den Bootsverleih zugesperrt haben!" „Sie halten sich zu unserer Verfügung! Und meinetwegen können Sie jetzt fahren!" Der Ton, fand Gasperlmaier, war unnötig scharf. Schließlich war der Bösch Hias mit großer Wahrscheinlichkeit nicht ihr gesuchter Täter. Aber die Frau Doktor hatte es nun einmal nicht gern, wenn man sich ihren Anordnungen widersetzte. „So was!", sagte sie, als der Hias davonfuhr. Sie strich sich mit etwas nervösen Bewegungen ihren ohnehin faltenfreien Rock glatt.

„So!", sagte sie. „Und jetzt auf zum Dorfwirt!" „Hast einen Hunger?", fragte Gasperlmaier. Er erinnerte sich noch an den verführerischen Duft, den die Leberkäsesemmel des Bösch Hias verströmt hatte. „Na, für eine

Kleinigkeit zu essen können wir uns schon Zeit nehmen. Aber schnell muss es gehen!" „Dort drüben!" Gasperlmaier deutete nach rechts und ging voraus. „Grüß euch!" Die Mirjana stand hinter der Schank, als sie eintraten. Lediglich ein Tisch war besetzt, an dem zwei Männer Bier tranken. Die beiden maßen die Frau Doktor wortlos mit Blicken, prosteten einander zu und tranken weiter. „Wollt's was essen? Oder nur was trinken?" Die Frau Doktor trat an die Schank. „Hauptsächlich wollten wir was fragen." „Wegen dem Sebastian, gell? Ich hab's grad erfahren. Vom Willi!" Sie deutete mit dem Kinn auf einen der beiden Männer. „Er hat's vom Bösch Hias. Der hat's gleich gepostet." Die Frau Doktor, so dachte Gasperlmaier bei sich, konnte sich nun die Mühe sparen, zu fragen, woher die Mirjana vom Mord wusste. Aber, fiel ihm ein, es musste dringend jemand zur Barbara Kövesi, es durfte nicht sein, dass sie womöglich aus dem Netz erfuhr, was mit ihrem Freund geschehen war.

„Bin gleich wieder da!", sagte er zur Frau Doktor, trat auf die Straße und wählte die Nummer der Manuela. „Hast du Zeit?", fragte er hastig, ohne eine Antwort abzuwarten. „Du musst zur Freundin vom Haudum, zur Barbara Kövesi. Damit sie es von uns erfährt, was passiert ist. Aber du musst dich beeilen!" „Passt. Sagst du mir noch die Adresse?" Gut, dass die Manuela unkompliziert war. Das war in den letzten Tagen nicht so gewesen. Sekunden später war Gasperlmaier wieder in der Gaststube. Er beugte sich zur Frau Doktor und flüsterte ihr ins Ohr. „Ich hab die Manuela zur Kövesi geschickt, wegen ..." Die Frau Doktor nickte und lächelte ihm zu. „Sehr umsichtig! Danke!" Das Lob tat Gasperlmaier gut.

„Setzen wir uns kurz dahin?" Die Frau Doktor deutete auf einen Tisch, der von den beiden Biertrinkern möglichst weit entfernt war. Gasperlmaier legte das Heft vor sich auf den Tisch. Die Mirjana nickte. „Ich hab grad ein bissl Zeit. Ist ja noch früh fürs Mittagessen." Die Mirjana hatte einen ganz leichten, zauberhaften slawischen Akzent. Sie war, so erinnerte Gasperlmaier sich, mit ihren Eltern vor dem damaligen Krieg in Bosnien geflohen. Und mit ihr war der Dorfwirt erst so richtig aufgeblüht. Was eine umsichtige, freundliche Kellnerin doch ausmachen konnte.

„Frau ..." „Sagen Sie einfach Mirjana. Machen alle!" Die Mirjana lächelte, als sie sich setzten. „Darf ich nicht zuerst ... zu trinken, zu essen?" „Schnell muss es gehen!", sagte die Frau Doktor. „Wir haben nicht viel Zeit!" „Schnell geht nur Suppe", sagte die Mirjana mit einem bedauernden Schulterzucken. „Weil sonst wird alles frisch gekocht!" Sie zählte an den Fingern auf. „Grießnockerlsuppe, Frittatensuppe, Leberknödelsuppe ..." „Mir bringst eine Leberknödelsuppe. Mit zwei Knödeln", sagte Gasperlmaier. „Und ein Bier." Erst, als die Frau Doktor eine Frittatensuppe und ein Mineralwasser bestellt hatte, fiel ihm ein, dass er ja mittags kein Bier mehr hatte trinken wollen. Aber die Bestellung war ihm so zur Gewohnheit geworden, dass sie praktisch automatisch aus ihm herauswollte, ohne dass er überhaupt darüber nachdenken hätte können. Nun war es, so sagte er sich, ohnehin zu spät. Die Mirjana verließ die Gaststube, um in der Küche die Bestellung aufzugeben, und kehrte mit den Getränken an ihren Tisch zurück.

„Mir fällt jetzt erst auf", sagte die Mirjana, als sie sich gesetzt hatte, „dass ... was ist denn mit Ihrem Auge! Das sieht ja schlimm aus!" „Ach, nichts!", winkte Gasperlmaier ab und nahm sich gleichzeitig vor, morgen seine Sonnenbrille mitzunehmen, damit er nicht dauernd Erklärungen abgeben musste. „Im Einsatz. Ist schon besser!" Die Mirjana schien sich mit seiner einsilbigen Erklärung zufriedenzugeben, musterte aber immer wieder sein Gesicht, so, als liege ihr ein Ratschlag auf der Zunge, den sie aber nicht zu geben wagte. „Was wollen Sie wissen?", fragte sie stattdessen. Gasperlmaier nahm einen Schluck Bier. Den, so fand er, hatte er sich verdient. So eine Leiche zu finden war immer wieder ein Schock. Man konnte sich einfach nicht daran gewöhnen.

„War der Herr Bösch gestern hier zu Gast?", fragte die Frau Doktor. Die Mirjana lächelte. „Dreimal!", erklärte sie. „Zum Frühschoppen, zum Mittagessen und am Abend noch einmal." „Es geht um den Nachmittag. Wann ist er gekommen?" Die Mirjana stützte ihr Kinn auf die zur Faust geballte Hand. Sie war wirklich sehr hübsch. Sie musste sich unbedingt einmal als Narzissenkönigin bewerben, dachte Gasperlmaier, auch wenn das manchen, die allzu stur auf Traditionen pochten, nicht passen würde, weil sie für die immer noch eine Jugoslawin war. „Ich muss nachdenken", sagte sie. „Ah, ja!" Ihre Augen leuchteten auf. „Wir haben immer Ö3 eingeschaltet, in der Küche. Und der Hias hat ein Käsebrot bestellt. Und wie ich in die Küche gekommen bin, hat unser Koch, der Alfred, gerade Nachrichten gehört und so gemacht: Pssst!" Sie drückte einen Finger vor die Lippen. „Es war irgendwas Wichtiges, das er unbedingt hören musste. Aber ich weiß deswegen, es war gerade fünf vorbei." „Sehr gut!", sagte die Frau Doktor. „Und wann ist er gegangen?" Die Mirjana stand auf. „Ich schaue in der Kassa nach!" Sie ging zur Schank und tippte ein wenig auf dem Bildschirm herum. Dann trat sie wieder an den Tisch. „Er hat gezahlt um achtzehn Uhr dreiundvierzig. Ein Käsebrot und drei Gespritzte."

„Na wunderbar!", sagte die Frau Doktor. Aus der Küche ertönte eine Klingel, und kurz darauf stellte die Mirjana zwei dampfende Suppen vor sie hin. Für Gasperlmaiers Suppe hatte die Mirjana eine Schüssel ausgewählt, die Teller waren wohl für die zwei ansehnlichen Leberknödel, die in der Schüssel gar nicht schwimmen konnten, weil sie zu dick waren, nicht groß genug gewesen. Die Frau Doktor staunte. „Na, da hast du dir aber was vorgenommen!" „Ach geh!", sagte er und nahm seine Suppe in Angriff. Da sie heiß war, musste er ein klein wenig schlürfen und hoffte, dass es die Frau Doktor nicht stören würde.

„Hast du schon in das Heft geschaut?", fragte sie stattdessen. „Nein!", antwortete er und war über die Ablenkung froh. Er legte den Löffel beiseite und schlug das Heft auf. Er fuhr mit dem Finger die Listen entlang. Gestern, so schien es, war das Geschäft gut gelaufen. „Susanne, 17:50, 2,5 Stunden, €45,00", lautete der letzte Eintrag. „Um zehn vor sechs", erklärte Gasperlmaier, „da hat er etwas mit einer Susanne eingetragen. Und das soll zweieinhalb Stunden ... dabei habe ich gedacht, er ist mit dieser Barbara zusammen!" „Die ‚Susanne' ist wahrscheinlich ein Boot!", gab die Frau Doktor zurück. „Ich glaub sogar, dass ich sie im Bootshaus gesehen habe. Die haben alle Frauennamen. Und das bedeutet, dass die ‚Susanne' um 17:50 zurückgebracht wurde und zweieinhalb Stunden unterwegs war. Dafür hat er 45 Euro kassiert." Gasperlmaier war es peinlich, dass er den eigentlich klar verständlichen Eintrag so falsch gedeutet hatte. Schweigend löffelte er weiter seine Suppe. „Damit ist wohl fix, dass der Bösch aus dem Schneider ist, denn er ist wahrscheinlich hier in der Gaststube gesessen, als der Sebastian erschlagen worden ist. Zumindest kann ich mir nicht vorstellen, dass er nicht gleich, nachdem das letzte Boot zurückgekommen ist, Schluss gemacht hat. Immerhin war es schon sechs. Würde den Tatzeitpunkt auf ziemlich genau 18:00 einschränken. Die Touristen gehen, der Mörder kommt. Vielleicht hat er sogar draußen gewartet, bis die letzten Kunden weg sind." „Oder sie!", sagte Gasperlmaier und nahm seinen zweiten Leberknödel in Angriff. Der erste drückte ihn schon ein wenig im Magen, und wenn er gewusst hätte, wie groß die Leberknödel beim Dorfwirt waren, dann hätte er sich auf jeden Fall mit einer normalen Portion zufriedengegeben.

Die Mirjana trat wieder an ihren Tisch. „Kann ich noch was für euch tun?" „Ja!", nickte die Frau Doktor. „War der Bösch alleine hier, oder ist er mit jemandem zusammengesessen?" „Er war am Stammtisch." Die Mirjana deutete auf den Tisch, an dem die zwei Biertrinker einander gerade mit frisch eingeschenkten Seideln zuprosteten. „Da ist unser Gemeindesekretär gesessen, der Waldi." „Waldi?", fragte die Frau Doktor etwas überrascht nach. Die Mirjana lachte. „Ewald heißt er. Aber alle sagen Waldi zu ihm. Dann war später noch der Kletzmayr da, von der Musikkapelle. Der hat auch ein Seidel getrunken, der ist aber vor dem Bösch gegangen. Sonst ... Da kann ich mich an keinen erinnern. Viel los war nicht." Die Frau Doktor nickte. „Zahlen, bitte. Alles zusammen!" „Danke!", sagte Gasperlmaier. „Ich setz es auf die Spesenrechnung. Zwei Suppen und zwei Getränke wird man uns ja wohl zu Mittag gönnen!" Die Mirjana bedankte sich für ihr Trinkgeld, und die beiden standen auf. „Mir ist da noch was eingefallen! Draußen!", sagte Gasperlmaier. „So?", sagte die Frau Doktor. „Was denn?"

Vor dem Wirtshaus deutete die Mirjana nach rechts. „Da drüben wohnt die Kogler Mitzerl." Sie kicherte hinter vorgehaltener Hand. „Jeder sagt Mitzerl zu ihr, obwohl sie schon über achtzig Jahre alt ist!" „Und was ist mit dieser Mitzerl?" Gasperlmaier ahnte schon, was kommen würde. „Die Mitzerl hat viel Zeit, und sie schaut die meiste Zeit aus ihrem Fenster hinaus auf den See, weil sie das Fernsehen nicht interessiert. Und mindestens viermal am Tag kommt sie bei uns vorbei, weil sie zum Geschäft", die Mirjana deutete nach links, „einkaufen geht. Sie kauft immer nur ganz wenig, damit sie einen Grund hat, noch einmal zu gehen. Damit sie in Bewegung bleibt, sagt sie. Und mindestens zweimal am Tag kommt sie zu uns herein, trinkt einen Tee oder einen Kaffee, aber nur, wenn am Stammtisch jemand da ist, mit dem sie reden kann." „Und diese Mitzerl, nehme ich an, weiß so ziemlich alles, was sich am Ufer tagsüber abspielt?", schlussfolgerte die Frau Doktor. Die Mirjana nickte. „Na, dann auf, Gasperlmaier! Und vielen Dank!"

„Gleich im nächsten Haus, hat sie gesagt?", fragte die Frau Doktor. Gasperlmaier nickte, hatte aber ein ungutes Gefühl. Die Frau Doktor hatte bei alten, einsamen Leuten oft nicht das nötige Einfühlungsvermögen, das man brauchte, um etwas aus ihnen herauszubringen. Es musste immer alles schnell gehen, und da fürchtete er, dass sie bei der Mitzerl auf wenig Verständnis stoßen würden. „Da ist keine Klingel!" Die Frau Doktor sah suchend um sich. „Wahrscheinlich ist eh offen!" Gasperlmaier drückte auf die Türschnalle. Tatsächlich. Die Mitzerl hatte, wie es im Ausseerland üblich war, nicht abgesperrt. Hinter der Tür öffnete sich ein steiles, hölzernes Stiegenhaus. Das ganze Haus schien aus Holz errichtet zu sein. „Frau Kogler?", rief Gasperlmaier. „Sind Sie daheim?" Stille. „Frau Kogler?" Er stieg ein paar Stufen hinauf.

„Was ist denn? Wer ist denn da?", erklang plötzlich eine dünne Stimme. Kurz danach tauchte am oberen Ende der Stiege eine schmale, gebeugte Gestalt auf. „Ja, jetzt kommt sogar schon die Polizei zu mir? Das ist aber eine Freude!" Über ihre blassen, fast papieren aussehenden Gesichtszüge huschte ein Lächeln. „Kommt's doch herauf! Nur herein mit euch!" Sie schwenkte einladend ihren Stock. Gasperlmaier kletterte die schmale Treppe hinauf, die Frau Doktor hinterdrein. „Grüß dich, Frau Kogler!", sagte Gasperlmaier. „Sagst einfach Mitzerl zu mir!" Sie schüttelte Gasperlmaiers Hand, ließ sie nicht mehr los und musterte ihn. „Dich kenn ich doch! Du bist doch der Bub von der Gretl, von der Gasperlmaierin aus Altaussee! Das ist eine Schulfreundin von mir! Und du bist auch zur Polizei gegangen, so wie der Vater und der Großvater?" Gasperlmaier nickte. „Aber wie schaust du denn aus? Als ob du dich mit einer ganzen Horde von Banditen geprügelt hättest?" Sie zeigte auf Gasperlmaiers blaues Auge. Er tastete nach seiner Augenbraue und zuckte zusammen, als ihn sogar bei der leisen Berührung ein scharfer Schmerz durchfuhr. „Du musst ein bisserl besser auf dich aufpassen, Gasperlmaier. Sonst nimmt das noch ein böses Ende!" Sie zeigte mit der Spitze ihres Stockes auf Gasperlmaiers Bauch.

„Und wen hast du da mitgebracht? So eine elegante Dame? Ist das deine Frau?" Gasperlmaier musste grinsen, schüttelte aber gleichzeitig den Kopf. „Nein, Mitzerl, das ist die Frau Chefinspektor Doktor Kohlross von der Kriminalpolizei!" Die Mitzerl schlug eine Hand vor den Mund. „Jessas!", rief sie. „Die Kriminalpolizei? Ja, was will denn die von mir?" Die Frau Doktor war inzwischen neben Gasperlmaier getreten, was im engen Vorhaus schwierig war, und schüttelte der Mitzerl die Hand. „Grüß Gott, Frau Kogler!" „Und Sie sind eine richtige Frau Doktor? Was machen S' denn dann bei der Kriminalpolizei?", fragte sie misstrauisch. Die Frau Doktor lachte laut auf. „Ich bin zwar eine Frau Doktor, aber in Psychologie. Das kann man gut brauchen, bei der Polizei, wissen Sie?"

Gasperlmaier hatte mit der Frau Doktor noch nie darüber gesprochen, woher sie ihren Doktortitel hatte, aber dass es Psychologie sein könnte, hätte er nie vermutet. Wenn man bedachte, was für ein Chaos ihr Privatleben war – da sollte doch eine Psychologin, fand er, mehr Menschenkenntnis und Geschick vorzuweisen haben.

„Kommt's einmal herein!" Die Mitzerl deutete mit dem Stock in Richtung Küche. Die war sauber aufgeräumt, aber die Möbel stammten sicherlich noch aus den fünfziger Jahren. Sogar so ein weißer Nachkriegs-Küchenschrank mit abgerundeten Kanten hatte hier überlebt. Seine Mutter hatte dieses Möbel schon ausgemistet, als der Vater noch gelebt hatte, und sich eine moderne Einbauküche zugelegt. „Wenn sie was anbietet, nimm's einfach!", flüsterte Gasperlmaier der Frau Doktor zu. Die bedachte ihn mit einem skeptischen Blick. „Ah!" Die Mitzerl sank auf die Küchenbank nieder und lehnte den Stock neben sich an die Wand. „Die alten Knochen! Gut, dass ich noch jeden Tag zehnmal über die Stiege muss! Sonst könnt' ich mich eh nimmer rühren!" „Zehnmal?", fragte Gasperlmaier und zog sich einen Sessel an den Küchentisch. „Warum denn so oft?" Die Mitzerl grinste. „Weil ich so oft einkaufen geh! Immer wieder vergess ich was! Dann muss ich noch einmal hinunter. Und die Waschmaschine und meine Gefriertruhe, die hab ich auch unten!" Die Frau Doktor trat ans Fenster. „Sagen Sie, Frau Kogler, von hier aus haben Sie ja einen guten Blick über die Straße. Das Bootshaus sieht man, und wer beim Dorfwirt ein und aus geht, das können Sie auch sehen. Schauen Sie eigentlich oft beim Fenster hinaus?" Die Mitzerl nickte.

„Wollt's einen Schnaps? Ich hab einen guten! Den brennt mein Enkel, und er bringt mir alle Jahre zwei Flaschen vorbei. Eine zu Weihnachten und eine zum Geburtstag. Und ich hab noch nicht einmal die Weihnachtsflasche ... Geh, Gasperlmaier, weißt was? Gehst einfach zur Kredenz da hinüber!" Sie deutete auf ihren Küchenschrank. „Und holst das Flascherl da heraus. Und die Stamperl, die stehen auch gleich daneben!" Gasperlmaier tat, wie ihm geheißen, und stellte zur Flasche drei Stamperl auf den Tisch. „Schenk nur ein!", ermutigte ihn die Mitzerl. „Prost!", sagte Gasperlmaier, und alle drei tranken. Sogar die Frau Doktor. Allerdings, so stellte Gasperlmaier fest, als er sein Stamperl wieder absetzte, hatte sie nur genippt.

„Es ist schon eine schreckliche Sach, das mit dem Sebastian. Ein so ein netter Bursch! Und nie nicht hat es das gegeben, dass bei uns in Grundlsee einer umgebracht worden ist! Das war gewiss kein Einheimischer, das kann ich euch sagen!" „Woher wissen Sie denn ...", begann die Frau Doktor. „Ja, ich sag ja, ich geh oft einkaufen. Und da seh ich die vielen Polizeiautos stehen. Und die Kellnerin vom Dorfwirt, die Mirjana, die war gerade auf dem Weg in die Arbeit, die hat's schon gewusst und mir erzählt." Sie schüttelte den Kopf. „Ein Jammer! So ein fescher Bursch! Und so freundlich!"

„Frau Kogler", sagte die Frau Doktor. „Es geht um die Tatzeit, gestern so um achtzehn Uhr herum. Haben Sie da zufällig aus dem Fenster geschaut?" Die Mitzerl nickte. „Ein-, zweimal schon. Ein paar Minuten vielleicht! Wisst ihr übrigens, der letzte Mord, an den ich mich erinnern kann, da haben sie doch den Postenkommandanten von Aussee beim Bahnhof draußen erschossen, die zwei Bankräuber? Oder?" Gasperlmaier nickte. Eine schlimme Sache, und der Ermordete war ein guter Freund seines Vaters gewesen.

„Kommen wir lieber noch einmal zu gestern Abend!", rief die Frau Doktor die Mitzerl zur Ordnung. „Haben Sie was gesehen? Jemanden, der aus dem Bootshaus herausgekommen ist? Oder hineingegangen?" „Kinderl, du hast ja noch fast nichts von deinem Schnaps getrunken? Schmeckt er dir nicht?" „Doch!" Die Frau Doktor seufzte fast unhörbar, setzte das Stamperl an ihre Lippen und trank einen kleinen Schluck. Offenbar war die Mitzerl zufrieden, denn sie beugte sich über ihre auf dem Tisch verschränkten Arme und begann zu flüstern. „Der Bösch ist ein paar Mal aus und ein, ich sag euch, was der sauft, das geht auf keine Kuhhaut! Am Vormittag ist er schon mit der Bierflasche in der Hand unterwegs! Und am Nachmittag, das hat mir die Mirjana erzählt, da geht es dahin – ein Gespritzter nach dem anderen!" Sie nickte wissend. „Gestern, so zwischen fünf und sieben. Hast du da vielleicht auch irgendwen anderen gesehen, der da hinein ist?", fragte Gasperlmaier. „Mei!", sagte die Mitzerl. „Da gehen ja dauernd welche hinein. Und kommen heraus. Die halt Boot fahren, nicht?"

„Bitte denken Sie einmal genau nach. Ich weiß, es ist schwer, sich zu konzentrieren, aber es muss sein." Die Stimme der Frau Doktor klang streng. Die Mitzerl nickte. „Um zehn vor sechs ist das letzte Boot zurückgekommen", erläuterte Gasperlmaier. „Und wir müssten wissen, ob danach noch jemand im Bootshaus gewesen ist. Ob du wen gesehen hast, der hinein ist. Oder heraus." „Ja, wenn er hinein ist, dann muss er auch wieder heraus sein!" Die Mitzerl lachte auf und trank ihren Schnaps aus. Gasperlmaier sah der Frau Doktor an, dass sie an sich halten musste.

„Die Susanne!", sagte die Mitzerl plötzlich und deutete auf ein schwarzes Etui, das auf dem Fensterbrett lag. „Welche Susanne?", fragte Gasperlmaier. „Na, das Boot. Das letzte, das zurückgekommen ist. Die Susanne. Ich hab doch meinen Gucker da drin! Ich muss ja wissen, was passiert!" „Frau Kogler, heißt das, dass Sie mit dem Feldstecher beobachten, was draußen alles vor sich geht?" Die Frau Doktor klang alarmiert. Die Beobachtung der Mitzerl stimmte genau mit der Eintragung im Heft überein. Ein Beweis für ihre Glaubwürdigkeit, fand Gasperlmaier. „Einen Feldstecher, so was hab ich nicht. Nur den Gucker!" Sie deutete wiederum auf das schwarze Etui. „Darf ich ihn einmal ausprobieren?", fragte Gasperlmaier. „Natürlich!", antwortete die Mitzerl. „Dass du mir ihn aber nicht verstellst! Dass ich dann alles nur mehr verschwommen seh!" „Keine Angst!" Gasperlmaier stand auf und befreite den Gucker von seinem Etui. Er öffnete das Fenster und setzte das Gerät an die Augen. „Sehr scharfes Bild!", kommentierte er. Man konnte sogar Menschen genau erkennen, die am gegenüberliegenden Ufer des Grundlsees auf einer Terrasse saßen.

„Außer dem Steinkogler-Buben war am Abend aber niemand da. Zumindest hab ich niemanden gesehen. Und nach der Uhrzeit darfst mich auch nicht fragen, ich hab ja nicht immer eine Uhr bei der Hand!" Sie zeigte ihr uhrloses Handgelenk. „Welcher Steinkogler-Bub?", fragte Gasperlmaier. „Na ja, der Enkel vom alten Steinkogler, der im Gymnasium unterrichtet. Was weiß denn ich, wie der genau heißt!" „Peschke? Carsten Peschke?", fragte die Frau Doktor nach. Die Mitzerl zuckte mit den Schultern. „Ich sag ja, was weiß ich, wie der genau heißt. Ich mein schon, dass ich mich erinner, dass die Steinkogler-Tochter einen Piefke geheiratet hat, und das klingt ja ein bisserl nach Piefke, Peschke, oder?" Gasperlmaier nickte. „Also, du bist dir ganz sicher, dass der in der Bootshütte war? Dass es genau der war? Hast du mit dem Gucker hinübergeschaut?" Die Mitzerl nickte. „Natürlich. Und den Steinkogler-Buben, den kenn ich ja. Der spielt manchmal auch bei uns herinnen auf, mit anderen Musikanten. Fesch ist er, und singen kann er so gut! Seine Mutter ist ja auch eine ganz Fesche!" Die Mitzerl, so schien Gasperlmaier, war dabei, ins Schwärmen zu geraten.

„Hast du ihn auch wieder herauskommen sehen?", fragte Gasperlmaier. Die Mitzerl schüttelte den Kopf. „Nein, weil dann hab ich fernsehen müssen. Immer um halb sieben schau ich mir am Deutschen die Lindenstraße an. Das soll ja jetzt bald aus sein. Aber vielleicht wiederholen sie ja alles, wär mir auch egal!" „Damit haben wir auch einen ziemlich exakten Zeitpunkt!" Die Frau Doktor warf Gasperlmaier einen bedeutungsschwangeren Blick zu. „Und wir sollten jetzt schleunigst diesen Steinkogler, vulgo Peschke, aufsuchen. Der kann, nein, der muss uns was erzählen!"

Gasperlmaier nickte, obwohl er hasste, was jetzt kommen musste. Der Carsten war ihm so sympathisch gewesen, und er hatte eigentlich gehofft, dass einer der Kainischer Hasenjäger selber der Täter gewesen war – aber da war ja nur mehr die Nicole übrig, die Gitti aus Goisern. Und, natürlich, jetzt auch der Schwingenschlögel, das neue Mitglied. Momentan allerdings sah es eher so aus, als hätte sich jemand vorgenommen, die Hasenjäger samt und sonders auszurotten. Eine Jagd auf die Hasenjäger, sozusagen.

„Ich hab mir gerade überlegt", sagte Gasperlmaier, als sie wieder im Auto saßen, „ob nicht die Nicole, die Gitti aus Goisern, ob die nicht auch in Gefahr ist? Schließlich ist sie die Letzte von den Hasenjägern, die ..." „Und ich mach mir Sorgen um die Frau Kogler!", entgegnete die Frau Doktor. „Wenn das nämlich bekannt ist, dass sie mit dem Feldstecher alles genau beobachtet, oder wenn der Peschke sie sogar aus dem Fenster schauen hat sehen, dann ..." Gasperlmaier nickte. „Na, wenn wir den Peschke gleich finden, dann ..." Er ließ seinen Satz unvollendet ausklingen.

Die Frau Doktor gab ordentlich Gas. „Steinkogler ... Jogler!", fiel Gasperlmaier plötzlich ein. „Sag, könnte es nicht sein, dass sich der Peschke, nur so fürs Internet, ‚Jogler' nennt? Ich wüsst jetzt zwar nicht, wo das ‚J' herkommt, aber der Rest ist der Mädchenname seiner Mutter!" „Gut kombiniert!", sagte die Frau Doktor und trat kräftig auf das Gas, um einen Traktor zu überholen. Gasperlmaier wurde so heftig in den Sitz gedrückt, dass ihm das Nachdenken verging.

„Weißt du ein bisschen mehr über diese Familie, diese Steinkoglers – Peschkes?", fragte die Frau Doktor. „Na ja", meinte Gasperlmaier, „das meiste weißt du ja schon." Er deutete auf sein blaues Auge. „Ach ja!", nickte die Frau Doktor. „Die Schlägerei. Das war ja im Hause Steinkogler, wenn ich mich recht erinnere! War es nicht dieser Carsten, der dir das Veilchen verpasst hat?" „Wahrscheinlich war's der andere, der Schwingenschlögel ... aber das ist ja eigentlich egal!" Gasperlmaier betastete noch einmal die Schwellung rund um sein Auge. Man brauchte schon viel Phantasie, um daran zu glauben, dass es besser geworden war. „Das war schon eine recht ungewöhnliche Geschichte, damals!", erinnerte er sich. „Das mit der Steinkogler Margit und dem Peschke!" „Erzähl!", ermunterte ihn die Frau Doktor. „Na ja!", erklärte Gasperlmaier. „Die waren erst fünfzehn, glaub ich. Und der Vater vom Carsten war mit seinen Eltern auf Urlaub da. Und zwar bei der Familie Steinkogler, die haben damals Privatzimmer vermietet. Wie übrigens fast alle in Altaussee. Und weil es eben nicht so viel zu tun gegeben hat, sind die Kinder von den Urlaubern und die von den Einheimischen ... wir sind halt miteinander baden gegangen oder auf den Loser hinaufgestiegen, und wenn es wieder einmal tagelang geregnet hat, dann sind wir auf der Veranda gesessen und haben Micky-Maus-Hefte gelesen. Sonst hat es ja nicht viel gegeben. Wir haben damals noch nicht einmal einen Fernseher gehabt!" Die Frau Doktor lächelte. „So viel hast du noch nie zusammenhängend geredet, seit ich dich kenne. Scheint eine schöne Zeit gewesen zu sein." Gasperlmaier nickte. „Und dann ist aber leider ... also, der Peschke und die Margit haben eben nicht nur Micky-Maus-Hefte gelesen, wenn es geregnet hat. Die Margit ist dann schwanger geworden, und erzählt hat sie's ihren Eltern erst zu Weihnachten, wo der Peschke schon lange wieder zu Hause in Elmshorn war." „Du weißt aber genau Bescheid?" Gasperlmaier nickte, und die Frau Doktor hielt in einer Bushaltestelle an.

„Die Geschichte möchte ich noch zu Ende hören, bevor wir uns den Carsten schnappen", sagte sie. „Ist er das Produkt dieser ... Regentage?" Gasperlmaier schüttelte den Kopf. „Das war die ältere Schwester, die lebt schon lange nicht mehr in Altaussee, die hat nach der Tourismusschule einen Hotelier irgendwo in der Südsteiermark geheiratet. Und der Carsten ist die Nummer drei, da gibt es noch einen Bruder. Und die Margit, die war ja damals erst fünfzehn, das kannst du dir gar nicht vorstellen, was das für einen Skandal gegeben hat. Der alte Steinkogler, der hat damals noch einen VW Käfer gehabt, der hat sich sofort hineingesetzt und ist gleich am zweiten Weihnachtsfeiertag nach Elmshorn gefahren und hat dort anscheinend ein Riesentheater gemacht. Drei Tage später ist er zurückgekommen, weil er mit dem alten Peschke zwei Nächte gesoffen hat. Und dabei haben sie über die Köpfe der beiden hinweg beschlossen, dass geheiratet wird. Sofort."

„Woher weißt du denn das alles so genau?" „Na ja", antwortete Gasperlmaier, „erstens waren die alten Steinkogler und meine Eltern befreundet, und im ganzen Dorf hat es natürlich damals kein anderes Gesprächsthema gegeben. Und die Margit und der junge Peschke, ich glaub, der heißt Malte. Ja, Malte heißt der. Die haben sich geweigert, zu heiraten. Die Margit hat gesagt, sie kümmert sich um das Kind allein, sie wird das schon schaffen. Sogar, wenn ihre Eltern sie hinausschmeißen. Aber kaum war das Kind da, ist der Malte auch schon auf der Matte gestanden. Die Schule schmeißt er, und wenn es sein muss, geht er als Holzknecht, hat es geheißen." Er lachte. „Kannst dir das vorstellen? Ein Piefke als Holzknecht! Der hätte ja nicht einmal seine Arbeitskollegen verstanden!"

Die Frau Doktor startete den Motor wieder. „Ende der Geschichte?", fragte sie. „Der Malte hat seine Schule fertig gemacht, genauso wie die Margit, und dann ist er tatsächlich nach Altaussee gezogen. Und derweil hat sich halt die Oma um das Kind gekümmert. Der Peschke ist so ein Maschinenbauingenieur, der arbeitet in Liezen draußen, glaub ich. Und die zwei sind immer noch zusammen." „Schönes Ende!", meinte die Frau Doktor. Was Gasperlmaier ihr verschwiegen hatte, war, dass er selbst heimlich in die Margit Steinkogler verliebt gewesen war, gerade, als sie damals schwanger wurde. Und er hatte Höllenqualen gelitten, als er begriffen hatte, dass sie sich nicht im Mindesten für ihn interessierte. Aber genau genommen war ihm das mit fast jedem Mädchen in seinem Alter so gegangen. Bis über beide Ohren verliebt, sodass alle Träume, ob er wachte oder schlief, von diesem einen Gesicht beherrscht wurden, aber alles immer im Geheimen. Nie hatte er den Mut gehabt, seine Gefühle einmal zu offenbaren. Bei der Christine, da war es umgekehrt gewesen. Die hatte ihn ausgesucht und ihn sich einfach genommen. Ach, die Christine! Er durfte gar nicht daran denken, was er ihr angetan hatte. Ob er die Frau Doktor tatsächlich in dieser pikanten Angelegenheit um Rat bitten sollte? Allerdings würde das natürlich auch eine Mitwisserin bedeuten. Er konnte sich nicht entscheiden, was in dieser Angelegenheit das Klügste war.

„Glaubst du, dass er gefährlich ist?", fragte Gasperlmaier, als sie vor dem Steinkogler-Haus anhielten. Die Frau Doktor zuckte mit den Schultern. „Was weiß ich? Du kennst ihn! Immerhin hat er zwei Raufereien angezettelt und jetzt wahrscheinlich einen Mord begangen. Da erkenne ich schon ein gewisses Gewaltpotential." „Aber doch nicht gegenüber uns!", versuchte Gasperlmaier zu beschwichtigen. Die Frau Doktor zeigte nur mit einem vielsagenden Blick auf sein blaues Auge.

Der alte Steinkogler war schon wieder im Garten. Diesmal nicht mit dem Rechen, sondern mit Schaufel und Spitzhacke. „Ihr schon wieder?", fragte er. „Was wollt's denn?" „Zum Carsten", hielt sich Gasperlmaier bedeckt. „Keine Ahnung, ob der daheim ist!", antwortete der alte Steinkogler. „Ich muss jetzt meinen Apfelbaum pflanzen. Läutet's halt an!" „Genau das hätten wir auch getan, ohne dass er uns aufgehalten hätte", flüsterte die Frau Doktor auf dem Weg zur Haustür. Nachdem sie auf den obersten Klingelknopf gedrückt hatten, rührte sich nichts. Der alte Steinkogler war schon hinter dem Haus verschwunden. „Probieren wir's halt bei den Eltern!", entschied Gasperlmaier und drückte auf den Knopf, der mit „Peschke senior" beschriftet war. Es dauerte nicht lange, und sie hörten Schritte auf der Treppe. Es war die Margit, die ihnen die Haustür öffnete. Sie trug eng anliegende hellblaue Sportkleidung. „Servus, Gasperlmaier", sagte sie und beäugte mit unverhohlenem Interesse sein blaues Auge. „Ich hoffe, das war nicht der Carsten! Er hat mir von eurer ... Auseinandersetzung erzählt!"

„Chefinspektorin Kohlross", stellte sich die Frau Doktor vor. „Wir würden gerne reinkommen." Die Margit stellte ihr Lächeln ab. Sie erinnerte Gasperlmaier kaum mehr an die Margit, in die er sich vor fünfunddreißig Jahren verliebt hatte. Sie war irgendwie drahtig, muskulös und fast ein bisschen unweiblich geworden. Wahrscheinlich, so dachte er bei sich, als sie federnd die Stiege hinaufhüpfte, ist die so eine Sportverrückte im Fitnesswahn. Das bekam Frauen meist nicht so gut, fand er.

„Was ist denn los?", fragte die Margit, kaum dass sie sich gesetzt hatten. „Wir suchen Ihren Sohn, den Carsten. Ich will gar nicht lang herumreden", erklärte die Frau Doktor. „Es hat einen weiteren Todesfall gegeben, im Umfeld der Musikszene. Und Ihr Sohn ist wahrscheinlich derjenige, der den Toten zuletzt gesehen hat." Die Margit nickte. „Ich hab schon gehört, das mit dem Sebastian. Aber dass mein Carsten irgendwas damit zu tun hat ..." Sie schüttelte den Kopf, dass ihr Pferdeschwanz hin und her flatterte. „Wollt's was zu trinken?" „Wasser, bitte!", kam die Frau Doktor Gasperlmaier zuvor. Die Margit nickte. „Ich trink auch immer nur Wasser. Energetisiertes Wasser." „Für mich tut's das aus der Leitung auch!", beeilte sich Gasperlmaier.

„Also, was ihr vom Carsten wollt, das ist mir schleierhaft!", sagte die Margit und stellte zwei Gläser vor sie hin, die auf den ersten Blick nicht zu unterscheiden waren. „Welches ist denn das normale?", fragte Gasperlmaier. Die Margit zeigte auf das, das sie vor ihn hingestellt hatte. „Der Carsten ist der friedlichste Mensch!" „Frau Peschke!" Die Stimme der Frau Doktor war scharf. „Ihr Sohn war in den letzten Tagen in zwei Prügeleien verwickelt, eine davon mit dem Mordopfer. Und auch gestern, hier in Ihrem Haus, ist es um eine Angelegenheit im Zusammenhang mit dem Mordopfer gegangen. Und jetzt erfahren wir, dass er der Letzte war, der mit dem Opfer zusammengetroffen ist! Wo ist Ihr Sohn? Ich will ihn sprechen, und zwar pronto!" Der letzte Satz war ziemlich laut geäußert worden. Die Margit war nun doch ziemlich blass um die Nasenspitze. Gasperlmaier nahm einen Schluck Wasser. „Ich kann mir überhaupt nicht vorstellen, dass ..."

Die Frau Doktor versuchte es erneut in etwas ruhigerem Ton. „Frau Peschke. Vermutungen brauchen wir jetzt nicht. Sagen Sie uns einfach, wo sich der Carsten aufhält." „Es könnte ja alles einfach nur ein Missverständnis sein!", fügte Gasperlmaier hinzu. Die Frau Doktor nickte. „Also, daheim ist er nicht, sagen Sie? Ich bin gerade erst vom Lauftraining zurückgekommen." Genau das hatte Gasperlmaier vermutet. „Haben Sie heute schon mit ihm gesprochen? Wie hat er gewirkt? Ganz normal? Oder irgendwie unruhig?" „Er hat mit mir gefrühstückt, er hat ja jetzt Ferien. Und ich Urlaub. Natürlich hat er geschimpft wie ein Rohrspatz, das können Sie sich ja vorstellen. Über diese Zillertaler Hasenjäger. Und den Schwingenschlögel." „Kainischer!", besserte Gasperlmaier aus. „Original Kainischer Hasenjäger." „Von mir aus!" Die Margit zuckte mit den Schultern. „Ich kann Ihnen jedenfalls nicht weiterhelfen!"

„Gibt es irgendeinen Ort, wo er sich gerne aufhält? Wo er sich zurückzieht, wo er sich eventuell auch verstecken könnte?" „Mir fällt nichts ein!", antwortete die Margit. Gasperlmaier merkte ihr deutlich an, dass sie nicht alles sagte, was sie sich dachte. „Du, Margit!" Plötzlich war Gasperlmaier etwas eingefallen. „Hat der Carsten eigentlich einen zweiten Vornamen?" „Ja", antwortete sie. „Josef. Warum? Darauf hat mein Vater bestanden. Wenn sich der Deutsche schon den ersten Vornamen aussucht, dann muss er mit dem zweiten nach ihm genannt werden. Hat er sich eingebildet, mir war es egal." „Jogler!", flüsterte die Frau Doktor. „Was?", fragte die Margit. „Hat Ihr Sohn im Internet den Decknamen ‚Jogler' verwendet? Für Josef Steinkogler?" „Woher, bitte, soll ich denn das wissen?" Die Margit wandte sich einem Schneidbrett zu, auf dem in Viertel geschnittene Äpfel lagen, und nahm das Messer zur Hand. Offenbar, so dachte Gasperlmaier bei sich, war sie gerade dabei gewesen, sich eine Jause herzurichten, als sie geläutet hatten. Allerdings sah er es nur ungern, dass jemand, der von ihnen befragt wurde, ein Messer in der Hand hielt.

Die Frau Doktor stand auf. „Frau Peschke, es ist eine ernste Sache. Ich werde nach Ihrem Sohn fahnden lassen. Und wenn Sie auch nur die geringste Idee haben, wo er sich aufhalten könnte, teilen Sie sie mit uns!" Sie schüttelte der Margit die Hand. „Gasperlmaier, komm. Wir gehen!"

Auf dem Posten warf die Frau Doktor verärgert ihre Tasche hin. „Fahnden kann ich schon nach ihm lassen", erklärte sie. „Aber glaubt ihr, dass das viel bringt? Selbst wenn er sich nach Wien abgesetzt hätte, wie sollten wir ihn da schnell finden? Und schnell täten wir ihn brauchen, damit wir ihn befragen können." Sie holte ihr Telefon aus der Handtasche und verließ den Raum wieder. Wohl, um ungestört telefonieren zu können.

„Was sagst du, Manuela!" Gasperlmaier rieb sich die Hände. „Die alte Frau Kogler, die hat die Bootshütte mit dem Fernglas beobachtet! Und sie hat den Carsten Peschke dort hineingehen sehen – als letzten Gast gestern Abend! Hättest du dir gedacht, dass es der Peschke war?" Die Manuela blieb stumm. Erst jetzt nahm Gasperlmaier wahr, dass sie zusammengesunken mit roten Augen hinter ihrem Bildschirm hockte. Sie hatte anscheinend geweint. Gerade holte sie ein weiteres Taschentuch aus der Brusttasche ihrer Bluse und schnäuzte sich hinein. Gasperlmaier war verunsichert. Mit weinenden Frauen umzugehen, gehörte nicht gerade zu seinen Stärken. Schon musste er wieder an gestern Abend denken. Wie fatal der Versuch geendet hatte, die Maresi zu trösten. Aber diese Gefahr bestand bei der Manuela ja nicht.

Anstatt auf sie einzugehen, machte er sich am Computer zu schaffen, um noch einmal nachzulesen, was dieser „Jogler" für Botschaften im Internet hinterlassen hatte. „Und wer der ‚Jogler' ist, haben wir auch herausgefunden. Das war auch der Peschke!", verkündete Gasperlmaier triumphierend. Die Manuela heulte laut auf und begann, hemmungslos zu schluchzen. Jetzt konnte er nicht mehr anders. Wenn er nicht als Unmensch dastehen wollte, musste er reagieren. „Was ist denn los?", fragte er gerade so laut, dass es die Manuela eventuell noch überhören konnte.

„Nix!", heulte die. „Nix ist los! Gar nix!" Sie stand auf, rannte zur Toilette und knallte die Tür hinter sich zu. In diesem Moment trat die Frau Doktor wieder zur Tür herein. „Was ist denn los? Ist was mit der Frau Reitmair?" Sie zeigte auf die Klotür. „Ja ... genau das habe ich sie auch gefragt. Ich hab ihr das vom Peschke erzählt, und sie hat ganz komisch reagiert ... Und dann ist sie hinausgestürmt und ..." „Bist wieder einmal recht unsensibel gewesen, was?" Gasperlmaier schüttelte entrüstet den Kopf. „Ja, was hätte ich denn machen sollen, ich ..." Die Frau Doktor schüttelte energisch den Kopf und verließ das Büro ebenfalls. Draußen hörte Gasperlmaier, wie sie an die Tür des Damenklos klopfte und begütigend auf die Manuela einredete. „Frau Reitmair?", sagte sie. „Manuela? Was ist denn los? Müssen wir über was reden?" Dann herrschte eine Zeitlang Stille. Eigentlich, so fand Gasperlmaier, hatte sie das Gleiche gesagt wie er. Nur vielleicht der Tonfall ... aber wer konnte wissen, nach welchem Tonfall Frauen gerade verlangten? Es war wirklich kompliziert.

Es dauerte noch weitere fünf Minuten, bis die beiden wieder hereinkamen. Die Frau Doktor hatte den Arm um die Schulter der Manuela gelegt, die immer noch heulte. „Hat es was mit unserem Fall zu tun, das Sie so aufregt?" Die Manuela nickte. Die Frau Doktor warf Gasperlmaier einen bedeutungsvollen Blick zu. Der sollte wohl heißen, dass es besser war, wenn er den Mund hielt. Oder dass er vielleicht sogar hinausgehen sollte, damit die beiden Frauen unter sich waren. Er entschloss sich zu bleiben.

„Der Carsten!", brach es schließlich aus der Manuela heraus. „Es war Liebe auf den ersten Blick! Ich habe noch nie so einen Mann gesehen ... kennengelernt!" Für eine Weile war es nun mit dem Reden vorbei, es wurde geheult, geschnäuzt und getätschelt. „Ich hab ihn ja gestern erst kennengelernt. Und die Umstände ..." Sie deutete mit dem Kinn nach Gasperlmaier. Das konnte nur eine Anspielung auf sein blaues Auge gewesen sein, das er ja beim Kennenlernen der Manuela und des Carsten verpasst bekommen hatte. So unsensibel, dachte er bei sich, konnte er ja gar nicht sein, denn er hatte gespürt, dass die Manuela nach dem Besuch bei den Steinkoglers irgendwie anders gewesen war als vorher. Außerdem hatte sie mit dem Carsten in einer anderen Tonlage geredet, als sie das sonst tat. Und dann die Nachrichten heute Morgen auf ihrem Telefon, ihr Lächeln und ihre sanfte Zufriedenheit ... das hatte er alles gespürt. Vielleicht, so dachte er bei sich, weil die Manuela heute Nacht das Gleiche erlebt hatte wie er selbst. Schnell rief er sich wieder zur Ordnung. Das Gleiche war es keineswegs gewesen – er hatte seine Frau mit der Nachbarin betrogen, die Manuela und der Carsten waren aber junge Leute, die tun und lassen konnten, was sie wollten.

Anscheinend hatte sich die Manuela nun etwas beruhigt. „Wissen Sie, wo er ist?", fragte die Frau Doktor. „Es ist ja immerhin möglich, dass er mit dem Mord überhaupt nichts zu tun hat!" Gasperlmaier fragte sich, wie die Frau Doktor auf die Idee kam. Oder war das nur ein Trick, um die Manuela zu beruhigen? „Er hat mir geschrieben, dass er wegmuss! Dass er sich verstecken muss! Eine Katastrophe ist das!" Gasperlmaier hatte die Manuela noch nie so aufgelöst erlebt. Bisher war sie immer souverän gewesen. Ihm gegenüber fast zu souverän, manchmal. Sie schüttelte den Kopf. „Er weiß natürlich, dass ich Polizistin bin! Ihm hat ja auch die Uniform so gut gefallen!" Die Frau Doktor schüttelte den Kopf. „Kann ich einmal Ihr Handy haben, Manuela? Es kommt ja schließlich doch alles ans Licht. Und ich garantiere Diskretion." Die Manuela nickte nur und reichte ihr das Handy.

Die Frau Doktor wischte eine Zeitlang darauf herum. „Er schreibt", sagte sie, „dass er wegmuss. Wohin ihm niemand folgen wird. Das ist ziemlich kryptisch. Ist er mit dem Auto unterwegs?" Die Manuela schüttelte den Kopf. „Er hat einen Motorroller. Einen 400er Honda. Ziemlich schnelles Gefährt. Damit kommt man natürlich auch wohin, wo man mit dem Auto nicht hinkommt." „Hat er sich Ihnen gegenüber irgendwie erklärt? Warum er wegmuss?" Die Manuela schüttelte erneut den Kopf, richtete sich nun aber ein wenig auf. Das Schlimmste schien vorüber. „Er hat nur gesagt, dass etwas ganz Schlimmes passiert ist. Und dass er sich auf keinen Fall erwischen lassen will. Und dann hat er noch gesagt ... irgendwas mit ... wo alles angefangen hat, da wird auch alles enden ... oder, da geht es auch zu Ende ... Um Gottes willen!" Die Manuela sprang auf. „Er bringt sich um! Schnell!"

„Ja, gut!", antwortete die Frau Doktor. „Schnell – aber schnell wohin?" „Na, vielleicht auf die Weißenbachalm!", half Gasperlmaier aus. „Da, wo alles angefangen hat. Wo er den Christian Pönitzer erschlagen hat!" „Der Carsten erschlägt niemanden! Das ist ein ganz sensibler Mensch, ein feiner! So einer wirst du nie werden!", fauchte die Manuela. Angesichts ihres höchst erregten Zustandes verzichtete Gasperlmaier auf den Widerspruch, der eigentlich angebracht gewesen wäre. Oder hatte sie am Ende recht? Vielleicht war er wirklich so ein Elefant im Porzellanladen, wie die Manuela eben behauptet hatte.

## 13

Gasperlmaier wurde heiß und kalt, als er mit seinem Schlüsselbund an der Schranke der Forststraße herumfummelte. Irgendwie wollte das Schloss nicht aufspringen. Oder hatte er am Ende den richtigen Schlüssel gar nicht dabei? Das hatte man davon, wenn alles so hastig gehen musste. Jetzt war auch noch die Frau Doktor ausgestiegen. „Was ist denn los? Mach schon!" Sie hatte sogar noch Zeit gefunden sich umzuziehen. Für eine Suche nach dem Carsten auf der Alm schien ihr das graue Kostüm doch unpassend gewesen zu sein.

Endlich schnappte das Schloss doch auf. Als Gasperlmaier hinter der Schranke noch einmal anhielt, um sie wieder zu schließen, fuhren ihn beide Frauen unisono an. „Jetzt fahr doch schon!", schrie die Manuela vom Rücksitz. Er war von vornherein dagegen gewesen, sie mitzunehmen. Schließlich war sie befangen und hochgradig aufgewühlt, womöglich machte sie noch irgendeinen Blödsinn. „Offen lassen, es eilt!", mischte sich auch die Frau Doktor ein. Wenn die beiden aber jetzt von ihm eine rallyemäßige Vorstellung auf der schmalen Forststraße erwartet hatten, dann musste er sie enttäuschen. Schließlich konnte jederzeit auch ein Fahrzeug entgegenkommen, zum Beispiel ein riesiger Holzlaster. „Geht das nicht schneller?", jammerte die Manuela vom Rücksitz. Er versuchte es mit einem Kompromiss, schaltete zurück und ließ den Motor ein wenig aufheulen. Das hinterließ zumindest den Eindruck, dass es schneller vorwärtsging.

Bis zur Abzweigung zur Weißenbachalm tat sich rein gar nichts. Niemand kam ihnen entgegen, auch überholen mussten sie weder Radfahrer noch Fußgänger. Die Alm hatte, so erinnerte sich Gasperlmaier, nur zwei Tage in der Woche offen. Wahrscheinlich war heute ein Sperrtag, und da verirrte sich kaum ein Wanderer in dieses entlegene Tal.

„Sollen wir hinauffahren?" Er blieb an der Abzweigung zur Alm stehen und deutete auf den Hang, auf dem sich die Alm dem Weißenbachkogel entgegenstreckte. „Ja, klar!" Die Frau Doktor schüttelte etwas entnervt den Kopf. Langsam fuhr Gasperlmaier ein, zwei Kehren bergauf, doch von einem Motorroller oder einem Carsten Peschke war nichts zu sehen. „Wohl doch falscher Alarm!", gab er zu bedenken. Hier links war die Hütte vom Taferner Lois, vor der drei Tage zuvor der Streit zwischen den Hasenjägern und den Volksmusikern ausgebrochen war. Heute war die Tür fest verschlossen, kein Laut war zu hören, mit Ausnahme der Kuhglocken, die teils nah, teils weit entfernt bimmelten. Leider, so stellte Gasperlmaier fest, befanden sich auf dem Fahrweg immer wieder frische Kuhfladen, denen auszuweichen sich als Herausforderung entpuppte, der er nicht immer gewachsen war. Oberhalb der Weißenbachalmhütte hielt er schließlich an. „Hier geht's nicht mehr weiter!", verkündete er und stieg aus. Herrliche, frische Luft umwehte ihn in einer leichten Brise, die den Berg heraufzog. Kein Laut außer den Kuhglocken. Doch! War das ein Adler, der da über ihnen kreiste? So etwas sah man selbst hier heroben selten. „Ein Adler!" Er deutete aufgeregt nach oben. „Der interessiert uns jetzt aber ganz genau gar nicht!", maulte die Manuela, die die Hand schützend über ihre Augen hielt und ihre Blicke über die Alm streifen ließ.

„Sieht nicht so aus, als ob hier heute schon jemand heroben gewesen wäre!", konstatierte Gasperlmaier. „Der Schein trügt oft!", antwortete die Frau Doktor. „Wir müssen schon genauer schauen!", sagte die Manuela. „Aber allzu viel Zeit ... ich meine, wir können nicht stundenlang hier heroben ..." Auch die Frau Doktor, so schien es jetzt, teilte Gasperlmaiers Skepsis. Allzu ruhig war es hier. „Irgendjemand muss doch jeden Tag heraufkommen, die Kühe melken und so?", fragte die Manuela. Gasperlmaier seufzte. „Das ist Jungvieh. Die geben noch keine Milch. Vielleicht sind auch ein paar Jungstiere darunter." „Stiere?" Die Frau Doktor verengte ihre Augen zu schmalen Schlitzen. „Dann nichts wie weg!" Sie fixierte mit ängstlichen Blicken eine junge Kuh, die gerade gemütlich das Gras vor der Terrasse der Hütte abriss. „Ihr inspiziert die Hütten, ich setz mich derweil ins Auto!"

„Ich hab gar nicht gewusst, dass die Frau Doktor eine solche Angst vor Rindviechern hat!", schmunzelte Gasperlmaier. „Was soll's!", sagte die Manuela. „Schauen wir uns die Hütte an!" Die Weißenbachalmhütte war natürlich abgesperrt, die Vordertür ebenso wie die hinten. Durch die Fenster konnte man sehen, dass niemand drin war. „Fahren wir wieder hinunter!", schlug Gasperlmaier vor. Die Manuela nickte. „Aber nur bis zur nächsten Hütte!" Dort allerdings bot sich das gleiche Bild – alles versperrt, keine Spur von einem Motorroller. Bei der Taferner-Hütte allerdings öffnete sich die Tür knarrend, als Gasperlmaier auf die Klinke drückte.

„Schau einmal an!", flüsterte Gasperlmaier. „Da hat der Lois doch glatt vergessen, zuzusperren!" Dann ging alles ganz schnell. Er hörte ein Rascheln, das Schlagen einer Tür, dann schrie die Manuela „Carsten!" und lief davon. Gasperlmaier sah nur noch einen Schatten auf den nahen Waldrand talwärts zulaufen, verfolgt von der Manuela. Die schrie immer wieder: „Carsten! So bleib doch stehen! Bitte, bleib stehen!" Aber nach wenigen Schritten stolperte sie, überschlug sich ein paar Mal und blieb reglos auf dem Almboden liegen. „Manuela!", schrie Gasperlmaier. Der Carsten war ihm jetzt ziemlich egal, denn die Manuela rührte sich nicht mehr. Von links kam der Streifenwagen angepreschst, die Frau Doktor hatte anscheinend das Steuer übernommen. Knapp neben Gasperlmaier kam sie in einer Staubwolke zum Stehen. „Schnell!", rief sie. „Da drüben!" Gasperlmaier bedurfte des Hinweises nicht und kniete Sekunden später neben der Manuela, die völlig verdreht dalag.

„Manuela!" Vorsichtig tastete Gasperlmaier nach ihrem Hals, um den Puls zu fühlen, da begann sie schon zu stöhnen und versuchte, sich auf ihre Arme zu stützen, um sich in eine angenehmere Lage zu bringen. „Langsam!", mahnte die Frau Doktor. „Scheiße! Wo ist er?" „Weg. Im Wald." Gasperlmaier versuchte, möglichst ruhig zu bleiben, um die Manuela nicht noch mehr als nötig aufzuregen. Mühsam stemmte sie sich hoch. „Oje! Sie bluten!" Die Frau Doktor holte ein Taschentuch aus ihrer Handtasche und tupfte die Wange der Manuela ab. „Ich war kurz weg", sagte sie. „Ich hab mich gar nicht bewegen können. Wo ist denn meine Kappe?" Gasperlmaier merkte, dass sich die Manuela nicht nur den Kopf angeschlagen hatte, sondern auch in eine Kuhflade gefallen war. Ihr Hemd und auch die Hose wiesen deutliche Spuren davon auf. Er ging ein paar Schritte den Hang hinunter und hob die Kappe der Manuela auf. Die war wenigstens sauber geblieben. Inzwischen hatte sie sich mit Hilfe der Frau Doktor aufgerappelt. „Oh, Scheiße! Scheiße!", rief sie, als sie an sich hinuntersah. „Jetzt gehen wir zuerst einmal zum Auto. Wenn Sie können", beruhigte die Frau Doktor. Tatsächlich knickte die Manuela mit dem rechten Bein auf dem Weg zum Streifenwagen mehrmals ein.

„Da führt uns der Weg wohl als Nächstes ins Krankenhaus!", sagte die Frau Doktor, als sie wieder im Wagen saßen. Ein unangenehmer Geruch hatte sich bemerkbar gemacht, und Gasperlmaier ließ sein Fenster hinunter. „Kommt nicht in Frage!", erklärte die Manuela. „Wir sind gekommen, um ihn zu suchen. Und jetzt geben wir nicht auf. Wer weiß, was er ..." Sie brach ihren Satz ab. Im Rückspiegel sah Gasperlmaier schon wieder Tränen in ihren Augen glitzern. Der Carsten, so dachte Gasperlmaier bei sich, war nicht nur an seinem blauen Auge mitschuldig, sondern auch am Zustand der Manuela. Er hatte die gesamte Besatzung des Postens Altaussee im Alleingang außer Gefecht gesetzt. „Schauen wir mal!", sagte Gasperlmaier und startete den Wagen. „Wenn er mit dem Roller gekommen ist", sagte die Frau Doktor, „dann hat er ihn wo versteckt. Und zwar an einem Ort, wo wir noch nicht vorbeigekommen sind. Bieg hier links ab!" Sie deutete auf die Forststraße, die in dieser Richtung nicht nach Grundlsee hinunter, sondern weiter ins Weißenbachtal hineinführte. „Wo geht's denn da hin?", fragte sie, als Gasperlmaier abbog. „Zur Zleimalm, glaub ich. Und weiter ... ich weiß nicht so genau, aber vielleicht kann man mit dem Motorroller sogar bis hinüber zur Tauplitzalm fahren. Aber ..." „Versuchen wir's einfach einmal ein Stück. Wenn er uns entkommen will, dann wohl nicht wieder hinunter nach Grundlsee."

Leider hatte sich die Frau Doktor in diesem Punkt getäuscht, denn gleich nach der nächsten Biegung tauchte der Motorroller auf und raste direkt auf sie zu. Vom Fahrer, der sich tief über den Lenker duckte, konnte Gasperlmaier nicht viel mehr als einen schwarzen Helm erkennen. Er musste den Streifenwagen scharf nach rechts verreißen und schaffte es gerade noch, ihn unter Kontrolle zu bekommen, bevor er in den Graben schlitterte. Der Motorroller schoss mit aufheulendem Motor an ihnen vorbei. „Umdrehen, schnell! Hinterher!" Das war leichter gesagt als getan. „Hier geht's nicht!", erklärte er und trat ordentlich aufs Gas, um möglichst schnell zu einem Umkehrplatz zu gelangen. Das führte natürlich dazu, dass er an der nächsten Möglichkeit vorbeiraste. „Da! Zurück!", schrie die Manuela. Bis er ihren Anweisungen gefolgt war und endlich umgedreht hatte, war der Roller ihren Blicken längst entschwunden. „Gib Gas!" Die Manuela trommelte ihm auf die Schulter. Gasperlmaier fuhr zügig, doch hier einen Motorroller einholen zu wollen, das war ihm klar, war praktisch unmöglich. „Am Ende tut er sich noch selber weh, wenn wir hier eine Verfolgungsjagd veranstalten!", brummte er. Die Frau Doktor drehte sich um. „Da muss ich dem Franz recht geben, Frau Reitmair. Wir würden nur uns selbst und den Carsten gefährden, wenn ..." Die Manuela, so stellte Gasperlmaier bei einem Blick in den Rückspiegel fest, hatte den Kopf in die Hände gelegt und schluchzte. Der Geruch nach Kuhdung im Auto wurde trotz des geöffneten Fensters stärker.

„Was machen wir jetzt?", fragte Gasperlmaier. Die Frau Doktor zuckte mit den Schultern. „Überlegen, wo er hinwollen könnte. Familie befragen, Musikerkollegen befragen, nach dem Motorroller suchen. Der kann sich ja nicht in Luft auflösen."

Gasperlmaier bremste abrupt. „Da!" Vor ihnen lag in einer leichten Rechtskurve der Motorroller neben der Straße, an einem Hang, der mit Jungbäumen bewachsen war. Von einem Fahrer war nichts zu sehen. „Um Gottes willen!" Die Manuela war schon aus dem Wagen gesprungen und auf dem Weg zu dem Motorroller. Gasperlmaier und die Frau Doktor folgten ihr. „Er ist gestürzt!", schrie die Manuela. „Wo ist er denn nur?" Gasperlmaier trat an den Motorroller heran. An der rechten Seite, die oben lag, konnte man keinerlei Schäden erkennen. Er blickte zurück. Tatsächlich. Auf der Schotterstraße waren sowohl Brems- als auch Schleifspuren. Und lag da nicht etwas? Er ging ein paar Schritte zurück und hob ein schwarzes Kunststoffteil von der Straße auf. Gleich daneben lag auch noch ein Stück silbern lackiertes Blech. „Er muss da gestürzt sein!", sagte er. „Und dann ..." Er deutete auf den liegenden Roller. „Aber wo ist er?", schrie die Manuela. „Er ist doch sicher verletzt! Wir müssen ihn finden!" Immerhin hatte er, so dachte Gasperlmaier bei sich, den Unfallort noch verlassen können. So schlimm konnte es demnach um den Carsten nicht stehen. Aber so, wie die Sache aussah, würden sie auf jeden Fall das Ausseer Krankenhaus aufsuchen müssen. Fragte sich nur, mit wie vielen Patienten.

Die Frau Doktor hielt die Manuela fest, die sich gerade darangemacht hatte, den Hang hinaufzuklettern, an dem der Motorroller lag. Ein Bein zog sie dabei nach, so kam sie nur langsam vorwärts. „Reißen Sie sich zusammen, Frau Reitmair! Sie sind selber verletzt! Sie helfen niemandem, wenn Sie da oben im Wald zusammenbrechen!" „Aber ich muss ...", widersprach die Manuela. „Seid einmal still!" Gasperlmaier glaubte, etwas gehört zu haben. Ein Stöhnen. „Dort drüben!" Die Frau Doktor hatte es auch gehört. Es musste von etwas weiter unten kommen. Gasperlmaier erreichte die Stelle als Erster, und tatsächlich lag da ein Mann mit schwarzem Helm auf dem Rücken und stöhnte. „Carsten!" Die Manuela machte Anstalten, sich auf ihn zu stürzen, aber die Frau Doktor hielt sie zurück. „Er macht das schon!", sagte sie.

Das hoffte Gasperlmaier selbst auch, als er vorsichtig den Verschluss des Helmbands öffnete und so sanft wie möglich den Helm nach hinten abzog. Verletzungen konnte man nirgends sehen, nur das Handgelenk des Carsten stand in einem etwas eigenartigen Winkel ab. „Carsten!", flüsterte die Manuela, als das Gesicht des Verunglückten zum Vorschein kam. Er hatte die Augen geöffnet. Die Manuela kniete sich zu seinem Kopf und strich ihm über die Stirn. „Es geht schon wieder!", stöhnte er. „Ich krieg schon wieder Luft." Als Gasperlmaier sich über ihn beugte, schlug ihm eine gewaltige Schnapsfahne entgegen. „Wär halt gescheiter, wenn man nicht besoffen Roller fährt!", murmelte er. Die Manuela küsste den Carsten auf die Stirn. „Was ist mit meiner Hand?", jammerte der Carsten. „Das tut so weh!"

Die Frau Doktor trat zu ihnen. „Ich hab schon die Rettung gerufen. Sie müssen auf jeden Fall fachgerecht transportiert werden, sonst richten wir womöglich noch größeren Schaden an!", sagte sie. Der Carsten versuchte zu nicken. „Nicht bewegen!", kommandierte die Frau Doktor. „Ich hab den Sebastian erschlagen", flüsterte der Carsten. „Ich gesteh es lieber gleich, bevor ich sterbe. Ich hab ihm die Kassa auf den Schädel ..." „Ruhig jetzt! Hier wird nicht gestanden! Und gestorben auch nicht!" Die Frau Doktor ging zurück zum Streifenwagen. „Komm, Gasperlmaier. Wir können ohnehin nichts tun. Frau Reitmair, Sie reden mit ihm, damit er wach bleibt. Wenn's ein Problem gibt, rufen Sie uns!" Die Manuela nickte und strich dem Carsten weiter über die Stirn. Dazu winselte sie ein wenig vor sich hin, ohne dass man konkrete Wörter hätte ausmachen können. „Geh schon mal!", sagte Gasperlmaier, der es nicht über sich brachte, den Verletzten zu verlassen. „Gut!", sagte sie. „Ich leite die ersten Informationen nach Liezen weiter. Hoffentlich dauert das alles nicht zu lange!" Sie sah auf ihre Uhr.

Gasperlmaier kam es wie eine Ewigkeit vor, bis die Rettung kam. Immer wieder blickte er dem Carsten in die Augen, um festzustellen, ob er noch bei klarem Bewusstsein war. Manchmal murmelte er was vor sich hin, manchmal verdrehte er die Augen, bis Gasperlmaier dachte, so, das war's jetzt. Dann waren die Sanitäter endlich da, und hinter dem Rettungsauto tauchte sogar der Notarztwagen auf. Gasperlmaier atmete auf. Jetzt konnte man alles Weitere den Profis überlassen.

In Krankenhäusern hatte sich Gasperlmaier noch nie wohlgefühlt, nicht einmal, wenn er gar nicht als Patient vorgeladen war, und auch nicht in einem unpersönlichen, sterilen Wartebereich. Da war man von so viel Elend umgeben, es konnte einem richtig Angst machen. Wie zerbrechlich doch so ein Menschenleben war!

Als er in einer Gestalt, die in einem Krankenbett aus einem Behandlungszimmer geschoben wurde, die Manuela erkannte, sprang Gasperlmaier auf. Sie lächelte ihm schwach zu. „Sie wollen mich eine Nacht dabehalten. Aber es ist nur eine Gehirnerschütterung. Sonst ist alles ..." Die Manuela drehte sich zur Seite, und rasch sprang einer der beiden Sanitäter, die das Bett schoben, mit einem Plastiksackerl an ihre Seite. Die Manuela übergab sich geräuschvoll. Dennoch blieb Gasperlmaier neben ihr, als die beiden sie weiterschoben. „Grauslich!" Die Manuela konnte schon wieder lächeln. „Sie haben mir Schmerzmittel gegeben, wegen dem Kopfweh. Und morgen darf ich schon wieder ..." „Sie entschuldigen jetzt! Die Patientin braucht Ruhe!" Sie waren an der Tür eines Patientenzimmers angekommen, und der Sanitäter versuchte, Gasperlmaier zu verscheuchen. Der nahm jedoch Manuelas Hand. „Was ist mit dem Carsten?", fragte sie. Gasperlmaier schüttelte den Kopf. „Wissen wir noch nicht. Aber es schaut gut aus!"

Das Bett verschwand durch die Tür, Gasperlmaier blieb zurück. Sein letzter Satz war geschwindelt gewesen, sie hatten keine Ahnung, wie es dem Carsten ging.

Dennoch hatte die Frau Doktor beschlossen, hier zu warten, bis sie ihn vernehmen konnte.

„Na?", fragte sie, als er wieder zum Wartebereich zurückgekehrt war. „Wie geht's ihr?" Gasperlmaier zuckte mit den Schultern. „So, so, la, la. Gespieben hat sie. Gehirnerschütterung. Sie muss bis morgen dableiben." „Gut so!", meinte die Frau Doktor. „Da hat sie wenigstens Ruhe. Mit ihrer neuen Flamme hat sie ohnehin Pech gehabt. Der wird jetzt eine Weile aus der Öffentlichkeit verschwinden." Gasperlmaier fand diese Bemerkung ein wenig herzlos. Vor allem, wo ihm doch die Frau Doktor einmal in einer schwachen Stunde verraten hatte, dass auch sie sich einmal in einen Delinquenten verliebt hatte. Und zwar sogar, nachdem sie ihn festgenommen hatte. Die Manuela hingegen hatte beim Verlieben ja noch gar keine Ahnung gehabt, dass der Carsten den Sebastian erschlagen würde.

„Was kriegt man denn so für so einen Mord?", fragte er. Die Frau Doktor zuckte mit den Schultern. „Wenn er Glück und einen guten Verteidiger hat, dann kommt ein Paragraph 86 heraus. Das wäre Körperverletzung mit Todesfolge. Ein bis zehn Jahre." Gasperlmaier seufzte. „Du vergisst aber, dass er ja auch den Pönitzer auf dem Gewissen hat, höchstwahrscheinlich. Und zweimal den 86er, den kriegt er sicher nicht. Denn da wird das Gericht annehmen, dass er das zweite Delikt begangen hat, um das erste zu vertuschen. Möglicherweise hat der Sebastian etwas gewusst. Oder zumindest geahnt. Und ihn damit erpresst." „Meinst du?", fragte Gasperlmaier überrascht. So weit hatte er noch gar nicht gedacht.

Eine Ärztin trat auf sie zu. Gasperlmaier erkannte sie nur daran, dass sie ein Stethoskop umgehängt hatte. Sie trug einen unordentlichen Haarknoten auf dem Kopf, dem bereits einige Haarsträhnen entkommen waren. Darunter ein müdes Gesicht mit deutlich hervortretenden Augenringen. „Sie können jetzt zum Herrn Peschke ins Zimmer. Wir behalten ihn da. Er hat eine Fraktur der Elle und Speiche erlitten, links. Dazu eine Gehirnerschütterung und zahlreiche Prellungen." Sie lachte kurz auf. „Er wollte keine Schmerzmittel. Morgen wird er sich wundern. Da wird er sich nämlich ohne Schmerztherapie nicht mehr bewegen können. Zimmer 314." Sie wies ihnen mit dem ausgestreckten Zeigefinger den Weg. Als Gasperlmaier aufstand, hielt sie ihn am Ärmel zurück.

„Lassen Sie doch einmal sehen!" Sie nahm Gasperlmaiers Kinn, hob es hoch und sah ihm ins Auge. „Das sieht aber böse aus. Einblutungen im Augapfel. Tut das weh?" „Aua!", schrie Gasperlmaier unwillkürlich. Sie hatte kräftig gegen seine Augenbraue gedrückt. „Hm!", sagte die Ärztin. „Ob der Schmerz jetzt von der Prellung kommt oder ob am Ende ... facies orbitalis ... könnte ein Sprung oder sogar ein Bruch sein ... ich würde das auf jeden Fall untersuchen lassen. Jochbein, auf Deutsch. Die Augenabteilung ist ..." „Da ist nichts, das wird schon wieder!", wiegelte Gasperlmaier ab. Das fehlte noch, dass man ihn wegen eines einfachen blauen Auges hier im Krankenhaus behielt. Die Ärztin jedoch ließ ihn nicht los. „Wobei ist denn das entstanden? Amtshandlung?" Gasperlmaier nickte. „Es könnte sogar ein Bruch im Bereich des Augenhintergrunds vorliegen. Nehmen Sie es nicht auf die leichte Schulter!" Gasperlmaier riss sich los. „Ja, Frau Doktor! Ganz sicher, Frau Doktor!", rief er noch über die Schulter zurück. Die Ärztin schüttelte den Kopf.

„Gasperlmaier, du gehst nach der Befragung sofort zur Untersuchung!" Der Ton der Frau Doktor duldete keinen Widerspruch. Also schwieg Gasperlmaier, bis sie Zimmer 314 erreicht hatten.

Der Carsten sah zum Fenster hinaus, als sie eintraten. Er war der einzige Patient. Der linke, eingegipste Arm lag auf seinem Bauch, auf der Wange klebte ein großes Pflaster. Sonst schien er relativ unbeschädigt.

„Guten Tag, Herr Peschke!" Die Frau Doktor zog einen Stuhl ans Bett, Gasperlmaier bezog am Fußende Posten. Der Carsten starrte weiterhin aus dem Fenster und verriet durch keine Reaktion, dass er ihre Anwesenheit bemerkt hatte. „Herr Peschke", sagte die Frau Doktor, „würden Sie uns bitte beschreiben, was zwischen Ihnen und dem Sebastian Haudum gestern im Bootshaus vorgefallen ist?" Der Carsten schluckte, wandte aber den Blick nicht vom Fenster ab. Draußen, so stellte Gasperlmaier mit einem kurzen Blick fest, gab es nicht viel Interessantes zu sehen.

„Ich hab plötzlich so eine Wut bekommen!", sagte er dann. „Ich kann es kurz machen. Ich hab ihn zur Rede gestellt, wegen der Geschichte mit dem Schwingenschlögel und seinen Hasenjägern. Ich war furchtbar wütend, nicht nur auf den Helmut, sondern auch auf ihn, weil er unsere Zusammenarbeit zerstört und den Helmut zu sich hinüber, zur volkstümlichen Musik gezogen hat." Plötzlich sah er die Frau Doktor direkt an. „Wo ist denn die Manuela?" Er schluckte wieder. „Also, ich meine, die Frau Reitmair? Warum ist sie nicht hier?" „Sie ist Ihnen nachgerannt, oben auf der Alm, und gestürzt", erklärte die Frau Doktor. „Sie liegt jetzt mit einer Gehirnerschütterung gleich drüben im nächsten Gang. Aber es geht ihr gut. Ganz unschuldig sind Sie an ihrem Zustand nicht!" Gasperlmaier bezweifelte die Auskunft der Frau Doktor, zumindest was das „gut gehen" betraf. Aber das musste man dem Carsten ja nicht jetzt gerade sagen. Das war schon richtig so.

„Weiter!", verlangte die Frau Doktor. „Ich hab Kopfweh!", jammerte der Carsten stattdessen. „Machen Sie es halt kurz!", verlangte sie. „Wir haben halt gestritten, und da ist es mit mir durchgegangen, ich weiß gar nicht mehr, was er alles gesagt hat. Ich hab einen Wutanfall bekommen und ihm die Kassa auf den Schädel gedonnert. Er hat sich gerade umgedreht. So von seitlich hinten. Er ist zu Boden gestürzt, gerade, dass er nicht ins Wasser gefallen ist. Und anstatt Erste Hilfe zu leisten, bin ich davongerannt." Die Frau Doktor zog die Augenbrauen hoch. „Sie sind nicht davongerannt, Sie haben den Sebastian in ein Elektroboot verfrachtet, den Motor eingeschaltet und es über den See davongeschickt!" Der Carsten riss die Augen auf. „Nein! Wie kommen Sie denn da drauf?"

„Also, Herr Peschke, jetzt machen Sie reinen Tisch! Das glaubt Ihnen ja kein Mensch!" Die Frau Doktor war aufgestanden. „Warum sind Sie denn geflüchtet und haben sich oben auf der Weißenbachalm betrunken? Warum sind Sie vor uns davongerannt?" In den Augen des Carsten sammelten sich Tränen. „Ich hab doch gewusst, er ist tot! Zuerst hab ich noch gedacht, na ja, der hat einen harten Schädel, der wacht schon wieder auf. Aber heute in der Früh, da wollte ich ihn anrufen, mich entschuldigen. Und da lese ich in irgendeiner WhatsApp-Gruppe, dass der Sebastian tot ist! Da hab ich völlig durchgedreht und gar nicht mehr gewusst, was ich tu! Der Manu... der Frau Reitmair hab ich noch eine Nachricht geschickt, aber dann ... ich glaub, ich hab mein Handy verloren. Oder es zu Hause ... aber das, was Sie mir da von einem Boot erzählen, das ist ja Wahnsinn, das hab ich nicht getan!"

Die Frau Doktor stellte sich neben Gasperlmaier ans Fußende des Bettes. Er fand, dass alles glaubwürdig klang, was ihnen der Carsten da erzählte. Und überhaupt, jemand mit einer Gehirnerschütterung konnte doch nicht so gut lügen, niemals. „Und was ist mit dem Pönitzer? Haben Sie dem vielleicht auch ganz unabsichtlich im Wald einen Stein über den Schädel geschlagen?" Der Carsten versuchte sich aufzurichten, sank aber gleich wieder in sein Bett zurück. „Was reden Sie denn da? Sie sind ja nicht ganz bei Trost! Ich hab so Kopfweh!" Er atmete stoßweise.

„Ich kann Ihnen leider noch keine Ruhe gönnen", fuhr die Frau Doktor fort. „Ein bisschen Kopfweh müssen Sie jetzt schon aushalten. Der Pönitzer und der Sebastian, die haben Ihnen ja auch nicht leidgetan!" Der Carsten zischte verächtlich und sah zum Fenster hinaus. „Sie haben unter dem Decknamen ‚Jogler' im Internet gepostet? ‚Jo' für Ihren zweiten Vornamen und ‚gler' für die Endung des Mädchennamens Ihrer Mutter?" „Dazu sag ich nichts!", antwortete der Carsten. „Unter diesem Pseudonym sind Hasspostings abgegeben worden. In denen unter anderem behauptet wird, dass der Pönitzer Mädchen vergewaltigt. Das ist starker Tobak, Herr Peschke. Allein das ist schon strafbar, wenn es nicht bewiesen werden kann!" Der Carsten atmete schwer. „Der Pönitzer war eine Drecksau! Aber wenn Sie jeden verhaften wollen, der im Internet einmal seinen Gefühlen freien Lauf lässt, dann ..." „Was dann, Herr Peschke?"

In dem Moment öffnete sich die Tür, und die Ärztin mit dem Haarknoten auf dem Kopf trat ins Zimmer. „Herr Peschke? Was ist denn mit Ihnen los? Haben Sie Schmerzen?" Der Carsten nickte schwach. Die Ärztin warf Gasperlmaier und der Frau Doktor böse Blicke zu. „Haben Sie ihn recht aufgeregt? Das kann böse Folgen haben!" Die Frau Doktor schnaubte und zog Gasperlmaier am Ärmel nach draußen.

„Was meinst du?", fragte sie ihn draußen auf dem Gang. Gasperlmaier zuckte mit den Schultern. Er hatte nicht vor, eine Einschätzung abzugeben, bevor die Frau Doktor selber mit ihrer Meinung herausrückte. „Sag schon!" Sie stieß ihn spielerisch in die Seite. „Ich glaub, dass es stimmt, was er sagt. Macht ja alles auch Sinn!" „Geh bitte!" Die Frau Doktor stellte sich vor ihn hin und stemmte die Hände in die Hüften. „Die Geschichte mit dem großen Unbekannten, der danach noch auftaucht, den Sebastian in ein Boot schmeißt und auf seine letzte Reise schickt – ich bitte dich! Was glaubst du denn, wie oft ich solche Rechtfertigungen schon gehört habe, wenn einem Verdächtigen kein anderer Ausweg mehr bleibt?" „Aber ...", warf Gasperlmaier ein. Er dachte an die Manuela. Es musste furchtbar sein, wenn einem gleich nach einem Tag eine junge Liebe zuerst ins Krankenhaus und danach ins Untersuchungsgefängnis abgeführt wurde. „Nichts aber!", entgegnete die Frau Doktor. „Er war's, und damit basta! Die Hasspostings hat er ja so gut wie zugegeben! Das wird für einen Haftbefehl reichen, sobald er aus dem Krankenhaus kommt! Ich fahr jetzt heim!"

Die Frau Doktor machte schon Anstalten zu gehen, da drehte sie sich noch einmal um. „Ach nein. Ich bring dich zuerst in die Augenabteilung. Sonst entwischst du mir noch, fährst einfach zurück auf den Posten, ohne dass geklärt ist, ob da jetzt wirklich etwas Gröberes passiert ist." „Geh ... gehen wir lieber etwas trinken. Oder ..." Plötzlich merkte Gasperlmaier, dass er schrecklichen Hunger hatte. Die beiden Leberknödel in der Suppe, die waren schon lange her. „Gehen wir noch einen Kaffee trinken? Vielleicht ein Stück Torte ..." Die Frau Doktor packte ihn energisch am Arm. „Wo ist jetzt diese Augenabteilung?"

Eineinhalb Stunden und mehrere Ärzte und Ärztinnen später stand Gasperlmaier wieder im Wartebereich. Zu seiner Überraschung war die Frau Doktor immer noch da, hatte ihren Laptop auf den Knien und einen Knopf im Ohr. Sie lächelte sogar, als er auf sie zukam. „Na?", fragte sie. „Alles in Ordnung!" Das entsprach zwar nicht ganz der Wahrheit, denn es hatte geheißen, man müsse bestimmte Befunde abwarten, aber gebrochen war offenbar nichts, und auch sein Auge war allem Anschein nach in Ordnung. „Gehen wir noch schnell ins Buffet ..." Gasperlmaier konnte die gähnende Leere in seinem Magen förmlich spüren. Er war ja immerhin fast ohne Frühstück aufgebrochen, und, eben, die zwei Leberknödel ...

Im Buffet roch es so verführerisch nach warmem Leberkäse, dass Gasperlmaier auf Torte sofort vergaß. Er sah auf die Uhr. Es war schon nach fünf. Kein Wunder, dass er Hunger hatte. Die Frau Doktor aber blieb bei Kaffee und Kuchen, und so saßen sie an einem wackeligen Zweiertisch im Krankenhausbuffet, Gasperlmaier mit einem kleinen Bier in der Flasche und einer Leberkäsesemmel, die Frau Doktor vor einer Schwarzwälder Kirschtorte. „Schon wieder Bier?", meckerte sie. „Das ist eh bloß so ein Leichtbier." Gasperlmaier inspizierte das Etikett. „Nur dreieinhalb Prozent Alkohol. Mehr für Damen." Die Frau Doktor drohte ihm mit dem Finger. „Achtung, Franz! Das könnte leicht als sexistisch gewertet werden, was du da gesagt hast!" Gasperlmaier wies etwas empört auf die stilisierte Darstellung einer jungen, hübschen Frau auf dem Etikett. „Aber da steht doch, dass ..." „Man muss nicht jeden üblen Werbetrick ernst nehmen. Frauen können genauso Starkbier trinken. Und auch Wein und sogar Schnaps, wenn wir Lust haben. Was aber nicht bedeuten soll, dass ich vorhabe, Alkoholikerin zu werden." Gasperlmaier nickte. Er konnte der Argumentation der Frau Doktor nicht ganz folgen, aber Widerspruch würde die Debatte in die Länge ziehen, und darauf hatte er keine Lust. Er biss in seine Semmel. Der Leberkäse sagte ihm nicht zu, war zu wenig gewürzt und etwas labbrig. Wahrscheinlich hatte er schon zu viel Zeit im Wärmeschrank verbringen müssen.

Wenn er jetzt nach Hause ging, so dachte er bei sich, würde der Ärger erst richtig losgehen. Was hatte er sich gestern bloß gedacht. Er würde darauf achten müssen, der Maresi nicht unter die Augen zu kommen. Womöglich würde er sogar darauf verzichten, Licht zu machen oder den Fernseher aufzudrehen, nur, damit die Maresi nicht wieder auf dumme Gedanken kam und womöglich mit einer Rehkeule im Topf plötzlich vor seiner Tür stand. Er hatte mit solchen Affären überhaupt keine Erfahrung. Ging die Maresi jetzt womöglich davon aus, dass sie ein Paar waren? Würde sie wie selbstverständlich am Abend herüberkommen und sich in sein Bett legen wollen? Ihm graute bei der Vorstellung. Nie wieder würde er eine andere Frau auch nur ansehen. Außer im Dienst, natürlich. „He, Franz!" Die Frau Doktor wedelte mit einer Hand vor seinem Gesicht herum. „Du bist ja wie weggetreten. Was ist denn los? Woran denkst du denn gerade?" „Ach, nichts!" Hastig trank er seinen letzten Schluck Bier und stand auf. „Na, dann ..." Die Frau Doktor tat es ihm gleich. „Eigentlich", sagte sie, „müsste ich dich jetzt vor der Tür von 314 postieren, damit uns der Verdächtige nicht abhandenkommt. Aber ich glaube nicht, dass er daran denkt, zu entwischen, und dir möchte ich das auch nicht antun, dass du ..." Gasperlmaier dachte an die Maresi und reagierte schnell. „Ich bleib aber gern da. Ich bin ja ... zu Hause ist ja ..." Die Frau Doktor verzog ihr Gesicht zu einer Grimasse des Mitleids. „Du Armer!" Sie strich ihm mit zwei Fingern über die Wange, was Gasperlmaier zusammenzucken ließ. Mit einer solch intimen Geste hatte er nicht gerechnet. Aber es stimmte, dass er gerne dableiben würde. Obwohl er normalerweise Krankenhäuser verabscheute. So konnte er zumindest für eine gewisse Zeit der Maresi entkommen.

„Ich finde jemanden, der dich ablöst", sagte die Frau Doktor. „Und du würdest wirklich einstweilen ...?" Gasperlmaier nickte und nahm seine Dienstmütze von der Stuhllehne. „Ich bin schon unterwegs!" Er nahm den Lift in den dritten Stock. Der Carsten, dessen war er sich sicher, hatte ihnen die Wahrheit gesagt. Der hatte den Sebastian wohl niedergeschlagen, aber den Rest seiner Geschichte hatte er nicht so einfach erfunden. Dafür hatte seine Überraschung viel zu echt geklungen. Seufzend trat Gasperlmaier aus dem Aufzug. Wenn sich keine Beweise fanden, die den Carsten entlasteten, dann sah es für ihn schlecht aus. Er bezog Posten vor dem Zimmer 314 und fragte sich, ob er hier wohl den Rest des Abends stehend verbringen würde.

„Erinnern Sie sich noch an mich?" Eine blonde Krankenschwester trat lächelnd auf ihn zu. „Doch! Schon!" Die Schwester war zwar ausgesprochen hübsch, dennoch konnte Gasperlmaier sie mit keinem seiner Gott sei Dank kurzen Aufenthalte im Ausseer Krankenhaus in Verbindung bringen. „Schwester Gabi! Wir haben uns doch schon zweimal getroffen! Und beim ersten Mal habe ich Ihnen eine Halskrause verpassen lassen! Daran müssen Sie sich doch noch erinnern!" Tatsächlich dämmerte es Gasperlmaier langsam. „Was machen Sie denn eigentlich da? Abgesehen von Ihrem blauen Auge? Wie ist denn das passiert?" Gasperlmaier entschloss sich zu einer Kürzestversion. „Ich hab eine Rauferei beendet. Und ich war schon in Ihrer Augenabteilung. Passt alles!" Die Schwester Gabi rümpfte die Nase und stellte sich auf die Zehenspitzen, um sein Auge besser zu sehen. „Schaut aber nicht so aus!", konstatierte sie.

Er war froh, sie ablenken zu können. „Ich bewache den Patienten. Er ist ... also ... es besteht ein Verdacht ..." Die Schwester Gabi bekam große Augen. „Ist das vielleicht ein Mörder, da drinnen?" Gasperlmaier widersprach mit einer wegwerfenden Handbewegung. Sie war ihm ein wenig gar zu neugierig. So hübsch sie war, so schnell wollte er sie wieder loswerden. „Hätten Sie vielleicht einen Sessel für mich?", fragte er. „Aber sicher!" Die Schwester Gabi legte ihm eine Hand auf die Brust, bevor sie um die Ecke verschwand. Gasperlmaier atmete hörbar aus. Er fühlte sich ein wenig bedrängt. Vor allem, wo er sich doch vorgenommen hatte, keine Frauen mehr anzusehen. „So!" Sie stand schon wieder vor ihm und schob ihm einen Plastikstuhl hin. Gasperlmaier hoffte, dass sie bald Wichtigeres zu tun haben würde, als ihn zu belagern.

„Ich muss jetzt. Bettpfannen tauschen. Passen Sie halt gut auf, dass uns dieses Monster da drinnen nicht entwischt!" Gasperlmaier wischte sich über die Stirn, nachdem sich Schwester Gabi wieder entfernt hatte. Kaum war sie verschwunden, stand sie auch schon wieder vor ihm. In der Hand hielt sie eine längliche Metallschüssel. Gasperlmaier hegte den Verdacht, dass es sich dabei um eine der vorhin angesprochenen Bettpfannen handelte. „Ich geh jetzt gleich zu dem hinein!", kicherte sie. „Und geb ihm eine Bettpfanne!" Sie schwenkte das Gefäß vor Gasperlmaiers Augen. „Dann seh ich mal, wie ein Mörder aussieht!" Gasperlmaier seufzte.

„Schwester Gabi, der ist kein Mörder. Und ich glaub auch nicht, dass er eine Bettpfanne braucht. Er kann ja gehen, und einen gesunden Arm hat er auch!" „Werden wir schon sehen!", sagte die Schwester Gabi und verschwand im Zimmer 314.

**14**

Plötzlich öffnete sich die Lifttür schräg ihm gegenüber, und die Frau Doktor trat aus dem Aufzug. Ihr Gesichtsausdruck verhieß Übles. „Komm!" Sie packte Gasperlmaier am Arm. Was hatte er denn jetzt verbrochen? „Der Sebastian Haudum ist nicht an dem Schlag mit der Kasse gestorben!", zischte sie. „Ich hab gerade einen Anruf bekommen. Er ist erstickt!" „Erstickt?", wiederholte Gasperlmaier und sah auf die Hand der Frau Doktor hinab, die seinen Arm umklammerte. „Entschuldigung!", sagte sie. „Aber ich bin ... aufgeregt!" „Ja – jetzt von wem erstickt?", fragte Gasperlmaier. „Was weiß denn ich!", zischte die Frau Doktor. Inzwischen war die Schwester Gabi wieder aus dem Krankenzimmer getreten. „Der schaut aber gar nicht aus wie ein Mörder!", erklärte sie schmollend. „Der ist sogar recht süß! Und voll nett! Der kann kein Mörder sein!" Die Frau Doktor hob ihre Augenbrauen bis zum Anschlag. „Was hast du denn der für Schauermärchen erzählt?" Gasperlmaier zuckte mit den Schultern. „Nichts. Gar nichts! Ich hab ja schließlich erklären müssen, warum ich hier auf dem Gang herumsteh!"

„Alles irrelevant!" Die Frau Doktor zog ihn am Arm zum Lift. „Woher weiß man denn, dass ..." Er brauchte seinen Satz gar nicht zu vollenden. Die Frau Doktor antwortete erst, als sich die Lifttüren geschlossen hatten. „Man hat Fasern in seiner Lunge gefunden. Er hat wohl noch geatmet, als ihm jemand die Polster aufs Gesicht gedrückt hat." „Welche Polster?", fragte Gasperlmaier. „Sitzpolster. Für die Elektroboote. Die liegen dort zuhauf herum!" „Hätte die Frau Doktor Wurm das nicht ...?" Wieder unterbrach ihn die Frau Doktor. „Sie hat sich tausendmal entschuldigt. Natürlich, sagt sie, hätte sie die Stauungsblutungen gleich sehen müssen. Und auch noch ein paar andere eindeutige Kennzeichen, ich hab's vergessen. Aber da war die Kopfwunde, es hat alles danach ausgesehen ... und da hat sie eben erst am Tisch in der Pathologie entdeckt, dass er nicht am Schlag mit der Bargeldkassa gestorben ist." Einerseits war Gasperlmaier erleichtert. Der Carsten würde wohl mit einer Körperverletzung davonkommen, und so stand seinem Glück mit der Manuela zumindest von dieser Seite nichts im Wege. „Die Manuela!", fiel ihm plötzlich ein. „Wir sollten es ihr sagen!" Die Frau Doktor blickte auf ihre Uhr. „Haben wir dazu Zeit?" „Was wär denn sonst Dringendes?", fragte Gasperlmaier zurück. „Hast recht!", sagte sie. „Ich hab jetzt eh keine Ahnung, wie es weitergehen soll!"

Der Manuela gelang ein Lächeln, als sie in ihr Zimmer traten. „Eigentlich könnte ich eh schon wieder heim!", erklärte sie. „Mir geht's gut!" „Nur nichts überstürzen!", warnte Gasperlmaier. „Und, wir haben auch eine gute Nachricht für dich. Der Carsten war's nicht!" „Wirklich?" Die Manuela strahlte. „Na, na!" Die Frau Doktor hob warnend den Zeigefinger. „Er hat dem Sebastian wohl die Kasse an den Kopf geschlagen – aber daran scheint er nicht gestorben zu sein!" „Woran denn dann?" Die Frau Doktor wiederholte, was Gasperlmaier schon wusste.

„Und wer kann es dann gewesen sein?", fragte die Manuela. „Darüber machen Sie sich jetzt einmal keine Gedanken, Frau Reitmair!", beruhigte die Frau Doktor. „Wir sind wieder ganz am Anfang. Soll heißen, wir haben keine Ahnung!" Begeistert, fand Gasperlmaier, war die Frau Doktor ob dieser Erkenntnis offenbar nicht.

„Was jetzt, Franz?", fragte sie, als sie wieder im Auto saßen. „Lässt du den Peschke jetzt nicht mehr bewachen?", fragte Gasperlmaier, um abzulenken. „Steht nicht dafür. Wenn ich jedem wegen einer Körperverletzung einen Beamten vor die Tür stelle, wären die Wachstuben schnell leer." „Könnte der Sebastian nicht einfach in die Polster gefallen sein? Nachdem ihn der Carsten geschlagen hat? Und dann hat er keine Luft mehr gekriegt?" „Keine Ahnung. Die Wurm hat sich jedenfalls festgelegt. Erstickt. Und von so einer Möglichkeit … da müsste ich noch einmal mit ihr reden. Kommt dir aber selber ziemlich unwahrscheinlich vor, oder?" Gasperlmaier nickte. „Ist eher …", setzte er an, erinnerte sich dann aber daran, dass es womöglich sexistisch war, zu behaupten, das Opfer mit einem Polster zu ersticken sei eine typisch weibliche Art, jemanden anzugreifen. Er entschloss sich, es als Frage zu formulieren. „Ob es ein Mann war oder eine Frau? Das mit dem Ersticken?" Die Frau Doktor öffnete ihre Handtasche und kramte darin nach irgendetwas. „Typisch weiblich, würde ich sagen. Männer greifen eher zu roher Gewalt. Wenn ein Mann einen schon Bewusstlosen endgültig fertigmachen will, dann hätte er ihn, in diesem Fall, vielleicht mit dem Kopf unter Wasser getaucht. Oder einfach die Kasse noch einmal …" Anstatt den Satz zu vollenden, vollführte die Frau Doktor mit beiden Händen eine wuchtige Geste, die verdeutlichte, was ein Mann ihrer Meinung nach gemacht haben könnte.

Endlich hatte die Frau Doktor gefunden, was sie gesucht hatte: ihr Handy. „Fahr mich zum Posten, zu meinem Auto!", flüsterte sie, bevor sie sich ihrem Gesprächspartner zuwandte. Es war ihre Mutter, erriet Gasperlmaier. Es schien, als wäre die Sophie bei ihrer Oma und wollte dort auch über Nacht bleiben. Seufzend beendete die Frau Doktor das Gespräch. „Einerseits schön, dass ich einmal eine Nacht und einen Morgen Ruhe habe. Aber dann ... manchmal habe ich das Gefühl, das Kind ist mehr bei der Oma als bei mir. Sie ist mir schon richtig entfremdet. Am Ende bin ich eine schreckliche Mutter!" Wieder war Gasperlmaier in eine Situation geraten, in der es galt, tröstliche Worte für eine Frau zu finden. Wenn ihm das nur nicht gar so schwergefallen wäre! „Ich glaube, du bist eine wunderbare Mutter!", sagte er schließlich und schwang sich sogar zu einem weiteren Kompliment auf. „Weil du einfach auch eine wunderbare Frau bist!" „Echt? Findest du?" Ein Seitenblick verriet ihm, dass die Frau Doktor lächelte. Wahrscheinlich, so dachte er bei sich, hatte er jetzt schon wieder eine Grenze überschritten, die besser unüberschritten gewesen wäre. Solche Komplimente konnten einer Vorgesetzten gegenüber ganz schnell falsch aufgefasst werden und einen ins Unglück stürzen. „Das hat mir schon lange niemand gesagt. Danke, Franz!", sagte die Frau Doktor und legte ihre Hand für eine Sekunde auf seinen Oberschenkel. Gasperlmaier durchfuhr ein Stromschlag.

„Halt!", rief sie plötzlich. Gasperlmaier erschrak und verriss das Lenkrad. „Wir schauen noch zu dieser Barbara. Die mit dem ungarischen Namen, die Freundin vom Sebastian. Vielleicht kriegen wir aus ihr etwas heraus, was wir noch nicht wissen. Das muss doch irgendwo hier in der Nähe sein, nicht?" Gasperlmaier nickte. „Wir sind gerade vorbeigefahren!" Er drehte um, und als sie vor dem Haus ankamen, war keiner der wenigen Parkplätze frei. Die Zufahrt zum Haus war eindeutig als Feuerwehrzufahrt gekennzeichnet. Ratlos hielt Gasperlmaier an. „Stell dich da hin!" Die Frau Doktor wies auf das Feuerwehrsymbol auf dem Asphalt. „Aber ...", begann Gasperlmaier einzuwenden. „Papperlapapp!", entschied die Frau Doktor. „Wir sind genauso ein Einsatzfahrzeug! Wir haben es auch eilig!" Gasperlmaier fuhr so nahe an den Rand der Einfahrt wie nur möglich.

Als er ausstieg, kam ein feister, kleiner Mann aus der Haustür. Sein fleckiges T-Shirt bedeckte den Riesenwanst nur notdürftig. „Das haben wir gern!", brummte er. „Dass uns die Polizei auch noch unsere Parkplätze verstellt." „Das ist kein Parkplatz!" Die Frau Doktor deutete auf das Feuerwehrsymbol. „Wir sind im Einsatz!" „Und was ist, wenn es jetzt brennt? Und zu wem wollt ihr denn überhaupt?" Die Frau Doktor trat auf den Mann zu. „Können Sie sich ausweisen? Nicht? Die Fragen stellen nämlich wir!" Der Mann wich der Frau Doktor aus und steuerte auf die Mülltonnen zu. „Ist ja schon gut!", brummte er noch. „Komm jetzt!" Zur Laune der Frau Doktor, fand Gasperlmaier, hatte die Begegnung mit dem Dicken nicht gerade beigetragen.

Die Barbara Kövesi war blass und hatte dunkle Ringe unter den Augen. Offenbar hatte sie zuletzt wenig gegessen und viel geweint. „Was Sie wollen noch von mir? Sebastian tot! Kann nicht wieder auferstehen, oder?" Sie drehte sich um, ließ sie in der offenen Tür stehen und setzte sich aufs Sofa. So, dass sie auf ihren Beinen saß. Sie schlang die Arme um sich selber, so, als wolle sie ganz in sich selbst zurückkriechen. Ob man von ihr heute viel erfahren würde, bezweifelte Gasperlmaier.

„Frau Kövesi, was hat Ihnen denn unsere Kollegin schon über den Tod Ihres Freundes erzählt?" Die Barbara schüttelte den Kopf. „Nicht viel. Nur, dass war tot in ein Elektroboot von diese böse Mann, Hi-as. Sie haben schon verhaftet ihn? Er ganz sicher der Mörder. Ich spüre!" Sie öffnete ihre Arme und legte eine Hand auf ihr Herz. Die Frau Doktor seufzte. „Der Herr Bösch kommt nicht in Frage, er hat ein Alibi. Ihr Freund ist wahrscheinlich zuerst niedergeschlagen und danach erstickt worden." Gasperlmaier fiel plötzlich ein, dass der Carsten das ja beides hintereinander getan haben könnte. Sie mussten vielleicht gar nicht nach einem zweiten Täter suchen. Ob die Frau Doktor auch schon auf diese Idee gekommen war?

Die Barbara hatte wieder die Arme um ihren mageren Körper geschlungen. In ihren Augen schimmerten Tränen. Die ganzen Regenbögen, fand Gasperlmaier, sahen heute bei weitem nicht mehr so fröhlich aus wie zuletzt. „Frau Kövesi", begann die Frau Doktor erneut. „Wir sprechen jetzt natürlich unter völlig anderen Umständen mit Ihnen als bei unserem ersten Besuch heute Morgen. Fällt Ihnen vielleicht jemand ein, der für diesen Mord in Frage kommt? Jemand, mit dem der Sebastian Ärger hatte?" „Hi-as!", wiederholte sie. „Und, natürlich, auch viele aus Musikgeschäft, die nicht schön finden Musik von Hasenjäger. Ich übrigens auch nicht. Mir aber war egal, weil ... wir waren sehr verliebt. Da denkst du nicht daran, was macht Freund, ob ist falsch oder richtig oder dumm oder gescheit." Die Frau Doktor nickte verständnisvoll. Gasperlmaier hatte den Eindruck, dass sie sehr gut verstand, was die Barbara meinte. Wenn man verliebt ist, dann tritt alles andere zurück, was man am Partner vielleicht nicht so schätzt. Er dachte an die Maresi und war sich sicher, dass er kein bisschen in sie verliebt war. Ganz sicher nicht.

„Frau Kövesi, haben Sie vielleicht Fotos vom Sebastian? Oder welche, die er gemacht hat? Vielleicht kommen wir dadurch weiter." Die Barbara nickte. „Sind alle Fotos, die er mit Handy hat gemacht, auf Google Fotos gespeichert. Ich Ihnen kann zeigen gerne!" Als sie aufstand, stellte Gasperlmaier fest, dass sie barfuß war und die Zehennägel schwarz lackiert hatte. Das war, so dachte er bei sich, womöglich ihre Art, Trauer zu zeigen, denn ihr Regenbogenkleid hatte sie nicht abgelegt.

Sie verließ kurz das Wohnzimmer und kam mit einem kleinen, schmalen Laptop zurück. „Das ist Laptop von Sebastian. Ist Passwort ‚Barbara'. Ich aber nie habe eingeschaltet, weiß nur, weil er es mir hat gesagt." Die Frau Doktor nickte. „Dürfen wir den mitnehmen? Sie bekommen ihn selbstverständlich zurück, sobald alle Ermittlungen abgeschlossen sind." „Wissen Sie, ich hier kenne nur wenige Leute", sagte die Barbara noch, ohne gefragt worden zu sein. „Ich wohne erst drei Monate hier mit Sebastian, wir uns haben kennengelernt in Wien. Ich auch wieder werde zurückgehen, alle meine Freunde sind in Wien. Hier mich alles erinnert nur an tote Sebastian!" Sie deutete in einer großen, raumgreifenden Geste auf alles, was sie umgab. Ob der Sebastian allerdings die vielen Regenbogensachen gesammelt hatte, daran zweifelte Gasperlmaier erheblich. Die Frau Doktor stand auf und reichte der Barbara die Hand. „Nochmals mein aufrichtiges Beileid, Frau Kövesi. Ich weiß, wie Sie sich fühlen, glauben Sie mir. Haben Sie jemanden, mit dem Sie reden können? Der bei Ihnen bleibt? Das hilft wenigstens ein bisschen." Die Barbara wischte sich Tränen aus dem Gesicht und nickte. „Ich werde anrufen Freundin. Sicher." „Wiedersehen!", sagte Gasperlmaier an der Tür. Die Barbara tat ihm leid, und er war sich nahezu sicher, dass sie den Abend und die Nacht alleine verbringen würde.

„So, Franz!", sagte die Frau Doktor, als sie ihr Auto aus der Feuerwehrzufahrt lenkte. „Jetzt sehen wir uns noch die Fotos an, und dann mache ich mich endgültig auf den Weg." „Ob es die Barbara selber gewesen sein könnte?", fragte er. "Ich meine, sie sieht zwar harmlos aus, und es klingt sehr glaubwürdig, was sie sagt, aber ... vielleicht zu glaubwürdig?" "Also, mein Eindruck war, dass es ihr wirklich schlecht geht", gab die Frau Doktor zurück. "Wenn sie den Sebastian ermordet hätte, würde es ihr auch schlecht gehen!", entgegnete Gasperlmaier. "Fahren wir zu mir nach Hause? Es ist schon spät!" Er hatte keine Ahnung, wie ihm dieser Vorschlag herausgerutscht war. Er hatte davor nicht einmal darüber nachgedacht, die Frau Doktor zu sich nach Hause einzuladen. Wahrscheinlich, so dachte er bei sich, war es geschehen, weil er Angst davor hatte, allein auf die Maresi zu treffen.

"Warum nicht?", antwortete die Frau Doktor zu seiner Überraschung. "Gemütlicher als auf dem Posten ist es allemal!" Gasperlmaier fühlte, wie sich Schweiß unter seinem Haaransatz bildete. War überhaupt aufgeräumt? Oder musste die Frau Doktor annehmen, dass er ohne Ehefrau nicht mit dem Haushalt zurechtkam? Leider war es für derlei Überlegungen schon zu spät, denn ehe er es sich versah, stand er vor der Haustür und drehte den Schlüssel im Schloss.

"Bitte!", sagte er und ließ der Frau Doktor den Vortritt. Was ihm als Erstes auffiel, war, dass es im Vorzimmer ungelüftet roch. Schnell drängte er sich an der Frau Doktor vorbei ins Wohnzimmer, um kurz zu lüften, bevor sie sich an die Arbeit machten. "Gehen wir einstweilen in die Küche", schlug er vor. "Sonst haben wir die ganzen Mücken herinnen."

Über den Zustand der Küche verlor die Frau Doktor kein Wort, stattdessen wischte sie die Küchenplatte sauber, während Gasperlmaier das benutzte Geschirr in den Spüler räumte. Es bestand ohnehin nur aus Kaffeetassen und Gläsern. "Magst vielleicht ..." Gasperlmaier öffnete den Kühlschrank. „… einen Prosecco?" Die Flasche, so erinnerte er sich, hatte noch die Christine eingekühlt, aber bei ihrem Abschied waren sie nicht mehr dazu gekommen, sie zu öffnen. Er war auch nicht in einer Stimmung gewesen, die ihn daran hätte denken lassen. „Warum nicht?", lächelte die Frau Doktor.

Minuten später standen sie im Dunklen auf der Terrasse. Still war es, und Gasperlmaier hatte ganz auf die Maresi vergessen, bis er zusammenzuckte, weil drüben ein Fenster geöffnet wurde. Beobachtete die Maresi sie jetzt? Womöglich würde sie gleich eine Szene machen, weil sie dachte, dass er heute schon wieder eine andere abgeschleppt hatte? Innerlich tadelte er sich selbst für die Worte, in die er seine Gedanken gekleidet hatte. „Schön ist es hier. Und ruhig! Das erlebe ich viel zu selten!" Die Frau Doktor blickte hinauf zu den Sternen.

Mit der Stille aber war es vorbei, als bei der Maresi drüben ein Auto mit laut aufheulendem Motor vor der Garage anhielt. Gasperlmaier traute seinen Augen kaum, als er den Wagen erkannte. Er hatte ihn ja oft genug aus dem Mittagsschlaf geschreckt, denn außer dem Mann von der Maresi fuhr kaum einer ein Modell, das derart viel Lärm machte. Leider war es Gasperlmaier noch nicht geglückt, das Auto vom Werner auf unerlaubte Umbauten überprüfen zu lassen.

Gasperlmaier lief es kalt über den Rücken. Was, wenn der Werner entdeckt hatte, was gestern Nacht passiert war? Was, wenn die Maresi es ihm gleich brühwarm erzählte, womöglich, um ihn zu ärgern? Und er stand mit der Frau Doktor hier allein auf der Terrasse! „Warum hast du denn den noch nicht aus dem Verkehr gezogen?", fragte die Frau Doktor. „Der ist doch eindeutig auffrisiert?" „Bei Nachbarn", brummte Gasperlmaier, „ist das immer so eine Sache." Die Frau Doktor nickte und starrte weiterhin zum Sternenhimmel, während Gasperlmaier seine Ohren spitzte, um zu hören, was im Nachbarhaus vorging. Leider, oder vielmehr Gott sei Dank, ging dort aber gar nichts vor. Das Fenster wurde geschlossen, dann sah man das flackernde Licht eines Fernsehgeräts, und es war Ruhe. Hatten sich die Maresi und der Werner vor dem Fernseher versöhnt? War dem Werner am Ende die Bachlerin in Mitterndorf doch zu dürr und unansehnlich gewesen? Oder schmeckten ihm das Gulasch und der Obstler bei der Maresi besser? Wer konnte das wissen. Ihm jedenfalls war es recht.

Die Frau Doktor leerte ihr Glas. „Ja, dann ...", sagte sie. „Eins geht noch!", meinte Gasperlmaier und schenkte ihr nach. Wenig später saßen sie beide vor dem Laptop des Sebastian und betrachteten die Fotos, die er von seinem Handy ins Netz übertragen hatte. Sie berührten sich fast, um gut auf den kleinen Bildschirm sehen zu können. Die Frau Doktor roch frisch und angenehm, obwohl sie, wie er, den ganzen Tag unterwegs gewesen war.

Sie begannen mit den Fotos der letzten Tage. Fast auf allen war die Barbara zu sehen. Anscheinend waren die beiden baden gewesen, denn man sah Fotos von beiden in Bikini und Badehose. Selbst der Bikini der Barbara war regenbogenfarben. Es gab auch ein paar Selfies von den beiden, mit dem Ort und dem Altausseersee im Hintergrund, die offenbar vom Südufer aus aufgenommen worden waren. Die Barbara, fand Gasperlmaier, war wirklich sehr dünn. Auf den Bikinifotos konnte man das noch viel deutlicher erkennen. „Fast nur Fotos von den beiden", stellte die Frau Doktor fest. „Wirklich sehr verliebt!"

An Gasperlmaier aber nagte der Zweifel. „Wenn jemand sehr verliebt ist ... die könnte dann ja auch sehr eifersüchtig sein, oder?" Die Frau Doktor schüttelte den Kopf. „Und selbst wenn – wer hätte denn dann den Pönitzer erschlagen? Wir wissen noch nicht einmal, ob die Barbara da oben war. Und schon gar nicht, ob sie irgendein Motiv gehabt haben könnte!" Gasperlmaier wurde langsam langweilig. So spannend war das auch nicht: die Barbara von hinten, von vorne, von der Seite, im Regenbogenkleid, in der Malerkluft beim Ausmalen der Wohnung in Regenbogenfarben und so weiter.

Gasperlmaier klickte, um weitere Fotos zu sehen. Plötzlich rasten alle Bilder über den Bildschirm nach oben. „Was machst du denn?", fragte die Frau Doktor. „Ich weiß nicht!" Er klickte nochmals, irgendwohin. Der Bildlauf kam zum Stillstand, und Gasperlmaier atmete auf. Sie waren bei Bildern von einem Auftritt der Kainischer Hasenjäger vor zwei Wochen angelangt. „Ich muss noch einmal zurück zu ...", sagte er. „Nein, warte!", unterbrach ihn die Frau Doktor. „Er muss sein Handy jemand anderem gegeben haben!" Sie deutete auf ein Foto, auf dem der Sebastian selbst am Schlagzeug zu sehen war. Davon gab es mehrere. Und natürlich auch ein Foto vom tätowierten Hintern der Gitti aus Goisern, vulgo Nicole Hinterstoisser. Noch ein paar Tage weiter zurück hatte der Sebastian den Christian Pönitzer und die Nicole im Bühnenoutfit fotografiert. „Schau mal!", sagte die Frau Doktor. „Wie die Nicole da den Pönitzer anhimmelt. So schaut nur eine verliebte Frau!" Sie zoomte das Foto näher heran, sodass man die Gesichter genauer erkennen konnte. Das Bild war erstaunlich scharf. Der Pönitzer grinste irgendwie ausdruckslos in die Kamera. Die Nicole sah zu ihm hin und lächelte. Gasperlmaier schüttelte den Kopf. „Also, ich kann da nichts erkennen. Sie lächelt halt, und er schaut aus, als ob er schon ein paar Bier zu viel gehabt hätte." „Da allerdings bin ich mit dir einer Meinung." Sie streifte Gasperlmaier mit einem etwas skeptischen Blick. „Und dass du für die Gefühle von Frauen kein Auge hast, das wissen wir ja." Gasperlmaier verzichtete auf Widerspruch, weil er sinnlos gewesen wäre. Stattdessen schenkte er der Frau Doktor nach.

Vom gleichen Tag gab es noch ein Foto, auf dem die Nicole den Fotografen direkt anblickte. Sie hatte einen Zeigefinger an die Lippen gelegt und versuchte sich in einem Schmollmund. „Da!" Die Frau Doktor klopfte auf den Bildschirm, sodass Gasperlmaier, der bereits etwas unaufmerksam geworden war, hochschrak. „Da ist es noch einmal! Und wenn der Sebastian dieses Foto gemacht hat, dann ist sie in den auch verliebt gewesen!" Gasperlmaier nahm selbst einen Schluck Prosecco. Der drohte warm zu werden. „Geht denn das?", fragte er. „In zwei Männer zugleich verliebt zu sein?" Die Frau Doktor leerte ihr Glas und stand auf. „Natürlich geht das. Was glaubst du denn? Und jetzt muss ich mich auf den Weg machen, sonst ... sag mal, wie oft hast du mir denn nachgeschenkt?" Die Frau Doktor hob die leere Flasche an. „Weiß nicht!", erklärte Gasperlmaier wahrheitsgemäß.

„Ich muss jetzt mal aufs Klo!", sagte die Frau Doktor. Gasperlmaier fand, dass sie sprach, als sei sie ein wenig angetrunken. Am besten, er machte noch eine Flasche auf, denn dann war wahrscheinlich auch ihr klar, dass sie nicht mehr fahren durfte. Dessen bedurfte es aber gar nicht. „Gasperlmaier", sagte sie. „Ich glaube, ich habe einen Schwips. Ob wir für heute Nacht noch ein Hotelzimmer kriegen?" „Niemals!" Er schüttelte den Kopf. „Ist ja Hochsaison!" Er atmete tief durch, bevor er sich mit einem Vorschlag herauswagte. „Du kannst hier schlafen. Im Zimmer von der Katharina. Das wird am ehesten nach deinem Geschmack sein. Trinken wir noch ein Glas? Das wär dann allerdings Rotwein!" Die Frau Doktor schien abzuwägen, bevor sie sich wieder hinsetzte. Ihm schlug das Herz bis zum Hals. Allerdings, Alternative gab es ohnehin keine. Hatte es die Frau Doktor etwa darauf angelegt, sich in den Zustand der Nicht-mehr-Fahrtüchtigkeit zu trinken? So ein Fiasko wie gestern allerdings kam heute nicht in Frage, das schwor er sich.

Die Frau Doktor zuckte schließlich mit den Schultern. „Was bleibt mir anderes übrig?" Gasperlmaier klappte den Laptop zu. Auf die Fotos vom Pfeifertag hatten sie jetzt völlig vergessen. Aber die mussten warten, er hatte jetzt Wichtigeres im Sinn. „Dieses Viereck Pönitzer – Sebastian – Nicole – Barbara, das müssen wir uns morgen noch einmal genauer anschauen. Ob da nicht des Rätsels Lösung liegt? Wer auf wen eifersüchtig gewesen sein könnte? Ich blick da gar nicht mehr durch." Inzwischen hatte Gasperlmaier nachgeschenkt. Und nach ein paar weiteren Schlucken lehnte er sich zurück und sagte: „Ich muss ... ich möchte ... es ist schwierig!", begann er. „Ja?" Die Frau Doktor wandte sich ihm zu. „Was ist schwierig? Ich bin Spezialistin für Schwierigkeiten!" Sie grinste. Vielleicht war es gut, dass sie nicht mehr ganz nüchtern war. „Ich brauch Rat ... in einer ... delikaten ..." Jetzt war es heraußen. Es hatte einiger Gläser bedurft, dass er es gewagt hatte, die Frau Doktor einzuweihen. Sie schlug die Beine übereinander. „Gerne. Übrigens, ob du mir von deiner Frau Sachen zum Übernachten leihen könntest?" Das Wort „Nachthemd", fiel Gasperlmaier auf, hatte sie elegant umschrieben. Er atmete noch einmal tief durch.

„Ich habe gestern Nacht einen Blödsinn gemacht. Und jetzt weiß ich nicht, wie es weitergehen soll." Die

Frau Doktor sah ihn erwartungsvoll an, und es dauerte einige Minuten, bis er, immer wieder stockend, einen einigermaßen zusammenhängenden Bericht über den Verlauf der letzten Nacht abgeliefert hatte. „Sakrament!", sagte die Frau Doktor. „Das hätte ich dir gar nicht zugetraut! Ist sie denn hübsch, deine Maresi?" Gasperlmaier wand sich. „Erstens ist sie nicht meine Maresi", verteidigte er sich, „und zweitens geht es doch nicht darum. Es geht darum, was ich jetzt tun soll!"

Die Frau Doktor nahm einen Schluck. „Da fragst du ausgerechnet mich, eine anerkannte Meisterin im Versemmeln von Beziehungen?" Ihre Stimme klang schon etwas undeutlich. „Wen denn sonst?", fragte er zurück. „Wenn ich wen anderen frage, weiß es sofort das ganze Dorf!" Die Frau Doktor überlegte und legte, so wie die Nicole vorhin auf dem Foto, einen Finger vor den Mund. „Entweder du sagst es deiner Frau, oder du sagst es ihr nicht, das ist die Frage", entschied die Frau Doktor. So weit war Gasperlmaier selbst auch schon gekommen. „Es ist ... ich meine ... ich glaube, ich kann so nicht leben. Wenn die Christine wieder da ist und wenn dann ständig die Nachbarin da drüben herum ... wie ein lebendiger Vorwurf!" „Ich verstehe." Die Frau Doktor sah Gasperlmaier nachdenklich an. Er seufzte. „Und jetzt ist auch noch ihr Mann zurückgekommen. Wer weiß, was sie ihm alles erzählt! Der ist imstande und ... dann redet das ganze Dorf davon! Ich muss irgendwie sicherstellen, dass niemand was erfährt!"

„Und dann tauche auch noch ich auf!", gab die Frau Doktor zu bedenken. „Und übernachte hier. Mein Auto steht vor dem Polizeiposten. Das wird erst Gerede geben, wenn es jemand merkt!" „Na ja, wir haben ja nicht ... wir werden nicht ..." Gasperlmaier merkte, wie er heiße Ohren bekam. In was für ein Fahrwasser war dieses Gespräch nur geraten? „Nein." Die Frau Doktor schüttelte langsam und bedächtig den Kopf. „Wir werden nicht ... sollten nicht ... obwohl!" Sie richtete sich auf und zupfte ihre Bluse zurecht. Gasperlmaier wich instinktiv zurück. Es war eine ganz schlechte Idee gewesen, die Frau Doktor um Rat zu fragen. Am gescheitesten wäre es gewesen, mit niemandem darüber zu reden. Je mehr Leute Bescheid wussten, desto gefährlicher wurde die Situation. „Keine Angst!" Die Frau Doktor lehnte sich wieder zurück. „War nur Spaß. Ich mag dich, Gasperlmaier. Aber eher wie man einen Bruder oder einen Onkel mag. Du kommst mir vor wie Familie. Und in der Familie, da hat man keinen Sex."

Gasperlmaier schwieg und starrte in sein Weinglas. Das hatte er von attraktiven Frauen allzu oft gehört. Vor allem, als er noch jung und ungebunden gewesen war. Dass man ihn zwar über alles schätze und so gern mit ihm zusammen sei, nur eben eher wie mit einem Bruder. „Ich glaube, du hältst es eh nicht aus, du musst deiner Frau die Wahrheit sagen. Du bist kein guter Lügner." Er nickte. Da hatte sie wohl recht. Die Untreue würde ihn so lange quälen, bis er sie gebeichtet hatte. „Möchtest du denn weiter mit deiner Frau zusammen sein?", fragte die Frau Doktor. „Oder lieber mit dieser Maresi?" „Das ist es ja eben!", stöhnte Gasperlmaier. „Die Christine vermisse ich jede Minute! Und die Maresi würde ich am liebsten nie mehr in meinem Leben sehen!"

„Dann ist ja alles klar!", sagte die Frau Doktor und stand auf. „Du musst beichten und Verzeihung erflehen. Und kannst nur hoffen, dass du erhört wirst. Am besten, du fliegst ihr nach, wenn wir unseren Fall hier abgeschlossen haben, und bringst das in Ordnung!" „Was?" Auch Gasperlmaier war nun aufgestanden. „Fliegen? Nach Kanada?" „Wenn deine Frau dir was wert ist, dann würde ich das tun! Und jetzt bitte zeig mir, wo sie ihre Sachen hat. Damit ich mir was für die Nacht aussuchen kann." Gasperlmaier sank wieder auf sein Sofa. „Im Schlafzimmer. Oben, gleich gegenüber der Treppe." Nicht um alles in der Welt würde er jetzt mit der Frau Doktor sein Schlafzimmer betreten.

## 15

Erst, als er sich mühsam aus seinem Bett geschält hatte, fiel Gasperlmaier ein, dass er heute ja nicht allein im Haus war. Er lauschte Richtung Tür, um festzustellen, ob schon jemand im Bad war, doch es war alles ruhig. Während des Duschens blieb er ein wenig angespannt, denn das Bad konnte man nicht abschließen. Er hoffte, dass die Frau Doktor das Rauschen der Dusche hörte und die richtigen Schlüsse zog.

Da hing allerdings ein bereits benutztes Badetuch am Heizkörper, stellte er fest, als er aus der Dusche trat. Tatsächlich saß die Frau Doktor schon am Küchentisch vor einer Tasse Kaffee, als er endlich so weit war. Gott sei Dank hatte er ganz unten im Kasten noch ein frisches Hemd gefunden. Der Kragen war zwar ein wenig zerdrückt, aber sonst war es glatt und roch frisch. Er musste endlich wieder einmal Wäsche waschen. Aber bei diesen dauernden Gewaltverbrechen kam man ja zu nichts. „Guten Morgen, Franz!", sagte die Frau Doktor. Obwohl sie die gleiche Bluse und das gleiche Kostüm wie gestern trug, sah sie irgendwie frischer aus, als er sich selbst fühlte. Irgendein Geheimnis mussten die Frauen kennen, das ihnen dabei half, am Morgen immer so überlegen und ausgeruht auszusehen. „Kaffee ist noch da. Den Spüler hab ich eingeschaltet. Da war schon Schimmel an deinem Geschirr. Glaub aber nicht, dass ich dir jetzt gleich den ganzen Haushalt abnehme!" Sie lächelte, während Gasperlmaier wortlos zur Kaffeemaschine schlurfte. „Danke!", murmelte er. Er fand es schwierig, so früh am Morgen Gespräche zu führen.

„Ich hab nicht gut geschlafen", erklärte die Frau Doktor. „Mir ist ständig der Fall im Kopf herumgegeistert. Also, was den Sebastian betrifft: Ich kann mir gut vorstellen, dass diese Barbara Kövesi fürchterlich eifersüchtig war. Wenn jemand ständig betont, wie verliebt man nicht ist ... und wenn dann plötzlich Fotos auf dem Handy auftauchen, auf denen eine andere ihrem Freund schöne Augen macht, dann ..." Gasperlmaier nickte und warf ein Stück Zucker in seinen Kaffee. „Das hab ich mir ja gestern schon gedacht. Das ist mir alles zu aufgesetzt, zu freundlich, zu perfekt. Und dass sie sich die Fotos auf seinem Handy nie angeschaut hat ... wer mag so etwas glauben?"

„Andererseits", sagte die Frau Doktor, „bringe ich das in keinen Zusammenhang mit dem Mord am Pönitzer. Gut, sagen wir, die Barbara hat irgendwas mitbekommen, irgendein Verdacht hat sich in ihr festgesetzt, sie hat eine Mordswut auf den Sebastian, weil er ihr untreu ist. Glaubt sie. Sie fährt hin zum Bootshaus, findet den Sebastian bewusstlos, schnappt sich, was gerade herumliegt, und erstickt ihn." So betrachtet schien Gasperlmaier dieser Hergang recht unwahrscheinlich. „Da müsste sie aber schon handfeste Beweise gehabt haben. Bloß wegen so unbestimmter Eifersucht ...?", meldete er jetzt selbst Zweifel an. „Ich weiß ja auch nicht!", gab die Frau Doktor zu.

„Dann", fuhr sie fort, „ist mir wieder diese Andrea untergekommen. Sie kommt extra zu dir, um darum zu bitten, dass du ihren Geliebten aus dem Fall draußen lässt? Nur aus lauter Rücksicht auf dessen Position und ihre Ehe? Was steckt da dahinter?" „Ich weiß nicht", sagte Gasperlmaier und setzte sich gegenüber der Frau Doktor an den Tisch. „Aber wenn sie Dreck am Stecken hat, wär's da nicht logischer, dass sie sich so fern von uns hält wie möglich? Wer geht denn schon selber zur Polizei, wenn er etwas angestellt hat?" „Vielleicht, um dem Polizisten Sand in die Augen zu streuen? Dich hat sie ja anscheinend sehr beeindruckt!" „Aber geh! Wer bin ich schon? Da hätte sie dich einwickeln müssen!" „Wahrscheinlich hat sie sich bei einem Mann mehr erhofft." Die Frau Doktor war nicht von ihrer Idee abzubringen.

„Und schließlich ist da noch die Gitti aus Goisern. Denk an ihren Auftritt vor dem Haus vom Pönitzer. Die könnte mit ihm in Streit geraten sein, weil er sich nicht von seiner Frau trennen wollte oder weil er noch andere Beziehungen unterhalten hat." „Aber was soll das wieder mit dem Sebastian zu tun haben?", gab Gasperlmaier zu bedenken. Die Frau Doktor seufzte. „Wir haben eine so schlechte Spurenlage, Franz. Keine interessante DNA an den Opfern, zumindest, soweit wir bisher wissen. Keine Mordwaffe im Fall Pönitzer. Und bei den Sitzpolstern habe ich wenig Hoffnung, wenn man bedenkt, wie viele Badehosenhintern da ihren Schweiß hinterlassen haben. Oder glaubst du, dass der Bösch seine Sitzpolster jeden Tag in die Waschmaschine schmeißt? So haben sie nicht ausgesehen!"

„Also", fragte Gasperlmaier, „wir nehmen sie uns nacheinander vor. Die Kövesi, diese Andrea, ihren Geliebten von den Bundesforsten, die Gitti. Und zwar möglichst flott hintereinander, damit sie sich nicht absprechen können." Gasperlmaier sah einen arbeitsreichen Tag auf sie zukommen. Die Damen und Herren würden nicht begeistert darüber sein, dass die Polizei schon wieder auf der Türschwelle stand. Aber zuvor musste er der Frau Doktor noch seine eigene Theorie unterbreiten, obwohl sie ihm nicht gefiel. „Was ist", sagte er, „wenn der Carsten zuerst den Sebastian mit der Kasse niedergeschlagen hat, und dann hat er ihn mit den Polstern erstickt? Es wäre doch genial, das eine zuerst zuzugeben, um das andere dann zu leugnen? Jeder andere Mörder, so könnte er sich gedacht haben, würde einfach noch einmal mit der Kasse zuschlagen. Stattdessen hat er eine andere Methode gewählt, um den Mord auf jemand anderen schieben zu können, wenn ihn zum Beispiel jemand in der Bootshütte gesehen hat. Was ja auch zugetroffen ist."

Die Frau Doktor hob die Augenbrauen. „Du traust diesem Musiker aber ganz schön viel kriminelle Energie zu!", sagte sie. „Vielleicht sollten wir ihn doch als Erstes besuchen." Gasperlmaier überlegte, ob er der Frau Doktor außer Kaffee noch etwas anderes anbieten konnte, aber er hatte diese Woche noch nichts eingekauft. Er musste erst lernen, so weit vorauszudenken, dass die Geschäfte auch offen hatten, wenn er Hunger bekam. „Sollen wir uns noch ein Croissant beim Bäcker holen, bevor wir ins Krankenhaus aufbrechen?" Die Frau Doktor hatte es verstanden, die Ebbe in Gasperlmaiers Speisekammer elegant zu umgehen. Und die Croissants vom Bäcker Maislinger, die waren ohnehin ein Gedicht. Vor allem, wenn sie frisch waren.

„Aufpassen!", rief Gasperlmaier, als die Frau Doktor vor dem Krankenhaus beinahe einen Patienten umrannte, der im Bademantel vor dem Eingang stand und rauchte. Er zog sie am Ärmel zur Seite. Was musste sie auch die ganze Zeit die Augen auf ihrem Handy haben. „Die Sophie ist im Kindergarten, Gott sei Dank!" Sie atmete hörbar aus. „Wenn sie bei der Oma ist, macht sie manchmal ein Theater. Weil sie genau weiß, dass die Oma nicht mehr arbeiten geht. Da wäre es natürlich bequemer, sich den ganzen Vormittag verwöhnen zu lassen. Am besten vor dem Fernseher." „Sonst noch was Neues?", fragte Gasperlmaier, der zwar Verständnis für die Situation der Frau Doktor hatte, dennoch aber fand, dass sie in letzter Zeit oft leicht ablenkbar war. Wahrscheinlich war es doch alles zu viel, allein erziehende Mutter und Chefinspektorin. Das war nicht leicht. „Nicht viel!", antwortete sie auf seine Frage. „Keine neuen Spuren, keine aufregenden Erkenntnisse aus den Handydaten vom Sebastian, noch keine richterliche Genehmigung zur Auswertung der Daten vom Carsten. Wir sind ganz auf uns selbst und unsere Nasen gestellt." „Ich sag's dir gleich, Franz, ich halte nicht viel von deiner Theorie. Ich glaub nicht, dass der Carsten nach der Kassa plötzlich zu einem Polster greift. Aber ich möchte deinen Einwand auch nicht außer Acht lassen. Deswegen werden wir jetzt bei dem Herrn Peschke noch einmal fest auf den Busch klopfen und schauen, ob nicht doch etwas herausfällt."

Als Gasperlmaier die Tür zum Zimmer 314 öffnete, erwartete ihn eine Überraschung. Der Carsten lag nicht allein in seinem Bett, denn neben ihm, oder eher auf ihm drauf, lag eine blonde Frau in einem Bademantel. Der war weiß und mit zahlreichen rosaroten Flamingos verziert. Gasperlmaier musste sich nicht erst räuspern, die Manuela schoss sofort vom Bett des Carsten hoch und fuhr sich mit zitternden Fingern durch die Haare. „Ich habe ... ich bin nur zu Besuch!", erklärte sie verdattert und begann an ihren Fingernägeln zu kauen. So verunsichert hatte Gasperlmaier sie noch nie gesehen. Die Frau Doktor hatte wieder einmal ihre Augenbrauen bis zum Anschlag hochgezogen, sagte aber vorerst nichts. „Ich werde heute schon entlassen. Und da wollte ich ... da musste ich ..." „Wir haben gesehen, was Sie mussten." Die Stimme der Frau Doktor klang scharf. „Wenn Sie uns jetzt bitte mit dem Herrn Peschke allein lassen würden." Ihre Stimme duldete keinen Widerspruch. Wieder so eine Beziehungskatastrophe, dachte Gasperlmaier bei sich. Was musste sich die Manuela ausgerechnet in einen verlieben, der mitten im Zentrum zweier Mordfälle stand? Hätte sie damit nicht warten können, bis man endgültig über Schuld oder Unschuld Bescheid wusste? Es war wirklich schwierig mit den Frauen.

Die Manuela warf ihm noch einen scheuen Blick zu, winkte dem Carsten und verschwand. Gasperlmaier war sich sicher, dass sie versuchen würde, an der Tür zu horchen.

Die Frau Doktor setzte sich an den Bettrand. „Herr Peschke!", sagte sie und legte ihre Hand auf seinen eingegipsten Unterarm. „Der Sebastian ist nicht an Ihrem Schlag gestorben." Er nickte. „Die Manuela hat's mir schon gesagt. Sie glauben gar nicht, wie ... also, froh ist nicht der richtige Ausdruck. Erleichtert." Die Frau Doktor sah ihm in die Augen. „Sie könnten den Sebastian aber dennoch getötet haben!" „Ja, wie denn?", fuhr der Carsten auf. Die Frau Doktor ließ den Blickkontakt nicht abreißen, bis der Carsten zur Seite blickte. „Glauben Sie nicht, dass Sie Ihrem Gewissen Luft machen sollten? Es wäre besser für uns alle. Auch für Sie!" Der Carsten starrte sie verständnislos an. „Und was den Christian Pönitzer betrifft. Ich kann es eh verstehen", fuhr sie fort. „Ein Wort gibt das andere, die Situation ist ohnehin schon angespannt, man hat getrunken – und plötzlich hält einer einen Stein in der Hand. Und ehe man sich versieht, liegt der andere blutend am Boden, und keiner hat's gewollt. So war's doch, ungefähr?" Sie lächelte verständnisvoll. Eine Taktik, die Gasperlmaier an ihr bisher selten gesehen hatte. Erwartete sie jetzt etwa, dass er den bösen Bullen spielte? Es dämmerte ihm, dass eigentlich er es gewesen war, der den Carsten wieder ins Spiel gebracht hatte. Als Mörder, nicht nur als Körperverletzer.

Der Carsten wandte seinen Blick dem Fenster zu. „Ich hab keine Ahnung, wovon Sie reden!" Die Frau Doktor fuhr unbeirrt fort. „Und der Sebastian, der hat möglicherweise was geahnt. Sie haben ja selbst zugegeben, dass der Streit mit ihm eskaliert ist. Vielleicht mussten Sie ihn zum Schweigen bringen, weil er auf der Weißenbachalm etwas gesehen hat? Weil er Sie gesehen hat? Wie Sie aus dem Wald gekommen sind, nachdem Sie den Pönitzer niedergeschlagen haben?" Sie seufzte und tätschelte den Arm des Carsten. Der blieb stumm, schüttelte aber den Kopf. Jetzt, so dachte Gasperlmaier bei sich, hatte sie ihn gleich so weit. Er würde reden, das konnte er daran erkennen, wie unruhig der Adamsapfel des Carsten auf und ab hüpfte. „Ich war's nicht!", sagte er schließlich leise. „Ich hab damit nichts zu tun. Ich hab ihm nur die Kasse auf den Schädel gehaut, das war's!"

Die Frau Doktor stand auf. „Wie Sie meinen!" Ihre Stimme klang plötzlich eiskalt. Vorbei war es mit dem Lächeln und dem Tätscheln. Wenn sie sich einmal verbissen hatte, so dachte Gasperlmaier bei sich, hatte man ausgespielt. „Komm, Gasperlmaier!" Sie holte ihr Telefon aus der Handtasche und schritt zur Tür. Tatsächlich überraschten sie die Manuela, die direkt davor Horchposten bezogen hatte. „Was ist denn mit ihm, was wollen Sie denn von ihm?", stotterte sie. „Wenn Sie es unbedingt wissen müssen, wir haben die letzten Zweifel an seiner Geschichte noch nicht ausgeräumt. Es ist immerhin vorstellbar, dass er die Tat verschleiern wollte, indem er einfach nicht noch einmal zugeschlagen, sondern das Opfer erstickt hat. Es ist ja außer ihm niemand beim oder im Bootshaus gesehen worden." Die Manuela hatte Tränen in den Augen. „Aber der Carsten tut doch sowas nicht! Das ist ein ganz ..."

„Frau Reitmair! Wie lange kennen Sie den Herrn Peschke schon? Und glauben Sie wirklich, dass Sie Belastbares über seinen Charakter aussagen können? Sie sind Polizistin! Sie wissen, dass jeder zu allem fähig ist! Außerdem, Sie erinnern sich, hat er den Mord bereits gestanden. Möglicherweise wollte er uns ganz bewusst dadurch hinters Licht führen – weil er annehmen konnte, dass wir ihm die Story vom großen Unbekannten abnehmen würden. Ich sage nicht, dass es wahrscheinlich ist – aber doch immerhin denkbar!" Gasperlmaier war überrascht, dass die Frau Doktor nun die Theorie verteidigte, die eigentlich er ins Spiel gebracht hatte, ohne recht daran zu glauben. Er selbst misstraute immer noch der Barbara Kövesi. Und schließlich hatte die Frau Doktor ja auch vorgehabt, die noch einmal zu befragen.

„Frau Reitmair!", sagte die Frau Doktor. „Sie werden sich jetzt nach Ihrer Entlassung nach Hause begeben und sich auf keinen Fall mehr in diese Angelegenheit einmischen. Das ist ein Befehl! Sie wissen selber, dass Sie befangen sind!" Die Manuela schluchzte auf, legte ihr Gesicht in die Handflächen und wandte sich ab. Gasperlmaier hatte gar keine Zeit mehr, ihr gut zuzureden, denn die Frau Doktor war schon auf dem Weg zum Lift. Er legte ihr nur einmal kurz beruhigend die Hand auf die Schulter. „Wird schon!", brachte er noch hervor.

„Glaubst du echt, dass der Carsten den Sebastian erstickt hat?", fragte Gasperlmaier, als sie wieder im Auto saßen und sich auf den Weg zur Regenbogenwohnung der Barbara Kövesi machten. Die Frau Doktor schüttelte den Kopf. „Er hat glaubwürdig gewirkt, als er alles abgestritten hat. Zumal er uns den angeblichen Mord ja gestanden hat, als er verletzt am Boden lag. Aber andererseits – wer weiß? Wir dürfen in dieser Situation nichts ausschließen."

„Ob die überhaupt daheim ist?", fragte Gasperlmaier, um das Thema zu wechseln. „Wenn sie Künstlerin ist, wie sie sagt, dann wird sie untertags zu Hause arbeiten. Außerdem, erinnere dich: Sie kennt hier niemanden, sie hat offenbar keinen regelmäßigen Job … würde mich wundern, wenn sie nicht zu Hause ist." In der Nähe des Hauses, in dem die Barbara wohnte, kam ihnen ein kleines rotes Auto entgegen. Erst, als es vorbei war, begann Gasperlmaiers Hirn zu arbeiten. War da nicht am Steuer eine Frau mit langen, dunklen Haaren gesessen? „Also, ich kann mich ja täuschen", begann er, „aber in dem Auto, das uns da gerade entgegengekommen ist, da könnte die Barbara Kövesi gesessen sein!" „Dann hinterher!", kommandierte die Frau Doktor. Gasperlmaier benutzte die Einfahrt zum Haus der Barbara, um umzudrehen, und stieg ordentlich aufs Gas, ohne das Blaulicht einzuschalten. „Bist du dir sicher, dass sie es war?", fragte die Frau Doktor. Er zuckte mit den Schultern. „Sicher nicht, aber … fast!" „Na, hoffentlich jagen wir da nicht einem Phantom nach. Halt Abstand, denn wenn sie ständig ein Polizeiauto im Rückspiegel sieht …" Gasperlmaier versuchte, zuerst einmal das Auto wieder in Sichtweite zu bekommen. Da, am Ortseingang von Bad Aussee, konnte er den roten Wagen ausmachen, der hinter einem Traktor feststeckte. Gasperlmaier stieg auf die Bremse. An der Kreuzung im Ort bog der Traktor links ab, das rote Auto nach rechts, hinauf zur Umfahrung. Auf der ging es wieder nach rechts, Richtung Pötschenpass und Bad Goisern. „Bitte fahr einmal knapp auf, wegen dem Kennzeichen!" Gasperlmaier tat, wie ihm geheißen, und noch vor der ersten Kehre, die den Pötschen hinaufführte, wussten sie, dass das Auto, das ein Wiener Kennzeichen trug, auf die Barbara Kövesi zugelassen war.

„Gut beobachtet!", sagte die Frau Doktor. „Wo wird die hinwollen?" „Na, vielleicht fährt sie nur nach Bad Ischl, auf eine Torte zum Zauner!" „Mach keine dummen Scherze!", sagte die Frau Doktor. „Die sieht mir ohnehin nicht nach Torte aus." Leider fuhr die Barbara sehr langsam, was bald zu einem Problem wurde. Um Abstand zu halten, musste Gasperlmaier ebenfalls langsam fahren, und da niemand gern ein Polizeiauto überholte, staute sich der Verkehr hinter ihnen. „Ich bleib jetzt einmal in der Bushaltestelle stehen!", sagte Gasperlmaier, als sie den Ort Lupitsch erreicht hatten. „Sie kann ja nicht aus, sie wird über den Pass drüber müssen!" Seine Strategie erwies sich als genial, so hatten sie mehrere Autos zwischen sich und der Barbara, und als es nach dem Pass bergab ging, war das rote Auto bald wieder vor ihnen, denn die Fahrzeuge hatten alle die Barbara überholt. „Wenn wir Glück haben, fährt sie zu einer der beiden Frauen, die in den Fall verwickelt sind – einerseits die Andrea, andererseits die Gitti aus Goisern!" Gasperlmaier fürchtete immer noch, dass sie ihre Zeit verschwendeten, um jemandem zu folgen, der einfach shoppen oder eine Freundin besuchen wollte. Als aber die Barbara ins Ortszentrum von Bad Goisern abbog, regte sich auch bei Gasperlmaier ein Verdacht. „Am Ende will die zu unserer Gitti aus Goisern!" Er erinnerte sich an das Foto vom Handy des Sebastian, auf dem die Nicole mit Schmollmund verliebt in die Kamera gegrinst hatte.

Plötzlich hielt die Barbara an. „Sie hat sich womöglich verfahren", mutmaßte Gasperlmaier. „Hier geht's nämlich nicht über die Traun, zur Mörtelmühle, wo die Nicole wohnt." Die Barbara schob in eine Einfahrt zurück, und Gasperlmaier legte ebenfalls hastig den Rückwärtsgang ein, um ihr nicht direkt entgegenzukommen.

Leider tauchte im gleichen Moment hinter ihnen ein Wagen der Müllabfuhr auf, und Gasperlmaier musste anhalten. Als die Barbara an ihnen vorbeifuhr, duckte er sich, und so wusste er nicht, ob sie auf sie aufmerksam geworden war. „Schnell!", drängte die Frau Doktor, doch es dauerte ein wenig, bis sie, mit dem riesigen Müllwagen hinter sich, eine Möglichkeit zum Umdrehen gefunden hatten. „Wir müssen ihr ja nur über die Traun nachfahren", entschied Gasperlmaier. „Da haben wir sie gleich wieder. Wie ist schnell nochmal die Adresse?" Während er versuchte, die Barbara einzuholen, wischte die Frau Doktor auf ihrem Handy herum. „Da!" Sie hielt ihm den Bildschirm vor Augen, sodass er einen Moment lang gar nichts sah. „Weg!" Er schob den Arm der Frau Doktor beiseite, denn die Straße war schmal, und aus dem Augenwinkel hatte er gerade eine Gruppe Radfahrer wahrgenommen, die ihnen entgegenkamen. „Biegen Sie rechts ab!", sagte das Handy der Frau Doktor, und vor sich sahen sie auch schon die Barbara, die ihr Auto abgestellt hatte und zu einem Gartentor gegenüber eilte. „Wart noch einen Moment!", sagte die Frau Doktor. „Bleiben wir hier stehen!"

Als sie das Gartentor erreichten, ging alles ganz schnell. Aus dem Haus drang ein spitzer Schrei. „Los!" Die Frau Doktor zog ihre Waffe und stürmte durch den Vorgarten. Die Haustür war zwar geschlossen, aber nicht versperrt. Gasperlmaier hatte Mühe, Schritt zu halten, im Vorhaus aber hielt die Frau Doktor inne und sah sich um. „Lass mich! Du bist ja verrückt!" Die Frau Doktor deutete mit dem Lauf ihrer Waffe nach oben, wo die Schreie hergekommen waren. Vorsichtig schlichen sie aufwärts, was mit den harten Sohlen der Schuhe der Frau Doktor kein einfaches Unterfangen sein konnte. Die hölzerne Stiege knarrte, als sie auch noch

Gasperlmaiers Gewicht zu tragen hatte. Die Frau Doktor lugte vorsichtig zwischen den Sprossen des Geländers im ersten Stock durch und brachte ihre Waffe in Anschlag. „Lassen Sie das Messer fallen, Frau Kövesi!", sagte sie scharf. Die Nicole schrie auf. „Fallen lassen! Es hat doch keinen Sinn! Wollen Sie hier ein Blutbad anrichten? Wozu?" Gasperlmaier versuchte, auf die gleiche Treppenstufe zu gelangen wie die Frau Doktor. Es war eng, und so musste er sich an sie drücken, um vorbeizukommen. Die Frau Doktor deutete mit einem kaum merkbaren Nicken ein „Ja!" an.

„Sie Sebastian hat umgebracht! Sie nicht hat ertragen können, dass er ist mein Freund geworden! Dass er liebt mich!" Jetzt konnte Gasperlmaier auch die beiden Frauen sehen. Die Nicole saß vor einem Laptop an einem Schreibtisch, und die Barbara hielt mit dem linken Arm ihren Hals umfasst. In der rechten musste sie ein Messer haben, das sie der Nicole an den Hals hielt. Gasperlmaier konnte es nicht sehen. Zumindest, so dachte er bei sich, war jetzt sicher, dass die Barbara ihren Freund nicht getötet hatte. Denn sonst hätte sie sich hier nicht so aufgeführt. Oder war auch das wieder nur Theater und Tarnung? „Frau Kövesi", drohte die Frau Doktor. „Wenn Sie die Nicole nicht loslassen und das Messer weglegen, dann muss ich schießen. Und das tut weh!" „Die ist ja verrückt!", schluchzte die Nicole. „Ich hab doch gar nichts getan!" Gasperlmaier hatte die Tür des Zimmers erreicht, in dem sich die beiden Frauen aufhielten. Wenn er jetzt die Situation falsch einschätzte, dann konnte das schlimme Folgen haben. Er entschied, dass die Barbara Kövesi keine Frau war, die anderen die Gurgel aufschlitzte. Man musste sie zur Vernunft bringen können. Er trat in die Tür und damit auch in die Schusslinie der Frau Doktor, was ihm aber bewusst war. Er streckte die Hand aus. „Geben Sie mir das Messer, Barbara. Sonst passiert noch ein Unglück." Anscheinend hatte er den richtigen Ton getroffen, denn die Barbara überlegte nur wenige Sekunden, ihre Blicke irrten zwischen ihm und der Nicole hin und her, doch dann erschlaffte sie und ließ beide Arme sinken. Schnell war Gasperlmaier bei ihr und fasste grob nach ihrem rechten Arm. Das Messer polterte zu Boden, und im gleichen Moment stand die Frau Doktor neben ihm, immer noch mit gezogener Waffe. Er hob das Messer auf. Es war ein gewöhnliches Stanleymesser, wie man es zum Schneiden von Leder oder Teppichen benutzte. Es hätte am Hals der Nicole einigen Schaden anrichten können, mutmaßte Gasperlmaier.

„Du blöde Kuh!" Die Nicole war aufgesprungen und stürzte sich auf die Barbara. Noch bevor Gasperlmaier sie bändigen konnte, landete sie ein paar wuchtige Faustschläge auf den Schultern und dem Kopf der Barbara, die sich geduckt und die Arme über den Kopf gehoben hatte. Es dauerte ein paar Sekunden, bis sie die beiden voneinander getrennt hatten. Schwer atmend standen sich nun alle vier gegenüber, Gasperlmaier hatte die Barbara fixiert, die Frau Doktor die Nicole.

„So", sagte die Frau Doktor. „Und jetzt werden wir uns alle einmal schön beruhigen!" Gasperlmaier sah sich um. Außer dem Schreibtischstuhl gab es im Zimmer nur ein Bett, Regale und Schränke. Auf den Regalen standen hochtechnisch anmutende Geräte herum, er vermutete, dass sie irgendwas mit der Tätigkeit der Nicole als Sängerin zu tun hatten. „Gehen wir hinunter", schlug er vor. „Du zuerst!" Er schob die Barbara, deren Arme schlaff herunterhingen, zur Tür hinaus und die Treppe hinunter. Loszulassen wagte er einstweilen noch nicht, wer konnte wissen, was sie noch alles vorhatte.

„Können wir uns jetzt wie zivilisierte Menschen am Tisch zusammensetzen und klären, was hier vorgefallen ist?", fragte die Frau Doktor, als sie im Wohnzimmer im Erdgeschoß angekommen waren. Die beiden Frauen nickten. Das Wohnzimmer war sehr konservativ eingerichtet, fand Gasperlmaier, mit einer dunklen Schrankwand und ausladenden Polstermöbeln. Wahrscheinlich war es das Haus der Eltern.

„Sie kommt da einfach herein und will mich umbringen!", begehrte die Nicole auf, sobald sich alle gesetzt hatten. „Warum verhaften Sie die blöde Kuh nicht?" „Ruhe!", donnerte die Frau Doktor. „Sonst nehme ich Sie beide mit nach Liezen und setze Sie in den Verhörraum!" „Ist ja wahr!", maulte die Nicole. Von der Barbara, dessen war sich Gasperlmaier sicher, ging keine weitere Gefahr aus. Sie saß zusammengesunken auf dem Sofa, das viel zu groß für sie schien. In diesem braungrauen Ambiente sah ihr Regenbogenkleid sehr exotisch aus.

„Frau Kövesi, was ist Ihnen denn da eingefallen? Man könnte das als Mordversuch einstufen, was ich gesehen habe!" Die Barbara schüttelte den Kopf, ohne aufzublicken. Wegen der Haare konnte man ihr Gesicht nicht sehen. „Ich nur wollte reden. Ich habe gesehen verliebte Fotos von Nicole. Mit Sebastian. Hat jemand auf Facebook gepostet, oder Instagram, ich weiß nicht mehr. Ich nur wollte wissen, was war. Und ob hat Sebastian umgebracht." „Frau Kövesi", sagte die Frau Doktor, „wir haben, kurz, nachdem Sie das Haus betreten haben, schon die Frau Hinterstoisser schreien gehört. Viel Geduld dürften Sie beim Zuhören nicht bewiesen haben!" Jetzt sah die Barbara doch auf. „Sie sofort hat gesagt, dass ich blöde Kuh bin. Ich mich soll schleichen, sie hat gesagt. Ich nur bin so aufgeregt gewesen, weil sie unverschämt ist gewesen. Und hat mich gestoßen, so!" Sie deutete mit beiden Händen einen Stoß gegen die Brust einer anderen Person an.

„Was sagen Sie?", fragte die Frau Doktor. „Ist da was dran?" „Mein Gott!", sagte die Nicole. „Was würden Sie denn machen, wenn eine hereinkommt und Ihnen weiß Gott was an den Kopf wirft? Die absurdesten Vorwürfe? Würden Sie da ganz ruhig bleiben?" Die Frau Doktor bewegte beide Handflächen mehrmals ruhig Richtung Boden. „Frau Hinterstoisser. Ich verstehe, dass Sie aufgeregt sind. Aber bitte nur Fakten. Nur die Tatsachen. Keine Gefühle, keine Fragen!" „Kann schon sein, dass ich sie ein bisschen geschubst habe. Aber nur, weil sie mich angegriffen hat!" „Ich zuerst habe nur gefragt! Dann ich habe Wut bekommen, weil sie ist gewesen unverschämt und hat nicht gewusst eine Antwort! Hast du mit Sebastian geschlafen, du …" Sie blickte mehrmals zwischen Gasperlmaier und der Frau Doktor hin und her. Gasperlmaier hatte den Eindruck, als sei ihr ein Schimpfwort im Halse steckengeblieben, angesichts der Anwesenheit der Polizei.

„Wie kommen Sie denn auf die Idee, dass die Frau Hinterstoisser ein Verhältnis mit dem Sebastian gehabt haben soll?", fragte die Frau Doktor. „Nur wegen ein paar Fotos, die irgendjemand gepostet hat?" Die Barbara schüttelte den Kopf. „Gibt es auch Fotos von seine Handy. Ich hab gelogen. Ich habe nachgeschaut auf Computer." Verdächtig, so fand Gasperlmaier, waren diese Fotos wohl. Aber als Beweis für Untreue konnten sie kaum herhalten. Aber Eifersucht bewies einem schnell etwas, das man sich nur einbildete. „Das Handy vom Sebastian ist gefunden worden?" Die Nicole klang etwas unsicher. „Warum interessiert Sie das?", fragte die Frau Doktor gleich nach. „Nur so!" Die Nicole rieb mit der Oberseite ihres Zeigefingers an der Nase entlang und wandte den Blick von der Frau Doktor ab. Ein deutliches Zeichen dafür, wie Gasperlmaier fand, dass sie sehr am Handy des Sebastian interessiert war. Er fragte sich nur, wieso. Die Fotos hatte er ja gesehen, da war nichts dabei, was die Nicole belasten hätte können. Oder waren nicht alle Fotos in der Cloud gelandet, die er geschossen hatte?

„Das hat jetzt keinen Sinn!" Die Frau Doktor stand auf. „Wir nehmen Sie mit, Frau Kövesi. Erstens wegen des tätlichen Angriffs auf Frau Hinterstoisser. Und zweitens zur Befragung." „Aber mein Auto ...", wandte die Barbara ein. „Keine Chance!" Die Frau Doktor schüttelte den Kopf. „Ich will Sie vorläufig bei mir behalten. Franz!" Sie nickte mit dem Kopf in Richtung Haustür. Gasperlmaier verstand und nahm die Barbara vorsichtig am Oberarm. „Kommen S' bitte. Und machen S' keine Schwierigkeiten!" Die Barbara nickte und trabte folgsam vor ihm her zur Haustür. „Und was Sie betrifft", hörte er die Frau Doktor noch sagen, „wir sehen uns jedenfalls wieder. Noch ist die Angelegenheit nicht geklärt!"

Im Auto setzte sich die Frau Doktor auf die Rückbank zur Barbara. Als ihr Handy klingelte, stieg sie noch einmal aus. Er konnte nicht verstehen, mit wem sie worüber sprach, denn sie entfernte sich ein Stück vom Wagen, um ihr Gespräch ungestört führen zu können.

„Können Sie mich nicht lassen frei? Es mir tut so leid!" Gasperlmaier suchte über den Rückspiegel Blickkontakt mit der Barbara. Sie hatte Tränen in den Augen und sah jetzt bei weitem harmloser aus als zuvor, als sie auf die Nicole losgegangen war. Gasperlmaier hatte Mitleid mit ihr. „Das entscheide nicht ich, Frau Kövesi. Die Frau Chefinspektor will Sie mitnehmen.

Das mit dem Messer ..." Er seufzte und schüttelte den Kopf. „Das hätten Sie halt nicht tun dürfen!" „Die Nicole ist schlechter Mensch!", verteidigte sich die Barbara. „Und ist es sehr unanständig, dass sie bei Auftritt zeigt ihre Tätowierung. Ich deswegen habe gestritten mit Sebastian, weil ich nicht wollte, dass ..." Sie begann zu schluchzen. Gott sei Dank kam die Frau Doktor zurück und öffnete die hintere Wagentür. „Sie können vorläufig wieder gehen, Frau Kövesi. Bitte verlassen Sie Bad Aussee nicht, und bleiben Sie erreichbar. Ich glaube nicht, dass ich Ihnen eine Anzeige wegen des tätlichen Angriffs auf die Nicole ersparen kann!" „Danke!", sagte die Barbara. „Vielen Dank! Sie sind sehr nett!" Gasperlmaier sah ihr nach, als sie zu ihrem Auto lief.

„Warum das?", fragte Gasperlmaier. „Weil es Ärger gibt. Die Manuela ermittelt auf eigene Faust und ist zu deiner Andrea gefahren, zu dieser Sängerin. Und die hat sich beim Bezirkspolizeikommando beschwert, als die Manuela wieder weg war. Sie scheint jetzt hinter diesem Geliebten von der Andrea her zu sein, und die macht einen Mordsaufstand, weil ihr Verhältnis mit diesem Kerl von den Bundesforsten aufzufliegen droht. Wir müssen sie finden. Die Manuela, meine ich!" Die Frau Doktor wischte nervös auf ihrem Handy herum. „Verdammt nochmal! Weißt du, wo die Bundesforste so etwas wie ihre Zentrale haben? Hier im Salzkammergut?" „Sicher", antwortete Gasperlmaier. „Hier in Bad Goisern. Es ist nicht weit." „Na wunderbar! Hoffentlich hat die Manuela dort noch nichts angerichtet!"

**16**

Gasperlmaier hielt direkt vor einem stattlichen Gebäude mitten auf dem Marktplatz an. „Bitte sehr!", sagte er und deutete einladend auf das doppelflügelige Holztor am Eingang. Gleich nach dem Tor befand sich links eine verglaste Loge, in der eine junge Frau vor einem Bildschirm saß. „Guten Tag", sagte die Frau Doktor. „Wir suchen einen Herrn Widmann. Wir möchten gern mit ihm sprechen." Die Frau musterte misstrauisch Gasperlmaiers Uniform. Ein Schild, das vor ihr auf dem Schreibtisch stand, wies sie als Michaela Gasperl aus. Ohne -maier, dachte Gasperlmaier. Ein witziger Zufall. „Was wollen Sie denn vom Herrn Hofrat?", fragte die Michaela. „Da war nämlich schon vorhin eine Kollegin von Ihnen da, die hat auch ..." Die Frau Doktor ließ die Empfangsdame gar nicht ausreden. „Wohin haben Sie sie denn geschickt?" „Also, der Herr Hofrat ... ich habe ja nicht gewusst ... und wenn die Polizei ...", stotterte sie. „Wohin?", fragte die Frau Doktor, nun etwas weniger freundlich als zuvor. „Also, der Herr Hofrat hat einen Termin am Badeplatz Untersee. Da geht es um Sturmschäden, irgendwas mit dem Pächter vom Buffet dort, und das habe ich Ihrer Kollegin auch gesagt. Ob der Herr Hofrat ..." Wieder unterbrach die Frau Doktor die Frau, die Gasperlmaier nun schon fast leidtat. Schließlich konnte sie nichts dafür, dass knapp hintereinander zweimal die Polizei bei ihr auftauchte und sie nun völlig verunsichert war, weil ihr Vorgesetzter ihr womöglich die Hölle heiß machen würde.

„Weißt du, wo das ist, Badeplatz Untersee?" Gasperlmaier nickte. „Natürlich." Der Badeplatz war legendär. Erstens war das Wasser dort meist eiskalt, und als Jugendliche hatten er und seine Freunde den Platz gerne aufgesucht, weil es dort in der Nähe auch ein FKK-Gelände gab und man immer hoffen konnte, ein paar Nackte beim Baden beobachten zu können. Das aber würde er der Frau Doktor jetzt gewiss nicht erzählen.

Leider begann es gerade zu regnen, als sie die Wiese erreicht hatten, die als Parkplatz für das Strandbad diente. Nur wenige Autos standen da, denn es war nicht wirklich Badewetter gewesen, auch vor dem Einsetzen des Regens nicht. Gasperlmaier parkte neben einem Motorrad ein, einer roten BMW. „Schönes Teil!", sagte die Frau Doktor. „Womit ist eigentlich die Manuela unterwegs, weißt du das?", fragte sie. Gasperlmaier wusste nur, dass die Manuela zum Dienst meist mit dem Fahrrad kam, obwohl sie von Kainisch her einen weiten Weg hatte und meistens über den Berg fuhr. Aber hierher? „Keine Ahnung!", sagte er deswegen wahrheitsgemäß. Die Frau Doktor holte einen Schirm aus ihrer Tasche, und es dauerte nicht lange, da erblickten sie die Manuela, die zusammen mit einem wild gestikulierenden Mann in Anzug und Hut im Regen auf dem Badeplatz stand. Gasperlmaier konnte zwar nicht hören, was sie sagten, aber die Manuela deutete immer wieder mit dem Finger auf den Mann und bewegte den Kopf so ruckartig, als würde sie ihn gerade beschimpfen.

„Frau Reitmair, was ist los? Was tun Sie da?", mischte sich die Frau Doktor ein, als sie näher gekommen waren. Die blonden Haare der Manuela waren bereits vor Nässe am Kopf festgeklatscht, während der Mann wegen eines Windstoßes seinen Hut festhielt und ihnen entgegenblickte. „Ihre Kollegin", der Mann trat auf Gasperlmaier zu, „konfrontiert mich hier mit den wüstesten Anschuldigungen! Ich soll irgendwie in den Mord verwickelt sein, der auf der Weißenbachalm verübt worden ist, vergangenen Sonntag! Das ist ja völlig abstrus! Ich werde mich beschweren!" Der Regen wurde stärker. Nur die Frau Doktor stand unter einem Schirm. Gasperlmaier liefen schon Rinnsale von der Dienstmütze. „Der war doch dabei! Und bisher ist er noch nicht einmal anständig einvernommen worden!", schrie die Manuela. „Und der Carsten sagt, dass der Pönitzer schon seit Jahren mit den Bundesforsten im Clinch liegt! Wegen irgendeinem Grundstück im Wald, oder einem Fahrtrecht, was weiß ich! Das hätten wir schon längst ... hättet ihr ... also, das ist ja ein super Motiv! Und niemand kümmert sich darum, und der Carsten muss in Untersuchungshaft!"

Die Frau Doktor wechselte einen raschen Blick mit Gasperlmaier. „Franz, geh mit ihr zum Auto. Frau Reitmair, Sie sind hier befangen. Sie dürfen gar nicht ermitteln. Und den Herrn Widmann, den lassen Sie mir schön in Ruhe!" Die Manuela machte Anstalten, sich auf den Herrn Hofrat zu stürzen. „Aber er war's! Er war's! Das spür ich!" „Komm!" Gasperlmaier zog die Manuela am Arm zu sich. Jetzt erst merkte er, dass sie am Ellbogen einen Sturzhelm hängen hatte. War am Ende sie es, der das schwere Motorrad gehörte, neben dem er geparkt hatte? Die Manuela leistete nur schwachen Widerstand, sie schien müde und ausgelaugt. Wahrscheinlich eine Nachwirkung der Gehirnerschütterung und der ganzen Aufregung danach. Bis er sie zum Streifenwagen bugsiert hatte, waren sie beide völlig durchnässt. „Jetzt setz dich da hinein!" Er öffnete ihr die hintere Tür, schubste sie ins Auto, ging um den Wagen herum und setzte sich neben sie. „So ein Scheißwetter!", fluchte er. „Und am Samstag soll doch Berge in Flammen sein oder sowas. Mit Feuerwerk." Ihm schien es das Beste, die Manuela von der ganzen Angelegenheit abzulenken. Sie hatte sich da wohl verrannt, und sie musste froh sein, wenn ihr aggressives Auftreten gegenüber dem Widmann ohne dienstrechtliche Folgen blieb.

„Was ist dir denn da eingefallen!", konnte er sich einen leisen Tadel nicht verkneifen. „Was heißt eingefallen!" Die Manuela nahm eine ihrer blonden Haarsträhnen, drehte sie mit beiden Händen zusammen und ließ das Wasser, das heraustropfte, auf den Wagenboden laufen. „Wenn ihr offensichtliche Spuren nicht verfolgt! Es ist ja nicht nur, dass es diesen Streit um das Wegerecht gibt, es geht ja auch um die Andrea, diese Sängerin, die extra zu dir gefahren ist, um dich einzuwickeln!" „Niemand wickelt mich ein!", brauste Gasperlmaier auf, obwohl er sich im Innersten selbst eingestehen musste, dass die Andrea möglicherweise doch zu ihm gekommen war, um die Ermittlungen von sich und ihrem Geliebten abzulenken. Er hatte sich schon sehr geschmeichelt gefühlt, als sie daran appelliert hatte, dass sie als Salzkammergutler doch zusammenhalten müssten.

„Und da ist ja noch die Geschichte mit dem Pönitzer und der Andrea. Zumindest dürfte er ihr nachgestiegen sein und sie belästigt haben. Wenn da nicht noch Schlimmeres passiert ist! Das hat auch noch niemanden interessiert!" „Von wem weißt du denn das alles?", fragte Gasperlmaier, dem schon während der Frage klar wurde, wer der Informant gewesen war. „Na, vom Carsten natürlich! Es hat sich ja niemand die Mühe gemacht, mit ihm zu reden! Stattdessen sperrt man ihn einfach ein und wirft den Schlüssel weg!" So, erinnerte sich Gasperlmaier, war es nun auch nicht gewesen. Der Carsten hatte, als sie ihn im Krankenhaus befragten, genug Gelegenheit zum Reden gehabt. Und schon lang vorher, als sie ihn zu Hause aufgesucht hatten, da hatte er, anstatt zu reden, eine Schlägerei angezettelt, bei der er sein blaues Auge davongetragen hatte. Vorsichtig befühlte er die Schwellung. Mit ein wenig Phantasie konnte er schon eine Besserung feststellen.

Gasperlmaier sah durch die Scheiben hinaus, die bereits leicht beschlagen waren. „Gehört dir das Motorrad?" Er nickte in die Richtung, in der er das Geschoß nun eher vermuten als sehen konnte. „Bei diesem Wetter kannst du jedenfalls nicht heimfahren!", sagte er. In Wirklichkeit meinte er, dass der Zustand der Manuela keinesfalls dazu geeignet sei, mit einem so gefährlichen Fahrzeug die Heimreise über den Pötschenpass anzutreten. Die Manuela lachte auf. „Ich bin schon bei weit schlechterem Wetter gefahren!" Gasperlmaier atmete ein, um zu widersprechen, ließ es aber sein. Es gab Situationen, das hatte er schon gelernt, da hatte Widerspruch keinen Sinn. Und zwar egal, mit wem man gerade redete. Er schrak hoch, als sich die Beifahrertür öffnete und die Frau Doktor auf den Sitz vor ihm plumpste. „Das darf ja wohl nicht wahr sein!", schimpfte sie und versuchte, ihren Schirm abzuspannen und irgendwie im Fußraum unterzubringen, ohne sich nass zu machen. Gasperlmaier wartete ab, ob sie das Wetter oder das Verhalten der Manuela meinte.

„Frau Reitmair, so geht das aber nicht!" Sie drehte sich zu ihnen um. „Hier auf eigene Faust ins Blaue hinein zu ermitteln. Und dabei einen Hofrat zu vergrämen!" „Hofrat ist er auch, nicht nur Diplomingenieur?", warf die Manuela ein. „Er hat's mir mehr als einmal unter die Nase gerieben!", antwortete die Frau Doktor. „Aber darum geht's gar nicht. Ich möchte nicht einmal sagen, dass Sie in der Sache Unrecht haben, Frau Reitmair. Vielleicht haben wir diese Verbindung wirklich nicht genau recherchiert, vielleicht war der Beamte, der den Herrn Hofrat befragt hat, ein wenig zu beeindruckt von dessen Position. Worum es geht, ist die Vorgangsweise! Und die war unprofessionell! Man kann doch nicht einfach zu jemandem hingehen und ihn beschuldigen! Wie soll denn dann ein objektives Beweisverfahren aussehen? Und jetzt setz dich endlich hinters Lenkrad und fahr los!" Gasperlmaier zuckte zusammen. Er hatte noch nicht mit dem Ende der Tirade gerechnet und war nicht darauf vorbereitet gewesen, persönlich angesprochen zu werden.

Der Regen, so stellte er fest, als er aus dem Fond kletterte, hatte ein wenig nachgelassen. Trotzdem schien es ihm nicht ratsam, dass sich die Manuela jetzt auf ihr Motorrad setzte. Die Frau Doktor drehte sich zur Manuela um. „Und um Ihrer Neugierde Genüge zu tun, wir fahren jetzt zu dieser Andrea und nehmen sie einmal gründlich auseinander. Vielleicht tritt etwas zutage, das wir noch nicht wissen. Und das uns weiterbringt." Die Manuela war die ganze Zeit mit gesenktem Kopf dagesessen und hatte geschwiegen. Jetzt nickte sie. „Wenn da", sagte Gasperlmaier, nachdem er das Gebläse des Wagens auf höchste Stufe gedreht und mit der Hand ein Loch in den Beschlag auf der Windschutzscheibe gewischt hatte, „wenn da nicht das Problem wäre, dass die Andrea wahrscheinlich, also, dass ja ihr Mann und ihr Sohn zu Hause sind. Und dass sie ihr Verhältnis mit dem Widmann geheim halten möchte." „Ja, dann tut mir das jetzt leid, aber ihr wisst ja, mit der Privatsphäre ist das so eine Sache bei Mordermittlungen. Die gibt's nämlich dann nicht mehr."

Es dauerte weniger als fünf Minuten, bis sie vor dem Haus standen, in dem die Andrea Winterauer mit ihrem Mann Karl und ihrem Sohn Egon wohnte. Lehrer war der Mann, erinnerte sich Gasperlmaier. Und seine Kollegen, so erinnerte er sich ebenfalls, fanden seine Frau und ihre Musik ordinär. Wahrscheinlich, so dachte er bei sich, waren sie in Wirklichkeit nur neidisch auf ihren Erfolg.

Der Karl Winterauer musterte sie erstaunt. Wahrscheinlich, weil Gasperlmaier und die Manuela völlig durchnässt waren. „Ja?", sagte er etwas misstrauisch. „Sie schon wieder? Was wollen Sie denn?" „Mit Ihrer Frau sprechen. Kohlross, Bezirkspolizeikommando Liezen, falls Sie sich nicht mehr erinnern." Der Karl nickte. „Weiß schon, weiß schon!" Er trat zurück und öffnete die Tür ganz. „Sie ist in ihrem Studio. Die Treppe hinunter!" Er deutete auf die Kellertreppe, die links von der Haustür ins Untergeschoß führte. Schon auf der Stiege konnte man Musik und Gesang hören. Text, so stellte Gasperlmaier fest, gab es allerdings keinen. Mehr so la, la und andere unverständliche Silben. Der Karl klopfte und öffnete, woraufhin der Gesang erstarb. Die Andrea nahm Kopfhörer ab und sah ihnen ebenso erstaunt entgegen wie zuvor ihr Mann. „Guten Tag!", sagte die Frau Doktor. „Wir müssten noch einmal mit Ihnen sprechen." Die Andrea schüttelte ihnen die Hände. „Was ist denn mit dir passiert?" Sie deutete auf Gasperlmaiers Uniform. „Es regnet. Und wir ... na, hier herunten hast du das wahrscheinlich noch gar nicht gemerkt", versuchte er abzulenken. Die Uniform klebte unangenehm auf seiner Haut. Der Karl machte keine Anstalten, das kleine Kellerstudio zu verlassen. „Wir möchten mit Ihrer Frau sprechen. Allein!", sprach ihn die Frau Doktor direkt an. „Aber wir haben keine Geheimnisse voreinander", wandte der Karl ein. Wenn der wüsste, dachte Gasperlmaier bei sich. „Allein!", wiederholte die Frau Doktor und öffnete die Tür. Der Karl zuckte mit den Schultern, warf seiner Frau einen ärgerlichen Blick zu und begab sich die Treppe hinauf.

„Frau Winterauer", begann die Frau Doktor. „Ich will gar nicht lange herumreden. Meine Kollegin", sie deutete auf die Manuela, die schon wieder etwas munterer geworden war und ein trotziges Gesicht zur Schau stellte, „hat heute ein ... wie soll ich sagen ... Aufeinandertreffen mit dem Herrn Widmann gehabt." Die Andrea schickte einen Blick in das obere Stockwerk, als wolle sie sich vergewissern, dass der Karl nicht hören konnte, worüber hier gesprochen wurde.

„Nicht nur mit dem Herrn Widmann!" Sie maß die Manuela mit zornigen Blicken. „Kommt hier hereingestürmt, macht ein Mordstheater! Gerade halt, dass sie meinem Mann nicht verraten hat ... woher wissen Sie überhaupt?" Die Frau Doktor versuchte es mit ein paar beruhigenden Gesten. „Ich möchte mich im Namen der Frau Inspektor Reitmair bei Ihnen entschuldigen. Sie war wohl ... in einem emotionalen Ausnahmezustand." Die Manuela, so merkte Gasperlmaier deutlich, wollte etwas sagen, Gasperlmaier drückte sanft ihren Arm und schüttelte den Kopf. Sie klappte den Mund wieder zu. „Ich bin ja hier schließlich nicht die Angeklagte!" Die Andrea schien sich noch nicht gänzlich beruhigt zu haben.

„Frau Winterauer!", begann die Frau Doktor noch einmal. „Es hat sich herausgestellt, dass es nicht nur einen, sondern sogar zwei Gründe geben könnte, warum der Herr Widmann ein Motiv gehabt haben könnte ... sagen wir einmal, für eine zumindest tätliche Auseinandersetzung mit dem Herrn Pönitzer." Die Andrea setzte sich auf einen hohen Barhocker, der vor einem Keyboard stand, senkte den Kopf und begann zu schluchzen. Die Frau Doktor wartete ab. Gasperlmaier ebenso. Wenn zwei andere Frauen vor Ort waren, brauchte er sich als Tröster gar nicht erst aufzuspielen. Das Schluchzen wurde heftiger und griff ihm ans Herz. Was war bloß plötzlich mit der Andrea los? „Alles bricht zusammen!", heulte sie schließlich. „Zuerst verhaftet ihr den Edelmann. Dann die zwei Toten. Jetzt noch der Alex!" Gasperlmaier verkniff sich die Bemerkung, dass die Reihenfolge nicht ganz stimmte. „Was ist mit dem Alex?", fragte die Frau Doktor. „Es gibt mehrere Hinweise darauf, dass er sehr jähzornig ist. Sogar eifersüchtig, obwohl ..." Sie ließ alles weg, was nach dem „obwohl" hätte folgen können. Die Andrea nickte. Gasperlmaier konnte ihr Gesicht mehr ahnen als sehen, weil ihre Haare nach vorn gefallen waren. Die Frau Doktor reichte ihr ein Taschentuch. „Jetzt bin ich aber gespannt!" Die Manuela hatte sich an die Wand gelehnt und die Vernehmung in einem etwas aggressiven Ton unterbrochen, was die Frau Doktor zu einem warnenden Blick nötigte. „Jetzt ist eh alles egal. Es ist eine lange Geschichte. Oder nein, eigentlich eine kurze. Der Pönitzer hat mich einmal vergewaltigt. Und der Alex, der Herr Widmann, ist der Einzige, dem ich davon erzählt habe."

Die Frau Doktor, das konnte Gasperlmaier erkennen, war überrascht. Damit hatte sie wohl nicht gerechnet. „Haben Sie denn ... ich meine, ist es zu einer Anzeige gekommen?" Die Andrea schüttelte den Kopf. „Ich war so dumm damals. Es ist schon lange her, aber ich kann mich trotzdem daran erinnern, als ob es gestern gewesen wäre. Ich hab mich so geschämt!"

Die Frau Doktor wartete eine Weile und zog sich dann den zweiten Barhocker heran, sodass er dem der Andrea gegenüberstand. Erst als sie sich gesetzt hatte, sprach sie weiter. „Soll ich ... wollen Sie mit mir allein ...?", fragte sie. Die Andrea schüttelte den Kopf. „Passt schon!" Sie wischte sich Tränen aus den Augenwinkeln. „Es war vor zwölf Jahren", begann sie. „Wir waren gerade auf dem Aufstieg. Wochenlang im Bus, auf den Bühnen, in Hotels. Billigen, damals. Sie müssen sich das vorstellen, kein Privatleben. Ich war jung. Gerade mit der Pädak fertig." „Sie sind Lehrerin?", fragte die Frau Doktor. Die Andrea nickte. „Hab sogar unterrichtet, fünf Jahre. Bis das Singen ... also, bis ich sozusagen Profimusikerin geworden bin. Viel Alkohol, damals. Und irgendwann ... war ich plötzlich allein mit dem Christian hinter der Bühne. Kann schon sein, dass ich geflirtet habe. Dass ich ihn aufgestachelt habe. Ich hab damals sehr kurze Röcke getragen. Und tiefe Ausschnitte." „Sie müssen sich nicht entschuldigen!", sagte die Frau Doktor entschieden. „Das gibt niemandem das Recht, sich zu nehmen, was er nicht aus freien Stücken bekommt!" Die Andrea nickte. „Das hab ich mir ja auch immer wieder gesagt. Aber geholfen hat es nichts. Nicht viel. Er hat mich an sich gezogen, ist auf mich draufgefallen ... natürlich hab ich ‚Nein!' gesagt, ihn weggeschubst, immer wieder. Bis ich schließlich aufgegeben hab. Ich war betrunken, und ich wollte keinen Skandal ... natürlich bin ich auch nicht zur Polizei, damals, was hätte ich sagen sollen? Ich habe nicht geschrien, ich war nicht verletzt ... äußerlich ..."

„Frau Winterauer – das war ganz klar eine Vergewaltigung! Sie brauchen sich nicht zu rechtfertigen!" Die Andrea nickte, während Gasperlmaier mit Entsetzen darüber nachdachte, was dieses Geständnis für ihren Fall bedeuten konnte. Womöglich hatte sich die Andrea lange Zeit nach diesem schrecklichen Erlebnis am Pönitzer gerächt. „Das weiß ich ja jetzt auch. Mein Hirn weiß es, und mein Verstand, aber meine Seele ..." Mit gequältem Blick sah sie auf. „Und dann war ich schwanger." Die Manuela konnte einen Aufschrei nicht unterdrücken. Auch die Frau Doktor schluckte. „Der Egon ist also ..." Wieder nickte die Andrea. „Und das weiß nur der Alex. Mein Mann ... der Karl ... und mein Sohn ..." Sie begann wieder zu schluchzen. „Er darf es nie erfahren!", sagte sie. „Aber Frau Winterauer, bedenken Sie doch – wenn einer von den beiden Blut spendet oder wenn sich sonst irgendwie herausstellt, aufgrund der Blutgruppe, dass der Karl nicht der Vater ist!" „Er darf es nicht erfahren! Es würde ihm das Herz brechen!", sagte die Andrea. Die Frau Doktor räusperte sich.

„Leider bedeutet das, dass auch Sie ein Motiv gehabt hätten, den Christian Pönitzer zu ermorden. Und Herr Widmann ein weiteres", sagte sie, fast tonlos. „Da brauchen wir den Streit um das Grundstück oder das Wegerecht gar nicht erst in Betracht zu ziehen!"

Die Andrea nickte. „Ist mir schon klar. Ich war's aber nicht. Der Alex auch nicht. Ich weiß nicht, ob das etwas hilft, dass ich das sage." Gasperlmaier wies die Idee weit von sich, dass die Andrea jemanden getötet haben könnte. Auch klang sie sehr glaubwürdig, sehr authentisch. In Krimis sagten die Verdächtigen immer: „Das müssen Sie mir glauben!", um sich zu verteidigen. Die Andrea hatte darauf verzichtet, in dieser Art auf den Putz zu hauen. „Es ist einfach schrecklich!", sagte die Frau Doktor. Sie war aufgestanden und ging in dem recht engen Studio auf und ab. „Verstehen Sie? Ich kann für Sie überhaupt nichts tun! Die Tat ist längst verjährt. Der Täter tot! Und ich muss jetzt denjenigen ins Gefängnis bringen, der den Täter von damals umgebracht hat! Das macht keinen Spaß, das können Sie mir glauben!" Sie setzte sich wieder und legte ihre Hand auf den Arm der Andrea. „Ich würde Ihnen gern helfen! Glauben Sie mir das bitte!" Die Frau Doktor teilte anscheinend Gasperlmaiers Ansicht, dass die Andrea nichts mit dem Mord zu tun hatte. „Andererseits – ich muss Ihre Aussage natürlich der Akte hinzufügen, da hilft nichts! Und ich muss den Mörder finden. Oder die Mörderin. Vorher sind auch Sie nicht endgültig entlastet!"

„Wir haben morgen ein Konzert", sagte die Andrea. „Ein Open Air hier im Ort, auf dem Sportplatz. Kann ich da ... darf ich überhaupt?" Die Frau Doktor nickte. „Die Beweislage ist ... wir haben bislang ... ach, das darf ich Ihnen gar nicht sagen. Wenn Sie es schaffen, gehen Sie zu Ihrem Konzert." „Heute Abend ist Probe, und Soundcheck. Nur, damit Sie wissen, wo ich bin. Sie können natürlich ... aber die Polizei braucht wahrscheinlich ohnehin keine Erlaubnis, um dort aufzutauchen?" „Das sehen Sie ganz richtig", erklärte die Frau Doktor. „Was ich Ihnen jetzt nicht ersparen kann, ist, dass ich den Herrn Widmann noch einmal im Detail zu der ganzen Angelegenheit befrage. Er ist ja mindestens genauso involviert wie Sie, er muss uns Rede und Antwort stehen." Sie stand auf und hob, zum Zeichen, dass es Zeit zu gehen war, ihre Handtasche vom Boden auf.

Gasperlmaier überlegte einen Moment, was er sagen sollte. „Es tut mir leid!", brachte er schließlich hervor und schüttelte der Andrea die Hand. In die Augen sehen konnte er ihr nicht.

Kaum waren sie vor der Haustür, fing die Manuela zu schimpfen an. „Ich hab ja gewusst, dass der Pönitzer ein Schwein war! Nach allem, was mir der Carsten erzählt hat! Werden Sie jetzt in Liezen anrufen und dafür sorgen, dass er aus der Untersuchungshaft entlassen wird?" Die Frau Doktor sah sie lange wortlos an. „Nein, Frau Reitmair. Es haben sich keine entlastenden Fakten ergeben, die dazu berechtigen würden. Was soll ich denn dem Staatsanwalt sagen? Dass eines der Mordopfer vor fünfzehn Jahren jemanden vergewaltigt hat und deswegen der Carsten zu entlassen ist? Der den Sebastian Haudum niedergeschlagen hat – der, nota bene, mit der Affäre Pönitzer nicht das Geringste zu tun hat." Die Manuela schlug wütend mit der Faust in die offene Hand. „Wahrscheinlich hat der Haudum ihn gedeckt! Das kennt man ja!" „Frau Reitmair", erklärte die Frau Doktor geduldig. „Nach dieser Vergewaltigung gab es kein Verfahren, keinen Beschuldigten, gar nichts! Da hat es niemanden gebraucht, der irgendwen deckt!" Die Manuela schien schon wieder den Tränen nahe. „Dann hat er vielleicht Schmiere gestanden! Oder er hat zufällig was gesehen!" Gasperlmaier räusperte sich. „Der Sebastian ... ich meine, der war vielleicht zehn Jahre alt, als diese Vergewaltigung ... als das passiert ist." Die Frau Doktor nickte, während die Manuela sich abwandte und davonlief. Gasperlmaier sah ihr zunächst wortlos nach. Als sie aber an ihrem Streifenwagen vorbeilief, musste er doch etwas sagen. „Lassen wir sie jetzt ... ich meine, sie ist mit dem Motorrad da. Wenn sie so aufgeregt ist, passiert ihr womöglich was?" Die Frau Doktor lächelte. „Ich halte sie für zurechnungsfähig. Wenn wir ihr noch den Sturzhelm nachbringen?" Gasperlmaier war einerseits zwar nicht einverstanden, andererseits hätten sie sonst aber die Manuela noch einmal mit zum Widmann von den Bundesforsten nehmen müssen, und das war auch keine vielversprechende Aussicht.

„Möchtest nicht doch mit uns fahren?", fragte er vorsichtshalber noch, als sie die Manuela eingeholt hatten. Die schüttelte wortlos den Kopf. Gasperlmaier sperrte den Streifenwagen auf und langte nach dem Helm, der noch auf dem Rücksitz lag. „Dann fahr halt, du stures Mensch! Aber nimm wenigstens deinen Helm!" Er reichte ihn ihr, und die Manuela griff danach, wieder, ohne ein Wort zu verlieren.

„Stures Mensch?", fragte die Frau Doktor, als sie losgefahren waren. „Ist das nicht ziemlich beleidigend?" Gasperlmaier befasste sich selten mit den Nuancen der deutschen Sprache, namentlich denen des Dialekts. „Ich hab's oft zur Katharina gesagt. Nein, nicht direkt zur Katharina. Über die Katharina. Zur Christine." Kaum hatte er den Namen ausgesprochen, überfiel ihn mit Macht die Erinnerung an seine Frau und an das, was er ihr angetan hatte. In ein paar Tagen schon würde sie nach Australien fliegen, und damit noch weiter weg von ihm. Wenn das blöde Flugzeug überhaupt jemals dort ankam. „Und?", fragte die Frau Doktor. Er war gedanklich so weit weg, dass er ein paar Sekunden brauchte, um sich an das Thema zu erinnern, dem ihre Nachfrage galt. „Ich hab's nicht als beleidigend empfunden. Eher als Spaß. Und die Christine auch." Er hatte keine Lust, sich weiter darin zu vertiefen, ob die Bezeichnung „Mensch" für eine junge Frau nun beleidigend war oder nicht. Außerdem waren sie auf dem Marktplatz angekommen. Gasperlmaier stellte den Streifenwagen auf einem Parkplatz ab, der mit „Ausschließlich für Bedienstete der Bundesforste. Zuwiderhandelnde werden abgeschleppt." beschriftet war. „Die Polizei werden sie schon nicht abschleppen, oder?", fragte er. „Ganz deiner Meinung!", stimmte die Frau Doktor zu.

Die Michaela Gasperl sah etwas verdattert aus, als zum dritten Mal an diesem Tag die Polizei vor ihrem Tresen auftauchte. Sie stand auf und rückte ihren Haarknoten zurecht. „Ja, was kann ich diesmal für Sie tun?" „Ist der Herr Diplomingenieur jetzt zu sprechen?", fragte die Frau Doktor. „Wäre dringend!" „Ich muss einmal ... der Herr Hofrat hat viele Termine!", wehrte sich die Michaela. Dass der Widmann ein Hofrat war, hatte sie besonders betont. So etwas beeindruckte die Frau Doktor aber in aller Regel überhaupt nicht, wie Gasperlmaier von früheren Begegnungen mit Leuten wusste, die sich für wichtig hielten.

Es dauerte Gott sei Dank nur wenige Minuten, bis sie dem Widmann endlich in seinem doch recht eindrucksvollen Büro gegenübersaßen. Die Wände waren holzvertäfelt und mit zahlreichen Jagdtrophäen geschmückt, direkt hinter dem imposanten Schreibtisch des Widmann thronte das Geweih eines Sechzehnenders. Unter den Trophäen hingen jede Menge Landkarten, die handgezeichnet aussahen. Wahrscheinlich Darstellungen der historischen Jagdreviere, vermutete Gasperlmaier. Die hatten ja allesamt den Habsburgern gehört, was dazu geführt hatte, dass die Bewohner des Salzkammerguts, um gelegentlich ein wenig Fleisch auf den Tisch bringen zu können, in den vergangenen Jahrhunderten ausgefuchste Wilddiebe in ihren Reihen gehabt hatten. Manche munkelten, dass auch heute noch gelegentlich gewildert wurde, denn auch die Bundesforste wurden von vielen nicht als rechtmäßige Herren über den Wald und das Wild anerkannt. Wahrscheinlich war das Gebäude hier damals auch eine Försterei der Habsburger gewesen, anders hätte sich Gasperlmaier die vielen Trophäen nicht erklären können.

Jetzt erst hatte er Gelegenheit, sich den Widmann genauer anzusehen. Er war ihm auf Anhieb unsympathisch. Zurückgestrichenes, fettiges Haar, ein Klobrillenbart und grobporige Haut fielen Gasperlmaier auf. Zudem trug der Widmann den Kopf arrogant hoch, was dazu führte, dass es aussah, als ob er auf sie herabblicke. Und er roch nach einem widerlichen Rasierwasser. Was die Andrea an dem gefunden hatte, das sie an ihrem Ehemann vermisste, war Gasperlmaier schleierhaft. „Es stört Sie doch nicht, wenn ich rauche?", fragte der Widmann mehr die Frau Doktor als Gasperlmaier und zog einen braunen Zigarillo aus einer Silberdose auf seinem Schreibtisch. „Doch!", antwortete die Frau Doktor. „Mir wird von dem Geruch dieser Dinger übel. Sogar, wenn sie noch nicht angezündet sind." Dazu lächelte sie entspannt, so als ob sie dem Widmann gerade zu irgendetwas gratuliert hätte.

„Was kann ich für Sie tun?", fragte er, ohne den Blick zu heben, während er seinen Zigarillo wieder verstaute. „Es geht um den vergangenen Sonntag. Um Ihren Aufenthalt auf der Weißenbachalm. Zusammen mit Frau Andrea Winterauer." „Ich wüsste nicht, was Sie das angeht!", sagte der Widmann, lehnte sich zurück und schlug die Beine übereinander. Sein Ledersessel knarzte, und auch diese Haltung fand Gasperlmaier überaus arrogant und herablassend. Er dankte Gott, dass er nicht unter einem solchen Vorgesetzten zu dienen hatte. Die Frau Doktor rückte ein wenig vor. „Herr Widmann, wir ermitteln in zwei Mordfällen. Da sollten Sie – als gebildeter Mensch – wissen, dass es uns natürlich etwas angeht, wenn Sie sich an einem Tatort aufgehalten haben. Noch dazu, wo wir wissen, dass Sie mit mehreren anwesenden Personen, darunter auch mit dem Opfer, auf eine gewisse Weise involviert waren!" Der Widmann grinste. „Und wie soll ich ‚involviert' gewesen sein, gnädige Frau?" Die Frau Doktor seufzte. „Machen wir's kurz. Sie haben ein Verhältnis mit Frau Winterauer. Laut deren Aussage sind Sie der Einzige, der weiß, dass ihr Sohn der leibliche Sohn des ersten Mordopfers ist. Sie sind als jähzornig und eifersüchtig bekannt. Wobei sich Ihre Eifersucht auch auf Ihre Geliebte, Frau Winterauer, erstreckt. Sie sind außerdem in einen Wegerechtsstreit mit dem Opfer verwickelt. Gewesen, natürlich, nehme ich an. Reicht das?"

Der Widmann legte die verschränkten Unterarme auf den glattpolierten Schreibtisch. „Das reicht dafür, dass Sie diesen Raum auf der Stelle verlassen dürfen. Wenn Sie mich darüber hinaus sprechen wollen, ersuche ich um eine Vorladung. Die können Sie direkt an meinen Rechtsanwalt schicken. Hier seine Karte!" Er fingerte eine rostrote Visitenkarte aus einem silbernen Ständer auf seinem Schreibtisch. „Und jetzt bitte ich Sie, mich zu entschuldigen!" Er stand auf und kehrte ihnen den Rücken zu. Nach ein paar Schritten hielt er inne und drehte sich noch einmal um. „Es sollen sich ja am Sonntag auf der Weißenbachalm auch durchaus verdächtige Personen aufgehalten haben. Solche, bei denen ich Ihnen dringend raten würde, einmal ihren Aufenthaltsstatus zu überprüfen."

Daraufhin verließ er den Raum durch eine Tür hinter seinem Schreibtisch, die Gasperlmaier bisher gar nicht wahrgenommen hatte, so gut war sie in der Wandvertäfelung versteckt gewesen. „Wen hat er denn da gemeint?", fragte Gasperlmaier verblüfft. „Die beiden Afrikaner, natürlich!" Die Frau Doktor stand auf, wobei sie energisch ihren Sessel zurückschob, sodass dieser fast umkippte. „Auch so ein Rassist! Obwohl er sich gewählter ausdrücken kann als der Niedrist, gemeint hat er das Gleiche!"

Gasperlmaier war aufgefallen, dass der Widmann gegen Ende seines Auftritts auf der Stirn zu schwitzen begonnen hatte. Sein Gesicht hatte sich leicht gerötet. „Was für ein Arschloch. Was für ein Riesenarschloch!" Die Frau Doktor reckte die Arme gen Himmel. Auch sie war ein wenig rot um die Nase geworden, bei ihr meist ein Zeichen hoher Erregung. „Aber den kriegen wir noch dran! Meiner Seel! Was die Frau Winterauer an dem findet!" Ihre Absätze klackten energisch auf dem Parkettboden, als sie Gasperlmaier vorausging. „Aber hast du gesehen? Er hat geschwitzt und ist rot angelaufen. Ganz so kaltgelassen hat ihn die Sache nicht, wie er getan hat. Ich möchte wetten, dass er ... also, ich will ja nicht sagen, dass er der Mörder ist. Aber irgendwas ist da, da bin ich mir sicher!" Erst, als sie die schwere Holztür hinter sich gelassen hatten und wieder auf dem Marktplatz standen, meldete sich die Frau Doktor zu Wort. „Das geht mir so auf die Nerven! Mich mit solchen Typen befassen zu müssen! Die dir gleich von Anfang an klarmachen, dass sie sich für weiß Gott wie überlegen halten und natürlich genügend Beziehungen haben, um über allen Ermittlungen zu stehen!" Sie stampfte mit dem Fuß auf.

Gasperlmaier merkte, dass sich bei der Frau Doktor ein Stimmungstief ankündigte. Was auch verständlich war. Irgendwie liefen sie bei diesen Ermittlungen im Kreis, von einem zum anderen, ohne irgendwo auf wirklich entscheidende Beweise oder Spuren zu stoßen. Zuerst hatte er gedacht, das überraschende Geständnis, dass der Egon der Sohn vom Pönitzer war, würde sie weiterbringen, aber schnell hatte sich herausgestellt, dass die Spur bei weitem nicht so heiß war, wie sie ausgesehen hatte. „Ich glaub nicht, dass er über den Ermittlungen steht", gab Gasperlmaier zu bedenken. „Immerhin sind wir ein Rechtsstaat!" „Natürlich, ist schon klar!", antwortete die Frau Doktor. „Aber allein, dass jemand es schafft, mir dieses Gefühl zu vermitteln ... und mir damit unglaublich viel Mühe macht, allein das reicht ja schon!" Gasperlmaier verstand. Dieses Gefühl der Ohnmacht beschlich ihn auch manchmal. Und wenn es nur wegen irgendeinem arroganten Porschefahrer war, der grinsend seinen dicken Geldbeutel zog, wenn er ihn mit achtzig statt der erlaubten vierzig im Ortsgebiet geblitzt hatte.

„Wir brauchen endlich Beweise! Spuren, Zeugenaussagen, DNA-Analysen, irgendwas! Irgendwas, das an den Opfern geklebt hat und das uns in eine eindeutige Richtung führt. Je länger wir im Dunklen tappen, desto leichter ist es für den Mörder ... Wir müssen noch einmal an den Anfang zurück. Wir müssen alles noch einmal ganz penibel prüfen, was wir von der Alm haben, vom Sonntag. Die Fotos, die Videos. Wenn nötig, finde ich dafür noch ein paar Leute."

„Wirst du den Widmann vorladen?" Die Frau Doktor nickte. „Natürlich. Was glaubst du denn? Damit kommt er nicht durch, er wird mir wie jeder andere Rede und Antwort stehen. Nur wird es auch ihn wesentlich mehr Zeit und Mühe kosten, als wenn er gleich mit uns kooperiert hätte!" „Aber dann bald!", mahnte Gasperlmaier. „Nicht, dass er noch Zeit hat, sich mit wem abzusprechen oder Beweise beiseitezuschaffen!"

Er schrak hoch, als jemand ans Fenster seines Wagens klopfte. Es war der Karl Winterauer, der entschuldigend lächelte und mit den Schultern zuckte. Was wollte der denn hier? Gasperlmaier stieg aus. „Grüß Gott, Herr Winterauer. Womit kann ich Ihnen denn dienen?" Der Karl schluckte ein paar Mal, bis auch die Frau Doktor aus dem Auto gestiegen war und sich zu ihnen gesellt hatte. „Ich ...", begann er, um gleich wieder zu stocken. Die Frau Doktor schob Gasperlmaier sanft zur Seite. „Möchten Sie uns was mitteilen, Herr Winterauer? Etwas, das mit unserem Besuch bei Ihnen zu tun hat?" Der Karl nickte. „Ich hab's schon längst gewusst!", brach es aus ihm schließlich hervor. „Was?", fragte die Frau Doktor. „Was haben Sie schon längst gewusst?" „Dass der Egon nicht von mir ist. Ich hab das gewusst. Nur, die Andrea weiß nicht, dass ich's weiß!"

Die Frau Doktor lehnte sich an den Streifenwagen. „Warum sind Sie uns gefolgt? Nur, um uns das zu sagen?" Der Karl nickte. „Und woher haben Sie es gewusst?", fragte die Frau Doktor nach. „Der Edelmann. Der Edelmann von den Ödenseern. Da war einmal nach einem Konzert … ist schon lange her … sie waren alle besoffen, und die Andrea war schon im Bett." „Wo war das?", fragte die Frau Doktor nach. „Ich weiß nicht mehr. Ich war manchmal dabei, bei den Gigs. Wenn ich Zeit gehabt hab. Damit ich ein bisschen … auf die Andrea aufpassen kann." In seinen Augenwinkeln glitzerten Tränen. Irgendwie tat er Gasperlmaier leid. Es musste schwer sein, als gewöhnlicher Lehrer mit einem Star verheiratet zu sein, der von Männern so umschwärmt wurde.

Die Frau Doktor nickte. „Und da hat Ihnen der Edelmann im Rausch anvertraut, dass er von der Vergewaltigung weiß. Und dass er auch weiß, oder zumindest vermutet, dass der Egon …" Die Frau Doktor vollendete ihren Satz nicht. „Ich wollte nur … damit Sie bei Ihren Ermittlungen … also, Sie können ganz offen reden, wenn Sie noch einmal mit der Andrea … nur der Egon, der sollte nicht …" Die Frau Doktor nickte verständnisvoll. „Danke für Ihre Offenheit, Herr Winterauer. Und jetzt fahren Sie besser nach Hause. Ihre Frau braucht Sie jetzt. Ganz besonders!"

Der Karl wandte sich ab und ging zu einem Rad, das an die Wand des Gebäudes der Bundesforste gelehnt war. Direkt unter einem Schild, auf dem stand „Fahrräder anlehnen verboten". Durch die Windschutzscheibe sah Gasperlmaier noch, wie er sich den Helm aufsetzte und davonradelte. „Armer Teufel!", sagte die Frau Doktor, als sie einstieg und sich anschnallte. Ihre Stimme war voller Mitgefühl. „Noch ein Verdächtiger", fügte sie hinzu. Natürlich, dachte Gasperlmaier. Wenn er von der Vergewaltigung gewusst hatte, dann hatte auch er ein Motiv, dem Pönitzer einen Stein über den Schädel zu ziehen. „Nur, warum hat er dann 13 Jahre damit gewartet?" Da er nur das Ende seiner Überlegungen mit der Frau Doktor geteilt hatte, sah die erstaunt zu ihm herüber. „Wovon redest du?" „Na, vom Winterauer! Der hat jetzt auch ein Motiv!" Sie nickte. „Wir müssen auch sein Alibi überprüfen. Aber das, finde ich, hat jetzt keine Priorität."

Gasperlmaier dachte bei sich, dass der Karl seine Frau wenigstens noch hatte, während seine sich in der Weltgeschichte herumtrieb und womöglich irgendwo auf einem fernen Kontinent einen fand, der besser zu ihr passte als er. Es war zum Heulen. Wohin er auch blickte, gingen die Beziehungen in die Brüche oder standen zumindest unter keinem guten Stern. Die Frau Doktor, die trotz Kind immer noch ohne Mann dastand, die Manuela, die sich ausgerechnet während einer Mordermittlung in einen Verdächtigen verlieben musste und daraufhin zum Dienst kaum mehr zu gebrauchen war, der Karl mit seinem Kuckuckskind, das noch dazu einer Vergewaltigung entsprungen war, und schließlich er selber, der sich, kaum, dass die Frau bei der Haustür draußen war, mit der Nachbarin ins Bett legte. Wie konnte man das bloß alles wieder in Ordnung bringen?

„Ich möchte den Widmann heute noch vor mir sitzen haben. Mit einer Vorladung, und meinetwegen auch samt seinem Anwalt, das ist mir egal!", sagte die Frau Doktor trotzig, während Gasperlmaier auf die Bundesstraße Richtung Bad Aussee einbog. „Dann", schlug er vor, „gibst du mir noch einmal den Laptop vom Sebastian. Vielleicht find ich noch was. Und ich schau auch alles andere durch, was sich vom Pfeifertag noch finden lässt. Da filmen ja hunderte Leute wie die Wahnsinnigen, und alles landet im Internet. Oder fast alles. Da müssen wir doch was finden!" Die Frau Doktor lächelte. „Lieb von dir. Aber das Internet und die Computer, das ist doch nicht wirklich dein Metier, oder?" Gasperlmaier trat vor Ärger etwas unvermittelt aufs Gas. „Dann wird es halt mein Metier werden müssen!", entgegnete er trotzig. Die Frau Doktor schwieg.

Die Fahrt bis nach Bad Aussee verlief schweigend. Außer Gasperlmaiers knurrendem Magen war im Auto kein Geräusch zu hören. Die Frau Doktor schien ihren Gedanken nachzuhängen, wenn sie nicht gerade auf ihrem Handy herumwischte. Er entschloss sich, die Frage, ob und wann man ein Mittagessen einnehmen sollte, nicht zu thematisieren. Er würde einfach schnell in den Supermarkt oder die Bäckerei laufen, sobald sie in Altaussee angekommen waren. Und dann würde er sich den Fotos widmen. Plötzlich aber fiel ihm ein, was sie heute Abend eigentlich vorhatten. „Gehen wir wirklich zu dieser Konzertprobe, zu der uns die Andrea eingeladen hat? Vielleicht ... wenn wir sonst keine Spur haben ... da kommen sicher viele zusammen, die auch auf der Weißenbachalm waren, die ganzen Musiker und so!" Die Frau Doktor schüttelte den Kopf. „Geh ruhig und hör dich um. Ich hab heute Sophie-Dienst. Endlich wieder einmal ein ruhiger Abend ... und wenn der Fall vorbei ist, nehm ich mir Zeitausgleich. Mindestens eine Woche."

# 17

Es dauerte bis weit in den Nachmittag hinein, bis Gasperlmaier endlich Zeit dazu gefunden hatte, sich mit dem Laptop des Sebastian Haudum zurückzuziehen. Er war damit nach Hause gefahren, damit er in Ruhe daran arbeiten konnte. Es war besser, mit dieser Aufgabe allein zu sein, und auf dem Posten konnte immer jemand auftauchen, der ihn stören würde. Und eine angenehme Umgebung würde ihm sicher auch helfen.

Zuvor aber, das hatte er sich fest vorgenommen, würde er seine Wäsche in die Waschmaschine räumen, danach aufhängen und zumindest zwei Hemden bügeln, damit er morgen nicht so abgerissen auf dem Posten auftauchen müsste. Alles sollte, so erinnerte er sich, etwa die gleiche Farbe haben, und so schnappte er sich, was dunkel war, und wollte es ins Maul der Maschine stopfen. Als er es aber öffnete, strömte ihm muffiger Geruch entgegen. Da lag noch die Wäsche, die er gestern oder vorgestern gewaschen hatte, und stank vor sich hin. Hatte er überhaupt Waschmittel eingefüllt? Und in die richtige Schublade? Er konnte sich nicht mehr erinnern. Wahrscheinlich war es das Gescheiteste, alles zusammen noch einmal zu waschen.

So. Jetzt aber zum Laptop. „Barbara" war das Passwort gewesen, das war leicht zu merken. Er suchte im Dateimanager nach einem Ordner, der die Fotos enthielt. Es dauerte eine Zeitlang, bis er sich auf dem Gerät halbwegs orientiert hatte. „C", das war die Festplatte des Geräts, so viel wusste sogar er. Und auf „C" fand er schließlich einen Ordner, dessen Bezeichnung einfach aus einer Jahreszahl bestand. Und da gab es auch Fotos.

Gasperlmaier sah auf die Uhr. Er hatte sich heute gut gehalten und noch kein Bier getrunken. Beim Einkauf der Jause war er versucht gewesen, zum Schrank mit den gekühlten Getränken zu treten und sich eine Dose einzustecken, aber die Frau Doktor war direkt neben ihm gestanden, und so hatte er darauf verzichtet. Jetzt aber durfte er sich schon einen Schluck genehmigen.

Ein eigenartiges Gefühl beschlich Gasperlmaier, als er den Ordner mit den Fotos öffnete. Das Ganze war schon ein wenig gruselig. Innerhalb des Ordners gab es noch eine ganze Menge Unterordner, die anscheinend alphabetisch angeordnet waren. Der erste hieß „Barbara". Als er darauf klickte, läutete das Telefon. Das befand sich in seiner Uniformjacke, die er draußen im Vorzimmer aufgehängt hatte. Wieder musste er den Computer verlassen.

„Ich hab die Vorladung gekriegt!", erklärte die Frau Doktor. „Aber erst für morgen. Der Herr Hofrat möchte mit seinem Rechtsanwalt anreisen. Und der hat erst morgen Vormittag Zeit. So kurzfristig könne man keinen Termin einschieben." Die Frau Doktor klang verärgert. Es schien doch so, dachte Gasperlmaier bei sich, dass man das Recht zumindest hinauszögern und beeinflussen konnte, wenn man die richtigen Kontakte hatte. Wahrscheinlich würden der Herr Hofrat und sein Rechtsverdreher den Nachmittag nutzen, um sich abzusprechen und morgen einen möglichst unschuldigen, günstigen Eindruck zu hinterlassen. „Aber warum hat der das überhaupt nötig? Wenn er doch überhaupt nichts mit der ganzen Angelegenheit zu tun hat?", fragte Gasperlmaier. „Das", so antwortete die Frau Doktor, „werde ich herausfinden. Wie geht's dir mit den Fotos? Schon fündig geworden?" „Noch nicht!" Gasperlmaier wollte nicht zugeben, dass er noch nicht einmal ein einziges Foto gesichtet hatte. „Aber ich bin dran!"

Wenig später saß er wieder vor dem Laptop mit dem Ordner „Barbara", sah aber nur eine Liste von Dateinamen. Natürlich wäre es schneller gegangen, wenn ihm jemand geholfen hätte, aber wenn man etwas selber herausfand, so sagte er sich, lernte man auch mehr dabei. Leider konnte er sich nachträglich an die Serie von Klicks, die ihm Bilder in kleiner Vorschau auf den Schirm holte, nicht mehr erinnern. Es waren aber ohnehin private Fotos, die anscheinend wieder chronologisch geordnet waren, denn man sah zuerst Bilder von der Barbara im Schnee, beim Rodeln, beim Eislaufen und beim Spaziergang. Alle sehr romantisch, aber nicht aussagekräftig. Die Barbara war auf den Winterfotos mit ihren dunklen Haaren und großen Augen sehr attraktiv, und sie besaß sogar einen Wintermantel, der ansatzweise Regenbogenfarben zur Schau stellte. Nur waren sie dunkler als auf ihrem Sommerkleid.

Gasperlmaier erschrak ein wenig, als plötzlich ein Foto auftauchte, auf dem die Barbara nackt im Bett lag. Man konnte zwar nicht viel von dem erkennen, was einem gewöhnlich verborgen blieb, aber dennoch hatte er das Gefühl, unerlaubt in die Privatsphäre der beiden eingedrungen zu sein. Der Fotograf, so erinnerte er sich, war tot. Ob die Barbara noch Interesse an den Fotos hatte? Es folgten einige Bilder mit eindeutig erotischem Charakter, und Gasperlmaier schloss den Ordner. So ging es ja nicht. Er konnte sich doch nicht Nacktfotos einer in den Fall involvierten Person ansehen, nicht einmal zwei Tage, nachdem er ... unwillkürlich sah er aus dem Fenster. Man konnte ein Stück vom Balkon der Maresi erkennen. Hoffentlich beobachtete sie ihn nicht. Ob der Werner jetzt wieder zu Hause eingezogen war oder ob er nur seine restlichen Sachen geholt hatte, hatte er noch nicht herausgefunden.

Wie kam er jetzt, verdammt noch einmal, an die Fotos vom Handy des Sebastian heran? Es war ja Unsinn, auf der Festplatte des Geräts zu suchen. Google Fotos, so hatte die Plattform geheißen, auf der der Sebastian seine Handyfotos automatisch gesichert hatte. Wie man an die wohl herankam? Er konnte die Katharina fragen. Oder den Christoph. In Kanada war es ... er sah auf die Uhr. Immerhin schon neun Uhr früh ... vielleicht war sein Sohn noch zu Hause. Im gleichen Moment musste er an die Christine denken. Wenn er jetzt Skype einschaltete, würde er sie sehen. Es war höchste Zeit, denn er hatte seit diesem unsäglichen Vorfall mit der Maresi ... aber wenn sie ihn sah, dessen war er sich sicher, würde sie sofort spüren, dass etwas nicht in Ordnung war. Dennoch öffnete er Skype und wählte den Christoph aus. Fast hatte er das Gefühl, als steuere ihn jemand fern.

Es tutete. Und als er schon aufatmete und dachte, es werde sich ohnehin niemand melden, tauchte das Gesicht der Christine auf dem Schirm auf. „Ich hab schon gedacht, du meldest dich überhaupt nicht mehr!" Sie sprach undeutlich, sie hatte etwas im Mund. „Entschuldige", sagte sie. „Ich bin gerade beim Frühstück!" Gasperlmaier suchte nach Worten. „Es ist gerade drei", sagte er schließlich. „Interessant!", antwortete die Christine. „Sonst hast du mir nichts zu sagen?" Plötzlich fiel ihm auf, dass ihre Haare anders aussahen, als er es gewohnt war. „Warst du beim Friseur?", fragte er. Die Christine lächelte. „Schön, dass dir das auffällt." Sie strich sich ein paar Haarsträhnen aus dem Gesicht. „Steht mir gut, oder? Hier haben sie halt doch interessantere Ideen als bei uns in Altaussee. Was Haare betrifft. Die Richelle hat mich mitgenommen." Richelle, das war die Freundin vom Christoph. Gasperlmaier wunderte sich, dass die mit ihren endlos langen schwarzen Haaren überhaupt einen Friseur brauchte. Das Gespräch plätscherte irgendwie uninspiriert dahin, fand er, und er merkte selbst, dass er eher einsilbig reagierte. Schließlich war es so weit. „Sag, ist irgendwas mit dir los? Du klingst komisch!" „Du fehlst mir halt!", antwortete er. Das, so fand er, hatte er gut gemacht. Ball zurückgespielt. Kein Wunder, dass man komisch wurde, wenn man allein zu Hause zurückgelassen wurde. Noch komischer allerdings, dass die Christine meinte, sich eine schicke neue Frisur zulegen zu müssen. Was da wohl dahintersteckte? „Ich hab schon gedacht, du versteckst eine Frau vor mir. Ich kann ja deine Kamera nicht drehen, leider!" Sie lachte ganz unbefangen, doch Gasperlmaier brach der Schweiß aus. „Eigentlich", so suchte er nach einem Ausweg, „wollte ich den Christoph was fragen. Wegen dem Computer." „Frag mich!", antwortete die Christine. „Ich kenn mich auch aus. Und der Christoph ist schon auf dem Weg in die Klinik."

Tatsächlich beruhigte es Gasperlmaier ein wenig, rein technische Fragen stellen zu können. Und die Christine konnte ihm tatsächlich weiterhelfen. „Schau mal!", sagte sie schließlich. „Was für ein Traumwetter heute!" Die Kamera begann zu schwanken und bewegte sich schließlich aufs Fenster zu. Gasperlmaier sah einen Fluss, oder einen Meeresarm, jede Menge Boote und im Hintergrund einen Park. Schön war es dort. „Wie ist denn das Wetter bei euch?", fragte die Christine. „Miserabel!", antwortete er. Im gleichen Moment läutete sein Handy, und die Waschmaschine begann zu piepen, was ihm eine gute Gelegenheit eröffnete, das Gespräch zu beenden. „Pfüat di!", sagte er. „Ich muss ... das Telefon ... die Waschmaschine ..."

„Lass sie nicht zu lang warten!", antwortete die Christine, verabschiedete sich mit einem Kuss und verschwand vom Bildschirm. Gasperlmaier hob ab. Es war der Friedrich. „Gasperlmaier!", eröffnete der das Gespräch. „Ich bin heute solo. Meine Holde geht zum Yoga. Und ich tät mich schon dafür interessieren, wie es euch mit dem Fall geht. Was sagst, ein paar Bier beim Schneiderwirt?" Gasperlmaier überlegte. „Ich bin zwar noch ... ich hab zwar noch ...", fing er etwas unsicher an, doch dann fiel ihm ein, dass er ja heute noch einen Termin in Goisern hatte, Soundcheck und Probe für das Konzert der Ödenseer morgen am Sportplatz in Goisern. „Sag, würdest du eventuell mit mir nach Bad Goisern fahren? Ich hätte da einen Termin, da ist ja morgen das Open Air von den Ödenseern. Und heute ist Soundcheck und Probe. Und da sollte ich hin. Hat auch was mit unserem Fall zu tun!" „Hört sich nicht so blöd an!", sagte der Friedrich. „Und ein paar Bier wird's ja wohl dort auch geben. Die Musiker sind eh immer so durstig!" Er lachte. Sie vereinbarten, in etwa einer Stunde loszufahren. Einstweilen wollte sich Gasperlmaier noch seinen Fotos widmen, bevor er alles vergaß, was ihm die Christine erklärt hatte.

Er atmete auf, als es ihm endlich gelungen war, in die Cloud mit den Handyfotos vom Sebastian einzudringen. Praktischerweise waren auch hier die Fotos chronologisch geordnet, die neuesten ganz oben, und es stand auch über jeder Serie, wann sie aufgenommen worden war. Er suchte gleich nach den Fotos vom letzten Sonntag, um nicht wieder Zeit mit privaten Aufnahmen zu verschwenden, die ihn nichts angingen.

Als er sich durch die Fotos klickte, fiel ihm als Erstes auf, dass die Barbara nicht mit auf der Weißenbachalm gewesen war; sie war auf keinem Foto zu sehen, und auch er selbst konnte sich nicht daran erinnern, sie gesehen zu haben. Und eine so schlanke Dunkelhaarige in einem Regenbogenkleid wäre ihm sicher aufgefallen. Aber wenn sie nun beispielsweise ein Dirndl oder Wanderkleidung getragen hätte, und die Haare zu einem Zopf gebunden? Vielleicht musste er doch noch einmal genauer schauen.

Gasperlmaier prüfte jedes Foto systematisch von rechts oben nach links unten. Es dauerte nicht lange, bis ihm die Augen vor Anstrengung zu tränen begannen. Wie viele Fotos waren es? Etwas über vierzig mochten es sein. Das verriet ihm ein rascher Blick auf die Übersichtsseite. In einem ersten Durchgang fand sich nichts. Man musste es mit einer anderen Methode versuchen. Zum Beispiel, auf welchen Fotos war das Mordopfer zu sehen, und was machte es gerade? Es gab sieben Fotos mit dem Pönitzer, auf sechs davon schlug er die Gitarre und sang. Die waren offenbar knapp hintereinander aufgenommen worden, denn sie waren einander sehr ähnlich. Auf dem siebten Foto prostete er mit einer Bierflasche zwei anderen Musikanten zu. Beide erkannte Gasperlmaier nicht. Der eine trug einen Hut mit nach unten weisender, schmaler Krempe, war also wahrscheinlich aus Goisern. Dort trug man vorzugsweise solche Hüte und nahm sie auch selten ab. An den Hut hatte er allerlei Federn gesteckt. Auffällig war ein rundes Abzeichen, das wie dieses Hippiezeichen aussah, nur umgedreht. Er vergrößerte das Foto, soweit möglich. Es schien sich allerdings bei dem Abzeichen um eine Pflanze zu handeln, denn die einzelnen Äste wiesen eine Struktur auf, vielleicht wie die einer Latsche. Der andere Musiker war ein dicklicher junger Mann mit Brille und Bart, der den Pönitzer, so kam es Gasperlmaier vor, verschlagen anblickte. Wahrscheinlich aber, so sagte er sich, bildete er sich das nur ein. Er sah auf die Uhr. Vermutlich war das hier unergiebig. Er musste sich zusammenrichten und den Friedrich abholen. Am besten blieb er in der Uniform, denn als Zivilist würde er wahrscheinlich bei der Probe keinen Einlass finden.

„Geht nicht recht was weiter, oder?", fragte der Friedrich, nachdem sie eine Weile schweigend nebeneinander im Auto gesessen waren. „Wie man's nimmt!", entgegnete Gasperlmaier. „Es sind ja erst ... heute ist Donnerstag ... vier Tage. Und der zweite Mord ist erst gestern passiert. Und immerhin haben wir einen verhaftet, den Peschke." „Na ja." Der Friedrich wiegte seinen Kopf hin und her. „Der Peschke-Bub. Wenn ihr euch da nicht ein bisschen verrannt habt." „Immerhin hat er zugegeben, dass er dem Haudum eine Kassa auf den Schädel geschlagen hat. Und der ist dann bewusstlos zusammengebrochen. Und die Geschichte vom großen Unbekannten, der dann daherkommt und den Bewusstlosen erstickt, die glaubt ihm die Frau Doktor nicht."

„Hast eine bessere Idee?", fragte Gasperlmaier, nachdem sie den Pötschenpass schon überquert hatten und wieder talwärts fuhren. „Ich denk mir, das ist eine typische Eifersuchtsgeschichte. Bei den Musikern geht's doch mit den Liebschaften kreuz und quer. Der Pönitzer, sagst du selber, war ein Weiberheld, und alle haben's gewusst. Und der Haudum war ein junger, fescher Bursch. Ich sag's dir, da stecken Frauengeschichten dahinter. Und nicht ein lächerlicher Streit um verschiedene Stilrichtungen in der Musik. Aber das ist nur meine Einschätzung. Ohne dass ich alle Fakten kenne. Mehr eine psychologische Analyse, sozusagen."

Vor dem Eingang zum Sportplatz stand ein schwarz gekleideter Sicherheitsmann, der allein schon durch sein Aussehen dazu geeignet war, Unbefugte abzuschrecken. Gasperlmaier und den Friedrich aber ließ er passieren, ohne nachzufragen. Es war eine gute Idee gewesen, die Uniform anzubehalten. Mitten auf dem Sportplatz stand ein Gerüst, auf dem einige Männer herumturnten, ganz vorne war eine beeindruckende Bühne aufgebaut worden, die die gesamte Breite des Sportplatzes einnahm. Der Untergrund war nass, und leichter Nieselregen ging noch immer auf sie nieder. Der Friedrich stieß mit der Fußspitze in den Boden. „Wenn da ein paar tausend Leute kommen, morgen, dann gibt das eine Schlammschlacht, das kann ich dir flüstern!"

Vorne an der Bühne standen zehn, zwanzig Leute, und auch auf der Bühne selbst herrschte geschäftiges Treiben. Die Andrea erkannte er gleich. Heute sah sie ganz anders aus als gestern. Ein wenig wild, fand er, war ihr Bühnenoutfit schon. Ganz in Leder, das Oberteil schwarz, die Hose rot, fast ein wenig teuflisch. Das Oberteil war noch dazu mit zahlreichen Stickereien verziert, und als sie näher kamen, sah er, dass das, was er zuvor für einen kurzen Rock gehalten hatte, eigentlich Fransen waren, die fast bis zu den Knien hinunterfielen. Die Andrea war ja eher üppig und leistete sich, so fand Gasperlmaier, dafür einen recht gewagten Ausschnitt, der durch allerhand Silber und Edelsteine, die sich darin bewegten, noch betont wurde. Die hochhackigen Schuhe waren wiederum schwarz. Gerade, als der Friedrich und er in der Nähe der Bühne angelangt waren, flammten Scheinwerfer auf, und Gasperlmaier konnte den Edelmann am Keyboard erkennen. Der trug auch schwarzes Leder, aber bei seinem schütteren Haar und faltigen Hals sah es nicht annähernd so aufregend aus wie bei der Andrea. Es schien Gasperlmaier, als habe die Andrea ihn bei einem Blick von der Bühne herab erkannt und ihm zugewinkt. Er konnte sich aber auch getäuscht haben. Zum Überlegen blieb ihm nicht mehr viel Zeit, denn neben dem Keyboard setzten nun auch Bässe, Gitarre und Schlagzeug ein, dass ihm Hören und Sehen verging. Er meinte, den Bass direkt in seinem Magen zu spüren, und hielt sich die Ohren zu, was nicht viel nützte. Der Friedrich zog ihn am Ärmel ein Stück weg von der Bühne. Gasperlmaier aber riss sich los. Wenn er schon den Lärm aushalten musste, dann wollte er auch genau sehen, was auf der Bühne vor sich ging. Schließlich war er nicht zu seinem Vergnügen hier.

Nach einigen Akkorden merkte er erst, dass er Glück gehabt hatte: Die Ödenseer gaben einen ihrer größten Hits zum Besten. *„Waun i einischrei in Woid"* Es war, so konnte man getrost sagen, Gasperlmaiers Lieblingslied. Allerdings nicht in dieser Lautstärke, das war doch eher was für Jüngere. Der Friedrich tippte ihm auf die Schulter, und als er sich ihm zuwandte, bewegte der Friedrich den Mund, ohne dass Gasperlmaier auch nur einen Laut vernehmen konnte. Der Friedrich zeigte nach hinten, und Gasperlmaier verstand, dass er etwas Abstand von den Lautsprechern gewinnen wollte. Gasperlmaier nickte und blieb. Bei der zweiten Strophe, fand er, war es schon nicht mehr so schlimm.

*Im Summa und im Herbst war's schee*
*Mir haum uns gfreit scho aufn Schnee*
*dann plötzlich warst du nimmer da*
*dei Bett, dei Kostn, boade laa*

Schon wieder sah ihn die Andrea an, und einen Moment lang dachte er, sie sänge nur für ihn. Er fand sie ausgesprochen attraktiv, wie sie sich da auf der Bühne bewegte. Als der Refrain einsetzte, merkte er, dass seine Gedanken auf Abwege geraten waren und dass er auf dem besten Wege dazu war, sich in Phantasien zu verlieren, die einer Frau galten, die nichts für ihn und vor allem nicht seine eigene war. Die Ernüchterung ließ ihn die Lautstärke des Songs wieder umso stärker fühlen.

Plötzlich brach die Musik ab. Gasperlmaier hörte eine Stimme aus einem Lautsprecher. „Wir müssen noch ein bisschen nachjustieren. Die Stimme kommt zu wenig rüber, die Bässe zu laut. Keyboard ein wenig verschwommen. Bisschen klarer, schärfer, wenn's geht!" Der Edelmann schüttelte unwillig den Kopf und sprach gestikulierend in das Mikrophon, das er vor dem Mund fixiert hatte. „He, Gasperlmaier, hörst mich nicht? Schön, dass du gekommen bist!" Woher kam diese Stimme? Er roch die Andrea, bevor er nach oben blickte und sie sah. „Entschuldigung!", stammelte er und deutete auf seine Ohren. „Mir hat's anscheinend die Ohren verschlagen. War doch ein bisserl laut!" Die Andrea nickte. „Kommst rauf?" Sie deutete auf eine kleine Treppe am Rande der Bühne. Gasperlmaier nickte. „Aber nicht, dass ich euch störe!" Die Andrea schüttelte den Kopf. „Dauert noch, bis alles einreguliert ist."

Auf der Bühne angekommen, merkte Gasperlmaier, dass durch die starken Scheinwerfer der Sportplatz fast nicht mehr sichtbar war. Er blinzelte, konnte aber den Friedrich nicht erkennen. „Servus!" Die Andrea umarmte ihn und drückte ihn kurz an sich. Das Leder ihres Oberteils knarrte ein wenig. Gasperlmaier war zwar überrascht, dachte aber bei sich, dass so emotionale Begrüßungen bei Künstlern wahrscheinlich üblich waren. „Komm!", sagte sie. „Den Mario kennst du ja schon!" Sie winkte zum Edelmann hinüber, der aber nur ein verkniffenes Lächeln zustande brachte. Vielleicht, so dachte Gasperlmaier bei sich, hätten wir ihn doch in der Untersuchungshaft behalten sollen. „Das ist der Willi!" Die Andrea hatte ihn zum Schlagzeug gezogen. Der Willi hatte einen blonden Pferdeschwanz, Muskeln wie ein Bodybuilder und zahlreiche Tätowierungen an beiden Unterarmen. „Er sieht nur so zum Fürchten aus!", lachte die Andrea. „Innen drin ist er ein ganz Sanfter!" Der Willi lächelte und entblößte dabei eine Zahnlücke. „Und das ist der Kasti Kastenhuber!" Der Bassist nickte ihnen zu. Er war schmal, käseweiß im Gesicht und trug darin ein paar wild aussehende Metallteile zur Schau. „In Wirklichkeit sind die alle ganz normal", erklärte die Andrea. „Mich hast du ja schon sozusagen in Zivil gesehen. Aber für die Bühne ... privat würde ich zum Beispiel niemals so einen Ausschnitt tragen. Aber der Mario ..." Sie seufzte und deutete mit einer Hand auf ihren Busen. Gasperlmaier tat sein Möglichstes, um nicht auffällig hinzustarren.

„Grüß dich!" Der Friedrich war plötzlich hinter ihm aufgetaucht und umarmte die Andrea. Etwas herzlicher, fand Gasperlmaier, als er selber das zustande gebracht hatte. „Ihr kennt euch?", fragte er verblüfft. Die Andrea nickte. „Seine Frau macht meine Bühnenoutfits. Also, das hier nicht. Eher die, die in der Nähe der Tracht sind." Gasperlmaier machte große Augen. „Und ich hab gedacht, die Heidi, die ist so eine Traditionalistin! Die überhaupt nur macht, was althergebracht ist!" Die Andrea schüttelte den Kopf. „Nein, nein! Die haben Ideen! Sie und vor allem ihre Tochter!"

„Weiter!", schrie der Edelmann. Der Schlagzeuger klopfte schon mit seinen Trommelstöcken auf ein Becken. „Ihr müsst jetzt runter! Tschüss!" Der Friedrich und Gasperlmaier machten, dass sie im Schein der zahlreichen Spots zur Treppe und wieder auf den Sportplatz hinunterfanden.

Zu Gasperlmaiers großer Überraschung begannen sie noch einmal mit dem gleichen Lied. Und eine noch viel größere Überraschung erlebte er, als bei der zweiten Strophe aus dem Hintergrund der Bühne eine weitere Sängerin auftauchte. Genau genommen hörte man ihre helle Stimme schon, bevor sie ins Scheinwerferlicht trat. Gasperlmaier rieb sich die Augen, denn er traute ihnen zunächst nicht. War das nicht die Gitti aus Goisern, die da im Duett mit der Andrea sang? Die Gitti, die bei den Auftritten der Original Kainischer Hasenjäger ihr Dirndl gelüpft hatte und eigentlich mit dem Sebastian Haudum und dem Schwingenschlögel weiter hatte Bierzeltmusik machen wollen? Er war völlig verblüfft.

Der Friedrich knuffte ihn in die Seite. „Die wechseln ihre Meinungen aber auch schneller als ich die Unterhemden!", brüllte er Gasperlmaier ins Ohr. Der schüttelte nur den Kopf. Jetzt schauten die Andrea und die Gitti einander sogar in die Augen, gingen in die Knie und wackelten mit ihren Hintern. Hoffentlich, so dachte Gasperlmaier bei sich, hatte sie das mit dem Lüpfen des Dirndls nicht mit zu den Ödenseern gebracht, das würde gar nicht passen. Als ihn der Friedrich nun von der Bühne wegzog, folgte er willig. Er hatte genug gesehen. In der Mitte des Sportplatzes, dort, wo man diesen Technikturm aufgebaut hatte, war die Lautstärke so erträglich, dass man sich unterhalten konnte. Da stand auch eine Kiste Bier. „Magst eins?" Der Friedrich hatte gar nicht abgewartet und zwei Bierflaschen mit dem Öffner, der an einer Schnur an der Kiste baumelte, aufgemacht. „Ob wir das dürfen?", fragte Gasperlmaier.

Der Friedrich zuckte nur mit den Schultern. „Ist wahrscheinlich für die Arbeiter. Und du bist ja bei der Arbeit. So hoffe ich zumindest!" Er prostete Gasperlmaier zu.

„Ich kann's gar nicht glauben!", sagte Gasperlmaier. „Die wechseln von einer Band zur anderen, von einer Musikrichtung zur anderen, so schnell, dass wir gar nicht nachkommen! Ich muss gleich die Frau Doktor anrufen!" Der Friedrich legte ihm eine Hand auf den Arm. „Das lässt du schön bleiben! Die braucht jetzt ihre Ruhe mit dem Kind! Wo sie doch ohnehin gestern Nacht nicht zu Hause gewesen ist!" Gasperlmaier spürte Wärme zu seinen Ohren aufsteigen. „Woher weißt du denn, dass ..." Der Friedrich grinste und nahm einen Schluck. „Ein kleines Vögelchen hat mir geflüstert, dass ihr Audi die ganze Nacht vor dem Polizeiposten gestanden ist. Aber wo sie ihre Nacht verbracht hat ..." Er grinste anzüglich. Gasperlmaier war sich sicher, dass seine Ohren glühten. Es hatte keinen Zweck zu lügen, der Friedrich würde die Wahrheit doch herausfinden. „Damit du's weißt, sie hat im Zimmer von der Katharina geschlafen. Weil es später geworden ist. Fotos auswerten und so!" Ob er den Friedrich überzeugen konnte? Ein guter Lügner war er nicht. Wahrscheinlich hatte seine Stimme etwas brüchig geklungen, obwohl ja ein Großteil dessen, was er gesagt hatte, wahr war. Ein Tontechniker kam vom Turm herabgeklettert und nahm sich ebenfalls ein Bier aus der Kiste. „Passt heute die Polizei auf uns auf?" Er grinste. Der Mann trug einen langen Vollbart, großteils kurz geschorene Haare, nur auf dem Hinterkopf war ein Büschel zu einem pinselartigen Gebilde zusammengebunden.

„Sag einmal", fragte der Friedrich ganz unschuldig, „wer ist denn die neue Sängerin? Die hab ich ja noch nie gesehen? Ist die jetzt ganz bei euch?" Der Mann zuckte mit den Schultern. „Kenn sie nicht. Ist von hier aus dem Ort. Sie wollen sie einmal ausprobieren, hab ich gehört. Ihr werdet's nicht glauben, aber die anderen zwei aus ihrer Band sind gekillt worden. Von einem Volksmusikfanatiker, hab ich gehört, der alle wegpustet, die sich über die traditionelle Musik lustig machen. Da hätt er hier viel zu tun!" Er grinste Richtung Bühne, formte mit einer Hand eine Schusswaffe nach und imitierte Schüsse, die er auf die Bühne abfeuerte. „Puff! Puff! Puff!" Gasperlmaier schüttelte den Kopf. „Lass das. Das ist nicht lustig!" Der Mann zuckte mit den Schultern. „Wahrscheinlich wisst's ihr eh mehr als ich darüber! Prost!" Er wandte sich ab und machte sich auf den Weg nach vorne zur Bühne.

Während die Ödenseer ein neues Lied anstimmten, leerten Gasperlmaier und der Friedrich zügig ihre Bierflaschen. Das Bier war leider warm, zudem begann es wiederum leicht zu nieseln, und das Lied gefiel Gasperlmaier auch nicht. Es musste neu sein, es ging um eine Frau, die ihren Freund verließ, weil ihr alles um ihn herum zu eng wurde. Er seufzte. Eigentlich passte dieses Lied ja genau auf ihn. Er seufzte, trank die Flasche aus und stellte sie in die Kiste zurück. „Musst an die Christine denken, gell?", meinte der Friedrich mitfühlend und ließ seine Flasche neben die Gasperlmaiers in die Kiste gleiten.

Wortlos machten sie sich auf den Weg zum Auto, und auch die Heimfahrt verlief schweigend. Mit dem Friedrich verstand sich Gasperlmaier auch so, sie hatten schon im Dienst, vor Jahren, nie viel miteinander geredet, wenn sie zusammen im Polizeiauto saßen. Man wusste, was der andere dachte, und überhaupt, fand Gasperlmaier, wurde viel zu viel geredet, und meist entstand ohnehin nur Streit und Missgunst aus der uferlosen Rederei.

Der Friedrich erwähnte nichts mehr davon, dass er gern noch mit Gasperlmaier ins Wirtshaus gegangen wäre, und auch er selbst verspürte keine rechte Lust, sich noch in eine lärmende Wirtsstube zu setzen. Als er zu Hause eintraf, stach ihm noch einmal der Laptop des Sebastian ins Auge. Einsam stand er auf dem Küchentisch, das Kabel spannte sich zur Steckdose über der Küchenbank. Eigentlich hatte Gasperlmaier keine Lust mehr auf Fotostudium. Es brachte ohnehin nichts. Ob er der Frau Doktor wenigstens noch eine Nachricht schicken sollte? „Gitti aus Goisern singt bei den Ödenseern", oder so ähnlich? Aber was, so überlegte er, sollte sie damit anfangen? Es reichte, wenn er sie morgen informierte. Wenn sie überhaupt nach Altaussee kam, denn den Widmann würde sie ja in Liezen vernehmen, und auch ihr Hauptverdächtiger, der Carsten Peschke, saß in Liezen ein.

Schließlich setzte er sich doch noch vor den Laptop, fuhr ihn hoch und entdeckte auf Anhieb eine Schaltfläche, die ihm zuvor überhaupt nicht aufgefallen war. Da gab es offenbar auch Videos. Auf einen Klick hin öffnete sich ein neuer Ordner. Viele Videos gab es nicht zu sehen, und zunächst schien ihm auch ein rechtes Durcheinander im Ordner zu herrschen, vor allem, nachdem er ein paar Mal unbedacht irgendwohin geklickt hatte und sich der Bildschirminhalt immer wieder auf unvorhersehbare Weise veränderte. Schließlich aber fand sich ein Block mit Dateien, über denen deutlich „15. August" stand, und das war ja das Datum, an dem der Pfeifertag stattgefunden hatte.

Vier Videos waren es, und sie enthielten eigentlich nur Ausschnitte aus dem Musikprogramm des Pfeifertages. Der Sebastian hatte natürlich nicht die eigenen Auftritte mitfilmen können, aber es fand sich dennoch hauptsächlich Bekanntes. Der dickliche junge Mann, ebenso der andere mit dem Goisererhut, der Pönitzer beim Gitarrenspiel. Zunächst lief alles ohne Ton, bis Gasperlmaier herausfand, dass der Lautsprecher des Geräts ausgeschaltet war und man ihn mittels einer kleinen Schaltfläche am Bildschirmrand einschalten konnte. Auf einem anderen Video spielte eine junge Frau ein Lied von einem Fisch, der gefangen wurde, aber noch zu klein für die Bratpfanne war. Deswegen warf ihn der Fischer wieder zurück in den See. Sie begleitete sich selbst auf der Gitarre. Am Ende des Videos meinte Gasperlmaier, sich selbst im Vorbeigehen erkannt zu haben, entfernt und verschwommen. Richtig. Das musste er sein, denn der Friedrich, größer und immer noch breiter als er, warf einen Blick Richtung Kamera und war deutlich zu erkennen.

Gasperlmaier gähnte und klappte den Laptop zu. Seit er allein war, ging er abends nicht gerne zu Bett, aus Angst, nicht einschlafen zu können. Manchmal fürchtete er sich fast vor der Stille in dem leeren Haus und schaltete den Fernseher ein, bloß, damit es nicht so still war. Ob er das heute auch noch tun sollte? Oder ob ihm vielleicht ein Stamperl Schnaps beim Einschlafen helfen würde? Ärgerlich schüttelte er den Kopf. Er würde sicherlich nicht zum Alkoholiker werden, während die Christine in der Welt herumflog, das schwor er sich. Am Ende fand sie bei ihrer Rückkehr einen besoffenen, verkommenen Ehemann vor und ergriff gleich wieder die Flucht.

Plötzlich fiel ihm ein, dass er die Wäsche schon wieder in der Maschine vergessen hatte. Er eilte in den Keller und öffnete die Luke. Alles hatte seine Farbe behalten, und er war recht zufrieden mit dem Ergebnis. Nur ein etwas muffiger Geruch fiel ihm auf, als er die Wäsche an die Leine hängte. Hatte die zweite Wäsche also doch nicht so gründlich gewirkt, wie er sich das vorgestellt hatte. Aber das würde sich geben, sobald sie trocken war, hoffte er.

Als er die Stiege hinaufging, merkte er, dass etwas an ihm nagte. Etwas, das er noch tun oder nachsehen hatte wollen. Aber es wollte ihm nicht einfallen, was es war. Erst beim Zähneputzen dämmerte ihm, dass er sich bei dem Video, auf dem er selbst zu sehen gewesen war, gefragt hatte, ob man das auch vergrößern konnte. Er wusste nur nicht mehr, warum.

Seufzend stieg er noch einmal die Treppe hinunter, um den Laptop wieder einzuschalten. Seltsamerweise brauchte er diesmal weit länger, um das besagte Video zu finden, die Oberfläche der Webseite erschien ihm plötzlich fremd und unübersichtlich. Was hatte er denn da schon wieder angestellt? Schließlich tippte er ins Suchfeld „Pfeifertag", und, siehe da, wie durch ein Wunder erschienen die gewünschten Videos auf dem Bildschirm. Er klickte gleich das an, auf dem er sich selbst gesehen hatte. Und jetzt wurde ihm klar, warum er das Video hatte vergrößern wollen. Es war die riesige Fichte im Bild, ganz oben auf der Alm, und irgendetwas bewegte sich daneben. Teilweise war das, was sich bewegte, vom Hut des Friedrich verdeckt, der sich gerade der Kamera und damit der Musik zuwandte. Auch, als es Gasperlmaier gelungen war, das Video auf Vollbildmodus zu vergrößern und die fragliche Stelle mehrmals abzuspielen, gelang es ihm nicht, zu erkennen, was es war, das sich da bewegte. Es war ein Fleck, der ihm rosa und hellblau erschien. Es gab einen Menüpunkt, der lautete „Element untersuchen", doch der brachte nur unverständliche Zeilen auf den Bildschirm. Gasperlmaier holte eine zweite Lesebrille und setzte sie über die erste auf, um das Bild noch genauer in Augenschein nehmen zu können. Aber es blieb ein Fleck, der sich vom Baum wegbewegte und rosa und hellblau erschien. Mit einiger Phantasie konnte man einen Menschen erkennen, der hinter der Fichte hervorkam. Hervorlief, genauer gesagt, denn der Fleck bewegte sich schnell.

Jetzt wäre es natürlich interessant gewesen, herauszufinden, wann dieses Video aufgenommen worden war. Weder Zeit- noch Datumsangaben konnte Gasperlmaier finden. Er zermarterte sich das Gehirn – wann waren er und der Friedrich an dieser Stelle vorbeigekommen? Wann hatten sie genau dieses Lied vom Fischlein gehört? Es wollte und wollte ihm nicht einfallen. War es kurz vor der Entdeckung des Toten gewesen? Wenn ja, dann konnte dieser Fleck etwas zu bedeuten haben. Wenn nein, war es wahrscheinlich nur eine Frau oder ein Mädchen gewesen, das sich hinter dem Baum erleichtert hatte, weil lange Schlangen vor allen verfügbaren Toiletten warteten.

Gasperlmaier überlegte, ob er sich an irgendjemanden erinnern konnte, der rosa und hellblau gekleidet gewesen war. Er brauchte sich ja gar nicht erinnern, fiel ihm ein! Da waren ja noch die ganzen Fotos! Und es dauerte nicht lange, da hatte er sie gefunden. Die Gitti aus Goisern war zwar nicht die Einzige, die diese Farben trug, aber sie war ausschließlich in Hellblau und Rosa gekleidet, das konnte man auf mehreren Fotos deutlich erkennen. Eine rosa Dirndlbluse, ein hellblauer Leib, der – völlig unüblich für Trachten im Salzkammergut – vorne kreuzweise geschnürt war, und ein viel zu kurzer rosa Rock. Dazu trug sie weiße Kniestrümpfe und blonde Zöpfe, was sie sehr jung aussehen ließ. Viel zu jung, um sich den Hintern tätowieren zu lassen.

Gasperlmaier öffnete noch einmal das Video, und nun meinte er, bei dem hellblauen und rosa Fleck auch blonde Haare wahrnehmen zu können. Vielleicht sogar weiße Kniestrümpfe. Ob ihm da seine Phantasie bereits Streiche spielte? Er rieb sich die Augen. Am besten war, er ging jetzt ins Bett. Das waren wohl ohnehin alles nur Hirngespinste, was er sich da zusammenreimte. Aber, so fiel ihm ein, auf dem Toten hatte man rosa und hellblaue Fasern gefunden. Ob die Gitti ... aber dazu genügte ja eben, dass sie sich bei der Begrüßung umarmt hatten. Die Spuren besagten genau gar nichts. Wieso sollte denn ausgerechnet die Gitti aus Goisern auf diesem Video zu sehen sein? Und was sollte sie überhaupt mit dem Mord zu tun haben?

Gasperlmaier vergaß darauf, dass er seine Zähne bereits geputzt hatte, und hielt mitten im Putzen inne, als es ihm einfiel. Als er im Bett lag, wollte der Schlaf nicht kommen. Dauernd hatte er die Bilder vor Augen, die ihn in den letzten Tagen so sehr beschäftigten. Die Gitti. Die Andrea in ihrem sagenhaften Bühnenoutfit. Die Andrea, deren Sohn aus einer Vergewaltigung durch den Pönitzer stammte. Die musste ja wirklich jeden Grund haben, ihm etwas anzutun. Und gerade in den letzten Jahren hatte man ja immer wieder davon gehört, dass es Jahrzehnte dauern konnte, bis die Opfer sexuellen Missbrauchs bereit waren, darüber zu sprechen und ihre Rechte einzufordern. Vielleicht war es am Sonntag so weit gewesen? Er musste noch einmal aufstehen und nachschauen, was die Andrea beim Pfeifertrag getragen hatte. Gerade, als er sich dazu entschlossen hatte, wurde Geschrei vor seinem Fenster laut. Er zuckte zusammen. Das musste die Maresi sein. Schrie sie um Hilfe? Er wünschte sich, das Fenster wäre geschlossen und er würde das Geschrei nicht hören. Doch er konnte es als Polizist und als Nachbar nicht einfach ignorieren! Noch dazu, wo er ja diese Woche eine Nacht mit der Maresi …

Gasperlmaier öffnete das Fenster, um hinauszusehen. Fast im gleichen Moment erstarb das Geschrei. Er lauschte in die Nacht hinaus. Sehen konnte er nichts, denn im Nachbarhaus waren überall die Vorhänge vorgezogen. Plötzlich öffnete sich die Tür, der Werner trat schimpfend aus dem Haus, sprang in seinen Wagen und fuhr mit laut röhrendem Auspuff davon. Er hatte wohl die gesamte Nachbarschaft damit aufgeschreckt, und so beeilte sich Gasperlmaier, das Fenster zu schließen. Doch die Haustür öffnete sich noch einmal, und er hielt inne. „Schau nur, dass du weiterkommst, du Falott!", hörte er die Maresi schreien. „Und diesmal brauchst du gar nicht wiederkommen, ich leg mir das Gewehr ins Bett, damit du's weißt!" Gasperlmaier atmete auf. Zumindest war die Maresi in Sicherheit. Damit sie nicht auf die Idee kommen konnte, wieder bei ihm Trost zu suchen, schloss er leise das Fenster und ging zurück ins Bett.

**18**

Schlaf aber wollte sich auch jetzt noch nicht einstellen. Was, wenn die Barbara dieses Video auch kannte? Und sich einbildete, der rosa-hellblaue Fleck sei die Nicole, wie er es getan hatte? Dann vermutete sie womöglich auch, dass die Nicole hinter dem Mord am Pönitzer steckte. Und wenn der Sebastian mit seinem Handy praktisch Zeuge des Mordes gewesen war, hatte dann nicht die Nicole allen Grund, ihn umzubringen? Weil er Bescheid wusste? Weil er sie womöglich erpresst hatte? Unruhig drehte er sich von einer Seite auf die andere. Vom Nachbarhaus meinte er, leises Schluchzen wahrnehmen zu können. Vorsichtig stand er auf und horchte. Die Maresi schien tatsächlich auf dem Balkon zu sitzen und zu weinen. Zumindest aber, dessen war er sich sicher, war sie allein. Leise legte er sich wieder ins Bett.

Hatte die Nicole nicht seltsam reagiert, als die Rede auf das Handy des Sebastian gekommen war? Und war ihr der Sebastian womöglich bei ihrer Karriere bei den Ödenseern in die Quere gekommen? Irgendwann dämmerte Gasperlmaier doch ein, schrak aber wieder hoch, als er von einem roten Auto träumte. Das rote Auto, das war das Auto der Barbara Kövesi. Und er hatte geträumt, dass sie einen Unfall hatte. Oder hatte er sich sogar diesen Traum eingebildet? Wenn die Nicole glaubte, dass die Barbara über ein Video verfügte, das der Sebastian nach dem Mord ... Die Barbara hatte doch zugegeben, in den Laptop geschaut zu haben. Wo die Fotos vom Handy des Sebastian gespeichert waren. Wenn die Nicole nun den Sebastian deswegen ... dann war doch auch die Barbara ... konnte er da bis zum Morgen warten?

Er entschied sich für einen Mittelweg und schickte der Frau Doktor eine Nachricht. „Video gefunden", schrieb er. „Zeigt möglicherweise Nicole am Tatort. Auf Computer von Sebastian." Er war stolz darauf, dass es ihm gelungen war, das Wesentliche so kurz wie möglich zu fassen. Wenn die Frau Doktor erst morgen Früh auf ihr Handy schaute, war sie wenigstens zum frühestmöglichen Zeitpunkt informiert. Wenn sie aber doch ... Gasperlmaier zuckte zusammen, als sein Handy piepte. „Schick Video!", hatte die Frau Doktor geschrieben. Er sah auf die Uhr. Es war gerade halb zwei Uhr früh. Warum war die Frau Doktor wach? Gasperlmaier hastete in die Küche und fuhr mit zittrigen Fingern den Laptop hoch. Es dauerte länger als zuvor, bis er endlich das Video auf dem Bildschirm hatte. Aber wie und wohin sollte er es schicken?" Es war ihm zwar peinlich, aber da es offensichtlich eilte, entschloss er sich zu der Nachricht „Weiß nicht wie" an die Frau Doktor. Sekunden später klingelte sein Handy. Die Frau Doktor kam gleich zur Sache. „Irgendwo oben müsstest du ein Symbol sehen." Ihre Stimme klang rau und verschlafen. „Drei kleine Ringe, verbunden durch zwei Linien. Draufdrücken." Zum Glück entdeckte Gasperlmaier das Symbol rechts oben. Es öffnete sich ein Feld, in dem man hinter „An" eine Mailadresse eingeben konnte. „Meine Mailadresse kennst du?", fragte sie. Gasperlmaier las vor, während er tippte. „Passt!", sagte sie. „Und jetzt losschicken!" Kaum hatte er die „Senden"-Schaltfläche gedrückt, schrak er erneut zusammen, als es an der Tür klingelte.

„Ich muss ...", sagte er zur Frau Doktor. „Es hat gerade jemand an der Tür geklingelt." „Jetzt, um diese Zeit?", gab sie zurück. „Sehr verdächtig. Sei vorsichtig und leg nicht auf." Gasperlmaier nickte und drehte langsam und möglichst lautlos den Schlüssel im Türschloss. Er zog die Tür einen Spalt auf. Davor stand die Maresi. Sie sah schuldbewusst drein. „Ich hab gesehen, dass bei dir noch Licht ist." Schon trat sie auf ihn zu. „Ist ... nichts!", sagte er in sein Handy. „Ich meld mich gleich wieder!" Er legte auf. „Ich bin also nichts!" Die Maresi machte einen weiteren Schritt auf ihn zu. Gasperlmaier versuchte, sie mit ausgestrecktem Arm an der Schulter zurückzuhalten. „Maresi, ich hab vielleicht gleich einen Einsatz. Ich kann dir nicht helfen, wirklich nicht!" Er versuchte, sie von der Tür wegzudrücken. „Aber zum ... da bin ich gut genug, was?" Die Maresi war laut geworden, und Gasperlmaier hatte Sorge, dass die Nachbarn sie hören würden, also ließ er sie eintreten. „Setz dich in die Küche!", seufzte er, ging voraus, schnappte sich den Laptop und verließ die Küche wieder Richtung Wohnzimmer.

Sein Handy läutete. „Ich bin wach gelegen, Franz. Ich hab den Fall nicht aus dem Kopf gekriegt. Und jetzt ... das Video könnte tatsächlich die Täterin zeigen. Und es könnte die Nicole sein. Und wenn der Sebastian und die Barbara das Video gesehen haben und die gleichen Schlussfolgerungen ..." „Ja", sagte Gasperlmaier. „Genau das habe ich auch gedacht. Und darum ... ich war mir nicht sicher, ob wir bis morgen Früh warten können." „Können wir nicht. Ich komme!", sagte die Frau Doktor. „Aber was ist mit der Sophie?", fragte er, obwohl ihm im gleichen Moment bewusst wurde, dass ihn das nichts anging. „Notfallplan!", sagte die Frau Doktor. „Ich ruf dich vom Auto aus an!" Sie legte auf.

Gasperlmaier seufzte und trat wieder in die Küche. „Du musst heim, Maresi. Es gibt tatsächlich einen Einsatz. Und ich kann dich nicht ..." Zu seinem Glück nickte die Maresi verständnisvoll. Offensichtlich hatte sie sich ein wenig beruhigt. „War blöd, dass ich herübergekommen bin. Ich hab gedacht, dass du vielleicht wegen mir wach bist." Sie sah ihn an, und ein paar Tränen kullerten ihre Wangen hinunter. Gasperlmaier brach fast das Herz, als er sie zur Tür hinausschob. Er musste dringend ein klärendes Gespräch mit der Maresi führen, nach dem Fall. Aber nicht jetzt.

Unruhig wartete Gasperlmaier am Zaun auf die Frau Doktor. Es hielt ihn weder auf dem Sofa noch im Haus, obwohl er eigentlich, so dachte er bei sich, hundemüde sein musste. Immer wieder sah er auf die Uhr, und die Minuten schienen sich zu Stunden zu dehnen, bis er schließlich Motorengeräusch und Lichtschein wahrnahm. „Schnell, spring rein!" Er musste sich tief ducken, um ins Cabrio der Frau Doktor zu steigen. Kaum hatte er die Tür zugeworfen, wendete sie mit quietschenden Reifen. „Hoffentlich sind wir nicht zu spät!", sagte sie. Gasperlmaier riskierte einen Blick zu ihr hinüber. Sie sah völlig anders aus als sonst. Die Haare nachlässig zusammengebunden, in T-Shirt und Jeans. Im fahlen Licht, das durch die Windschutzscheibe fiel, sah sie wesentlich älter aus als sonst. Und müde. Das aber war ja bei Gott kein Wunder. „So eine Scheiße, dass wir dieses Video nicht früher entdeckt haben. Ich hätte den Laptop gleich in die Kriminaltechnik bringen lassen sollen!" Gasperlmaier spürte einen leichten Stich. War das versteckte Kritik? Meinte die Frau Doktor etwa, wenn man den Laptop nicht ihm, dem ahnungslosen Amateur, sondern den Profis übergeben hätte, wäre der Fall schneller zu lösen gewesen? „Na ja", meinte er. „Immerhin hab ich ... jemand anderer hätte vielleicht mit dem rosa-blauen Fleck gar nichts anzufangen gewusst. Aber ich war ja dort!" Die Frau Doktor sah zu ihm herüber und lächelte. „Stimmt!", sagte sie. „Das war eine tolle Leistung! Ich bin richtig stolz auf dich!" Gasperlmaier war ein wenig beruhigt, fragte sich aber, ob da nicht ein ironischer Unterton im Lob der Frau Doktor mitgeschwungen war. Aber vielleicht bildete er sich das nur ein.

Sie hielten direkt vor dem Eingang des Hauses, in dem die Barbara ihre Wohnung hatte. Es war zwar eindeutig bloß ein Gehweg, aber im Notfall ... und vor allem, mit Fußgängern war um diese Nachtzeit kaum zu rechnen. „Leise!", sagte die Frau Doktor und legte einen Finger an die Lippen. Vorsichtig drückte Gasperlmaier die Tür zu. „Wir müssen rauf!" Die Frau Doktor deutete nach oben. Gasperlmaier nickte. Er erinnerte sich, die Wohnung der Barbara war im dritten Stock. Sie lag an der Rückseite des Hauses, niemand, der sich vielleicht in dieser Wohnung aufhalten mochte, konnte zum Eingang heruntersehen. „Sollen wir läuten?", fragte er. Die Frau Doktor schien unschlüssig. „Besser wäre es, wenn wir ..." Gasperlmaier drückte an der Eingangstür, und mit einem Klicken sprang sie auf. „Sehr leichtsinnig!", meinte die Frau Doktor, als sie im Stiegenhaus standen. Nichts deutete auf ungewöhnliche Vorgänge hin, dennoch schlichen sie leise in den dritten Stock. Bis zur Tür, die in die Wohnung führte, in der die Barbara noch vor ein paar Tagen gemeinsam mit dem Sebastian Haudum gewohnt hatte. Die Frau Doktor drückte ihr Ohr gegen die weiß lackierte Tür, an der ein Aufkleber mit Regenbogenmuster angebracht war. Zunächst aber war kein Laut zu hören. Das ganze Haus war still. Ein einsamer Vogel zwitscherte im Hof. Ein Zeichen, dass es bald hell werden würde. „Still!", sagte die Frau Doktor, obwohl sich Gasperlmaier ohnehin nicht gerührt hatte. Und der Vogel, so dachte er bei sich, würde sich wohl kaum an ihr Kommando halten.

Plötzlich hörte man etwas aus der Wohnung. Ein Rumpeln. So, als sei etwas umgefallen. Oder jemand gegen ein Möbelstück gestoßen. Die Frau Doktor nickte und holte etwas aus ihrer Handtasche. „Lagerhaus!", grinste sie und hielt die Kundenkarte in die Höhe. „Brauch ich selten! Jetzt hoffen wir, dass wir Glück haben!" Sie schob die Karte in den Spalt zwischen Tür und Rahmen und zog nach unten. „Verflixt!", flüsterte sie, als die Karte stecken blieb. Wieder hörte man ein dumpfes Geräusch aus der Wohnung. Gasperlmaier hoffte inständig, dass er nicht gezwungen sein würde, mit der Schulter die Eingangstür zu rammen. Das würde seinem Rücken alles andere als guttun. Endlich klickte es, und die Tür sprang auf. Die Frau Doktor legte einen Finger an die Lippen. So, als wäre ihm nicht ohnehin klar gewesen, dass er sich mucksmäuschenstill zu bewegen hatte. Vor ihnen lag das Vorzimmer, in dem Licht brannte. Man konnte geradeaus ins Wohnzimmer sehen, dort war auch Licht eingeschaltet, aber es war niemand zu sehen oder zu hören. Die Frau Doktor deutete dorthin. Als sie aber an einer Tür, die rechts von ihnen lag, vorbeikamen, vernahm Gasperlmaier deutlich ein Stöhnen. „Das hilft dir jetzt auch nicht mehr!", sagte jemand. Eine Frau. Gasperlmaier schrak zusammen und deutete auf die Tür. Schlüsselloch, durch das man sich einen Überblick hätte verschaffen können, so stellte er fest, gab es keines. Die Frau Doktor deutete mit einer Geste an, dass er seine Waffe ziehen solle. Gasperlmaier tat es, spürte gleichzeitig sein Herz bis zum Hals klopfen. Die Frau Doktor zeigte ihm pantomimisch, dass sie die Tür öffnen würde und er daraufhin mit der Waffe im Anschlag in den Raum eindringen sollte. Gasperlmaier nickte.

Daraufhin ging alles ganz schnell. Die Frau Doktor drückte die Tür auf, und schon während Gasperlmaier seine Waffe in Anschlag brachte, sah er, dass es sich um das Badezimmer handelte. Jemand schrie auf, und jemand anderer stöhnte. „Waffe weg!", schrie die Frau Doktor, noch ehe Gasperlmaier die Situation hatte überblicken können. „Ich erschieß sie! Ich mach sie tot! Mir ist alles egal!", schrie die Nicole, die auf einem Hocker an der ihnen gegenüberliegenden Wand saß. In der Hand hielt sie ein Jagdgewehr, dessen Lauf auf den Kopf der Barbara gerichtet war, die nackt und völlig apathisch in der Badewanne lag. Sie stöhnte leise vor sich hin. Ihre Haare bildeten einen Fächer an der Wasseroberfläche. Was war hier bloß vorgegangen? Die Nicole zielte immer noch auf den Kopf der Barbara, die mehr tot als lebendig in der Wanne lag. Wenn sie nach unten rutschte, so fürchtete Gasperlmaier, würde sie wohl ohne Gegenwehr ertrinken. „Er soll die Pistole wegtun!", kreischte die Nicole und stieß der Barbara den Gewehrlauf gegen den Kopf. Die stöhnte erneut auf. „Frau Hinterstoisser, legen Sie das Gewehr weg! Sie haben ja nichts dadurch zu gewinnen, dass Sie die Frau Kövesi auch noch töten. Bitte seien Sie vernünftig!" „Vernünftig!", kreischte die Nicole. „Vernünftig!" Jetzt erst gewahrte Gasperlmaier, dass sie das Gewehr nur mit der rechten Hand festhielt, mit dem Finger am Abzug, während sie in der anderen Hand eine Schnapsflasche hielt. Sie nahm einen Schluck. „Niemand ist hier vernünftig!", schrie sie. „Er soll die Pistole wegtun!" Sie schwang den Lauf der Waffe herum, der nun auf Gasperlmaier gerichtet war. Er schwankte, aber wenn die Nicole abdrückte, würde sie ihn auf die Entfernung nicht verfehlen. Gasperlmaier merkte, wie seine Muskelspannung nachließ. Er durfte jetzt auf keinen Fall umkippen, das würde er sich nie verzeihen. Was sollte man denn mit einem Polizisten anfangen, der angesichts einer Gefahr in Ohnmacht fiel? Sollte er schießen? Wenn sie schneller war, was dann?

„Franz, tu, was sie sagt!" Er nickte. Aber wenn ein Gewehrlauf auf einen gerichtet war, dann war es schwer, zusammenhängend und folgerichtig zu handeln. „Ich steck sie jetzt ein! Nicht schießen!" Gasperlmaier warf einen Blick auf die Barbara. Sie hatte die Augen geschlossen, aber wenn man genau hinsah, konnte man erkennen, dass sich ihre Brust hob und senkte. Sie atmete also – die Frage war, wie lange noch. Plötzlich klirrte es. Gasperlmaier fuhr zusammen. Die Nicole hatte die Schnapsflache fallen lassen, sie war auf dem Fliesenboden zersprungen. Die leere Hand streckte sie Gasperlmaier entgegen. „Mir gibst du sie!" Ihre Stimme war unsicher, sie musste schon eine Menge Schnaps getrunken haben. Auf dem Boden neben der Schnapsflasche lagen leere Medikamentenpackungen. Hatte die Nicole die Barbara etwa gezwungen, Medikamente zu schlucken, um einen Selbstmord vorzutäuschen?

Er dachte ja gar nicht daran, einer Betrunkenen noch eine zweite Waffe in die Hand zu geben. Jemand, der betrunken war, reagierte langsam. Man musste die Nicole doch übertölpeln können. Er ließ die Waffe sinken. „Schau!", sagte er zur Nicole. „Sie ist nicht mehr auf dich gerichtet. Ich geb sie dir jetzt." Langsam schob er die Waffe von seiner rechten in seine linke Hand und nahm sie so, dass der Lauf nach unten zeigte und sein Finger nicht mehr am Abzug lag. Dann streckte er die linke Hand nach vor. Als die Nicole danach griff, warf er sich nach vor, langte mit seiner Rechten nach dem Gewehrlauf, glitt aber daran ab und stürzte auf die Nicole. Ein Schuss donnerte durch das Bad. Die Nicole schrie, Gasperlmaier hörte ein Platschen, spürte einen Stich im Knie und Staub auf sich herabrieseln. Gleich darauf jemanden, der ihn unter den Schultern packte und von der Nicole herunterzog. Eine Stimme. In seinen Ohren klingelte es, er konnte kaum etwas verstehen.

„Schnell!" Die Frau Doktor hatte sich über die Badewanne gebeugt und die Barbara unter den Achseln gepackt. Obwohl sein Knie höllisch schmerzte, schob Gasperlmaier seine Waffe in ihren Holster und rappelte sich auf. Er packte die Füße, und gemeinsam hoben sie die Barbara aus dem lauwarmen Wasser. Darin lag jetzt nur mehr das Jagdgewehr, das während der Auseinandersetzung wohl in der Wanne gelandet war. Die Nicole würde damit nichts mehr anstellen können. Sie saß auf dem Hocker, hatte das Gesicht in die Hände gestützt und zitterte. „Rasch aufs Sofa!" Die Frau Doktor bewegte sich mit ihrer Last so schnell wie möglich Richtung Wohnzimmer, Gasperlmaier humpelte hinterher. Auf dem Sofa luden sie die nackte und, wie Gasperlmaier fand, viel zu kühle Barbara ab. Die Frau Doktor holte ihr Handy aus der Handtasche. „Rasch, eine Bettdecke!" Er öffnete eine Tür und hatte Glück. Schnell zerrte er die Decke vom Bett, kehrte ins Wohnzimmer zurück und breitete sie über die Barbara. „Bring sie zu Bewusstsein!", rief die Frau Doktor, die ihr Handy am Ohr hatte. Gasperlmaier fühlte am Hals der Barbara nach dem Puls, der zwar wahrnehmbar, aber schwach war. „Medikamentenvergiftung und Unterkühlung! Machen Sie schnell! Alarmieren Sie den Notarzt!", rief die Frau Doktor in ihr Telefon.

Gasperlmaier zog die Decke enger um den schmalen, blassen Körper und klatschte sanft auf die Wangen der Barbara. „Aufwachen!", rief er. „Es ist alles gut! Alles vorbei!" Die Barbara stöhnte nur, aber zumindest atmete sie. Hoffentlich, so betete Gasperlmaier im Stillen, schaffte sie es, bis der Notarzt eintraf. Undenkbar, wenn sie hier in seinen Armen sterben würde. Er spürte, wie sich Tränen hinter seinen Augen sammelten. Die Frau Doktor steckte ihre Hände unter die Decke. „Ich werde sie ein wenig massieren, keine Ahnung, ob das hilft!" Auch sie wirkte verzweifelt. „Hol die Nicole, Gasperlmaier, und leg ihr Handschellen an. Dann geh hinunter, schauen, ob die Haustür offen ist!"

Im Bad saß die Nicole immer noch so, wie Gasperlmaier sie verlassen hatte. Als er sich zu ihr hinunterbeugte, knickte sein Knie ein. Er hielt sich am Badewannenrand fest. Im Wasser dümpelte das Jagdgewehr. Auf dem Boden lagen aber jetzt nicht nur Medikamentenpackungen und die Splitter der Schnapsflasche, sondern auch noch eine ganze Menge Putz und Staub von der Decke, in die der Schuss eingeschlagen war, den die Nicole abgefeuert hatte. Er blickte nach oben. Da war ein ganzes Stück Deckenverkleidung heruntergefallen, man konnte auch deutlich das Loch sehen, in dem die Kugel noch stecken musste.

Gasperlmaier sah an seinem Fuß hinunter, als er sich aufgerappelt hatte. Die Hose war blutgetränkt. Aber jetzt ging es um Wichtigeres. Er zog den Hocker samt der Nicole an sich heran und packte sie an den Handgelenken. „Ich muss dir leider Handschellen anlegen", erklärte er. „Ohne die geht's nicht. Wer weiß, was dir noch einfällt!" Allerdings verzichtete er darauf, der Nicole die Arme auf den Rücken zu drehen. Stattdessen entschloss er sich, sie einfach an den Heizkörper zu fesseln, der hinter ihr an der Wand hing. Die Nicole ließ alles mit sich geschehen, schluchzte vor sich hin, und der Rotz lief ihr aus der Nase. Jeder Widerstand schien aus ihr gewichen.

Gasperlmaier musste sich am Stiegengeländer festhalten, als er nach unten zum Eingang humpelte. Mehrere Wohnungstüren standen offen, und Leute in Nachtkleidung spähten daraus hervor. „Was ist denn los?", fragte ein Glatzköpfiger im gestreiften Pyjama. „Was ist denn das für ein Lärm? Brennt's?" „Alles in Ordnung. Gehen S' wieder hinein!", beschied ihm Gasperlmaier, der jetzt keine Lust auf Diskussionen mit Schaulustigen hatte. Glücklicherweise traf der Rettungswagen bereits ein, als er unten ankam und die Tür öffnete. „Im dritten Stock!", rief er den beiden Sanitätern zu. Auf dem mühsamen Weg hinauf hastete auch noch der Notarzt an ihm vorbei. Vor der Wohnung musste er sich durch einen Pulk Schaulustiger kämpfen. Die Ersten standen schon auf der Türschwelle und lugten neugierig ins Vorzimmer. „Weg!", hörte er die ärgerliche Stimme der Frau Doktor. „Gehen Sie in Ihre Wohnungen!" Gasperlmaier schob sich durch die Gruppe, die unwillig zurückwich, und betrat das Vorzimmer. Nur mit Mühe gelang es ihm, die Leute so weit zurückzudrängen, dass er die Tür schließen konnte. „Komm!", sagte die Frau Doktor und schob ihn in die Küche. Dort dirigierte sie ihn zu einem Stuhl am Küchentisch. „Setz dich einmal hin und lass mich das anschauen!" Gasperlmaier atmete auf, als er endlich saß. Jetzt erst setzte der Schmerz so richtig ein, bisher hatten die Hektik und die Aufregung verhindert, dass er viel gespürt hatte. „Au!", rief er, als die Frau Doktor den blutigen Hosenstoff am Knie betastete.

„Infusion!", hörte Gasperlmaier aus dem Nebenzimmer, während die Frau Doktor vergeblich versuchte, seine blutgetränkte Hose hinaufzuschieben. „Ah!", stöhnte er. Die Frau Doktor richtete sich auf. „Ich fürchte, die muss ich wegschneiden!" Sie sah sich um und griff nach einem Küchenmesser, das in einem hölzernen Block steckte. Es war riesig, fand Gasperlmaier, und glänzte silbrig. „So!", sagte sie und setzte das Messer unten am Saum an. Gasperlmaier schloss die Augen, bis er ein ratschendes Geräusch hörte. „Oh Mann!", sagte die Frau Doktor. „Da steckt ja noch ein Splitter drin. Der muss raus!" Er schloss abermals die Augen. „Aua!", schrie er. Ein Schmerz durchfuhr ihn, als ob sich die Frau Doktor darangemacht hätte, mit dem Messer seinen Fuß zu amputieren. „Schon erledigt! Sei nicht so wehleidig!" Gasperlmaier öffnete die Augen und betrachtete den blutigen Splitter, den die Frau Doktor ihm vor die Nase hielt. Es war eher ein Scherben als ein Splitter, und er fragte sich, ob er nicht auch Nerven und Sehnen beschädigt haben könnte. Von Blutgefäßen einmal abgesehen, denn er blutete nun stärker als zuvor. „Wenigstens ist der Scherben von einer Schnapsflasche. Da ist für Desinfektion schon einmal gesorgt!" Gasperlmaier konnte nicht lachen. Schon tropfte Blut auf den Boden. Musste er hier etwa verbluten, während im Nebenzimmer eine ganze Sanitätsmannschaft zugegen war? „Ich schau mal rüber. Vielleicht kann einer deine Blutung stillen." Besorgt blickte die Frau Doktor auf die Blutlache. Gasperlmaier biss die Zähne zusammen. „Hoffentlich!", presste er hervor und hielt sein schmerzendes Bein mit beiden Händen fest.

„Wo ist er denn?", hörte er einen Sanitäter sagen. „Ah, da! Das kriegen wir hin. Eine arterielle Blutung ist es nicht, dafür blutet er zu wenig." Das „zu wenig" fand Gasperlmaier nicht gerade mitfühlend. Er biss erneut die Zähne zusammen, während sich der Sanitäter an ihm zu schaffen machte. Es schmerzte fürchterlich.

„So!", sagte der Sanitäter nach ein paar Minuten und richtete sich auf. „Ich hab einen Druckverband angelegt. Aber er sollte innerhalb der nächsten Stunde ins Krankenhaus, zum Nähen. Sollen wir ihn gleich mitnehmen?" Obwohl der Schmerz kaum nachgelassen hatte, schüttelte Gasperlmaier den Kopf. Er musste unbedingt dabei sein, wenn sie die Nicole befragten. „Wie geht es denn der Frau Kövesi?", fragte er. Auf die hatte er beinahe vergessen. Bloß wegen einem Glasscherben. Er durfte wirklich nicht so wehleidig sein.

Der Sanitäter lächelte. „Den Kreislauf hat der Doktor stabil gekriegt. Ich glaube, es schaut ganz gut aus!" Gasperlmaier atmete auf und versuchte aufzustehen. „Lieber nicht!", warnte der Sanitäter. „Es könnte wieder anfangen zu bluten. Bleiben Sie jetzt einmal eine Zeitlang sitzen. Wenn's geht, legen Sie sich auf die Bank und lagern den Fuß hoch. Dann gibt es weniger Druck auf die Wunde!" Er winkte Gasperlmaier noch zu und verschwand. „Komm! Leg dich da hin!" Die Frau Doktor deutete auf die Küchenbank. Mühsam ließ sich Gasperlmaier darauf nieder, während die Frau Doktor sein Bein anhob und einen Sessel darunterschob. Eine neue Schmerzwelle durchflutete Gasperlmaier, doch diesmal gelang es ihm, ein Stöhnen zu unterdrücken.

Gasperlmaier konnte nur noch die Küchendecke sehen, an der eine etwas verstaubte Lampe mit Glasschirm hing. „Sie bringen sie weg", informierte ihn die Frau Doktor. Gasperlmaier hörte Lärm im Vorraum, lugte unter dem Tisch hindurch und konnte den unteren Teil der Krankentrage vorbeirollen sehen, auf die man die Barbara gelegt hatte. Als die Frau Doktor die Wohnungstür geschlossen hatte, kehrte plötzlich Ruhe ein.

„Ich hol jetzt die Frau Hinterstoisser", kündigte sie an. Gasperlmaier richtete sich mühsam auf, zog sich ein wenig nach hinten, sodass er halbwegs aufrecht auf der Bank sitzen konnte. Keinesfalls wollte er verpassen, was die Nicole zu sagen hatte. Sie sah schrecklich aus, als die Frau Doktor sie hereinführte. Ihr Gesicht war von Make-up, Staub und Tränen verschmiert, die Haare wirr wie bei einer Obdachlosen, die wochenlang ungewaschen im Freien gelebt hatte.

„Setzen Sie sich da hin!", kommandierte die Frau Doktor. Wortlos nahm die Nicole auf einem der Stühle Platz. „Brauchen wir Handschellen?", fragte die Frau Doktor. Die Nicole schüttelte den Kopf. „Ich muss jetzt erst einmal telefonieren. Den Herrn Peschke muss man entlassen, und …" Sie sah auf die Uhr. „Ja, die Staatsanwaltschaft werde ich um diese Zeit nicht erreichen. Ich nehme an, Sie werden gestehen?" Die Nicole blickte kurz auf, nickte und verfiel dann wieder in teilnahmslose Starre. „Und schick bitte auch der Manuela eine Nachricht", fiel Gasperlmaier ein. Die Frau Doktor lächelte zustimmend. Dann war Gasperlmaier mit der Nicole allein. Zwei Menschen hatte sie umgebracht, so dachte er bei sich, und wenn es schlimm kam, auch noch einen dritten. Dabei war sie noch so jung. Ob man mit so einer Schuld überhaupt durchs Leben kommen konnte? Er konnte es sich nicht vorstellen. Er stand ja schon völlig neben sich, weil er seine Frau betrogen hatte. Jede noch schwerere Schuld, dessen war er sich sicher, würde bei ihm dazu führen, dass er letztlich nicht mehr schlafen, an nichts anderes denken konnte als an eben diese seine Schuld. Irgendwann würde er alles tun, nur um den nächtlichen Alpträumen zu entfliehen. So ungefähr stellte er sich das vor.

„War's das wert?" Er hatte sich nicht beherrschen können und sprach die Nicole an, bevor die Frau Doktor wieder zurück war. Zu seiner Überraschung reagierte sie sofort und schüttelte den Kopf. „Es war ja nur … ich hab es doch gar nicht wollen! Ich wollte dem Christian überhaupt nichts tun! Ich hab noch nie jemandem was getan! Aber er hat … er ist …" Sie legte ihr Gesicht in die Hände und begann zu schluchzen. Die Frau Doktor betrat den Raum wieder. „Hast du etwa schon mit der Vernehmung begonnen?", fragte sie. Er schüttelte den Kopf. Die Frau Doktor zog skeptisch die Augenbrauen hoch, schnappte sich einen Sessel und stellte ihn direkt der Nicole gegenüber hin. „Frau Hinterstoisser, wir werden nachher nach Liezen fahren, Sie werden vor einem ausführlichen Verhör Gelegenheit haben, sich umzuziehen und zu duschen, aber die wichtigsten Einzelheiten möchte ich gleich jetzt einmal direkt von Ihnen hören. Sehen Sie mich bitte an."

Die Nicole hob folgsam ihren Kopf und starrte die Frau Doktor an. Gasperlmaier bezweifelte, dass sie jetzt viel Vernünftiges aus ihr herausbringen würden, aber er hatte sich getäuscht. Anscheinend wollte die Nicole einiges loswerden. „Fangen Sie bitte ganz von vorne an. Mit dem Pfeifertag." Die Nicole nickte. „Es war eine verfahrene Geschichte mit dem Christian. Wissen Sie, ich habe ihn so geliebt! So sehr!" Sie fasste sich mit der Hand ans Herz, was Gasperlmaier etwas dramatisch fand. „Und er hat mich hingehalten!" Der Kopf sank wieder, und die Stimme der Nicole wurde etwas undeutlich, sodass man sich konzentrieren musste, um sie zu verstehen. Gasperlmaiers Knie pochte. Er hoffte, dass dadurch nicht Blut aus ihm herausgepumpt würde. Er betrachtete seine Hose, die vom Knie abwärts in blutigen Fetzen am Bein hing.

„Dauernd hat er mir versprochen, dass wir offiziell zusammenkommen. Zuerst, wenn seine Frau wieder gesund ist. Die hat nämlich Depressionen gehabt." Sie lachte hämisch auf. „Was mich jetzt eh nicht wundert!" Die Frau Doktor legte ihre Hand ans Kinn und nickte der Nicole ermutigend zu. „Dann, wenn wir unser erstes Album heraußen haben. Dann, wenn wir Erfolg haben und wenn er Geld hat, um sich von seiner Frau zu trennen. Dann war wieder etwas mit der Tochter. Wenn es der in der Schule besser geht. Und dann ..." Sie nahm das Schluchzen erneut auf. „Dann hab ich ihn einmal erwischt. Wie er sich hinter der Bühne an eine herangemacht hat. Die war betrunken, und er hat schon sein Hosentürl offen gehabt, und seine Hände unter ihrem Rock. Ich hab ihm eine Szene gemacht und ihn zum Teufel geschickt." „Aber nicht endgültig?", fragte die Frau Doktor nach. Die Nicole schüttelte den Kopf. „Dann war er wieder lieb. Ein Ausrutscher, hat er gesagt. Weil ihm die Weiber so nachstellen, er kann gar nichts dafür!" Sie zischte. „Und dann, auf der Weißenbachalm, hat mir die Emma gesagt, dass er sie auch angebaggert hat." „Die Emma Thaler?", fragte Gasperlmaier dazwischen. „Die mit dem Kontrabass?" Die Nicole nickte. „Und die hat mir auch erzählt, dass sie ihm nur knapp entkommen ist und dass sie schon überlegt hat, ob sie zur Polizei geht. Und dass sie noch eine kennt, mit der der Christian auch gev... etwas gehabt hat. Ich hab so eine Wut gehabt, so eine! Und dann bin ich ihm nach, wie er hinter den Baum gegangen ist, zum ..." „... um Wasser zu lassen", half die Frau Doktor aus.

„Und ich hab ihn darauf angesprochen, und wann er jetzt endlich mit mir ... und ob er mir dann treu sein wird ..." Gasperlmaier musste über so viel Naivität den Kopf schütteln. Hatte der Pönitzer ihr nicht schon ausreichend gezeigt, dass er keine dauerhafte Beziehung mit ihr, und nur mit ihr, wollte? Die Frau Doktor sah ihn strafend an. Die Nicole hatte ihn aber ohnehin nicht beachtet.

„Er hat blöd gelacht. Außerdem, glaub ich, war er schon betrunken. Und er war gemein!" „Was hat er denn gesagt? Getan?", fragte die Frau Doktor. Die Nicole heulte auf. „Ob ich ihm nicht gleich einen blasen will, wo er schon das Hosentürl offen hat, hat er gefragt! Und dass ihm mein tätowiertes Arscherl schon gefällt, aber dass ich halt doch noch viel zu unreif ..." Nun wurde sie von Weinkrämpfen geschüttelt. Gasperlmaier konnte es ihr nachfühlen – auch er selbst konnte sich gut vorstellen, in so einer Situation nach einem Stein zu greifen.

„Ich war so wütend, so wütend!" Die Nicole ballte die Faust und hieb auf den Küchentisch. „Und da liegt dann da der Stein, und ich heb ihn auf und hab ihn dem Christian einfach nachgeschleudert, so!" Sie ahmte die Bewegung nach. „Und ich hab getroffen ... leider ... und er fällt um wie ein Baum! Ich bin sofort weggerannt. Ich hab ja nicht gedacht, dass er tot ist, ich hab nur solche Angst gehabt, dass mich wer sieht ... und erst später ... wie alle zusammengerannt sind und geschrien haben ... da hab ich begriffen ... dass er tot ist." Das „tot" hatte sie nur gehaucht. So, als ob sie es jetzt noch nicht glauben könnte.

So weit, dachte Gasperlmaier bei sich, konnte ein geschickter Anwalt sogar fahrlässige Körperverletzung mit Todesfolge herausholen. Aber beim Sebastian und bei der Barbara, da lag die Sache mit Sicherheit etwas anders. „Sie erinnern sich", sagte die Frau Doktor, „wie Sie die Scheiben eingeschlagen haben, beim Christian? Sie haben seine Frau beschuldigt, ihn umgebracht zu haben. Obwohl Sie doch genau gewusst haben, dass das nicht stimmt. Was haben Sie sich denn dabei gedacht?" „Sie war doch an allem schuld! Nur wegen ihr haben wir uns gestritten, und wenn sie nicht gewesen wäre, hätte ich doch gar nie ..." Sie legte ihren Kopf in die Hände und begann zu schluchzen. So, dachte Gasperlmaier bei sich, konnte man das natürlich auch sehen. Aber nur, wenn man vor Liebe blind und auch sonst nicht ganz bei Sinnen war.

„Es hat Sie aber doch jemand gesehen, dort oben, hinter der Fichte?", fragte die Frau Doktor sanft. Die Nicole hob den Kopf und nickte. „Der Sebastian. Der Sebastian Haudum. Er hat mich gleich am Tag danach angerufen. Zuerst ist es nur um die Zukunft der Band gegangen. Aber dann hat er gesagt, er hätte da ein Video. Und da komme ich aus dem Wald, vom Tatort, hat er gesagt. Und dass ich ganz hysterisch war, und gleich danach ist der Tote gefunden worden." „Was wollte er denn von Ihnen?", fragte die Frau Doktor. Die Nicole schüttelte den Kopf. „Sie werden es mir ohnehin nicht glauben." „Das kann ich erst beurteilen, wenn ich es weiß." Die Nicole warf Gasperlmaier einen Blick zu. So einen, als sei er verantwortlich für alles Böse, was Männer jemals Frauen angetan hatten. „Er wollte Sex. Vorgeschwärmt hat er mir, dass er schon lange auf mich steht und dass ihn die Barbara eh schon nervt mit ihrem ganzen Regenbogengetue und dass er froh ist, aus dieser Geschichte herauszukommen. Tatsache ist aber, dass ich ihn nicht geliebt habe. Und da hat er eben gedroht, dass er das Video der Polizei übergibt, wenn ich nicht mit ihm …"

Die Frau Doktor seufzte. „Jetzt machen Sie aber einmal einen Punkt!" Ihre Stimme klang erregt. „Es gibt ja auch Fotos, wir haben sie selber gesehen, da machen Sie dem Sebastian verliebte Augen! Wie soll er denn jemanden erpressen, der … die ohnehin in ihn verliebt ist!" „Pffft!", machte die Nicole. „Der Sebastian … die Fotos, das war ja alles nur Promo für die Hasenjäger. Da müssen eben in den sozialen Netzwerken emotionale Fotos her, so ist das! Kann ich ein Glas Wasser haben?" Die Nicole, so dachte Gasperlmaier bei sich, schien den

Ernst der Lage noch nicht so recht mitbekommen zu haben. Sie machte ganz den Eindruck, als wähnte sie sich im Recht. „Und dann habe ich eben zugesagt, dass ich ihn treffe, im Bootshaus. Widerwillig. Mir hat richtig gegraust, das kann ich Ihnen sagen. Und als ich hineinwollte, da fliegt die Tür auf, und der Carsten Peschke kommt herausgerannt. Der hat mich nicht einmal gesehen. Und im Bootshaus liegt der Sebastian in einem Elektroboot und rührt sich nicht mehr."

„Er lag also schon im Boot, als Sie kamen? Was haben Sie denn gedacht, dass da passiert ist?" Die Frau Doktor stellte ein Glas Wasser vor die Nicole hin. Die trank gierig. „Dass der Carsten den Sebastian erschlagen hat." „Warum sollte er das Ihrer Meinung nach tun?" Die Nicole zuckte mit den Schultern. „Zuerst hab ich geglaubt, der ist schon tot. Dann hab ich gesehen, dass er atmet. Und ich hab einen wirklichen Hass auf ihn gehabt, schließlich hat er mich erpresst. Und ich hab mir gedacht, wenn er nicht mehr aufwacht, dann weiß niemand von dem Video, und es ist Ruhe. Und eigentlich wär ja der Carsten schuld, denn wenn er ihn nicht niedergeschlagen hätte, dann ..." „... dann hätten Sie die Polster nicht gesehen und ihn nicht damit erstickt?" Die Stimme der Frau Doktor war nun voller Verachtung. „Glauben Sie, dass Sie bei irgendeinem Richter durchkommen, indem Sie dem Carsten die Schuld geben?" „Jedenfalls hätte ich nicht ... wenn er nicht schon bewusstlos ...", keifte die Nicole zurück. „Vielleicht wäre dann wieder ein Stein zur Hand gewesen. Oder die Kasse?" Die Nicole schien verwirrt. „Welche Kasse?"

„Lassen wir das!" Die Frau Doktor stand auf. „Sie geben jedenfalls zu, dem Sebastian Haudum den Polster aufs Gesicht gedrückt zu haben, bis er nicht mehr atmete?" „Ich ... ich war so verwirrt. Ich hab überhaupt nicht mehr gewusst, was ich tue, ich kann mich an gar keine Einzelheiten erinnern." „Die Spuren werden eindeutig nachweisen, was Sie getan haben, sobald sie ausgewertet sind!", konterte die Frau Doktor. „Und nachher will sich keiner an irgendetwas erinnern!", mischte sich Gasperlmaier ein. „Das kennen wir zur Genüge!" Er war nun wirklich zornig. Was glaubte denn diese Nicole? Dass sie sich mit so fadenscheinigen Ausreden herauswinden konnte? Der Letzte, der ihm die Geschichte mit den Erinnerungslücken aufgetischt hatte, war ein Mopedfahrer gewesen, der besoffen einen Zaun umgefahren hatte. Dem hatte er sogar geglaubt. Bis er behauptet hatte, dass eigentlich der Zaun schuld gewesen war. Aber das hier wog weit schwerer.

„Wie sind Sie dann auf die Idee gekommen, die Barbara Kövesi könnte das Handy vom Sebastian haben? Und damit das Video?" „Das Handy konnte sie nicht haben. Das habe ich in den See geworfen. Zuerst ausgeschaltet und die SIM-Karte herausgenommen. Damit man es ..." Sie unterbrach sich und biss sich auf die Lippen. Die Frau Doktor nickte. „Nun haben Sie uns eben verraten, dass Sie sich doch an Einzelheiten erinnern können. Das wird Ihre Behauptung, sich an nichts erinnern zu können, ziemlich dürftig wirken lassen. Es gehört schon einige kriminelle Energie dazu, so vorzugehen!" „Aber ich wollte doch nicht ...", jammerte die Nicole. „Das kann Ihnen glauben, wer mag. Aber wer einen Bewusstlosen erstickt, wird sich wohl kaum darauf hinausreden können, dass er es nicht mit Absicht getan hat! Weiter!" Die Nicole war jetzt wieder etwas weinerlich. „Dann hab ich das Boot hinausgezogen und noch einmal verkehrt hinein. Damit ich an den Schalter komme. Dann hab ich mich auf den Bauch gelegt, eingeschaltet und ihn losfahren lassen." Die Nicole, mutmaßte Gasperlmaier, musste unglaubliche Angst davor gehabt haben, dass das Video an die Öffentlichkeit gelangte. So kam es, sinnierte er, dass eine böse Tat oft unmittelbar die nächste nach sich zog. Aus ihrer Sicht hatte sie wohl durchaus folgerichtig gehandelt.

„Noch einmal!", wiederholte die Frau Doktor. „Barbara Kövesi." „Das Handy war natürlich weg. Aber drüben, in Goisern, wie sie mich angegriffen hat, da hat sie irgendwas von Fotos vom Handy des Sebastian gesagt. Die sie auf einem Computer angeschaut hat. Wahrscheinlich hat er einen Cloud-Speicher benutzt, zum automatischen Sichern der Fotos. Und der Videos. Wenn sie das nicht gesagt hätte, wäre ich nie darauf gekommen, dass das Video noch existiert." „Sie war also, quasi, selber schuld?", fragte die Frau Doktor in einem etwas ironischen Unterton zurück. Zu Gasperlmaiers Erstaunen nickte die Nicole.

„Ich hab ja keinen anderen Ausweg gesehen. Ich hab selber nicht gewusst, warum ich hierhergefahren bin. Sicherheitshalber hab ich das Jagdgewehr von meinem Papa mitgenommen. Damit ich die Barbara davon überzeugen kann, dass ich es ernst meine!" „Was wollten Sie eigentlich von ihr? Ich meine, was hätte sie tun müssen, damit Sie sie nicht umbringen?" „Ich ... sie sollte nur ... dass ich mir sicher sein kann, dass das Video ..." „Aber war Ihnen denn nicht klar, dass wir", sie deutete auf Gasperlmaier und sich selbst, „das Video auf jeden Fall irgendwann entdecken würden? Das Internet vergisst nichts! Dass es Ihnen gar nichts genützt hätte, die Barbara umzubringen?" „Es sollte ja eh wie ein Selbstmord aussehen!", klagte die Nicole.

Gasperlmaier hatte keine Lust, sich dieses selbstgerechte Gejammer noch länger anzuhören. Als er aber versuchte, sich von der Bank hochzustemmen, durchfuhr ein scharfer Schmerz sein Knie, und er ließ sich wieder zurücksinken.

Die Frau Doktor stand auf. „Ich telefoniere kurz!" Sie verschwand im Wohnzimmer. Gasperlmaier hatte Durst, ließ es aber sein, die Nicole um ein Glas Wasser zu bitten. Er hoffte stattdessen inständig, dass sie nicht mitbekommen hatte, dass er so gut wie manövrierunfähig war und deshalb kaum etwas hätte tun können, wenn sie sich zur Flucht entschloss. Doch die Frau Doktor war schon wieder da. „Ich lasse Sie jetzt abholen, Frau Hinterstoisser. Und ich möchte Ihnen nicht verheimlichen, dass Sie wahrscheinlich auf ziemlich lange Zeit hinter Gefängnismauern verschwinden werden, auch wenn Sie jetzt versuchen, alles so hinzustellen, als wären andere daran schuld."

Als es an der Tür klopfte, öffnete die Frau Doktor, und die beiden Uniformierten legten der Nicole Handschellen an. Die Frau Doktor und Gasperlmaier verzichteten auf eine Verabschiedung. Still war es, als sich die Wohnungstür hinter ihnen schloss. Längst war es hell geworden, und draußen zwitscherten die Vögel. „So, Franz!" Die Frau Doktor setzte sich zu ihm an den Tisch. „Wie geht's dir?" „Nicht so gut. Das Knie ..." „Ja!", sagte sie. „Darum kümmern wir uns. Aber jetzt ... halten wir einen Moment inne, nicht? Vielleicht können wir uns sogar einen Kaffee machen!" Sie deutete auf eine Maschine, die ihnen gegenüber auf der Küchenanrichte stand. „Wo sind nur die Kapseln?", murmelte die Frau Doktor, doch bald darauf brummte das Gerät. Irgendwie beruhigend, fand Gasperlmaier. Der heiße Kaffee tat ihm wirklich gut, und ein kleiner Anflug von depressiver Verstimmung wuchs sich wenigstens nicht zu einem Anfall aus. „Jetzt haben wir wieder einmal einen Fall erledigt!", sagte die Frau Doktor und nahm einen

Schluck. „Wie schon gesagt, eine Woche Zeitausgleich. Mindestens. Solltest du dir auch genehmigen!" Gasperlmaier nickte. Was aber sollte er mit Zeitausgleich anfangen? Trübsinnig zu Hause sitzen, den Streitereien der Nachbarn lauschen und die Maresi trösten, wenn der Werner wieder einmal wutentbrannt davonfuhr? Sich im Gastgarten ein Bier ums andere hineinschütten? Er brauchte keinen Zeitausgleich, da war ihm seine Arbeit noch lieber. Solange es keine Toten gab.

„Schon eine ganz eigenartige Person, diese Nicole!", sinnierte die Frau Doktor. „Einerseits so wehleidig, so voll Selbstmitleid, auf der anderen Seite scheint sie sich wenig dabei zu denken, wenn sie ein Leben beendet. Das mit den Tabletten und dem Jagdgewehr, das war grausam!" Gasperlmaier konnte dem nur zustimmen. „Wir sollten ins Krankenhaus fahren!", sagte er. „Jetzt ... nicht nur wegen dem Knie, ich möchte auch wissen, wie es der Barbara geht!" „Darauf hätte ich jetzt fast vergessen!" Die Frau Doktor griff nach ihrer Handtasche. „Vor lauter Erleichterung darüber, dass der Fall endlich ... hoffentlich wird nicht noch ein Dreifachmord draus!"

Mühsam stemmte Gasperlmaier sich hoch. Solange er das Knie nicht beugte, ging es halbwegs. Als sie ihm dann half, sein lädiertes Bein im Fußraum des Audi unterzubringen, entfuhr ihm doch noch ein Schmerzensschrei.

„Wart, Franz!", sagte die Frau Doktor, als sie vor dem Krankenhaus ankamen. Sie blieb direkt vor dem Eingang stehen, und wenige Minuten später kam ein Sanitäter aus der Tür, der einen Rollstuhl vor sich herschob. „Das wär aber nicht nötig gewesen!", brummte Gasperlmaier, als ihn die Frau Doktor und der Sanitäter mit vereinten Kräften in den Rollstuhl verfrachteten.

Er wurde in einen Wartebereich geschoben, während die Frau Doktor sich auf die Suche nach der Barbara machte, um herauszufinden, wie es ihr ging. „Wieder einmal im Einsatz verletzt?" Eine junge Ärztin mit einer großen Nase stand vor ihm. Irgendwie kam sie ihm bekannt vor. „Ich hab vor einiger Zeit einen Verbrecher behandelt, den Sie hier eingeliefert haben. Und da haben wir uns kennengelernt, erinnern Sie sich nicht mehr?" „Natürlich", sagte Gasperlmaier, dem lange, schmale Nasen an Frauen immer schon gut gefallen hatten. „Na, dann schauen wir uns Ihr Knie einmal an!"

Ein paar Mal musste Gasperlmaier aufstöhnen, als sie den Verband entfernte. „Komisch", sagte sie. „Das riecht nach Schnaps. Hat hier jemand einen untauglichen Desinfektionsversuch unternommen?" „Nein!", ächzte Gasperlmaier. „Der Scherben. Von einer Schnapsflasche!" Die Ärztin sah zu ihm auf und hob die Augenbrauen. „So früh am Morgen schon? Ein Schnapsgelage?" Gasperlmaier zuckte nur mit den Schultern. Sein Knie sah grauenhaft aus. Geschwollen und über und über blutig. Als die Ärztin es säuberte, musste Gasperlmaier mehrmals die Zähne zusammenbeißen. „Ich geb Ihnen eine Spritze, vor dem Nähen", sagte die Ärztin. „Ich muss auch noch die Wundränder säubern und nachsehen, ob sich vielleicht Fremdkörper in der Wunde befinden." Gasperlmaier sah zum Fenster hinaus und nickte.

Eine halbe Stunde später konnte er das Behandlungszimmer auf eigenen Beinen verlassen. Die Ärztin gab ihm noch eine Krücke mit auf den Weg. „Nehmen Sie sie auf der gesunden Seite, Sie werden gleich merken, warum!", lächelte sie. „Alles Gute!" Gasperlmaier wäre zwar nicht auf die Idee gekommen, die Krücke auf der Seite des gesunden Fußes einzusetzen, aber die

Ärztin hatte recht gehabt: So konnte er, wenn er mit seinem verletzten Fuß auftrat, das Gewicht auf die Krücke verlagern.

Wo sollte er jetzt die Frau Doktor suchen? Er holte sein Handy hervor. Tatsächlich hatte sie ihm eine Nachricht geschickt. „Zimmer 427", stand da lapidar. Es dauerte eine Zeitlang, bis Gasperlmaier den Lift und den richtigen Gang gefunden hatte. Zudem war er langsam unterwegs. Die Schmerzen waren zwar gedämpft, aber die Beweglichkeit des Knies ließ, wohl der Schwellung wegen, zu wünschen übrig.

Die Frau Doktor saß am Bett der Barbara. Sie lächelte sogar, als Gasperlmaier eintrat. „Was passiert ist Ihnen?", fragte sie. Gasperlmaier musste lächeln, vor allem des Akzents wegen. „Nicht der Rede wert", sagte er. „Ich bin sehr froh, Sie gesund ... äh, also ... zumindest ..." Er hatte sich in seinem Satz verfangen. „Sie mich haben gerettet", sagte die Barbara. Sie streckte ihre Hand unter der Bettdecke hervor und fasste nach Gasperlmaiers. Kalt war sie, die Hand der Barbara. „Frau Chefinspektor mir hat erzählt. Sie Gewehr von Nicole haben geschnappt, und zack, zack!" „Ganz so war es nicht", schränkte Gasperlmaier ein. „Von zack, zack keine Rede. Ich habe mich dabei in die Scherben gekniet ..." Er deutete mit der Krücke auf sein verletztes Knie. „Wenn, dann haben wir beide Sie gerettet. Ich habe ja schon bis heute Früh warten wollen, weil ich nicht gedacht habe, dass die Nicole tatsächlich in der Nacht zu Ihnen kommt. Die Frau Doktor", er deutete mit der Krücke nach ihr, „hat entschieden, gleich einzugreifen." „Ende gut, alles gut!", sagte die. Die Barbara schüttelte den Kopf. „Nicht gut. Ist Sebastian tot, immer noch. Wird nicht wieder lebendig!" Ihre Augen schimmerten feucht. Die Frau Doktor strich ihr über die Wangen.

„Ich weiß, das ist ein schmerzlicher Verlust. Sehen Sie zu, dass Sie erst einmal ganz gesund werden. Wir kommen wieder!"

Draußen seufzte die Frau Doktor. „Jetzt hat sie ihren Freund verloren, die Arme. Und im Verfahren wird ihr nicht erspart bleiben, zu hören, was die Nicole über ihn gesagt hat." „Glaubst du ihr denn? Ich meine, der Nicole?" Die Frau Doktor zuckte mit den Achseln. „Hören wird sie es auf jeden Fall, und dann wird der Zweifel an ihr nagen. Und zudem kriegt sie ein Verfahren wegen dem Angriff auf die Nicole. Der Anwalt, ich meine, der von der Nicole, wird nicht darauf verzichten. Es könnte als Milderungsgrund für die Nicole geltend gemacht werden."

Vor dem Krankenhaus merkte Gasperlmaier erst, wie müde er war. Die Sonne blendete ihn, und er wünschte sich nichts mehr, als im abgedunkelten Schlafzimmer ein wenig rasten zu können. Die Frau Doktor schien seine Gedanken zu erraten. „Ich bring dich heim."

## 19

„Eins stört mich noch", sagte Gasperlmaier, als sie im Auto saßen. „Das mit dem Steinwurf. Die Nicole sagt, sie hat den Stein nach dem Christian Pönitzer geworfen. Aber es könnte doch sein, dass sie gar nicht so gut getroffen hat, wie sie gedacht hat. Und dass dann jemand anderer ... so wie beim Sebastian ..." „Jetzt mach aber einmal einen Punkt, Franz! Wir sind doch hier nicht in einem schlechten Krimi! So etwas passiert vielleicht einmal, aber doch nicht andauernd!" Gasperlmaier schwieg. Dennoch waren seine Zweifel nicht gänzlich ausgeräumt. Man musste die Musiker alle noch ein wenig im Auge behalten, vor allem den Carsten Peschke.

„Fünf Tage nur diesmal! Ich bin stolz auf uns!" Die Frau Doktor gab Gas und brauste davon. Als Gasperlmaier die Haustür aufsperrte, glaubte er nicht, dass er schlafen können würde. Es war taghell, immer noch früher Vormittag, und eigentlich höchste Zeit, etwas zu frühstücken, denn außer dem Kaffee hatte er heute noch nichts zu sich genommen. Ob überhaupt etwas im Kühlschrank war? Aber vor dem Frühstück musste er noch ein wenig pausieren. Er legte sich aufs Sofa, was mit seinem verletzten Bein etwas mühsam war. Beim Abbiegen tat es immer noch verdammt weh.

Das Nächste, was er wahrnahm, war ein ausdauerndes Läuten an der Haustür. Wenn er sich nicht täuschte, klopfte dort sogar jemand. Was war da los? Langsam rappelte er sich auf, vergaß auf sein verletztes Bein und stieß einen Schmerzensschrei aus, als er es unversehens abbog. Mühsam kam er hoch, ohne dass das Geklingel inzwischen nachgelassen hätte. „Ich komm ja schon!", brummte er. Wahrscheinlich war es diese lästige Reporterin, die Neuigkeiten zum Fall von ihm wollte.

Seltsam, dachte er, die hatte sich die ganzen Tage nicht in Aussee blicken lassen und war doch sonst hinter jedem Verbrechen her wie der Teufel hinter den armen Seelen.

Vor der Tür stand allerdings ein ganzer Trupp. „Lässt du uns nicht hinein?", fragte die Manuela, die direkt vor ihm stand, mit einer Flasche Sekt im Arm. „Wir haben uns gedacht, du hast sicher Hunger!" Außer der Manuela standen da noch die Frau Doktor, der Friedrich, und hinter dem versteckte sich noch einer. Es war der Carsten Peschke, der offenbar schon aus der Untersuchungshaft zurückgekehrt war.

Gasperlmaier trat zurück und sah auf seine Uhr. Es war schon eins vorbei, er hatte mehr als vier Stunden tief geschlafen. Und nun meldete sich tatsächlich der Hunger, den er schon stillen hatte wollen, als er nach Hause gekommen war.

„Wir haben alles mitgebracht!" Der Friedrich schwenkte eine Sechserpackung Bier, und die Frau Doktor schleppte mehrere Papiersäcke von örtlichen Geschäften. „Wir haben Ripperl für dich, die magst du doch, oder? Und auch warmen Leberkäse!" Es dauerte nicht lange, und der Tisch war gedeckt. „Zuerst den Leberkäse", entschied Gasperlmaier. „Sonst wird er kalt." „Magst auch einen Pfefferoni in deine Semmel?", fragte die Manuela. Gasperlmaier nickte und fragte sich, warum man sich heute so aufopfernd um ihn kümmerte. Ob da irgendwas dahintersteckte? Aber andererseits, er konnte froh sein, dass es Freunde und Kollegen gab, die sich um ihn kümmerten und mit ihm aßen. Das war ja immerhin etwas. Der Carsten war der Einzige, der ein wenig still war. Dafür drückte ihn die Manuela ständig an sich, strich ihm über die Wangen und hielt seine Hand, sodass er Mühe hatte, sich bei der Jause zu bedienen.

„Wie ist es denn so im Untersuchungsgefängnis?", grinste der Friedrich. „Wirklich so schlimm, wie man manchmal hört? Lauter schwere Burschen mit Rasiermessern im Ärmel, falls man nicht spurt?" Der Carsten, fand Gasperlmaier, wurde etwas blass. Dann zuckte er mit den Schultern. „Eigentlich nicht ärger als in dem Jugendheim, wo wir auf Skikurs waren. Und das Essen war definitiv besser als damals!" Er grinste verlegen. „Ich bin ja so glücklich, dass der Carsten unschuldig ist!", jubelte die Manuela. „Unschuldig!", brummte Gasperlmaier. „Wer einem anderen eine Kasse gegen die Birne knallt, dass der bewusstlos in ein Boot hineinfällt …" „Das … das war doch nur eine Kurzschlussreaktion, ein Unfall!", begehrte die Manuela auf. „Jetzt sei nicht kleinlich, Franz, der Carsten wird sich dafür verantworten müssen, und gebüßt hat er auch schon, in der Haft!" Die Frau Doktor schenkte ihm nach, und er versuchte, sein Bein unter dem Tisch etwas zu strecken. Er, für seinen Teil, er hatte ebenfalls gebüßt, ohne irgendetwas angestellt zu haben. Zuerst mit einem blauen Auge und dann mit einem zerschnittenen Knie. Allerdings, so dachte er bei sich, ganz unschuldig war er ja doch nicht. Er warf einen besorgten Blick aus dem Fenster, durch das man das Haus der Maresi gut sehen konnte.

„Franz, wir haben dir auch was mitgebracht! Wir haben nämlich gemeinsam überlegt, was wir für dich tun können. Damit du die Trennung von der Christine möglichst gut überstehst." Der Friedrich griff in seine Jacke und holte ein paar zusammengefaltete A4-Blätter aus der Innentasche. „Wir haben das auch mit der Christine besprochen, und sie freut sich." Er überreichte Gasperlmaier die Zettel, der sie zwar entgegennahm, dann aber ratlos in der Hand hielt, ohne sie auseinanderzufalten.

„Jetzt mach schon auf!", drängte die Manuela. Langsam faltete Gasperlmaier die Zettel auseinander. Fast ganz oben stand sein Name, darüber noch „Passenger". Und irgendwo darunter stand was von München und von Sydney und Air irgendwas. Ein beklemmendes Gefühl machte sich in ihm breit. Er ließ die Zettel sinken. „Ist das ... soll ich ... aber ich ...", stammelte er.

Das, was er da eben gesehen hatte, war ein Flugticket. Und diese Wahnsinnigen hatten es schon gekauft und bezahlt. Und es war kein Flugticket, mit dem man halt eben so einmal nach Mallorca oder London flog. Nein. Es war eines nach Australien. „Ich will aber nicht nach Australien fliegen!", jammerte er. „Und außerdem hab ich ja nicht das ganze Jahr Urlaub, so wie die Christine. Und ich halt es auch gar nicht lange aus, weg von daheim." Der Friedrich schenkte ihm einen Schnaps ein. „Tu's für die Christine", sagte er. „Sie freut sich wahnsinnig. Und du bleibst ja nur zwei Wochen."

„Und wer soll die Katzen füttern? Und die Blumen gießen? Ich kann ja gar nicht weg!" Gasperlmaier kippte den Schnaps hinunter und hielt das Glas dem Friedrich noch einmal hin. Um den Schock zu verdauen, brauchte es mehr als einen Schnaps. Er faltete die Zettel noch einmal auseinander. „Aber das ist ja schon ... das ist ja schon ..." Die Frau Doktor nickte. „Heute in einer Woche. Es war der günstigste Flug!" Das Wort „günstig", fand Gasperlmaier, konnte man auf „Flug" keinesfalls anwenden. Ihm fielen da eher Wörter wie „furchterregend", „schrecklich" oder „lebensgefährlich" ein. „Mein Knie! Ich kann ja gar nicht sitzen, so lang! Und da sitz ich dann womöglich neben einem, der riecht oder furchtbar dick ist!", beschwerte er sich. Die Manuela umarmte ihn und drückte ihm einen Kuss auf die Wange. „Das sind alles Probleme, die wir lösen werden. Oder schon gelöst haben. Ich zum Beispiel füttere die Katzen. Wenn du mich lässt!"

Gasperlmaier gab auf. Es blieb ihm wohl nichts anderes übrig, als in dieses Flugzeug zu steigen. Und wenn es das Letzte war, was er in seinem Leben tat. „Und, Gasperlmaier, auf dem Flughafen in München, da gibt es sogar eine Brauerei, und einen warmen Leberkäse gibt es auch", versuchte ihn der Friedrich zu beruhigen. „Und du fliegst über Bangkok", erklärte die Frau Doktor. „Aber ich kann ja gar nicht ... Thailändisch?", versuchte Gasperlmaier ein letztes Rückzugsgefecht. „Brauchst du auch nicht!", sagte der Friedrich. „Ist ja eh alles auf Englisch ... also, da hat noch keiner sein Flugzeug nicht gefunden. Steht ja eh alles auf dem Zettel." Gasperlmaier starrte auf das Blatt Papier und schüttelte den Kopf. In einer Woche sollte er um die halbe Welt fliegen und wusste gar nicht, ob er das überhaupt konnte. Sein einziger Flug bisher war im Rettungshubschrauber gewesen, als er einen Schwerverletzten begleitet hatte, da war gar keine Zeit gewesen, an seine eigene Angst zu denken. Und nun würde er Stunden um Stunden ...

Er nahm noch einen Schluck Bier. Wenigstens, so dachte er bei sich, würde er seine Christine viel früher als erwartet wiedersehen. Vielleicht war es das wert. Und vielleicht würde sie ihm sogar verzeihen, wenn er extra um die halbe Welt reiste, um seinen Fehltritt zu beichten.

**Bisher hat Franz Gasperlmaier in folgenden Fällen ermittelt:**

| | |
|---|---|
| Letzter Kirtag | ISBN 978-3-85218-870-6 |
| Letzter Gipfel | ISBN 978-3-85218-916-1 |
| Letzte Bootsfahrt | ISBN 978-3-85218-933-8 |
| Letzter Saibling | ISBN 978-3-85218-969-7 |
| Letzter Applaus | ISBN 978-3-7099-7820-7 |
| Letzter Fasching | ISBN 978-3-7099-7873-3 |
| Letzter Stollen | ISBN 978-3-7099-7910-5 |

Herbert Dutzlers Altaussee-Krimis sind auch als E-Books und Audiobooks erhältlich.